Ullstein Werkausgaben

Ullstein Werkausgaben
Lektorat: Hanna Siehr

Ullstein Buch Nr. 37060
im Verlag Ullstein GmbH,
Frankfurt/M – Berlin

Vom selben Autor
als Band 1 dieser Ullstein Werkausgabe
erschienen:

›Das Auge Allahs und andere Geschichten‹
(37059)

Umschlagentwurf: Theodor Bayer-Eynck
Illustration: Luserke – Ned Dameron
Abbildung auf der Rückseite: Rudyard Kipling, 1901
Foto: Ullstein

Taschenbuchausgabe mit freundlicher
Genehmigung des Paul List Verlags

Printed in Germany 1988
Druck und Verarbeitung:
Elsnerdruck, Berlin
ISBN 3 548 37060 8

März 1988

CIP-Titelaufnahme der Deutschen Bibliothek

Kipling, Rudyard:
Die gespenstische Rikscha und andere Indien-Novellen/
Rudyard Kipling.
Hrsg. u. mit e. Nachw. vers. von Frank Dietschreit. –
Frankfurt/M ; Berlin : Ullstein
Bd. 1 u. d.T.: Kipling, Rudyard:
Das Auge Allahs und andere Geschichten
Bd. 2 (1988)
(Ullstein-Buch ; Nr. 37060 : Ullstein-Werkausgaben)
ISBN 3-548-37060-8
NE: GT

Rudyard Kipling

Die gespenstische Rikscha und andere Indien-Novellen

Herausgegeben und mit einem Nachwort versehen von Frank Dietschreit

Band 2

Ullstein Werkausgaben

Inhalt

Zu dieser Ausgabe

»Es ist den großen Schriftstellern und Dichtern vorbehalten, ein Stück Menschenwelt, und damit ein Stück Weltgeschichte, ins Bewußtsein ihrer Zeit zu rücken, das vorher in solcher Deutlichkeit nicht erkennbar war und das von den späteren Geschlechtern als Gewißheit angenommen wird.« Manchen mögen diese Worte Carl Zuckmayers zu pathetisch klingen. Doch im Kern kann kein Zweifel aufkommen: Das geistige und gesellschaftliche Dasein Indiens, Naturschönheit und Armut zwischen Himalaja und Ganges, das faszinierende Ineinander von Realität und Mythologie, all das wäre ohne Kiplings Indien-Novellen »niemals ins Blickfeld der westlichen Hemisphäre gerückt, niemals Bestandteil und bleibender Besitz europäischer Literatur geworden.« (C. Zuckmayer, S. 7). Das bedeutet nicht, daß die Vielschichtigkeit der indischen Gegenwartskultur (deren Literatur sich allein in über einem Dutzend Sprachen und kaum zählbaren Dialekten artikuliert) nicht noch weiter entdeckt werden müßte. Veranstaltungen wie das Schwerpunktthema ›Indien‹ während der Frankfurter Buchmesse 1986 können dabei wertvolle Hilfestellung leisten; unsere eurozentristische Sichtweise allerdings dürfte noch lange Zeit vom Indien-Bild Kiplings mitbestimmt werden. Daß dies berechtigt ist, mögen die hier ausgewählten Indien-Novellen belegen: einige der schönsten und spannendsten, leichtfüßigsten und rätselhaftesten Geschichten, die Rudyard Kipling über *sein* Indien geschrieben hat.

Wir ließen uns von der Idee leiten, ein *Lesebuch* im besten Sinne zusammenzustellen. Lesebuch, so meinten wir, müsse bedeuten, die Lust am Lesen, den Spaß an der Literatur anzustacheln.

Ein Lesebuch müsse aber auch einen Querschnitt bieten durch das literarische Werk eines Autors; verzichtet werden dürfe dabei auf das weniger Gute, das Veraltete, ja vielleicht auch heute nicht mehr Vertretbare. Wir bekennen uns deshalb gern und mit guten Gründen zur Subjektivität der vorliegenden Auswahl.

Wer lediglich auf der Suche nach »Sahib«-Novellen ist oder nach Geschichten, in denen das Soldatische eine Hauptrolle spielt, wird vergeblich blättern. Die hier in drei verschiedenen Zugriffen vorgestellten Erzählungen geben Einblicke in das mit europäischen Augen kaum faßbare Indien (I), in das beschwingte und manchmal auch lächerliche Leben der Engländer in Indien (II) sowie in das kaum entwirrbare Knäuel der aufeinanderprallenden östlichen und westlichen

Vorstellungen, Handlungsweisen und Mythologien in dem von Britannien beherrschten Land (III).

Kipling erweist sich in diesen Geschichten als Meister des Wesentlichen, der mit Ironie und mit Verständnis für die kleinen und großen Schwächen der Menschen eindringliche Porträts mit den leuchtenden Farben Indiens malt. Doch so bunt und faszinierend das indische Treiben dem flanierenden Europäer auch erscheinen mag, die Armut, die Hitze, die Menschenfülle sind erdrückend. Kipling hat das alles hautnah erlebt und entsprechend eindringlich beschrieben. »Die erstikkende feuchte Hitze«, so beginnt er seine Erzählung *Die Stadt der furchtbaren Nächte,* »die auf dem Land liegt wie ein Tuch, macht jede Hoffnung auf Schlaf zuschanden; dazu das unablässige Zirpen der Zikaden und das gellende Geheul der Schakale! Unmöglich, es noch länger auszuhalten in dem leeren, dunkeln, echoreichen Haus.« Es treibt ihn hinaus auf die Straße, und nur dort kann dieser notorisch Neugierige all jene merkwürdigen Erlebnisse haben und Geschichten aufschnappen, die er in seinen Kurzerzählungen zu gesellschaftlichen Miniaturen verdichtet, deren Stimmung uns heute noch anrührt. Der Leser sieht die *gespenstische Rikscha* vor sich und erlebt mit dem Ich-Erzähler jene fünf Minuten, in denen er »die fürchterlichsten Tiefen der Hölle durchwandert«. Und während uns Kipling in *William* die Verwandlung einer jungen Engländerin von einer eher teilnahmslos Schauenden zu einer engagiert gegen Hunger und Cholera Kämpfenden zeigt – und ganz beiläufig eine soziokulturelle Studie Indiens liefert, die noch heute von Interesse ist –, werden seine *Kleinen Geschichten aus den Bergen* zu Momentaufnahmen des alltäglichen Lebens. Mit Humor, Ironie und Distanz gegenüber den manchmal etwas absurden Marotten der Engländer beobachtet Kipling die Geschichte der *Lispeth* und *Leutnant Golightlys Verhaftung. Tod's Amendement* belegt schmunzelnd, wie der geballte juristische Sachverstand englischer Richter vor dem gesunden Menschenverstand des kleinen Bazar-Lausejungen Tod kapitulieren muß. Und so ließe sich noch manches sagen, z. B. was John Chinn am *Grab seiner Ahnen* widerfährt, weshalb er zu einer Gottheit stilisiert wird oder warum es dem Erzähler beim Hören des Liedes *Dray wara yow dee* so vorkommt, als würde ihm eine Schlinge um das Herz gelegt. Doch der Spaß am Lesen kann nur beim Lesen selbst geweckt werden. Wir enthalten uns deshalb jeden weiteren Kommentars und weisen zu guter Letzt darauf hin, daß der andere Band der Kipling-Werkausgabe (Ullstein-Buch 37059) den Leser in gänzlich neue Regionen führen wird.

Mit den *Fischerjungs* kann man dann einen Abstecher machen in die Fischgründe der Neufundlandbank; *Das Auge Allahs* wird sich als geheimnisvolles künstliches Auge preisgeben und den Leser in mittelalterliche Klöster und schlecht beheizte Skriptorien bringen. Weit entfernt von Indien ist dort ein Kipling zu entdecken, wie ihn viele bisher noch gar nicht oder nur wenig kannten.

Wer nach der Lektüre der Geschichten mehr über Rudyard Kipling erfahren möchte, sei auf den *Anhang* verwiesen. In einem Nachwort und einer Chronologie wird Auskunft über Leben und Werk des Autors gegeben. Ein Verzeichnis ausgewählter Literatur gibt Anregungen zum Weiterlesen. Ganz am Ende schließlich findet der Interessierte die englischen Titel sowie die Übersetzer der hier vorgestellten Novellen.

F. D.

I

Die Stadt der furchtbaren Nächte
Die gespenstische Rikscha
William

Die Stadt der furchtbaren Nächte

Die erstickende feuchte Hitze, die auf dem Land liegt wie ein Tuch, macht jede Hoffnung auf Schlaf zuschanden; dazu das unablässige Zirpen der Zikaden und das gellende Geheul der Schakale! Unmöglich, es noch länger auszuhalten in dem leeren, dunkeln, echoreichen Haus und immer und ewig sehen zu müssen, wie der *Punkah*fächer in die tote Luft schlägt! So ging ich hinaus um zehn Uhr nachts in den Garten und steckte meinen Spazierstock in ein lockeres Beet, um zu sehen, nach welcher Richtung er fallen würde. Er deutete hinüber zur mondlichtbeschienenen Straße, die zur Stadt der furchtbaren Nächte führt. Das Geräusch seines Falles scheuchte einen Hasen auf. Der hoppelte von seinem Lager auf und lief hinüber zu einer aufgelassenen mohammedanischen Begräbnisstätte, auf der die zahnlosen Schädel und blanken Schenkelknochen, erbarmungslos bloßgelegt durch die Juli-Wolkenbrüche, wie Perlmutter schimmerten auf dem von Regengüssen zerwühlten Grund. Es war, als hätte die schwere Erde und die heiße Luft sogar die Toten emporgetrieben, Kühlung zu suchen. Der Hase hoppelte weiter, beschnupperte seltsam einen rauchgeschwärzten Lampenscherben und verschwand im Schatten eines Tamariskengebüsches.

Die offene Hütte des Mattenwebers beim Hindutempel war erfüllt von schlafenden Menschen, die umherlagen wie eingewickelte Leichen. Hoch oben am Himmel brannte das starre Auge des Mondes. Dunkelheit täuscht Kühle nur vor; beständig mußte ich mir vorsagen, das grelle Licht trüge keine Schuld an der Hitze ringsum. Eine krankhafte Wärme ging vom Mond aus und strahlte in die Luft.

Wie ein gerader Streifen aus poliertem Stahl lief die Straße hinüber zur Stadt der furchtbaren Nächte; an den Wegrändern hingestreckt in phantastischen Stellungen, leichenhaft schlafend, die Leiber von hundertsiebzig Menschen auf Lagerstätten. Einige ganz in Weiß gehüllt und die Münder fest geschlossen, einige nackt und schwarz wie Ebenholz in dem gleißenden Licht, und einer, weit weg von ihnen, das Gesicht aufwärts gekehrt, den Kiefer herabgesunken, silberig schimmernd und aschig fahl: ein Aussätziger. Die übrigen: erschöpfte Kulis, Diener, Kleinladenbesitzer und Kutscher von dem nahen Wagenstand. Szene: das Land vor den Toren der Stadt Lahore und eine heiße Augustnacht. Das war alles, was ich sah, aber nicht alles, was ich hätte sehen können. Der Hexenspuk des Mondlichts hatte die Welt in ein grausiges Bild verwandelt: die lange Reihe der nackten »Toten« bot einen schauerlichen Anblick – und als letzter darin der statuenhafte Leprakranke.

Eine Straße aus Menschenleibern gebildet! Lauter Männer. Mußten denn die Frauen in den stickigen Höhlen der Lehmhütten die Nacht verbringen, so gut es ging? Das klägliche Greinen eines Kindes gab mir Antwort auf meine stumme Frage. Wo Kinder sind, da sind auch die Mütter nicht weit, die sie behüten. Sie halten Wache bei ihnen in diesen zermürbenden sengenden Nächten. Ein schwarzer kleiner Kugelkopf lugte vom Giebel eines niedrigen Lehmhüttendaches herab und ein dünnes – jämmerlich dünnes Beinchen streckte sich über die Regenrinne. Dann das scharfe Klicken eines Glasarmbandes; ein Frauenarm wird sichtbar einen Augenblick lang über der Brustwehr, schlingt sich um den Nacken des Kindes und zieht es zurück – das Zappelnde, Widerstrebende – in die schwüle Bettstatt. Schnell und kurz, wie es ertönte, ist das Piepsen des Kleinen verstummt; sogar die Kinder der Gosse sind zum Weinen zu erschöpft.

Wieder: leichenhaft schlafende Leiber, eine Koppel bewegungslos ruhender Kamele am Wegesrand, Mondlichtstreifen, eine weiße Straße, eine Vision dahineilender Schakale, Ekka-Ponys in tiefem Schlummer, das Zuggeschirr noch auf dem Rücken, und – wieder Leichen, Leichen. Messingbeschlagene Landkarren blitzen im Mondlicht – wieder Leichen, Leichen. Wo immer ein Heuwagendach, ein Baumstumpf, ein zersägter Stamm, ein Büschel Bambus, oder ein Strohhaufen Schatten wirft, da ist der Boden bedeckt mit diesen Schlafleichen. Einige mit dem Gesicht nach abwärts, die Arme verschränkt, im Staub; einige mit über den Köpfen gefalteten Händen; andere, zusammengekrümmt wie Hunde, oder wie die Geschützrohre steif an den Seiten der Kornwagen liegend. Andere wieder im grellen Mondesglanz und die Stirnen an die Knie gepreßt.

Ich empfände es wie eine Erlösung, wenn sie schnarchen würden, aber alles bleibt still wie auf einem Totenfeld. Bisweilen beschnuppert den oder jenen ein Hund und trabt dann weiter. Hie und da liegt ein mageres Kindchen neben seinem Vater auf der Erde und gelegentlich schlingt sich ein Arm um seinen Körper; aber zumeist schlafen die Kleinen bei ihren Müttern auf den Dächern. – Gelbhäutige, blankzähnige Parias weiß man nicht gern in der Nähe brauner Kinderleiber. Ein erstickend heißer Hauch aus dem Munde des Delhi-Tores ertötet fast meinen Entschluß, um diese Stunde die Stadt der furchtbaren Nächte zu betreten.

Es ist ein Gemisch aller übeln Gerüche tierischen und pflanzlichen Ursprungs, die eine mauerumgürtete Stadt ausbrüten kann in einem Tag und in einer Nacht; die Hitze, die in den Gruppen der Platanen und Orangenbäume außerhalb der Wälle herrscht, ist wie Eiseskälte, gemessen an der Temperatur, die einem entgegendringt. Gott sei allen Kranken und Säuglingen gnädig, die innerhalb dieser Stadt die Nacht verbringen müssen! Die hohen Häusermauern strahlen noch immer Glutwellen aus, und aus den Gossengruben dampfen faulige Miasmen, die einen Büffel betäuben könnten. Aber die Büffel schenken dem keine Beachtung. Ein halbes Dutzend lustwandelt in der menschenleeren Hauptstraße, und von Zeit zu Zeit drücken sie ihre massigen Nüstern an die Verschalungen der Kornhändlerläden und beschnauben sie dann wie die Walfische.

Wieder Stille. Aber jene gewisse Stille, die erfüllt ist von den Nachtgeräuschen einer großen Stadt: einen Augenblick erklingt ein Saiteninstrument, aber nur einen Augenblick. Hoch oben reißt einer ein Fenster auf und das Klappern des Rahmens ruft das Echo wach in den verödeten Straßen. Von einem Dach herab dringt das rhythmische Schlagen einer *Punkah* und Leute reden miteinander, – es klingt wie das sanfte Glucksen der Wasserpfeife. Ein wenig weiter und das Geräusch einer Unterhaltung wird deutlich. Ein schmaler Lichtstreifen zwischen den Ritzen des Rollverschlusses eines Ladens: drinnen ein stoppelbärtiger, müdäugiger Händler mitten unter Baumwollballen schreibt Zahlen in sein Hauptbuch. Drei verhüllte Gestalten leisten ihm Gesellschaft und machen von Zeit zu Zeit eine Notiz. Der Händler macht eine

Eintragung, dann eine Bemerkung, dann fährt er sich mit dem Handrücken über die nasse Stirn. Die Hitze in der eng verbauten Straße ist furchtbar; drin im Laden muß sie unerträglich sein. Aber die Arbeit geht ihren Gang: Eintragung, ein Kehllaut, ein Zucken der Hand nach der Stirn, so folgt eins auf das andere mit der Regelmäßigkeit eines Uhrwerks.

Ein Polizeimann – ohne Turban und tief im Schlaf – liegt quer über dem Weg auf der Straße zur Moschee des Wazir Khan. Ein Streifen Mondlicht glänzt auf seinem Gesicht, aber es stört ihn nicht. Es ist dicht vor Mitternacht und noch immer nimmt die Hitze zu. Der offene viereckige Platz vor der Moschee ist bedeckt mit »Leichen«; vorsichtig muß man sich den Weg ertasten, um nicht auf sie zu treten. Das Mondlicht fällt quer auf die hohe Front der mit bunten Diagonalstreifen aus Email geschmückten Moschee und jede der in den Nischen und Winkeln des Mauerwerks träumenden Tauben wirft ihren kugelförmigen Schatten. Verhüllte Gestalten taumeln schlaftrunken auf von ihren Pritschen und verschwinden geisterhaft in den dunkeln Tiefen des Gebäudes. Ob es wohl möglich ist, bis zum Giebel des Minaretts emporzuklimmen, um von dort in die Stadt hinabzuschauen? Auf alle Fälle lohnt es den Versuch, vorausgesetzt, daß die Tür zur Treppe nicht verschlossen ist! Sie ist offen, aber ein tiefschlafender Türhüter liegt auf der Schwelle, das Angesicht dem Monde zugekehrt. Eine Ratte huscht aus seinem Turban beim Geräusch der sich nähernden Schritte. Der Mann grunzt, öffnet die Augen für eine Minute, dreht sich um und schläft wieder ein. Die ganze Hitze eines Jahrzehnts glühender indischer Sommer ist aufgespeichert in den pechschwarzen glatten Wänden der Wendeltreppe. Auf halber Höhe des Minaretts regt sich etwas Lebendiges, Warmes und Fedriges, und schnarcht. Von Stufe zu Stufe emporgetrieben, flattert es hinauf und entpuppt sich als gelbäugiger, wutfauchender Raubvogel. Zu Dutzenden schlafen sie in den Minaretten und der Kuppel darunter. – Jetzt, auf der Spitze des Turmes, ein Schatten von Kühle, oder wenigstens ein geringerer Gluthauch, als unten. Erfrischt davon, bleibe ich stehen und blicke hinab auf die Stadt der furchtbaren Nächte.

Doré hätte sie zeichnen, Zola sie beschreiben können: diese Tausende, die da schliefen im Mondlicht und seinen

Schlagschatten. Die Dächer erfüllt mit Männern, Frauen und Kindern! Die Luft ist voll undefinierbarer Geräusche. Alles ruhelos in dieser Stadt der furchtbaren Nächte. Kein Wunder! Ein Wunder nur ist's, daß diese Menschen noch atmen können! Sieht man genau hin, so bemerkt man, daß sie unruhig sind wie Menschen am hellen Tage, nur ist keine Eile in ihnen, – das Leben scheint unterdrückt. Überall, wohin man blickt, sieht man Schläfer sich unruhig wälzen, ihre Lagerbetten hin und her zerren und sich wieder ausstrecken. Auch unten in den Höfen der Häuser dasselbe Bild.

Erbarmungslos scheint der Mond auf sie hernieder. Scheint auf die Flächen außerhalb der Stadt und hie und da auf das handbreite Rinnsal des Ravee-Flusses hinter den Wällen. Dann reißt er einen glitzernden Silberblitz auf einem Hausdach auf, genau unter dem Moscheeminarett: irgendeine arme Seele gießt sich einen Kübel Wasser über den fiebernden Leib. Das Plätschern der fallenden Tropfen dringt leise an mein Ohr. Zwei oder drei andere folgen dem Beispiel; die Wassergüsse leuchten auf wie heliographische Signale.

Eine kleine Wolke zieht über den Mond: und die Stadt und ihre Einwohner – soeben noch in weißes Licht und schwere Schlagschatten getaucht, – verschwimmen in einen Klumpen von Dunkel und immer tieferwerdendem Schwarz. Aber das unstete Geräusch dauert fort: das Seufzen einer großen Stadt, gewürgt von Hitze, und eines Volkes, das vergeblich nach Ruhe ächzt.

Nur die Frauen der niedrigeren Kaste schlafen – versuchen zu schlafen – auf den Häusern der Dächer. Welche Qual muß erst herrschen in den vergitterten *Zenanas* – den Frauenhäusern? Hie und da sieht man durch die kleinen Fenster noch immer Lampen funkeln.

Da! Schritte im Hofe unten! Es ist der Muezzin – der gläubige Diener der Moschee; eine Stunde früher hätte er hier sein sollen, um den Rechtgläubigen zu sagen, daß Gebet besser ist als Schlaf – Schlaf, der doch nicht kommt in die Stadt der furchtbaren Nächte!

Einen Augenblick tastet der Muezzin an der Tür eines Minaretts herum, verschwindet für eine Weile – dann verkündet ein furchtbarer Ruf – ein donnernder Baß, dröhnend wie das Brüllen eines Stieres, daß er auf der Spitze des Turmes angekommen ist. Sie müssen ihn hören – alle – bis hinüber zu den trockenen Sandbänken des Ravee. Bis hinab auf den Hofraum fällt die Gewalt des Rufes.

Die Wolke zieht vorbei und der Mondglanz zeigt den Muezzin, wie er sich abhebt als schwarze Silhouette gegen den Himmel, wie er seine Hände an die Ohren preßt und seine breite Brust sich gehoben hat unter dem Atemstoß seiner Lungen bei dem hallenden Schrei: *»Allah ho Akbar.«* Dann eine Pause und: ein anderer Muezzin, aus der Richtung vom Goldenen Tempel her, nimmt den Ruf auf: *»Allah ho Akbar.«* Und wieder und wieder dröhnt es. Im ganzen viermal. Ein Dutzend Männer sind bereits aufgestanden von ihren Strohsäcken.: »Zeuge bin ich, es gibt keinen Gott außer Gott!« – was für ein herrlicher Ruf das ist, dieses Bekenntnis der Gläubigen, der die Menschen scharenweise von den Lagern scheucht um Mitternacht! Wieder dröhnt die Donnerstimme denselben Satz, und der Muezzin taumelt unter der Wucht seines eigenen Rufes; und dann nah und fern erbebt die Nachtluft mit dem Wort: »Mohammed ist Gottes Prophet.« Es ist, als fliege der Schrei bis hin zum fernen Horizont und fordere den Sommerblitz heraus, der da zuckt und aufgrellt wie ein aus der Scheide gerissenes Schwert. Bald, und alle Muezzin der Stadt rufen es herab von den Moscheezinnen; – schon haben sich viele auf den Dächern in die Knie geworfen. Eine lange Pause geht dem Schlußruf voran: *»La ilaha Illallah!«* Dann Totenstille. Wie ein Sack schließt sich das nächtliche Schweigen über allem.

Der Muezzin stolpert die dunkle Treppe hinunter, brummt etwas in den Bart, schreitet durch den Eingangsbogen und verschwindet. Erstickende Hitze brütet wieder stumm über der Stadt der furchtbaren Nächte. Wieder schlafen die Raubvögel in den Minaretten und schnarchen noch lauter als vorher; Gluthauch steigt in langsamen Wellen auf und der Mond gleitet unmerklich zum Horizont hinab. Bis zur Morgendämmerung kann man da an der Brustwehr lehnen, die Ellenbogen aufgestützt, und hinunterschauen auf den von Hitze gequälten, summenden menschlichen Bienenschwarm. Wie sie wohl ihr Leben verbringen? Woran sie denken? Wann sie wohl erwachen werden? Wieder das Plätschern von Wassereimern; leises Scharren von hölzernen Bettstellen, die in und aus dem Schatten gerückt werden; mißtönende Musik von Saiteninstrumenten, die, durch die große Entfernung gemildert, wie ein wehmütiger Klageruf klingt, dann das tiefe Grollen eines Donners weit drüben im Land. Der Türhüter unten im Hofraum der Moschee, derselbe, der quer über der Schwelle lag, als ich das Minarett betrat, fährt plötzlich wild auf im Schlaf, wirft die Arme in die Höhe, murmelt etwas und fällt wieder zurück in seine alte Stellung. Eingelullt von dem Schnarchen der Turmkäuze – sie röcheln wie Menschen, die erdrosselt werden, – versinke ich in quälenden Halbschlaf; nur dunkel kommt mir zu Bewußtsein, daß es drei Uhr geschlagen hat und eine leise, kaum merkliche Kühle in der Luft liegt. In der Stadt unten herrscht vollkommene Ruhe, nur bisweilen unterbrochen vom Liebesgesang streunender Hunde. Sonst schwerer Schlaf überall.

Wochenlang, so will mir scheinen, dauert die Finsternis: der Mond ist untergegangen. Sogar die Hunde schweigen. Ich warte, bis die Dämmerung kommt, ehe ich heimgehen will. Abermals ein Geräusch schlurfender Füße. Der Morgenruf hebt an und meine Nachtwache ist vorüber. *»Allah ho Akbar! Allah ho Akbar!«* Der Osten färbt sich grau und gleich darauf safrangelb; der Morgenwind erhebt sich, als hätte ihn der Muezzin beschworen, und wie ein Mann steht die Stadt der furchtbaren Nächte auf von der Lagerstatt auf den Dächern der Häuser.

Die Lider schwer vom Entbehren des Schlummers, schleiche ich mich aus dem Minarett über den Hofraum der Moschee auf den breiten Platz hinaus, wo die erwachten Schläfer aufgestanden sind, ihre Bettstätten aufzuräumen, und von der Morgenwasserpfeife reden. Die kurze Minute der Kühle ist vorbei und es ist wieder so heiß, wie zuvor.

»Möchte der Sahib die Freundlichkeit haben, ein wenig zur Seite zu treten?«

»Weshalb? Was ist geschehen?« Auf Männerschultern wird ein Etwas herangetragen im Zwielicht, und ich weiche einen Schritt zurück. Die Leiche einer Frau wird zum Verbrennungsghaut hinabgeführt. Einer der Herumstehenden sagt: »Sie ist heute um Mitternacht an der Hitze gestorben.«

Nicht nur eine Stadt der furchtbaren Nächte ist Lahore, auch eine Stadt des Todes.

Die gespenstische Rikscha

Mögen böse Träume meine Lagerstätte meiden,
finstre Mächte mich in Ruhe lassen!
Abendhymne

Einige der wenigen Vorzüge, die Indien vor England genießt, bestehen in der Leichtigkeit, mit der man Bekanntschaften schließt. Schon nach fünfjähriger Dienstzeit kennt man zwei- bis dreihundert Zivilpersonen, die Offizier-Korps von zehn bis zwölf Regimentern und Batterien und etwa fünfzehnhundert Leute der nichtoffiziellen Kaste. Nach zehn Jahren können sich die Bekanntschaften verdoppelt haben, und nach zwanzig ist einem jeder Engländer im Kaiserreich geläufig – dem Namen nach oder von Angesicht zu Angesicht – und man kann reisen, wohin man will, und die Hotelrechnung schuldig bleiben.

Weltenbummler, die die Inanspruchnahme der Gastfreundschaft als ein ihnen zustehendes Recht betrachten, haben, wie ich an mir selbst des öfteren erfuhr, häufig auch das herzlichste Entgegenkommen schmählich mißbraucht; dennoch stehen jedem nach wie vor alle Türen offen, er sei denn ein Wildschwein oder ein räudiges Schaf. Unsere kleine Welt ist nachsichtig und hilfreich!

Vor ungefähr fünfzehn Jahren war ein gewisser Rickett aus Kamartha bei einem Manne namens Polder in Kumaon zu Gast. Er wollte nur zwei Tage bleiben, aber er erkrankte an einem rheumatischen Fieber, und sechs Wochen hindurch brachte er Polders Hauswesen in Unordnung, hielt ihn von seiner Arbeit ab und wäre bei einem Haar in Polders Bett gestorben. Polder benahm sich, als wäre er ihm in alle Ewigkeit verpflichtet, und schickt noch heute den kleinen Ricketts Jahr für Jahr eine Schachtel Spielzeug zu Weihnachten. Und ähnliches geschieht überall in Indien. Männer, die sonst nicht mit einer Meinungsäußerung zurückhalten, der oder jener sei ein unfähiger Esel – Frauen, die stets bei der Hand sind, beim Teeklatsch jemandes Charakter anzuschwärzen –, sie alle mühen sich ab bis zur Erschöpfung, wenn es gilt, einem Hilfsbedürftigen beizuspringen, zumal, wenn er krank ist.

Zum Beispiel Heatherlegh, der Arzt, hatte neben seiner Privatpraxis ein Hospital auf eigene Kosten errichtet; seine Freunde nannten es »eine Gruppe einzelnstehender Schachteln für Unheilbare«, aber in Wirklichkeit war es eine Schirmstätte und ein Zufluchtsort für Leute, deren Kräfte unter dem Klima allzu schwer gelitten hatten. Das Wetter in Indien ist oft unerträglich schwül und, da das Gewicht der täglich zu schleppenden »Ziegel« kein geringes ist und die einzige Erholung im Tagwerk lediglich darin besteht, Überstunden machen zu dürfen, ohne dafür bezahlt zu werden, so kommt es vor, daß Menschen gelegentlich zusammenbrechen oder im Kopf so wirr werden, wie die Metaphern in diesem Satz.

Heatherlegh ist der liebenswürdigste Arzt, der je gelebt hat. Sein immer sich gleichbleibendes Rezept für alle Kranken lautet: »Niedrig liegen, langsam gehen, ruhig bleiben.« Er behauptet, daß mehr Menschen an Überbürdung stürben, als die Wichtigkeit der Welt rechtfertigen könne. – Tatsache ist, daß ein gewisser Pansay, der vor drei Jahren ihm unter den Händen starb, an Überarbeitung zugrunde ging. Als Autorität ist Heatherlegh natürlich maßgebend, und er lacht über meine Ansicht, daß nicht Überbürdung, sondern vielmehr ein Knacks in Pansays Hirn, entstanden durch Eindringen eines bißchens aus der »Dunklen Welt«, die wahre Todesursache gewesen sei; »Pansay starb«, so sagt er, »lediglich an den Reizerscheinungen, die die Folge eines langen Urlaubs in Indien sind. Ob er sich nun als Schuft gegenüber Mrs. Keith-Wessington benommen hat oder nicht, hat damit nichts zu tun, – die Arbeit in der Katabundi-Ansiedlung hat ihn zermürbt und zum Grübler gemacht, so daß er eine ganz gewöhnliche ›Wald- und Wiesenliebelei‹ viel zu schwer nahm. Fest steht nur eins: er war mit Miss Mannering verlobt und sie hat später die Verbindung gelöst. Dann traten Fiebererscheinungen bei ihm auf und mit ihnen der ganze Gespensterunsinn. Überanstrengung war die Ursache der Krankheit, verhinderte die Genesung und führte schließlich den Tod herbei. Die Schuld trägt ein System, das einem einzigen Menschen die Arbeit von zwei und einem halben aufbürdet.«

Ich kann Heatherleghs Meinung nicht teilen. Ich saß bisweilen bei Pansay, wenn ich nichts zu tun hatte und Heatherlegh bei andern Patienten weilte. Der Kranke machte mich geradezu toll, wenn er bei solchen Gelegenheiten mit leiser eintöniger Stimme die Prozession beschrieb, die er an seinem Bett vorüberziehen zu sehen behauptete; er hatte die Beredsamkeit eines Fieberkranken. Als es ihm später wieder ein wenig besser ging, riet ich ihm, die ganze Geschichte von Anfang bis zu Ende niederzuschreiben; ich hoffte, es würde sein Gemüt beruhigen, wenn er sie sich vom Halse schriebe.

Er fieberte stark, als er sie zu Papier brachte, aber der Kolportagestil, dessen er sich dabei bediente, regte ihn womöglich noch mehr auf. Zwei Monate später war er nach Ansicht der Regierung wieder dienstfähig, aber er zog es im letzten Augenblick vor zu sterben, trotzdem man seiner Arbeitskraft dringend bedurfte, um einer in Verlegenheit geratenen Unterkommission über ein nicht unbedenkliches Defizit hinwegzuhelfen. Bis zum letzten Atemzug schwor er, er würde von einer Hexe geritten. Ich erhielt sein Manuskript, noch ehe er verschied. Es war mit dem Jahresdatum 1885 versehen. Ich gebe es hier wörtlich wieder:

Mein Arzt sagt, ich hätte Ruhe und Luftwechsel nötig. Es ist nicht unwahrscheinlich, daß ich mir beides bald verschaffen werde – eine Ruhe, die weder der rotberockte Postbote noch das Mittagsgong jemals wieder wird stören können, und einen Luftwechsel, so gründlich, wie mir ihn nicht einmal ein Ozeandampfer ermöglichen könnte, der schnurstracks in die Heimat fährt. Es ist also das gescheiteste, ich bleibe, wo ich bin, und schlage das Anraten des Arztes, doch nicht immer die ganze Welt ins Vertrauen zu ziehen, in den Wind. Jedermann soll die Ursache meiner Krankheit erfahren und selber beurteilen, ob es jemals auf dieser Erde einen vom Weibe geborenen Menschen gegeben hat, der so gequält wurde wie ich.

Wenn ich hier vielleicht Worte gebrauche, wie sie sonst wohl nur ein zum Tode verurteilter Verbrecher vor seiner Hinrichtung spricht, und meine Geschichte in gräßlichen Farben schildere – und so unglaublich sie auch klingen mag, Beachtung verdient sie jedenfalls, – so möge man mir verzeihen. Daß man mir nicht glauben wird, davon bin ich überzeugt. Hätte doch ich selbst noch vor zwei Monaten einen Menschen für verrückt oder betrunken gehalten, der kühn genug gewesen wäre, mir etwas Ähnliches zu erzählen. – Vor zwei Monaten war ich noch der glücklichste Mann in ganz Indien; heute gibt es keinen Unglücklicheren, von Peshawur angefangen bis hinunter zum Meeresstrand. – Mein Arzt und ich allein wissen das. Seine Erklärung ist, mein Gehirn, meine Augen und meine Verdauung seien angegriffen, und daher meine sich beständig wiederholenden »Sinnestäuschungen«. Ja, ja, Sinnestäuschungen! Ich schelte ihn einen Narren; trotzdem wartet er mir immer mit dem gleichen geduldigen Lächeln auf, mit denselben milden berufsmäßigen Manieren und seinem sorgfältig gekämmten roten Bart, bis er mich schließlich so weit hat, daß ich wirklich glaube, ich sei ein undankbarer, bösartiger Patient. Aber man urteile selbst!

Vor drei Jahren, auf der Rückkehr von einem langen Urlaub, hatte ich das Glück – das Unglück –, von Gravesend bis Bombay mit Agnes Keith-Wessington, der Gattin eines Offiziers aus der Umgebung von Bombay, auf demselben Dampfer zu fahren. Es geht niemand etwas an, zu welcher Kategorie von Frauen man sie hätte zählen können, es genügt, festzustellen: bevor noch unsere Reise zu Ende ging, waren wir beide bis zum Wahnsinn ineinander verliebt. Gott ist mein Zeuge, daß ich das nicht aus Eitelkeit sage! In Liebesangelegenheiten ist immer ein Teil der Gebende und der andere der Empfangende. Vom ersten Tage unseres unglückseligen Verhältnisses an wußte ich, daß Agnes' Leidenschaft stärker und, wenn ich mich so ausdrücken darf, reinerer Empfindung war als die meinige, und daß sie völlig unter diesem Banne stand. Ob sich Agnes derselben Erkenntnis bewußt war, weiß ich nicht. Später wurde sie uns beiden bitter klar.

Im Frühjahr in Bombay angekommen, ging jedes von uns seiner Wege; wir sahen einander drei oder vier Monate nicht wieder, bis mich mein Urlaub und sie ihre Liebe nach Simla führte. Dort verbrachten wir die Saison zusammen – dort brannte auch das Strohfeuer meiner Leidenschaft, noch ehe das Jahr zu Ende ging, nieder bis zum letzten Aschenrest. Ich verhehlte es ihr nicht. – Ich will mich nicht besser machen, als ich bin! Mrs. Wessington hatte um meinetwillen bereits vieles geopfert und war bereit, alles aufzugeben.

Im August 1882 sagte ich ihr offen und brüsk, daß mich ihre Nähe krank mache, daß ich ihrer Gesellschaft müde sei, nicht einmal mehr den Klang ihrer Stimme vertrüge. Neunundneunzig unter hundert Frauen wären meiner längst überdrüssig geworden, mehr noch als ich ihrer; fünfundsiebzig hätten sich sofort an mir durch offensichtliches Kokettieren mit anderen Männern gerächt. Mrs. Wessington war die hundertste. Weder meine nicht mißzuverstehende Abneigung noch auch die verletzenden Roheiten, mit denen ich unsere Begegnungen ausschmückte, machten auf sie irgendwelchen Eindruck.

»Jack, mein Liebling«, war ihr ewiger Kuckucksruf, »es ist bestimmt nur ein Mißverständnis – ein häßliches Mißverständnis; wir werden eines Tages wieder die besten Freunde sein. *Bitte*, vergib mir, lieber Jack!«

Die ganze Schuld lag auf meiner Seite, und ich wußte es. Dies Bewußtsein verwandelte aber nur mein anfängliches Mitleid mit ihr in stumpfes Erdulden; dann wurde blinder Haß daraus, und gelegentlich regte sich in mir jener gewisse dunkle Trieb, der uns zwingt, in wilder Erregung eine Spinne zu zertreten, die tödlich verletzt zu unsern Füßen kriecht. Und mit solchem Haß in meinem Herzen verlebte ich die Saison 1882 bis zum Schluß.

Das nächste Jahr trafen wir uns abermals in Simla – sie mit ihrem monotonen Gesicht und den schüchternen Versöhnungsversuchen, – ich, jede Fiber meines Körpers erfüllt mit Widerwillen. Ich konnte nicht vermeiden, zuweilen allein mit ihr zusammenzutreffen, und bei solchen Gelegenheiten waren ihre Worte genau die gleichen. Immer derselbe unvernünftige Jammer, es läge lediglich ein »Mißverständnis« vor, stets die Hoffnung, wir würden dereinst noch die besten Freunde werden. Wäre ich nicht mit Absicht blind gewesen, ich hätte bemerken müssen, daß nur noch diese Hoffnung allein sie am Leben erhielt; sie wurde von Tag zu Tag durchsichtiger und abgezehrter.

Man wird mir zugestehen müssen, daß ihr Verhalten auch so manchen andern zur Verzweiflung getrieben hätte; es war, da ihre Liebe nicht erwidert wurde, kindisch und unweiblich.

Dann wieder – in dunklen, fieberhaft durchwachten Nächten – machte ich mir Vorwürfe, nicht gütiger zu ihr gewesen zu sein; aber wie hätte ich das können! Liebe heucheln, ohne sie zu empfinden, es wäre unser beider unwürdig gewesen.

Im letzten Jahr trafen wir uns noch einmal; wieder dasselbe Bild: die gleichen flehentlichen Bitten, dieselben rücksichtslosen Antworten von meinen Lippen! Ich wollte ihr endlich begreiflich machen, wie gänzlich verkehrt und hoffnungslos alle ihre Versuche wären, die früheren Beziehungen wieder herzustellen. Je mehr die Saison vorrückte, desto seltener sahen wir uns – das heißt, ich vereitelte nach Möglichkeit die Zusammenkünfte, indem ich Beschäftigung aller Art vorschützte. Wenn ich mir heute in meinem Krankenzimmer die Begebnisse von damals wieder in Ruhe vergegenwärtige, erscheint mir die Saison 1884 wie ein wüster Traum, in dem Licht und Schatten sich phantastisch miteinander vermengen: mein Werben um die kleine Kitty Mannering, mein Hoffen, mein Zagen, meine Befürchtungen um sie, unsere gemeinsamen, weiten Spazierritte, mein schüchternes Liebesgeständnis, ihre Antwort – und zwischen hinein als dunkler Schatten das gelegentliche Vorübergleiten eines bleichen Gesichtes in jener Rikscha, gezogen von schwarz und weiß livrierten Dienern, nach der ich einst in früheren Tagen so eifrig ausgespäht, das Winken von Mrs. Wessingtons behandschuhter Hand – und, wenn sie mich allein traf, was selten mehr geschah, die ermüdende Monotonie ihrer Bitten.

Ich liebte Kitty Mannering – habe sie ehrlich und von Herzen geliebt –, aber mit meiner Liebe zu ihr wuchs auch mein Haß gegen Agnes.

Im August verlobte ich mich mit Kitty. Tags darauf begegnete ich den verwünschten *Jhampanies* jenseits des Jakko, und, von plötzlichem Mitleid ergriffen, blieb ich stehen, sagte Mrs. Wessington alles. Sie wußte es bereits.

»Ich habe von deiner Verlobung gehört, lieber Jack«, – im selben Atem setzte sie hinzu: »Es ist bestimmt nur ein Mißverständnis – ein häßliches Mißverständnis. Wir werden sicher noch die besten Freunde werden, wie wir es jemals waren.«

Die Antwort, die ich gab, hätte auch einen Mann ins Herz getroffen, das sterbende Weib vor mir traf es wie ein Peitschenhieb. »Bitte, vergib mir, Jack, ich wollte dich nicht erzürnen. Aber es ist wahr, es ist wahr!«

Und Mrs. Wessington brach vollständig zusammen. Ich wandte mich ab. Ließ sie ihres Weges ziehen. Einen Augenblick lang kam mir zu Bewußtsein, wie unsagbar niederträchtig ich mich benommen hatte, und ich blickte mich nach ihr um. Bemerkte, daß sie ihre Rikscha hatte wenden lassen. In der Absicht, mich wieder einzuholen, nahm ich an.

Die Szene lebt in allen Nebenumständen wie photographiert in meinem Gedächtnis fort: der regendunkle Himmel, die nassen, schwarzbraunen Kiefern, die schmutzige, durchweichte Straße, und die düsteren zerklüfteten Klippen bildeten einen trüben Hintergrund, gegen den sich die schwarzweißen Livreen der *Jhampanies,* die gelblackierte Rikscha und Mrs. Wessingtons vornübergeneigter goldblonder Kopf scharf abhoben. Sie hielt ihr Taschentuch in der linken Hand und lehnte erschöpft in den Kissen der Kutsche. Ich lenkte mein Pferd in einen Seitenweg und raste buchstäblich davon, dem Sanjowlie-Staubecken zu. Einmal glaubte ich den schwachen Ruf »Jack« zu hören, aber es mag Einbildung gewesen sein. Ich hielt nicht an, um es festzustellen. Zehn Minuten später begegnete mir Kitty, ebenfalls zu Pferd; und in meiner Freude, mit ihr einen weiten Spazierritt machen zu dürfen, vergaß ich bald, was sich begeben hatte.

Eine Woche darauf starb Mrs. Wessington, und damit war die schreckliche Bürde ihres irdischen Daseins von mir genommen. Offen gestanden: ich fühlte mich überglücklich, und ehe drei Monate um waren, hatte ich alles, was sie betraf, so gut wie vergessen; nur hie und da, wenn mir gelegentlich einer ihrer alten Briefe unter die Hände kam, erinnerte ich mich an unsere früheren Beziehungen. Im Januar suchte ich unter meinen Habseligkeiten zusammen, was noch von unserer Korrespondenz übrig war, und verbrannte es.

Anfangs April des Jahres 1885 besuchte ich Simla zum letztenmal, das noch halb verödete Simla, und wir vertieften uns in Liebesgespräche und köstliche Wanderungen, Kitty und ich; und wir beschlossen, gegen Ende Juni zu heiraten.

Ich liebte sie so heiß, daß ich nicht zuviel sage: ich hielt mich für den glücklichsten Mann in ganz Indien.

Vierzehn wonnevolle Tage waren nur so dahingeflogen, ehe ich mir sagte, ich müßte auch die äußere Form wahren. Ich eröffnete Kitty, sie müsse zum Zeichen ihrer Würde als Braut unbedingt einen Verlobungsring tragen, und bat sie, mit mir zu Hamilton, dem Juwelier, zu gehen, um sich ihn anmessen zu lassen. Bis dahin hatten wir tatsächlich keinen Augenblick Zeit gehabt, an derlei triviale Dinge auch nur zu denken.

Wir gingen zu Hamilton am 15. April 1885. – Wenn auch mein Arzt es bestreitet, ich weiß genau: ich war damals vollkommen gesund, leiblich und geistig, und fühlte mich ruhig und harmonisch in jeder Hinsicht.

Kitty trat mit mir in den Juwelierladen, und dort nahm ich ihr selbst, entgegen aller üblichen Gepflogenheit und Sitte, Maß zu dem Ring, wobei der Kommis verschmitzt lächelte.

Es war ein Ring mit einem Saphir und zwei Diamanten. Dann ritten wir den Abhang hinunter nach der Combermere-Brücke und Pelitis Restaurant.

Noch während mein Walliser Pferd sich vorsichtig seinen Weg über die lockeren Schieferplatten ertastete, noch während Kitty lachend und plaudernd mir zur Seite ritt, noch während ganz Simla, das heißt, die wenigen Gäste, die aus der Ebene bereits zur Kur angekommen waren, sich im Lesezimmer und auf der Veranda Pelitis versammelten – hörte ich, anscheinend aus weiter Ferne, jemand meinen Vornamen rufen. Die Stimme kam mir wohl bekannt vor, aber ich konnte mich nicht entsinnen, wann und wo ich sie früher schon einmal gehört hatte. Auf der kurzen Strecke zwischen Hamiltons Laden und dem ersten Pfeiler der Combermere-Brücke riet ich gewiß auf ein halbes Dutzend Personen, denen ich einen so albernen Witz zutrauen durfte, bis ich mir schließlich sagte, es müsse eine Gehörstäuschung gewesen sein.

Da, unmittelbar Peliti gegenüber, blieb mein Auge wie gebannt an einer gelblackierten billigen Bazar-Rikscha haften, die von vier *Jhampanies* in elsterfarbenen Livreen gezogen wurde, und sofort stand die verflossene Saison und mit ihr Mrs. Wessington lebendig vor meinem Geist.

Erregung und Widerwillen bemächtigten sich meiner: war es nicht genug, daß die Frau tot war und ich mit ihr fertig für immer! Mußten gerade jetzt, mitten in meinem Glück, ihre schwarzweißen Diener vor mir auftauchen und mir den Tag vergällen! Bei wem die vier Kulis jetzt auch angestellt sein mochten, ich nahm mir vor, den Mann aufzusuchen und mir von ihm die Gunst zu erbitten, er möge ihnen eine andere Livree geben; nötigenfalls wollte ich sie selbst in meinen Dienst nehmen und ihnen die Röcke vom Buckel wegkaufen.

Ich kann gar nicht beschreiben, welche Flut von unleidlichen Erinnerungen mir ihr Anblick erweckte.

»Kitty«, rief ich, »schau, dort: die *Jhampanies* der unglücklichen Mrs. Wessington! Möchte gern wissen, bei wem sie jetzt in Diensten stehen!«

Kitty hatte Mrs. Wessington flüchtig gekannt und sie immer wegen ihres verhärmten Aussehens bemitleidet.

»Was? Wo?« fragte sie. »Ich sehe nichts.« Dabei spornte sie ihr Pferd an, um einem beladenen Maulesel Platz zu machen, und ritt geradewegs auf die vorbeiziehende Rikscha los.

Ich fand kaum Zeit, einen Warnungsruf auszustoßen, da waren auch schon Roß und Reiterin zu meinem namenlosen Entsetzen durch den Wagen und die ihn ziehenden Diener wie durch ein Luftgebilde hindurchgegangen.

»Was ist denn los?« rief Kitty. »Warum hast du eigentlich so ängstlich aufgeschrien? Wenn ich auch verlobt bin, so braucht es doch nicht gleich jeder Mensch zu merken. Es war doch wahrhaftig genug Platz zwischen dem Maultier und der Veranda, um durchzukommen. Oder glaubst du vielleicht, ich kann nicht reiten?« Und sofort setzte sich der kleine Eigensinn, das zierliche Köpfchen hoch erhoben, in einen kurzen Handgalopp – der Musikkapelle zu, erwartend, wie sie mir später sagte, ich würde ihr, ohne zu zögern, folgen. Was war denn auch geschehen? Nichts, freilich. Gar nichts. Entweder ich war betrunken, oder verrückt. Oder in Simla gingen die Teufel um. Ich zog die Zügel an, drehte um. Auch die Rikscha machte kehrt und stand nunmehr unmittelbar zwischen mir und dem Brückengeländer. – »Jack! Jack, mein Liebling!!« Nein, diesmal konnte es kein Irrtum sein: die Worte dröhnten durch mein Gehirn, als schrie sie mir jemand ins Ohr. – »Jack, es ist ein Mißverständnis, ein häßliches Mißverständnis, ich weiß es gewiß. Bitte, Jack, vergib mir! Laß uns wieder die alten Freunde sein.« Das Rikschaverdeck fiel zurück und drin im Wagen – so wahr ich bei Tag heute den Tod ersehne und erflehe, den ich in der Nacht so fürchte – drin im Wagen saß Mrs. Keith-Wessington, das Taschentuch in der Hand, den goldblonden Kopf auf die Brust gesenkt.

Wie lange ich – regungslos – hingestarrt haben mag, ich weiß es nicht. Die Frage eines Reitknechtes, der die Zügel meines Walliser Pferdes ergriffen haben mochte, ob ich krank sei, erweckte mich aus meiner Betäubung.

Vom Entsetzlichen zum Banalen ist nur ein Schritt: ich taumelte aus dem Sattel, stürzte zu Peliti hinein und trank ein Glas Kirschschnaps. Ein paar Leute saßen um die Kaffeehaustische herum und erzählten sich Tagesklatsch; ihr Geschwätz beruhigte mich damals mehr, als die Tröstungen der Religion vermocht hätten. Ich mischte mich in die Unterhaltung, plauderte, lachte, riß Witze mit einem Gesicht, das bleich und entstellt gewesen sein muß wie das einer Leiche.

Einigen von ihnen fiel mein seltsames Benehmen offenbar auf, denn sie versuchten, mich von den übrigen Müßiggängern zu trennen; sie nahmen wahrscheinlich an, ich hätte zuviel über den Durst getrunken. Aber ich weigerte mich: ich klammerte mich an eine leere Unterhaltung so, wie ein Kind sich aus Furcht vor dem Dunkel der Nacht in die Gesellschaft von Erwachsenen flüchtet.

Ich hatte etwa zehn Minuten – mir erschien es wie eine Ewigkeit – ins Blaue hineingeschwätzt, da hörte ich draußen Kittys helle Stimme nach mir fragen; gleich darauf trat sie ins Zimmer, und gedachte mich vermutlich wegen meines Ausbleibens zur Rede zu stellen. Irgend etwas in meinem Gesicht machte sie stutzen.

»Jack«, rief sie, »wo steckst du denn? Ist etwas geschehen? Bist du krank?« So, direkt zu einer Lüge gezwungen, sagte ich, die Sonne hätte mich betäubt. Es war fast fünf Uhr nachmittags und den ganzen Tag über war trübes Wetter gewesen; sofort sah ich meine Dummheit ein, verstrickte mich aber immer tiefer in alberne Ausreden, bis mir schließlich nichts anderes übrigblieb, als mit Kitty fortzugehen, voll Zorn über mich selbst und begleitet von dem spöttischen Lächeln der Kaffeehausgesellschaft. Draußen entschuldigte ich mich bei Kitty irgendwie – ich glaube, ich habe mich auf einen Ohnmachtsanfall ausgeredet –, ließ sie allein ihren Spazierritt fortsetzen und verfügte mich schleunigst in mein Hotel.

Dort, in meinem Zimmer, setzte ich mich nieder, um vernünftig über den Fall nachzudenken. Hier bin ich, sagte ich mir vor, ich, Theobald Jack Pansay, ein wohl erzogener bengalischer Zivilbeamter im Jahre des Heils 1885, und wie mir scheinen will: bei klarem Verstand, vollkommen gesund, aber in einem Anfall von Entsetzen vertrieben von der Seite der Heißgeliebten durch das Phantom einer Frau, die vor acht Monaten gestorben ist und begraben wurde. Das waren Tatsachen, die sich nicht wegleugnen ließen. Als ich mit Kitty den Laden Hamiltons verließ, lag mir nichts ferner, als an Mrs. Wessington zu denken, und nichts kann weniger phantastisch sein als die Wegstrecke vor dem Restaurant Peliti. Außerdem war heller Tag gewesen und die Straße voller Menschen; – ich empfand es wie Hohn gegenüber jedem Gesetz der Glaubhaftigkeit und der Natur selbst, daß gerade da ein Gesicht aus dem Grabe vor mir erscheinen mußte. Und dann: Kittys Araberstute war mitten durch die Rikscha hindurchgegangen! Also auch die Hoffnung, es hätte möglicherweise eine andere, der Mrs. Wessington wunderbar ähnliche Frau drin gesessen und dieselbe Kutsche mit den elsterlivrierten Dienern gemietet gehabt, war dadurch zunichte gemacht. Und ebenso unerklärlich wie die Erscheinung blieb mir auch die Stimme, die ich gehört hatte.

Die tolle Idee überfiel mich, Kitty alles anzuvertrauen und sie zu bitten, mich auf der Stelle zu heiraten, damit ich in ihren Armen das Phantom in der Rikscha vergessen könne. Ich versuchte, mir einzureden, Beweis genug für die Unwirklichkeit des Begebnisses sei allein schon der Umstand, daß ich außer Mrs. Wessington auch die ganze Rikscha gesehen hätte, denn seit wann spuken nicht nur Menschen, sondern auch leblose Gegenstände! Nein: die Sache war und blieb absurd!

Am nächsten Morgen schrieb ich einen ellenlangen Reuebrief an Kitty und flehte sie an, mein sonderbares Benehmen vom verflossenen Nachmittag zu vergessen. Die Göttin meines Herzens war jedoch noch ziemlich unwirsch, als wir uns später trafen, bis es mir gelang, sie mit einer Beredsamkeit, auf die ich mich die ganze Nacht hindurch präpariert hatte, zu überzeugen, ich sei das Opfer eines Anfalles heftigen Herzklopfens gewesen, die Folge von Magenbeschwerden. Diese einleuchtende Entschuldigung verfehlte ihre Wirkung nicht: Kitty ritt mit mir aus. Aber der Schatten der ersten Lüge stand zwischen uns.

Nichts liebte sie so sehr wie einen Galopp um den Jakko herum. Nervenerregt noch von der Nacht her, suchte ich es ihr auszureden, schlug den Observatoriumshügel, Jutogh, die

Boileaugunge-Straße vor – kurz: alles mögliche, nur der Jakko sollte es nicht sein. Aber Kitty schmollte, schien gekränkt, und schließlich, um nicht abermals einen Mißton aufkommen zu lassen, gab ich nach und wir schlugen den Weg nach Chota-Simla ein.

Nach alter Gewohnheit ritten wir die erste Strecke im Schritt, dann setzten wir uns, ungefähr eine Meile vor dem Kloster, in Galopp, da die Straße zum Sanjowlie-Staubecken glatt und eben ist. Die armen Pferde jagten nur so dahin; mir schlug das Herz schneller und schneller, je mehr wir uns der Steigung des Weges näherten. Schon vor Beginn des Rittes hatte ich beständig an Mrs. Wessington denken müssen, jetzt erinnerte mich jeder Zoll der Jakkostraße an sie, an die alten Zeiten, an unsere Spaziergänge, an unsere Gespräche! Die Meilensteine am Wegrand waren voll davon, die Pinien mir zu Häupten schrien mir es zu, die regengeschwollenen Rinnsale gurgelten und gluckten von der schmählichen Geschichte; der Wind sang mir meine Missetat ins Gesicht.

Der Höhepunkt des Grauens aber erwartete mich an der Straßenbiegung, die im Volksmund »die Meile unsrer lieben Frau« heißt.

Da! Wieder die vier *Jhampanies* in schwarz und weißer Livree! Wieder die gelbgestrichene Rikscha und – das goldblonde Haupt der Frau darin, alles genau so – aufs Haar genau – wie es einst dagestanden vor acht Monaten und vierzehn Tagen! »Diesmal *muß* es Kitty sehen«, sagte ich mir schreckerfüllt, »sind wir doch so aufeinander abgestimmt und seelenverwandt!«, aber ihre ersten Worte schon belehrten mich eines besseren. »Keine Seele weit und breit!» rief sie. »Komm, Jack, rennen wir um die Wette bis zum Stauwerk!« Und fort wie ein Pfeil schoß ihr sehniger, kleiner Araber; meine Walliser hinterdrein. Ein Galopp von einer halben Minute hatte eine Strecke von fünfzig Metern zwischen uns und die Rikscha gelegt! Bei den Klippen holte ich Kitty ein, parierte mein Pferd und – fuhr zusammen: mitten auf der Straße stand die Rikscha. Und abermals ging der Araber – durch sie hindurch; mein Walliser hinterdrein. »Jack, mein Liebling! Jack, *bitte* vergib mir!« klang es mir nach in klagendem Ton. Und nach einer Weile: »Es ist ein Mißverständnis, wirklich nur ein häßliches Mißverständnis!«

Ich spornte meinen Gaul wie ein Besessener. Als ich mich umwandte und, beim Staubecken angelangt, zurückblickte, sah ich, daß die Rikscha immer noch dortstand; die schwarzweißen Livreen warteten davor, unbeweglich, geduldig, im grauen Bergesschatten, und der Wind trug mir das höhnische Echo der Worte zu, die ich so oft schon gehört hatte.

Kitty neckte mich gehörig wegen meiner Schweigsamkeit während des Weiterreitens, zumal ich vorher lebhaft mit ihr geplaudert hatte. Wäre es um mein Leben gegangen, ich hätte kein Wort herausgebracht; von Sanjowlie bis zur Kirche schwieg ich wie ein Toter.

Abends sollte ich bei Mannerings speisen; es blieb mir nur knappe Zeit, nach Haus zu reiten, um mich umzukleiden.

Unterwegs auf der Straße nach Elysium Hill wurde ich Zeuge eines Gesprächs, das zwei Männer miteinander in der Dämmerung führten: »Sonderbar«, sagte der eine, »wie von der Erde weggeblasen ist auch die letzte Spur von ihnen! Du weißt ja, meine Frau war geradezu verliebt in die blonde Dame und hat mich beschworen, ich solle die alte gelbe Rikscha ihr zum Andenken kaufen und nachforschen, wo die vier Kulis geblieben seien, um sie mit Geld und guten Worten wieder zur Stelle zu schaffen. Eine verrückte Idee, was? Aber, was tut man nicht alles um des häuslichen Friedens willen! Jetzt denk dir mal, was der Wagenverleiher, den ich endlich ausfindig machte, mir berichtet hat!: Alle vier Diener – es waren Brüder gewesen, die armen Teufel – sind an der Cholera gestorben, unterwegs nach Hardwar! Und die Rikscha hat der Mann zertrümmert. Unglück brächten die Rikschas toter *Memsahibs,* hat er gesagt. Verrückt, was? Als ob die kleine arme Mrs. Wessington fähig gewesen wäre, irgend jemandes Glück zu zerstören, außer ihr eigenes!« Ein krampfhaftes Lachen befiel mich bei diesen Worten, – ein Lachen, das mich selbst erbeben machte. Es gab also wirklich und wahrhaftig Gespenster von Rikschas, und – Dienerschaften im Jenseits! Wieviel Lohn wohl Mrs. Wessington ihren Leuten drüben zahlen mochte? Und wieviel Stunden hatten sie täglich zu tun? Und wohin sind sie jetzt gefahren?

Wie als sichtbare Antwort auf meine letzte Frage tauchte das infernalische Ding in diesem Augenblick in der Dämmerung vor mir auf. Ja, die Toten reiten schnell und kennen

Wegabkürzungen, von denen gewöhnliche Kulis keine Ahnung haben. Und wieder mußte ich laut auflachen, biß die Zähne zusammen, um es zu ersticken; ich fürchtete, wahnsinnig zu werden. Bis zu einem gewissen Grade muß ich wohl auch wahnsinnig gewesen sein, denn ich erinnere mich, daß ich an die Rikscha heranritt und Mrs. Wessington einen guten Abend wünschte. Die Antwort, die sie mir gab, war mir geläufig! Ich hörte sie bis zu Ende an und erwiderte, alles das hätte ich schon oft aus ihrem Munde vernommen und ich würde mich glücklich schätzen, einmal etwas anderes zu hören. – Ein boshafter Teufel muß damals Macht über mich gehabt und mich geritten haben, denn ich entsinne mich dunkel, ich schwätzte dem gespenstischen »Ding« da vor mir vielleicht fünf Minuten lang von allerlei Tagesklatsch.

»Ein gänzlich übergeschnappter armer Teufel – oder ist er betrunken? Max, geh, bring ihn nach Haus!« hörte ich sagen. Das war bestimmt nicht Mrs. Wessingtons Stimme!

Die zwei Männer hatten mich offenbar in die leere Luft hineinreden hören und waren umgekehrt, um nach mir zu sehen. Sie benahmen sich sehr freundlich und rücksichtsvoll, aber aus ihren Worten ging deutlich hervor, daß sie mich für schwer bezecht hielten. Ich dankte ihnen verwirrt, galoppierte nach meinem Hotel, zog mich um und kam zehn Minuten zu spät zu Mannerings. Ich entschuldigte mich mit der Dunkelheit auf den Straßen, wurde von Kitty wegen meiner eines Verlobten und Verliebten höchst unwürdigen Unpünktlichkeit ein wenig ausgescholten und setzte mich zu Tisch.

Eine lebhafte Unterhaltung war bereits im Gang; unter dem Deckmantel der infolgedessen von uns abgelenkten Aufmerksamkeit plauderte ich zärtlich mit Kitty, da wurde ich plötzlich gewahr, daß ein am unteren Ende des Tisches sitzender Herr – er war von gedrungener Gestalt und trug einen roten Backenbart – mit allerlei Ausschmückungen die Schilderung eines Erlebnisses zum besten gab, das er an diesem Abend mit einem Wahnsinnigen auf der Straße gehabt hatte.

Einige Sätze gaben mir die Gewißheit, daß er von meinem Falle sprach, der sich vor einer halben Stunde abgespielt hatte. Mitten in seiner Erzählung ließ er in der Runde der Gesellschaft seine Blicke schweifen, gewissermaßen Beifall erwartend, wie das Leute, die fesselnd zu plaudern verstehen, zu tun gewohnt sind. Dabei begegneten sich unsere Augen, und mitten im Satz brach er ab. Ein verlegenes Schweigen trat ein, dann murmelte der rotbärtige Herr etwas wie: der Schluß sei ihm entfallen, und opferte damit seinen Ruf als glänzender Anekdotenerzähler, den er sich im Lauf von sechs Saisons erworben. Ich segnete ihn aus tiefstem Herzen und machte mich über die Fischmayonnaise her.

Das Diner war zu Ende, und nur schwer konnte ich mich von Kitty trennen, innerlich fest überzeugt, daß mich draußen vor der Tür – mein Schicksal erwarte.

Der rotbärtige Herr, der mir als Dr. Heatherlegh aus Simla vorgestellt worden war, erbot sich, mich ein Stück Weges zu begleiten, zumal wir dieselbe Strecke zurückzulegen hätten. Ich nahm sein freundliches Anerbieten dankbar an.

Meine Ahnung hatte mich nicht getäuscht: mitten auf dem Korso wartete es auf mich – das Rikscha-Phantom, teuflisch und höhnisch – wie ein Tiefseefisch mit glühendem Laternenauge; der rotbärtige Herr aber ging sofort auf sein Ziel los in einer Weise, die mich erkennen ließ, daß er schon an der Tafel darüber nachgedacht haben mußte.

»Hören Sie, Pansay, was zum Kuckuck war eigentlich heute mit Ihnen los auf der Elysiumstraße?«

Die Frage kam so plötzlich und unerwartet, daß sie mir die Antwort entriß, ehe ich noch Zeit zur Überlegung fand.

»Das da!« sagte ich und deutete auf die Erscheinung. »Das da«, sagte Dr. Heatherlegh gelassen, »kann entweder D. T. – *Delirium tremens* – sein, oder mit den Augen zusammenhängen. Daß Sie kein Trinker sind, habe ich schon bei Tisch gesehen, D. T. kann es also nicht sein. Dort, wohin Sie deuten, ist überhaupt nichts zu sehen; dennoch sind Sie in Schweiß gebadet und zittern wie ein erschrecktes Pony. Ich schließe daraus, daß es an den Augen liegt. Und was das anbelangt, kenne ich mich aus. Kommen Sie doch mit zu mir! Ich wohne in der Unteren Blessingtongasse.«

Zu meiner größten Freude war die Rikscha, statt auf uns zu warten, etwa zwanzig Meter vorausgefahren, und diese Distanz blieb immer die gleiche, ob wir nun im Schritt ritten, trabten oder galoppierten.

Im Laufe dieses langen, nächtlichen Rittes habe ich Dr. Heatherlegh so ziemlich alles erzählt, was ich erlebt hatte.

»Eigentlich haben Sie mir bei Tisch eine meiner besten Geschichten verpatzt, aber ich verzeihe Ihnen«, sagte er, »denn Sie haben viel durchgemacht. Bleiben Sie bei mir und tun Sie, was ich Ihnen raten werde. Wenn Sie dann wieder gesund sind, lassen Sie sich's eine Lehre sein und meiden Sie in Hinkunft Weiber und andere unverdauliche Speisen bis zum Tod!«

Die Rikscha hielt sich beständig vor uns, und meinem rotbärtigen Freund schien es jedesmal einen Riesenspaß zu bereiten, wenn ich ihm genau die Stelle bezeichnete, wo sie sich befand.

»Die Augen sind's, Pansay – ich hab's mir gleich gedacht! Die Augen, das Gehirn und der Magen. Vor allem: der Magen. Sie haben das Gehirn zuviel, den Magen zuwenig belastet, und außerdem die Augen überanstrengt. Ist erst einmal der Magen wieder in Ordnung, dann folgt das übrige von selbst, und das ganze dumme Zeug hat ein Ende. Ich werde die Kur selbst in die Hand nehmen. Sie sind ein viel zu interessantes Phänomen, als daß ich Sie einem andern überließe.«

Mittlerweile waren unsere Pferde in den tiefen Schatten eingetreten, in dem der abfallende Teil des Blessingtonweges liegt. Die Rikscha machte plötzlich halt unter einer von Schwarzkiefern gekrönten, überhängenden Schieferklippe. Unwillkürlich riß ich mein Pferd zurück und erklärte Heatherlegh, weshalb. Er stieß einen Fluch aus:

»Wenn Sie vielleicht glauben, ich hätte Lust, eine kalte Nacht hier in den Bergen zu verbringen, bloß einer Augen-, Magen- und Gehirnreizung zuliebe, dann – – – um Gotteswillen! Was ist das!« – (Ein dumpfes Dröhnen, eine Staubwolke dicht vor uns, ein Krachen von brechenden Ästen, und kaum zehn Meter von der Klippe entfernt, stürzten Kiefern, Unterholz, Steine und Erde herab, im Nu fast die ganze Straße versperrend.) Wie trunkene Riesen schwankten die entwurzelten Bäume einen Augenblick in der tiefen Dunkelheit hin und her, dann fielen sie mit Donnergetöse zu Boden. Unsere beiden Pferde standen wie gebannt, schaumbedeckt vor Schrecken. Als endlich wieder Stille eintrat, murmelte Dr. Heatherlegh: »Mann, wenn wir weitergeritten wären, lägen wir jetzt zehn Fuß tief im Grabe! Es gibt mehr Dinge zwischen Himmel und Erde – – – Aber kommen Sie nach Haus, Pansay, und danken Sie Gott! Ich muß einen Kognak trinken.«

Wir ritten ein Stück zurück, wählten den Weg über die Kirchbrücke und kamen kurz nach Mitternacht in Dr. Heatherleghs Wohnung an.

Er nahm mich sofort in Behandlung, und eine Woche lang ließ er mich nicht aus den Augen. Wie oft im Laufe dieser Woche habe ich meinem Schicksal gedankt, daß es so gnädig gewesen ist, mich dem besten und gütigsten Arzt Simlas in die Arme zu führen; von Tag zu Tag wurde mir leichter und wohler zumute. Von Tag zu Tag bekehrte ich mich mehr zu Dr. Heatherleghs Theorie, daß alles nur Sinnestäuschung, entstanden durch Augen-, Magen- und Gehirnreizung, gewesen sei. Kitty schrieb ich, ich hätte mir bei einem Sturz vom Pferd den Fuß verstaucht, daß ich aber hergestellt sein würde, noch ehe sie Zeit hätte, meine Abwesenheit schmerzlich zu empfinden.

Heatherleghs Kur war höchst einfach; sie bestand aus Leberpillen, kalten Bädern und körperlicher Anstrengung in der Abenddämmerung oder frühmorgens, denn, wie er bemerkte: »Ein Mann mit verrenktem Fuß läuft tagsüber nicht zehn Meilen weit, ohne zu riskieren, seiner Braut zu begegnen, die große Augen machen würde, wenn sie ihn so flott laufen sähe.«

Am Schluß der Woche, nach langen sorgfältigen Untersuchungen meiner Pupillen und meines Pulses und strengen Verhaltungsmaßregeln hinsichtlich meiner weiteren Lebensführung, soweit es Diät und körperliche Bewegung betraf, entließ er mich ebenso kurz angebunden, wie er mich aufgenommen hatte. Hier der Segensspruch, den er mir zum Abschied gab: »Mensch! Ich erkläre Sie für gesund, was soviel heißen will, wie: ich habe die meisten Ihrer Leibesbeschwerden beseitigt. Packen Sie jetzt Ihre sieben Zwetschgen und enteilen Sie zu Ihrer heißgeliebten Kitty!«

Ich wollte ihm meinen Dank für seine Güte aussprechen; er schnitt mir das Wort ab: »Glauben Sie doch nicht, ich hätte es aus Liebe zu Ihnen getan! Im Gegenteil, ich neige sogar zu der Ansicht, daß Sie sich damals wie ein Hinterwäldler in der gewissen Angelegenheit benommen haben. Aber sei dem, wie es wolle, ein seltsames Phänomen sind Sie, ein ebenso seltsames Phänomen, wie Sie es als Hinterwäldler waren. Nein, bitte, kein Geld! Gehen Sie jetzt und sehen Sie zu, ob Sie das Augen-Magen-Gehirngespenst wiederfinden können! Ich zahle Ihnen fünftausend Pfund, wenn es Ihnen gelingt!«

Eine halbe Stunde später saß ich mit Kitty in dem Besuchszimmer der Mannerings, trunken vor Glück und berauscht von dem Gefühl der Gewißheit, daß »Es« mich hinfort nie wieder durch seine Erscheinung stören würde. Im frohen Bewußtsein der wiedergefundenen Selbstsicherheit schlug ich Kitty vor, auf der Stelle einen Galopp – und zwar rund um den Jakko – zu unternehmen.

Noch nie im Leben hatte ich mich so wohl gefühlt, so geladen mit Lebenskraft und Frohsinn, wie damals nachmittags am 30. April. Kitty war entzückt über mein gutes Aussehen und beglückwünschte mich in ihrer reizenden offenherzigen Art. Wir verließen Mannerings Haus zusammen, lachend und miteinander plaudernd, und schlugen, wie gewöhnlich, den Weg nach Chota-Simla ein.

Ich konnte es gar nicht erwarten, das Sanjowlie-Staubecken zu erreichen, um dort das Gefühl meiner wiedergewonnenen inneren Sicherheit noch zu verstärken; die Pferde griffen aus, was sie konnten, aber in meiner Ungeduld schien es mir noch viel zu langsam. Kitty konnte sich gar nicht genug darüber wundern. »Jack, du bist ja wie ein Kind«, rief sie. »Was ist denn mit dir?«

Wir befanden uns bereits unterhalb des Klosters, und aus reinem Übermut ließ ich meinen Walliser kurbettieren, ihn mit der Schleife meines Reitstockes kitzelnd. »Was mit mir los ist, Liebste?« antwortete ich. »Nichts! Das ist es ja eben, daß ich so fröhlich bin! Wenn du eine Woche nichts getan hättest, als ruhig dazuliegen, wärest du auch so ausgelassen, wie ich!«

»Von Singen und Jauchzen den Busen geschwellt,
zu fühlen: wir leben! Nur wir allein!
O Herr der Natur, Herr der sichtbaren Welt,
Herr unsrer fünf Sinne zu sein!«

Ich hatte das Zitat kaum zu Ende gesprochen – wir waren um die Ecke beim Kloster gebogen und wenige Meter vor uns öffnete sich der Ausblick auf Sanjowlie – da standen mitten auf der ebenen Straße: die schwarz und weißen Livreen, die gelbgestrichene Rikscha, und drin Mrs. Keith-Wessington! Ich riß mein Pferd zurück, starrte hin und rieb mir die Augen und muß wohl irgend etwas gestammelt haben – das nächste, worauf ich mich erinnern konnte, war, daß ich mit dem Gesicht nach unten auf der Erde lag und daß Kitty weinend neben mir kniete.

»Ist – es – fort, Kind?« keuchte ich. Kitty weinte nur noch heftiger.

»Was – was soll denn fort sein, Jack?« schluchzte sie. »Was bedeutet denn das alles? Wovon sprichst du? – Es muß da irgendein Mißverständnis vorliegen – ein häßliches Mißverständnis, Jack!« Ihre letzten Worte ließen mich emporschnellen.

Ich war wie rasend; der Wahnsinn griff nach mir. »Ja«, schrie ich, »ja, es – es besteht ein – Mißverständnis! ein – häßliches Mißverständnis. Da, schau ›Es‹ dir an!«

Ich entsinne mich dunkel: ich zog Kitty am Handgelenk über die Straße an die Stelle, wo »Es« stand, ich beschwor sie, »Es« anzureden und zu sagen, daß wir verlobt seien und weder Tod noch Hölle unsern Bund zerreißen könne, und – Kitty allein weiß, was ich sonst noch alles daherredete. Wieder und immer wieder beschwor ich das Schreckgespenst in der Rikscha leidenschaftlich, doch Einsicht zu haben und mich von der Qual zu befreien, die mich noch töten würde. Vermutlich habe ich in meiner besinnungslosen Aufregung dabei Kitty alle meine früheren Beziehungen zu Mrs. Wessington enthüllt, denn ich sah sie mit bleichem Gesicht und blitzenden Augen mir zuhören.

»Ich danke Ihnen, Mr. Pansay«, sagte sie, als ich zu Ende war, »das genügt mir. Reitknecht, *ghora lao.*«

Gleichmütig, wie Orientalen meistens sind, kamen die Reitknechte langsam mit den wieder eingefangenen Pferden angeritten; Kitty sprang in den Sattel, ich faßte ihre Zügel, beschwor sie, mich anzuhören, mir zu verzeihen. Ihre Antwort war ein Hieb mit der Reitpeitsche, der mir eine blaue Strieme über das Gesicht zog vom Mund bis zum Auge. Und ein Wort des Lebewohls, das ich noch jetzt mich scheue niederzuschreiben. Da schwand mir jeder Zweifel; Kitty wußte alles, auch das letzte. Ich taumelte zu der Rikscha hin; mein Gesicht blutete. Ich verachtete mich selbst.

Da kam Heatherlegh, der Kitty und mir in einer Entfernung gefolgt sein mußte, angaloppiert.

»Doktor«, sagte ich und wies auf mein Gesicht, »hier die Unterschrift Miss Mannerings; sie hat unsere Verlobung gelöst – aber Ihre fünftausend Pfund gedenke ich demnächst einzukassieren.«

Das Gesicht, das Heatherlegh zu meinen Worten schnitt, reizte mich trotz meinem grenzenlosen Jammer zum Lachen.

»Ich setze meinen Ruf als Arzt zum Pfand«, begann er.

»Seien Sie kein Narr«, murmelte ich. »Ich habe mein Lebensglück verloren – Sie täten besser, mich heimzubringen.«

Noch während ich sprach, verschwand die Rikscha. Ich fühlte, daß mich das Bewußtsein verließ: der Gipfel über dem Jakko schien sich zu heben, begann zu schweben wie eine Wolke und senkte sich im Fallen auf mich hernieder.

Sieben Tage später – es war der 7. Mai – erwachte ich in Heatherleghs Zimmer, schwach wie ein kleines Kind. Heatherlegh, an seinem Schreibtisch hinter einem Stoß Papieren sitzend, beobachtete mich scharf. Die ersten Worte, die er an mich richtete, klangen nicht besonders ermutigend, aber ich war zu erschöpft, als daß sie einen tiefen Eindruck auf mich hätten machen können.

»Miss Kitty hat Ihnen Ihre Briefe zurückgeschickt«, begann er. »Eine hübsche Menge habt ihr junges Volk da zusammengeschrieben! – Und hier ist ein Päckchen, das sieht so aus, als läge ein Ring drin. Auch eine gewisse Art Liebesbillett von Papa Mannering ist angekommen, das zu lesen und sofort zu verbrennen ich mir die Freiheit genommen habe. Der alte Herr scheint Ihnen nicht mehr sehr gewogen zu sein.«

»Und Kitty?« fragte ich, halb betäubt.

»Ist fast noch mehr aufgebracht als ihr Vater – nach dem zu schließen, was sie schreibt. Ich entnehme daraus, daß Ihnen eine Menge von seltsamen Erinnerungen entschlüpft sein muß, just, bevor ich Sie traf. Sie sagt, ihrer Ansicht nach solle sich ein Mann, der einer Frau gegenüber gehandelt hat, wie Sie gegenüber Mrs. Wessington, schon aus Rücksicht auf seine Blutsverwandten selber niederknallen. Sie ist halt eine kleine hitzköpfige Amazone, Ihr Schatz. Behauptet auch steif und fest, Sie hätten einen Anfall von *Delirium tremens* gehabt – damals, als Sie sich auf der Jakkostraße überschlugen. Beteuert: sie wolle lieber sterben, als jemals wieder ein Wort mit Ihnen sprechen.«

Ich stöhnte auf und wälzte mich in meinem Bett auf die andere Seite.

»Sie müssen jetzt Ihrerseits eine Entscheidung treffen«, fuhr Heatherlegh fort, »lieber Freund! Die Verlobung muß offiziell gelöst werden. Und die Mannerings wollen ja auch gern ein Auge zudrücken. Soll also *Delirium tremens* oder Epilepsie der Vorwand sein? Es tut mir leid, aber ich kann Sie vor keine mildere Wahl stellen. Höchstens vielleicht: erbliche Belastung. Sprechen Sie das Wort aus, und ich werde den Leuten die Mitteilung in gewählter Form zukommen lassen. Ganz Simla weiß doch von der Szene auf der ›Meile unsrer lieben Frau‹. Raffen Sie sich auf! Ich lasse Ihnen fünf Minuten Überlegung.«

Ich glaube, ich habe in jenen fünf Minuten die fürchterlichsten Tiefen der Hölle durchwandert, die ein Mensch, solang er auf Erden weilt, betreten kann. Zugleich sah ich mich selbst in den dunklen Labyrinthen des Zweifels, des Jammers und der äußersten Hoffnungslosigkeit umhertaumeln. Ich hatte bis zum letzten Augenblick – so wenig wie Heatherlegh – eine Ahnung, welche der drei schrecklichen Alternativen ich ergreifen würde. Dann hörte ich plötzlich eine Stimme, die meine eigene gewesen sein muß, antworten:

»Sie sind schauderhaft einseitig, was die Moralität hier anbelangt, Heatherlegh! Schreiben Sie den Mannerings, ich wähle Epilepsie, wenn's ihnen in den Kram paßt; ich stelle es ihnen anheim, sie mögen darüber verfügen, wie – auch über meine Liebe. Lassen Sie mich jetzt noch ein bißchen schlafen, Doktor!«

Dann vereinigten sich meine beiden Ichs, und nur eines blieb zurück – das eine, halb wahnsinnige, vom Teufel gehetzte, das sich im Bette herumwälzte und Schritt um Schritt zurückwanderte in die Begebnisse des verflossenen Monates.

»Ich – bin – in – Simla«, sagte ich mir unablässig vor, »ich, Jack Pansay, bin in Simla, und Geister gibt es hier nicht. Es ist unvernünftig von der Frau, mir das Gegenteil beweisen zu wollen. Warum läßt sie mich nicht in Ruhe? Ich habe ihr doch nie etwas zu Leide getan. Gerade so gut wie sie, hätte auch ich sterben können! Nur wiedergekommen wäre ich nie, um sie zu morden. Sie aber kommt zurück –. Warum läßt sie mich nicht ruhig und glücklich sein?«

Es war später Nachmittag, als ich erwachte; früher Morgen war's gewesen, bevor ich in Schlaf verfiel – in den Schlaf, der das Opfer auf dem Streckbrett befällt, wenn der Schmerz so furchtbar geworden ist, daß es ihn nicht mehr empfindet.

Am nächsten Tag war ich außerstande, das Bett zu verlassen. Heatherlegh erzählte mir, eine Antwort der Mannerings sei eingetroffen (dank seiner freundlichen Bemühung), daß die Nachricht von meiner Erkrankung bereits in ganz Simla die Runde gemacht habe und man mich allgemein bedauere.

»Das ist eigentlich mehr, als Sie verdienen«, fügte er scherzhaft hinzu, »obwohl Sie durch eine scharfe Mühle gegangen sind, das weiß Gott. Macht nichts; kurieren werde ich Sie doch, Sie verdrehtes Phänomen!«

Ich bat ihn allen Ernstes, sich und mir das zu ersparen. »Sie haben mir sowieso schon viel zuviel Güte angedeihen lassen, altes Haus!« sagte ich. »Ich möchte Sie wahrhaftig nicht noch weiter bemühen.« Ich wußte in meinem Herzen nur zu gut, daß er mir die Bürde, die auf mir lag, nimmermehr würde erleichtern können.

Mit dieser Erkenntnis überkam mich gleichzeitig eine hoffnungslose, aber um so leidenschaftlichere Empörung gegen all das Widersinnige, das mir zugestoßen war. Wie viele Männer gab es, nicht besser als ich, und doch blieb ihnen – hienieden wenigstens – die Strafe erspart; warum mußte gerade ich von einem so grausigen Schicksal heimgesucht werden?!

Diese Gemütsstimmung machte später einer andern Platz: es wollte mir nämlich so scheinen, als seien die Rikscha und ich die einzigen wirklichen Wesen in einer Welt der Schemen, Kitty hingegen ein Gespenst, und die Mannerings, Heatherlegh und die zahllosen Männer und Frauen meiner Bekanntschaft desgleichen; wie große graue Berge, aber dabei leere Schatten, empfand ich sie – nur dazu da, peinigend auf mir zu lasten. – Sieben lange, qualvolle Tage taumelte ich so im Geiste hin und her, vorwärts und rückwärts, jedoch mein

Körper genas mehr und mehr von Stunde zu Stunde, bis mir eines Morgens der Spiegel in meinem Schlafzimmer sagte, daß ich wieder fähig sei, zum alltäglichen Leben zurückzukehren und ein Mensch zu sein wie die andern. Sonderbar genug: in meinem Gesicht war keine Spur zu sehen, die verraten hätte, welche Kämpfe ich durchgemacht. Es war bleich, aber, wie sonst, ohne irgendwelchen besonderen Ausdruck. Ich hatte mir vorgestellt, ich müßte gänzlich verändert sein – gewissermaßen ein wandelndes Krankheitsbild. Nichts von alledem.

Am 15. Mai verließ ich Heatherleghs Sanatorium; der Junggeselleninstinkt trieb mich in den Klub. Bald merkte ich, daß jedermann dort meine Leidensgeschichte kannte – der Variante nach, die Heatherlegh zu verbreiten für gut befunden hatte –, merkte es an der plumpen Art, mir auffallend höflich entgegenzukommen. Trotzdem wußte ich nur zu genau, ich würde den Rest meines Lebens wohl zwischen, aber niemals »mit« meinen Gefährten verbringen. Aus tiefster Seele beneidete ich die Kulis auf der Gasse um ihr fröhliches Lachen. – Ich frühstückte im Klub und wanderte gegen vier Uhr planlos die Straße entlang in der heimlichen Hoffnung, Kitty zu begegnen. In der Nähe der Musikkapelle traf ich die schwarz und weißen Livreen und hörte Mrs. Wessingtons mir so wohlbekannten Zuruf dicht neben mir. Ich hatte es kommen gefühlt vom ersten Augenblick an, seit ich ausgegangen war; ich wunderte mich nur, daß das Phantom so lange gezögert hatte, mir zu erscheinen. So zogen wir Seite an Seite dahin über die Chota-Simla-Straße –: die Rikscha und ich. Beim Bazar überholten uns Kitty und ein Herr zu Pferd und ritten an uns vorüber; sie hatte nicht einmal so viel Rücksicht für mich, ihr Tempo zu beschleunigen, obwohl sie es in Hinblick auf das Regenwetter leicht hätte erklärlich machen können. Sie wollte mir damit zeigen, daß ich ihr so gleichgültig war wie ein Hund am Wege.

So zogen wir – jedes ein Pärchen – um den Jakko herum, sie mit ihrem Kavalier, ich mit meiner gespenstischen Geliebten.

Die Straße war überflutet, die Pinien troffen wie Dachrinnen, daß das Wasser nur so auf die Felsen niederklatschte, und die Luft war erfüllt von feinem Sprühregen. Zwei- oder dreimal ertappte ich mich dabei, wie ich laut mit mir selbst sprach und mir vorsagte: »Ich bin Jack Pansay und auf Urlaub in Simla – jawohl: in Simla – dem mir gut bekannten Simla; ich darf das nicht vergessen – unter keinen Umständen vergessen!« Und dann zwang ich mich, mich irgendeines blöden Geschwätzes im Klub zu entsinnen, was dieses oder jenes Pferd gekostet hätte, oder an ein belangloses Ereignis in der anglo-indischen Welt, die mir bekannt war wie meine Tasche, zu denken. Dann wieder rechnete ich im Kopf das Einmaleins durch, um mich zu vergewissern, daß ich noch Herr meiner fünf Sinne war. Und das beruhigte mich, hatte wahrscheinlich zur Folge, daß ich Mrs. Wessingtons Stimme nicht ununterbrochen hörte.

Noch einmal erklomm ich, müde, den Klosterhügel und erreichte die ebene Straße. Kitty und ihr Begleiter setzten sich soeben in Galopp, und so war ich allein mit Mrs. Wessington. – »Agnes«, sagte ich, »möchtest du nicht das Wagenverdeck zurückschlagen lassen und mir sagen, was das alles zu bedeuten hat?« Und sofort klappte die Plane geräuschlos zurück, und ich stand Auge in Auge mit meiner toten und begrabenen Geliebten. Sie trug dasselbe Kleid, wie damals, als ich sie zum letztenmal gesehen, dasselbe kleine Taschentuch in der rechten, dieselbe Visitenkartentasche in der linken Hand. (Man denke: eine Frau, vor acht Monaten gestorben, hat eine Visitenkartentasche bei sich!!) Ich mußte das Einmaleins wieder hersagen, meine beiden Arme auf die steinerne Brustwehr der Brücke stützen, um mir zu versichern, daß diese wenigstens wirklich war.

»Agnes«, sagte ich, »um Gottes Barmherzigkeit willen, erklär mir, was hat das alles zu bedeuten?« Mrs. Wessington beugte sich vor – mit der eigentümlich schnellen Kopfbewegung, die mir von früher her so vertraut war – und begann zu sprechen.

Wenn meine Geschichte nicht an und für sich schon alles Maß des Wahrscheinlichen überschritten hätte, ich würde jetzt versuchen, sie plausibel zu machen, aber da ich nur zu gut weiß, daß niemand mir glauben wird, auch Kitty nicht, vor der mich zu rechtfertigen mein Wunsch war, als ich sie niederschrieb, unterlasse ich es lieber und fahre fort:

Mrs. Wessington sprach und sprach, und ich ging neben ihr

her, wie neben der Rikscha einer lebenden Frau, in eine Unterhaltung vertieft, von der Sanjowlie-Straße angefangen, bis zur Biegung des Kommandeurhauses. Die zweite, wohl die quälendste Form meiner Krankheit hatte die Oberhand über mich gewonnen: gleich dem Prinzen in Tennysons Gedicht vermeinte ich, mich in einer Welt von Schemen zu bewegen. Ein Gartenfest hatte im Hause des Kommandeurs stattgefunden, und ich geriet in das Gedränge der in Scharen heimkehrenden Gäste; ich empfand ihre Nähe wie die von Schatten – ich hatte den Eindruck, als wichen sie zur Seite, um mir und der Rikscha Platz zu machen.

Was Mrs. Wessington und ich miteinander sprachen im Laufe dieses unheimlichen Beisammenseins, ich kann nicht – ich wage es nicht zu sagen. Heatherlegh würde es als ein Mischmasch von Augen-Magen-Gehirn-Reizung erklärt haben. Es war eine grausige, aber doch für mich irgendwie wunderbar liebe und teure Erfahrung. War es denn wirklich möglich, daß ich, ein lebender Mensch, mich ein zweites Mal um eine Frau bewarb? Um eine Frau, die ich durch Lieblosigkeit und Grausamkeit selbst getötet hatte?!

Auf dem Heimwege begegnete ich Kitty; sie war für mich ein Schatten unter Schatten geworden.

Wollte ich alles der Reihe nach niederschreiben, was ich den nächsten Tag noch erlebte, meine Geschichte käme nie zu Ende.

Morgen für Morgen, Abend für Abend wanderte ich neben der gespenstischen Rikscha durch Simla. Wo ich ging und stand, da waren auch die vier schwarz und weißen Livreen, begleiteten mich nach meinem Hotel, warteten auf mich, bis ich ausging. Vor dem Theater standen sie mitten unter den andern lautschreienden *Jhampanies* vor der Klubveranda nach langen Whistabenden, harrten meiner nach dem Ball, der zu Ehren des Geburtstages der Königin stattgefunden, und vor den Türen der Häuser am hellichten Tage, in denen ich Besuche machte.

Abgesehen davon, daß die Rikscha keinen Schatten warf, erschien sie mir so wirklich wie jede andere aus Eisen und Holz, und mehr als einmal mußte ich mich zurückhalten, um nicht einen Warnungsruf auszustoßen, wenn ein Bekannter, wie es mir schien, im Begriff stand, in sie hineinzureiten. Und mehr als einmal wanderte ich die Hauptstraße hinunter in tiefstem Gespräch mit Mrs. Wessington zum maßlosen Erstaunen der Passanten.

Ich hatte es noch nicht eine Woche lang so getrieben, als ich bemerkte, daß die Ansicht, ich sei epileptisch, der Theorie von vererbtem Irresein Platz gemacht hatte; trotzdem änderte ich meine Lebensweise nicht im geringsten, machte Besuche, ritt spazieren, dinierte auswärts und bewegte mich so frei, wie es mir gut dünkte. Innerlich aber sehnte ich mich so leidenschaftlich wie wohl nie zuvor nach der Wirklichkeit des Lebens, aber gleichzeitig fühlte ich mich auch tiefunglücklich, wenn ich – für meine Begriffe – zu lang von meiner gespenstischen Gefährtin getrennt gewesen war; es ist mir unmöglich, den beständigen Wechsel meiner Gemütsstimmung zu beschreiben, die mich befallen hatte vom 15. Mai bis zum Tage dieser Niederschrift.

Die Gegenwart der Rikscha erfüllte mich bald mit Schrekken, blinder Angst und Furcht, bald mit Freude, bald mit äußerster Verzweiflung. Simla zu verlassen, wagte ich nicht; und doch wußte ich, daß ein längeres Verbleiben mir den Tod bringen würde. Meine einzige Sehnsucht war, meine Bußezeit möchte zu einem ruhevollen Ende führen. Mich dürstete nach dem Anblick Kittys und gleichzeitig erheiterte mich ihr krampfhaftes Kokettieren mit meinem Nachfolger – besser gesagt: mit meinen Nachfolgern. Sie stand außerhalb meines Lebens, so wie ich außerhalb des ihrigen.

Tagsüber wanderte ich, fast zufrieden mit meinem Schicksal, an Mrs. Wessingtons Seite dahin, aber des Nachts flehte ich zu Gott, er möchte mich der Welt, wie ich sie früher gekannt, wiedergeben. Und über all diesen wechselnden Stimmungen lag das dumpfe, betäubende Verwundern, daß Sichtbares und Unsichtbares sich so seltsam zusammenfügte nur zu dem Zweck, eine arme Seele ins Grab zu hetzen.

17. August. Heatherlegh ist unermüdlich in seinen Sorgen um mich. Gestern hat er mir geraten, ich solle um einen Urlaub ansuchen. – Ein Urlaub, um der Gesellschaft eines Gespenstes zu entgehen!! Ein Gesuch, das Gouvernement möge mir gnädigst gestatten, nach England reisen zu dürfen, um die Anwesenheit von fünf Gespenstern und einer aus Luft bestehenden Rikscha abzuschütteln! Ich beantwortete seine

Zumutung mit einem fast hysterischen Gelächter und erklärte ihm, da wolle ich doch lieber das Ende in Simla abwarten. Und ich weiß: das Ende ist nicht mehr fern. Ich erwarte es mit einer Furcht, die tiefer ist, als daß ich sie mit Worten schildern könnte. Nacht für Nacht martere ich mich mit Vermutungen ab, auf welche Art ich wohl sterben werde. Werde ich in meinem Bett sterben, anständig, wie es einem englischen Gentleman geziemt? Oder während eines Spazierganges auf der Hauptstraße? Wird meine Seele mir entrissen werden, um für immer und ewig an das grauenhafte Phantom gefesselt zu sein? Werde ich in die alte Heimat im Jenseits zurückkehren, oder werde ich Agnes drüben wieder hassen und dennoch für immer an sie gebunden sein? Oder sollen wir beide bis zum Ende aller Zeiten über dem Schauplatz unseres Lebens schweben? – Je näher der Tag meines Todes heranrückt, desto wilder packt mich das Grauen, das das lebendige Fleisch vor einem dem Grabe entstiegenen Schatten empfindet. Es ist traurig über alle Maßen, zu den Toten gehen zu müssen, wenn kaum noch die Hälfte des Lebens gelebt ist! Tausendmal trauriger noch, so, wie ich, mitten unter den Menschen unausdenkbare Schrecken kommen sehen zu müssen! Ihr, die ihr jetzt lest, was ich niedergeschrieben habe, bedauert mich wenigstens meiner – wie ihr es nennen werdet: Geistesverwirrung wegen! Glauben werdet ihr ja doch nie, was ich erlebt habe! Aber dennoch: so sicher, wie jemals ein Mensch durch das Eingreifen dunkler Mächte in den Tod getrieben wurde, so sicher bin ich ein solcher Mensch.

Um der Gerechtigkeit willen: gedenket in Mitleid auch ihrer! Denn, wenn jemals ein Mann eine Frau gemordet hat, so habe ich Mrs. Keith-Wessington gemordet.

Ich gehe jetzt meinem letzten Strafgericht entgegen. Es schwebt über mir.

William

I

»Ist es schon offiziell bekanntgegeben?«

»Sie sind schon so weit gegangen, äußersten örtlichen Nahrungsmittelmangel zuzugeben, und haben in ein oder zwei Distrikten das Hilfswerk in Gang gesetzt; so steht es in der Zeitung.«

»Das bedeutet, sie werden es bekanntgeben, sobald sie sich ihre Leute und das Betriebsmaterial gesichert haben. Es wäre nicht zu verwundern, wenn die Sache ebenso bös würde wie die große Hungersnot.«

»Unmöglich!« erwiderte Scott und drehte sich ein wenig in dem Rohr-Streckstuhle um. »Wir hatten im Norden eine prächtige Ernte; auch Bombay und Bengalen melden, sie hätten mehr, als sie brauchten. Sie werden imstande sein, die Sache einzudämmen, bevor sie ihnen über den Kopf wachsen kann. Sie wird örtlich beschränkt bleiben.«

Martyn setzte sich auf, nahm den »Pionier« vom Tische, las noch einmal die Telegramme durch und legte die Füße wieder auf den Streckstuhl. Der Abend war heiß, dunkel und drückend, schwer vom Geruch des frisch gesprengten Mall. Die Blumen im Garten des Klubs hingen tot und schwarz an ihren Stengeln, der kleine Lotosteich war nur mehr ein harter, runder Schlammkuchen, und die Tamariskenbäume standen weißgepudert vom Staube des Tages. Die meisten Herren waren im Stadtpark bei der Musik (von der Veranda des Klubs hörte man die Kapelle der eingeborenen Polizisten uralte Walzer quäken) oder auf dem Polorasen oder dem von hohen Mauern umgebenen Ballspielplatze, auf dem Backofenhitze brütete. Ein halbes Dutzend Pferdejungen kauerten bei ihren Ponys und warteten auf die Rückkehr ihrer Herren. Von Zeit zu Zeit ritt ein Mann im Schritt in den Hof des Klubs ein und bummelte dann träge zu den weißgetünchten Baracken neben dem Hauptgebäude, wo sich die sogenannten Wohnräume befanden. Dort lebten die Herren, trafen Abend für Abend dieselben Gesichter beim Essen und zogen ihre Arbeit in den Ämtern bis zur spätesten Stunde hin, um der kläglichen Gesellschaft zu entgehen.

»Was werden Sie jetzt machen?« fragte Martyn gähnend. »Wollen wir nicht vor dem Abendessen noch schwimmen gehn?«

»Das Wasser ist warm. Ich war heute schon im Bad«, erwiderte Scott.

»Eine Partie Billard – nur auf fünfzig Points?«

»Es hat jetzt hundertfünf Grad in der Halle. Sitzen Sie still und seien Sie nicht so gräßlich tatenlustig!«

Ein grunzendes Kamel schaukelte vor die Einfahrt, der an Gürtel und Abzeichen kenntliche Reiter schwenkte eine lederne Tasche.

»Kubber-kargaz-ki-yektraaa«, kreischte er und reichte eine Extraausgabe herunter – ein nur einseitig bedrucktes, von der Presse noch feuchtes Stück Papier, das an dem schwarzen Brett angeschlagen wurde, mitten zwischen Ankündigungen von zum Verkauf stehenden Ponys und verlaufenen Foxterriern.

Martyn erhob sich faul, las und stieß einen Pfiff aus: »Es ist 'raus!« rief er. »Eins, zwei, drei – acht Distrikte fallen unter das Hungersnotgesetz. Sie haben Jimmy Hawkins mit dem Oberbefehl betraut.«

»Eine gute Sache!« sagte Scott, der jetzt das erste Zeichen von Interesse zeigte. *»In dubio* nimm einen Punjabmann. Ich habe unter Jimmy gearbeitet, als ich zuerst hinausgeschickt wurde und er noch zum Punjab gehörte. Er hat mehr Grütze im Kopfe als die meisten Männer.«

»Jimmy ist beim Jubiläum zum Ritter geschlagen worden«, sagte Martyn. »Er war ein guter Junge, wenn er auch ein dreimal eingefleischter Zivilbeamter ist und in das von Gott geschlagene Präsidium eingetreten ist. Was für heilloser Namen diese Distrikte sich erfreuen – alle endigen auf *ungas* oder *rungas* oder *pillays* oder *polliums.*«

Ein Dogcart fuhr vor, und ein Mann betrat, sich das Gesicht trocknend, die Halle. Er war der Herausgeber der einzigen Tageszeitung in der Hauptstadt einer Provinz, in der 25 Millionen Eingeborene und einige hundert Weiße lebten, und da sich sein Stab auf ihn und einen Gehilfen beschränkte, dauerte seine Bürozeit zehn bis zwanzig Stunden täglich.

Martyn hielt ihn auf und sagte:

»Hallo, Raines, Sie müssen doch alles wissen! Was wird aus dem Lebensmittelmangel in Madras werden?«

»Niemand weiß es noch. Ein ellenlanger Bericht geht eben telephonisch ein; ich habe meinen Jungen im Büro gelassen, um ihn aufzunehmen. Madras hat zugegeben, daß es allein nicht mehr damit fertig wird, und Jimmy scheint freie Hand zu haben, alle Leute, die er braucht, zu sich zu berufen. Arbuthnot hat schon Order, sich bereitzuhalten.«

»Badger Arbuthnot?«

»Ja, der Kerl aus Peshawur. Und der ›Pi‹[1] telegraphiert, daß Ellis und Clay schon von Nord-West abkommandiert sind. Und sie haben auch ein halbes Dutzend Leute aus Bombay genommen; es ist *pukka*[2] Hungersnot, wie es scheint.«

»Sie sind dem Schauplatz der Aktion näher als wir; aber wenn es dazu kommt, daß man so früh schon das Punjab einberuft, so hat die Sache einen größeren Umfang, als es von außen den Anschein hat.«

»Heute gekommen, morgen gegangen. Wird auch nicht für die Ewigkeit sein«, sagte Scott, legte den Roman von Marryat, den er eben las, fort und stand auf. »Martyn, Ihre Schwester wartet auf Sie.«

Ein grobknochiges graues Pferd scharrte unruhig vor der Veranda, von der das Licht einer Kerosen-Lampe auf einen braunen Kalikoanzug und ein weißes Gesicht unter einem grauen Filzhute fiel.

»Hallo, ich bin fertig«, sagte Martyn. »Scott, kommen Sie lieber mit und essen Sie bei uns, wenn Sie nichts zu tun haben. William, ist etwas zu essen im Hause?«

»Ich kehre nach Hause zurück und sehe nach«, erwiderte die Reiterin. »Du kannst ihn dann hinüberkutschieren – um acht Uhr, bitte.«

Scott begab sich gemächlich in sein Zimmer und zog sich um; er legte die der Jahreszeit und dem Lande entsprechende Abendkleidung an: fleckenlos weißes Leinen vom Kopf bis zu den Füßen, mit einem breiten seidenen Gürtel. Ein Abendessen bei Martyns war entschieden besser als Ziegenfleisch, zähes Geflügel und Konservenbüchsen-Vorspeisen im Klub. Aber es war doch sehr schade, daß Martyn es sich nicht leisten konnte, seine Schwester in der heißen Jahreszeit in

1. ›Pionier‹. – 2. Echt, richtig.

die Berge zu schicken. Als aktiver Distriktssuperintendent der Polizei bezog Martyn das großartige Monatsgehalt von sechshundert entwerteten Silberrupien, und sein kleiner Vierzimmer-Bungalow war dementsprechend eingerichtet. Da lagen die üblichen blauweiß gestreiften, von Zuchthäuslern angefertigten Teppiche auf dem unebenen Boden; die üblichen, mit Glasperlen bestickten Amritsar-*Phulkaris*[1] waren mit Nägeln an der Wand, deren Tünche überall abblätterte, befestigt. Es gab auch das übliche halbe Dutzend Sessel, die nicht zusammengehörten, wie man sie in Indien bei Nachlaß-Versteigerungen erstehen kann; und dort, wo der lederne *Punka*-Riemen[2] durch die Wand lief, sah man die üblichen schwärzlich-fettigen Streifen. Es war, als sei alles am Abend zuvor ausgepackt worden und würde am nächsten Morgen wieder eingepackt werden. Nicht eine Tür im Hause hing ordentlich in ihren Angeln. Die fünfzehn Fuß hoch in der Mauer eingelassenen kleinen Fenster waren von Wespennestern verdunkelt, und zwischen den Balken des hölzernen Daches machten Eidechsen auf Fliegen Jagd. Aber all dies war auch ein Teil von Scotts Leben. So lebten eben Leute, die ein solches Einkommen hatten; und in einem Lande, in dem jedermanns Gehalt, Alter und Stellung in einem Buch gedruckt steht, das jeder lesen kann, ist es kaum der Mühe wert, in Wort oder Tun etwas vortäuschen zu wollen. Scott hatte acht Dienstjahre im Bewässerungsdepartement verbracht und bezog achthundert Rupien im Monat, mit der Aussicht, sich nach weiteren zweiundzwanzig Jahren treuen Staatsdienstes mit einer Pension von etlichen hundert Rupien monatlich zur Ruhe setzen zu dürfen. Seine Tätigkeit, die sich hauptsächlich unter Zeltleinwand oder in rasch errichteten Schuppen, in denen ein Mann schlafen, essen und Briefe schreiben konnte, abgespielt hatte, verpflichtete ihn, Bewässerungskanäle anzulegen und im Stande zu halten, zwei- bis dreitausend Arbeiter aller Kasten und Glaubensbekenntnisse zu befehligen und große Summen gemünzten Silbers auszuzahlen. Er hatte diesen Frühling – nicht ohne einigen Beifall – den letzten Abschnitt des großen Mosuhlkanals fertiggebaut und war dann – sehr gegen seinen Willen, denn er haßte Büroarbeit – für die heiße Zeit in die

1. Shawls. – 2. Großer ostindischer Fächer.

Rechnungs- und Lieferungsabteilung seines Departements versetzt worden, wo er allein die Leitung des drückendheißen Büros der Unterabteilung in der Provinzhauptstadt innehatte. Martyn wußte es, William, seine Schwester, wußte es, jedermann wußte es.

Scott andererseits wußte, wie alle Welt, daß Fräulein Martyn vier Jahre zuvor nach Indien gekommen war, um den Haushalt ihres Bruders zu leiten, der, wie auch wiederum jedermann wußte, sich das Geld für ihre Überfahrt ausgeliehen hatte, und daß sie, wie alle Welt sagte, schon längst hätte heiraten sollen. Anstatt dessen hatte sie ein halbes Dutzend Leutnante, einen um zwanzig Jahre älteren Zivilbeamten, einen Major und einen Herrn aus dem Indischen Hygienedepartement abgewiesen. Auch dies war aller Welt bekannt. Sie hatte »drei heiße Jahreszeiten überstanden«, wie die Phrase lautet, weil ihr Bruder verschuldet war und die Ausgabe für ihren Aufenthalt selbst in einer billigen Bergstation sich nicht leisten konnte. Daher war ihr Gesicht knochenweiß und mitten auf der Stirne hatte sie ein schillinggroßes, silberiges Mal – die Narbe eines »Delhi-Ausschlages«, was dasselbe ist wie die bekannte »Erinnerung an Bagdad«. Das kommt vom Trinken schlechten Wassers und frißt sich langsam in das Fleisch ein, bis es reif genug ist, mit Säure ausgebrannt zu werden.

Nichtsdestoweniger hatte sich William in den letzten vier Jahren sehr gut unterhalten. Zweimal war sie fast ertrunken, als sie zu Pferde eine Furt durchquerte; einmal war ein Kamel mit ihr durchgegangen; sie war Zeuge eines mitternächtlichen Angriffes von Dieben auf das Lager ihres Bruders gewesen und hatte zugesehen, wie im Freien unter Bäumen mit langen Stöcken Gerechtigkeit geübt wurde. Sie konnte Urdu und auch ein rauhes Punjabi mit einer Geläufigkeit sprechen, um die sie weit länger in Indien Lebende beneideten; auch hatte sie die Gepflogenheit, an ihre Tanten in England zu schreiben und die englischen Magazine aufzuschneiden, gänzlich aufgegeben; sie hatte ein sehr böses Cholerajahr mitgemacht und Dinge gesehen, die man nicht wiedergeben kann, und hatte ihre Erfahrungen mit einem sechs Wochen dauernden Typhus abgeschlossen, währenddessen sie ganz kahl geschoren worden war; sie hoffte, im

September dieses Jahres ihren dreiundzwanzigsten Geburtstag zu erleben. Es ist anzunehmen, daß ihre Tanten das Wesen eines jungen Mädchens mißbilligt hätten, das keinen Schritt zu Fuß ging, wenn ein Pferd in Reichweite war, auf Bälle mit nur einem Schal über dem Rock ritt, das Haar abgeschnitten und in wilden Locken trug, ebensosehr auf den Namen William wie Bill hörte; dessen Sprache mit Redeblüten des Dialektes überladen war, das in Liebhaberaufführungen mitzutun, Banjo zu spielen, acht Dienstleute und zwei Pferde, deren Rechnungen und Krankheiten zu überblicken und Männern langsam und nachdenklich in die Augen zu schauen verstand, nachdem sie ihr nämlich einen Heiratsantrag gemacht und ihren Korb bekommen hatten.

»Ich mag Männer, die etwas tun«, hatte sie einem Herrn vom Erziehungsdepartement anvertraut, der die Söhne von Tuchhändlern und Färbern die Schönheit von Wordsworths »Ausflug« aus vollgeschmierten Paukerheften lehrte; und als er poetisch wurde, erklärte William, daß sie »Gedichte nicht sehr gut verstehe und Kopfweh davon bekomme«, und wiederum flüchtete sich ein gebrochenes Herz in den Klub. Und das war durchaus Williams Art, sie liebte es, Männer von ihrer eigenen Arbeit sprechen zu hören, und dies ist der sicherste Weg, einen Mann vor einer Frau auf die Knie zu zwingen.

Scott kannte sie mehr oder weniger seit etwa drei Jahren; gewöhnlich begegnete er ihr unter der Zeltleinwand, wenn es sich traf, daß sein und ihres Bruders Lager für einen Tag an der gleichen Stelle am Rande der Indischen Wüste aufgeschlagen war. Mehrmals hatte er mit ihr auf den großen Weihnachtsgesellschaften, bei denen in der Station bis zu fünfhundert Weiße zusammenkamen, getanzt; und er hatte immer großen Respekt gehabt vor der Art, wie sie den Haushalt führte, und vor ihrem Abendessen.

Mehr denn je sah sie wie ein Junge aus, als sie nach der Mahlzeit auf dem ledernen Lagersofa, einen Fuß unter sich gezogen, saß, Zigaretten für ihren Bruder drehte und die niedere Stirn unter den dunklen Locken beim Rollen des Papiers in Falten zog. Sie stieß ihr rundes Kinn in die Luft, wenn der Tabak gut gewickelt war, und mit einer völlig knabenhaften Gebärde, wie wenn ein Schuljunge einen Stein schleudert, warf sie die fertige Zigarette quer durchs Zimmer Martyn zu, der sie mit einer Hand auffing, ohne sein Gespräch mit Scott zu unterbrechen. Es war reinste Fachsimpelei – Kanäle und die Instandhaltung der Kanäle; die Sünden der Dorfbewohner, die mehr Wasser stahlen, als sie bezahlten, die schwerere Sünde der eingeborenen Polizisten, die mit den Dieben im Einverständnis waren; die Möglichkeit, ganze Dörfer mit Kind und Kegel auf neubewässerten Boden zu verpflanzen; der künftige Kampf mit der Wüste im Süden, sobald die Provinzialfonds die Eröffnung des lang geplanten Luni-Schutz-Kanalsystems gesichert haben würden. Scott sprach offen von seiner großen Sehnsucht, einen ganz bestimmten Abschnitt des Kanals, wo er Land und Leute kenne, übernehmen zu dürfen; Martyn seufzte nach der Versetzung in die Himalajavorberge und äußerte sich über seine Vorgesetzten; und William rollte Zigaretten, sagte nichts und lächelte nur ernsthaft ihrem Bruder zu, weil er glücklich war.

Um zehn Uhr wurde Scotts Pferd vor die Tür gebracht, und der Abend war zu Ende.

Die Lichter der zwei niederen Bungalows, in denen die Tageszeitung gedruckt wurde, warfen einen hellen Schein über die Straße. Da es noch zu früh war, um Schlaf zu finden, begab sich Scott zu dem Herausgeber. Raines, halbentblößt bis zu den Hüften, wie ein Matrose an der Kanone, lag in einem Liegestuhl und wartete auf Nachttelegramme. Nach seiner Theorie wurde ein Mann, der nicht den ganzen Tag und den größten Teil der Nacht seiner Arbeit widmete, die Beute des Fiebers; daher pflegte er zwischen seinen Papierstapeln zu essen und zu schlafen.

»Können Sie es machen?« fragte er schläfrig. »Ich meinte nicht, daß Sie deswegen noch herüberkommen sollten.«

»Weswegen? Ich habe bei Martyn zu Abend gegessen.«

»Der Hungersnot wegen, natürlich. Martyn hat auch Bereitschaftsbefehl erhalten. Sie nehmen die Leute, wo sie sie finden. Ich sandte Ihnen eben in den Klub eine Anfrage, ob Sie mir wöchentlich einen Brief aus dem Süden schicken könnten – zwei bis drei Spalten lang, sagen wir. Keine sensationelle Aufmachung natürlich, sondern bloß die einfachen Tatsachen, wer was tut und so weiter. Unser gewöhnlicher Tarif – zwanzig Rupien die Spalte.«

»Tut mir leid, aber das liegt mir nicht«, erwiderte Scott und starrte geistesabwesend auf die Karte von Indien, die an der Wand hing. »Das ist hart für Martyn – wirklich. Bin neugierig, was er mit seiner Schwester beginnen wird. Was zum Kuckuck wird wohl mit mir geschehen? Ich habe keine Erfahrung mit Hungersnöten, das ist die erste, von der ich höre. Habe ich denn Befehl bekommen?«

»Ja; hier ist das Telegramm. Man wird Sie beim Hilfswerk verwenden«, fuhr Raines fort, »mit einer Horde von Madrasser Leuten, die wie die Fliegen sterben, einem eingeborenen Apotheker und einer halben Pinte Choleramixtur für je zehntausend von euch. Das kommt davon, daß Sie einen Augenblick nichts zu tun haben. Jeder, der jetzt nicht gerade für zwei arbeitet, scheint einberufen zu sein. Hawkins glaubt offensichtlich an Punjableute. Die Sache wird so bös werden wie nur irgendeine in den letzten zehn Jahren.«

»Das gehört eben alles zum Tagewerk; nichts zu machen. Ich nehme an, daß ich wohl morgen irgendwann meine offizielle Order bekommen werde. Ich bin froh, daß ich zufällig zu Ihnen gekommen bin. Besser, ich gehe jetzt und packe meine Siebensachen. Wer löst mich hier ab – wissen Sie das?«

Raines blätterte einen Stoß Telegramme durch und sagte: »McEuan von Murree.« Scott lachte laut: »Er dachte, er würde einen kühlen Sommer erleben. Der wird sich fuchsen. Na, das Reden nützt nichts. Gute Nacht!«

Zwei Stunden später legte sich Scott mit gutem Gewissen in einem leeren Zimmer in seine Hängematte schlafen. Zwei abgenutzte Rindslederkoffer, eine lederne Wasserflasche, eine Eisbüchse aus Zinn und sein in einen Sack genähter Lieblingssattel lagen aufgestapelt neben der Türe und die Quittung für die Klubrechnung der letzten Monate unter seinem Kopfkissen. Am nächsten Morgen kam sein Einrückungsbefehl und zugleich ein inoffizielles Telegramm von Sir James Hawkins – der brauchbare Leute nicht vergaß –, das ihn aufforderte, sich in aller Eile nach einem unaussprechlichen Ort fünfzehnhundert Meilen südlich zu begeben, denn die Hungersnot im Lande war groß, und es wurden weiße Männer gebraucht.

In der rotglühenden Mittagshitze kam ein dicklicher rosiger Jüngling an, der ein wenig über Schicksal und Hungersnöte winselte, die niemand drei Monate Frieden vergönnten. Es war Scotts Nachfolger, ein anderer Zahn im großen Rad der Maschine, der nun hinter seinem Kameraden nachrückte, dessen Dienste, wie die offizielle Kundmachung verlautbarte, »bis auf weiteres der Regierung von Madras für das Hungersnot-Hilfswerk zur Verfügung gestellt wurden«. Scott übergab ihm die in seiner Verwaltung befindlichen Fonds, zeigte ihm den kühlsten Winkel seines Amtslokals und warnte ihn vor übermäßigem Fleiß. Als die Dämmerung kam, verließ er den Klub in einem Mietwagen, seinen treuen Leibdiener Faiz Ullah und einen Wall von ungeordnetem Gepäck auf dem Bocke, um den Südzug in der Station, einem von Mauern mit Schießscharten umgebenen Gebäude, zu erreichen. Die Hitze von den dicken Ziegelmauern schlug ihm wie ein in heißes Wasser getauchtes Handtuch ins Gesicht, und er bedachte, daß er nun mindestens fünf Tage und vier Nächte Reise vor sich habe. Faiz Ullah, an alle Ereignisse im Dienste gewöhnt, tauchte auf dem steinernen Bahnsteig im Gedränge unter, während Scott, eine schwarze *Cheroot* zwischen den Zähnen, wartete, bis sein Abteil reserviert wäre. Ein Dutzend eingeborener Polizisten mit ihren Gewehren und Bündeln schob sich durch das Gedränge von Punjab-Bauern, Sikh-Handwerkern und fettlockigen Afreedee-Hausierern und eskortierte mit großem Pomp Martyns Uniformkoffer, Wasserflaschen, Eisbüchse und Bettrolle. Sie sahen Faiz Ullahs erhobene Hand und steuerten auf ihn los. Faiz Ullah sagte zu Martyns Diener:

»Mein Sahib und euer Sahib werden zusammen reisen. Du und ich, o Bruder, werden uns daher die Plätze der Diener nahebei sichern, und um der Macht unserer Herren willen wird niemand uns zu stören wagen.«

Als Faiz Ullah meldete, daß alles bereit sei, stieg Scott ein, zog Rock und Schuhe aus und ließ sich auf der lederbezogenen Schlafbank nieder. Die Hitze unter dem Eisengerüst des Bahnhofsdaches mochte wohl reichlich über hundert Grad Fahrenheit betragen. Im letzten Augenblick stieg Martyn ein, erhitzt und schweißtriefend.

»Fluchen Sie nicht«, sagte Scott faul, »es ist zu spät, einen anderen Wagen aufzusuchen; und wir werden uns in das Eis teilen.«

»Was tun Sie hier?« fragte der Polizeioffizier.

»An die Regierung von Madras ausgeliehen, ebenso wie Sie. Bei Gott, kein Spaß, diese Nacht! Nehmen Sie einige von Ihren Leuten mit?«

»Ein Dutzend. Nehme an, daß ich die Oberaufsicht über die Lebensmittelverteilung zu führen habe. Wußte nicht, daß Sie auch einberufen sind.«

»Ich erfuhr es auch erst, als ich Sie gestern abend verließ. Raines wußte als erster die Neuigkeit. Mein Marschbefehl kam erst heute morgen. MacEuan hat mich um vier Uhr abgelöst, und ich habe mich sofort auf die Socken gemacht. Sollte mich nicht wundern, wenn das eine interessante Sache für uns würde, diese Hungersnot – sofern wir mit dem Leben davonkommen.«

»Jimmy sollte uns zwei zusammen arbeiten lassen«, sagte Martyn und fügte nach einer Pause hinzu, »meine Schwester ist hier.«

»Prächtige Sache«, sagte Scott herzlich, »steigt wohl in Umballa um und fährt nach Simla hinauf, nehme ich an? Bei wem wird sie dort wohnen?«

»Nein, das ist ja gerade die Schwierigkeit. Sie fährt mit mir hinunter.«

Scott richtete sich bolzengerade unter der Öllampe auf, während der Zug durch die Station von Tarn-Taran ratterte: »Was, Sie wollen doch nicht sagen, daß Sie es sich nicht leisten –«

»Ach, ich hätte schon das Geld irgendwie zusammengekratzt . . .«

»Sie hätten zu mir kommen können, um das erst mal zu erwähnen«, sagte Scott steif, »wir sind einander doch nicht ganz fremd.«

»Na, Sie müssen deswegen nicht muffig sein; ich wäre vielleicht gekommen – aber Sie kennen meine Schwester nicht. Ich habe den ganzen Tag erklärt und ermahnt, gebeten und befohlen und noch allerhand gesagt – ich habe seit sieben Uhr früh alle Selbstbeherrschung verloren und noch nicht wiedergefunden, aber sie wollte von keinem Kompromiß hören. Eine Frau ist berechtigt, mit ihrem Gatten zu reisen, wenn sie will, und William behauptet, sie stehe mir ebenso nahe, als ob wir verheiratet wären. Sehen Sie, wir haben mehr oder weniger unser ganzes Leben miteinander verbracht, seit unsere Eltern gestorben sind. Es ist nicht nur so, wie man gewöhnlich zu einer Schwester steht.«

»Alle Schwestern, von denen ich je gehört habe, wären ganz brav dort geblieben, wo sie waren.«

»Zum Teufel auch, sie ist gescheit wie ein Mann«, fuhr Martyn fort, »sie hat mir den Bungalow über dem Kopf abgebrochen, während ich in sie hineinredete. Hat die ganze *Subchiz*[1] in drei Stunden in Ordnung gebracht, Diener, Pferde und alles. Ich habe meinen Marschbefehl erst um neun Uhr bekommen.«

»Jimmy Hawkins wird nicht erfreut sein«, sagte Scott, »eine Gegend in Hungersnot ist kein Ort für eine Frau.«

»Frau Jim, ich meine Lady Jim, ist bei ihm im Lager. Jedenfalls wird sie sich meiner Schwester annehmen, sagt sie. William hat ihr auf eigene Faust telegraphiert, ob sie kommen dürfe, und hat meinen Argumenten den Boden unter den Füßen weggezogen, indem sie mir ihre Antwort zeigte.«

Scott lachte laut: »Wenn sie das tut, kann sie schon selbst auf sich achtgeben, und Frau Jim wird sie auch nicht ins Unglück rennen lassen. Es gibt nicht viele Frauen – Schwestern oder Gattinnen –, die mit offenen Augen in eine Hungersnot gehen würden. Und nicht, als ob sie nicht wüßte, was diese Dinge bedeuten. Sie hat doch im letzten Jahre die Cholera in Jaloo mitgemacht.«

Der Zug hielt in Amritsar, und Scott begab sich ins Frauenabteil, das sich im Nebenwaggon befand. William, eine Reitkappe aus Stoff auf den Locken, nickte leutselig und sagte: »Kommen Sie herein und trinken Sie Tee, das beste Mittel gegen Hitzschlag.«

»Sehe ich so aus, als ob mich der Hitzschlag treffen würde?«

»Das weiß man nicht«, erwiderte William weise, »es ist immer das beste, vorbereitet zu sein.«

Sie hatte sich mit ihren Siebensachen wie ein erfahrener alter Soldat eingerichtet. Eine filzüberzogene Wasserflasche hing im Zugwind eines der Fenster, an denen die Laden geschlossen waren, ein russisches Teeservice, in einem mit Stroh

1. Ausrüstung.

gefüllten Korb verpackt, stand gebrauchsfertig auf dem Sitz, und ein Reisespirituskocher war darüber ins Holzwerk gehakt.

William bediente sie reichlich mit heißem Tee in großen Tassen, der verhindert, daß in heißen Nächten die Halsadern in unerwünschter Weise anschwellen. Charakteristisch für das Mädchen war es, daß sie, wenn sie einmal ihren Feldzugsplan festgelegt hatte, sich um die Einwürfe anderer nicht mehr bekümmerte. Das Leben mit Männern, die sehr viel zu arbeiten haben und wenig Zeit, darüber zu schwatzen, hatte sie gelehrt, sowohl von sich selber abzusehen als für sich selbst zu sorgen. Sie versuchte weder durch Wort noch durch Tat den Anschein zu erwecken, daß sie den andern auf der Reise nützlich, trostreich oder erfreulich sein wollte, sondern sie fuhr fort, sich heiter mit ihren Dingen zu beschäftigen, stellte, als der Tee ausgetrunken war, die Tassen zurück, ohne mit ihnen zu klappern, und drehte Zigaretten für ihre Gäste.

»Vor vierundzwanzig Stunden noch haben wir uns so etwas nicht erwartet«, sagte Scott.

»Ich habe gelernt, auf alles gefaßt zu sein«, erwiderte William. »In unserm Dienste, wissen Sie, lebt man am Ende eines Telegraphendrahtes. Diese Sache müßte natürlich für uns alle gut sein – ich meine dienstlich –, wenn wir mit dem Leben davonkommen.«

»Es reißt uns ganz aus dem Gang der Ereignisse in unsrer Provinz heraus«, antwortete Scott sehr ernst. »Ich hoffte, in der kommenden kühlen Jahreszeit zu den Luni-Schutzwerken versetzt zu werden, aber es läßt sich gar nicht absehen, wie lange uns die Hungersnot dort festhalten wird.«

»Kaum länger als bis Oktober, denke ich«, meinte Martyn, »sie wird dann, so oder so, zu Ende sein.«

»Und wir haben fast eine Woche zu fahren«, sagte William. »Wir werden ein bißchen verstaubt sein, wenn's zu Ende ist, nicht?«

Eine Nacht und einen Tag lang kannten sie noch die Gegend; eine Nacht und einen Tag lang, die sie auf einer schmalspurigen Strecke am Rande der großen indischen Wüste dahinfuhren, erinnerten sie sich, wie sie in den Tagen, als sie noch Lehrlinge gewesen waren, diese Strecke von

Bombay hergekommen waren. Dann waren die Stationsnamen in anderen Sprachen geschrieben, und sie fuhren in den Süden ein, in ein fremdes Land, in dem sogar die Gerüche neu waren. Viele lange schwerbeladene Getreidezüge fuhren vor ihnen her, und sie bekamen Jimmy Hawkins' Hand schon ganz von weitem zu spüren. Sie warteten auf rasch errichteten Nebengeleisen, da die Strecke von langen Prozessionen leerer Transportwagen blockiert war, die nach Norden zurückkehrten. Sie wurden an langsam dahinkriechende Züge angekoppelt und blieben um Mitternacht Gott weiß wo stehen. Dabei brütete eine wahnsinnige Hitze; sie gingen zwischen Säcken auf und ab, und Hunde heulten. Dann kamen sie in ein Indien, das sie noch fremder berührte als einen landfremden Engländer – das flache rote Indien der Palmen, Palmyrabäume und Reisfelder; das Indien der Bilderbücher des »Kleinen Henry« – nun tot und ausgedörrt in der Backofenglut. Sie hatten den ständigen Passagierverkehr des Nordens und des Westens weit, weit hinter sich gelassen. Nun krochen Eingeborene, ihre Kinder in den Armen haltend, am Zuge entlang; ein beladener Güterwagen wurde zurückgelassen, und Männer und Weiber drängten sich geballt um ihn wie Ameisen um vergossenen Honig. Einmal erblickten sie im Zwielicht auf der staubigen Ebene ein Regiment kleiner brauner Männer; jeder von ihnen trug einen menschlichen Körper auf der Schulter. Und als der Zug anhielt und wieder ein Getreidewaggon abgekoppelt wurde, bemerkten sie, daß die Lasten keine Leichen waren, sondern Verhungernde, die ein Korps irregulärer Truppen an der Seite ihrer gefallenen Ochsen aufgelesen hatte. Jetzt begegneten sie schon häufiger weißen Männern, hier einem, dort zweien, deren Zelte neben dem Geleise standen, die bewehrt mit geschriebenen Berechtigungsscheinen und mit zornigen Worten einen Waggon abkoppelten. Sie waren zu beschäftigt, um Scott und Martyn mit mehr als einem Kopfnicken zu begrüßen und William neugierig anzustarren, die nichts tun konnte als Tee bereiten und zusehen, wie ihre Leute den Ansturm der jammernden wandelnden Skelette abwehrten, indem sie gleich drei auf einen Haufen warfen oder mit eigenen Händen die bezeichneten Waggons abkoppelten oder Quittungen von den erschöpften hohläugigen

Weißen in Empfang nahmen, die einen andern Dialekt sprachen als sie.

Eis, Sodawasser und Tee waren ihnen ausgegangen, denn sie waren sechs Tage und sieben Nächte auf der Fahrt, und sie erschienen ihnen wie sieben mal sieben Jahre.

In einer heißen trockenen Dämmerstunde erreichten sie endlich in diesem Totenreiche, erleuchtet von den großen roten Feuern aus Eisenbahnschwellen, in denen man die Leichen verbrannte, ihren Bestimmungsort und wurden von dem Leiter des Hungersnothilfswerkes, Jim Hawkins, empfangen, der, unrasiert und ungewaschen, doch wohlgelaunt und der Sachlage gänzlich gewachsen war.

Martyn, beschloß er an Ort und Stelle, habe bis auf weiteres auf Zügen zu leben; er solle mit den leeren Waggons zurückfahren, sie mit Hungernden, wo er deren fände, beladen und sie am Rande der acht Distrikte in einem Sammellager für Hungersnotbetroffene absetzen. Er solle Lebensmittelnachschub holen und zurückkehren, seine Polizisten hätten die beladenen Waggons zu bewachen und gleichfalls Hungernde aufzulesen und an ein Lager hundert Meilen weiter südlich abzugeben. Scott – Hawkins war sehr erfreut, Scott wiederzusehen – solle auf der Stelle den Oberbefehl über einen Zug Ochsenkarren übernehmen, nach Süden in ein anderes Sammellager fern von der Eisenbahn ziehen, unterwegs die Lebensmittel verteilen und die Hungernden – er würde deren auf seinem Wege genug auflesen – im Lager lassen und weitere telegraphische Befehle abwarten. Im allgemeinen solle Scott bei geringfügigen Angelegenheiten das tun, was er selber für richtig halte.

William biß sich auf die Unterlippe. Niemand auf der weiten Welt kam ihrem Bruder gleich, dennoch gab ihm seine Marschorder keinen Spielraum zu selbständigem Handeln. Sie kam aus dem Waggon, vom Kopf bis zu den Füßen staubbedeckt, eine hufeisenförmige Falte auf der Stirne, die sich hier durch vieles Nachdenken in der letzten Woche eingegraben hatte, aber beherrscht wie immer. Frau Jim – die eigentlich Lady Jim war, aber niemand dachte daran, sie mit ihrem Titel anzusprechen – ergriff mit einem kleinen Schrei von ihr Besitz.

»Oh, ich bin so froh, daß Sie hier sind«, schluchzte sie fast.

»Sie hätten natürlich nicht kommen sollen, aber hier – ist keine andere Frau außer mir, und wir müssen einander helfen, wissen sie; wir haben ja das ganze unselige Volk hier, und die kleinen Kinder, die sie verkaufen.«

»Ich habe sie gesehen«, sagte William.

»Ist es nicht gräßlich? Ich habe zwanzig gekauft, sie sind in unserm Lager; möchten Sie aber nicht zuvor etwas essen? Wir haben hier mehr, als zehn Leute vertilgen können; und ich habe auch ein Pferd für Sie. Oh, ich bin so froh, daß Sie gekommen sind. Sie sind ja auch von den Punjableuten, wissen Sie.«

»Fassung, Lizzie«, sagte Hawkins über die Schulter hin. »Wir werden auf Sie achtgeben, Fräulein Martyn. Tut mir leid, daß ich Sie nicht zum Frühstück bitten kann, Martyn. Sie können essen, wenn Sie im Fahren sind. Lassen Sie zwei von Ihren Leuten zur Hilfe für Scott da. Diese armen Teufel hier sind schon zu schwach, um die Karren zu beladen. Saunders«, wandte er sich an den Lokomotivführer, der im Halbschlaf auf der Maschine stand, »umkehren und die leeren Waggons zurückfahren! Sie haben ›freie Strecke‹ bis Anundrapilay, dort erhalten Sie Befehl für die nördliche Strecke. Scott, laden Sie diesen Waggon in Ihre Karren um und fort mit Ihnen, so rasch als möglich! Der Eurasier im rosa Hemd ist Ihr Dolmetsch und Führer. Sie werden an das Joch des zweiten Wagens einen Apotheker von Qualitäten angebunden finden, er hat durchzugehen versucht, Sie werden auf ihn aufpassen müssen. Lizzie, kutschiere Fräulein Martyn ins Lager und sag dort, man solle mir meinen Fuchs hierherschicken.«

Scott war mit Faiz Ullah und den zwei Polizisten schon bei den Karren beschäftigt; er ließ sie neben den Waggon rangieren und öffnete ruhig dessen Klappwand, indes die andern die Hirse- und Weizensäcke verluden. Hawkins sah ihm bei der Arbeit zu, bis ein Karren beladen war.

»Das ist ein tüchtiger Mann«, sagte er, »wenn alles gut geht, werde ich ihn ordentlich ’rannehmen.« Das war das höchste Lob, das nach Jim Hawkins’ Ansicht ein menschliches Wesen dem andern spenden konnte. Eine Stunde später war Scott auf dem Wege; der Apotheker drohte ihm mit dem Strafgesetzbuch, daß man ihn, ein Mitglied der ärztlichen Unterabteilung, gegen seinen Willen und gegen alle Gesetze über die Freiheit der Untertanen gebunden und ihm Gewalt angetan habe; der Eurasier im rosa Hemd bat um Urlaub, um seine Mutter sehen zu können, die zufällig drei Meilen von hier im Sterben liege: »Nur serr serr kurze Urlaub, und werde sogleich zurück sein, Herrr . . .«

Die zwei Polizisten, mit Stecken bewaffnet, bildeten die Nachhut; und Faiz Ullah erklärte, mit der Verachtung des Mohammedaners für alle Hindus und Fremden in jedem Zug seines Gesichtes, den Ochsentreibern, daß man zwar vor Scott Sahib aus Furcht auf allen vieren liegen müsse, daß aber dennoch er, Faiz Ullah, die eigentliche Autorität selbst sei.

Die Prozession knarrte an Hawkins' Lager vorbei – drei fleckigen Zelten unter einer Gruppe abgestorbener Bäume; dahinter befand sich das Obdach für die verzweifelte Menge der Hungernden, die ihre Arme nach den Kochkesseln ausstreckten.

»Ich wünschte zu Gott, William wäre zu Hause geblieben«, dachte Scott nach einem Blick dorthin. »Wenn die Regenzeit kommt, werden wir Cholera haben, das ist so sicher, wie zwei mal zwei vier ist.«

Doch William schien entschlossen, ganz im Sinne des Hungersnotgesetzes zu handeln, das, wenn Hungersnot proklamiert ist, die Wirkungen sonst geltender Gesetze suspendiert. Scott sah sie, in einem Kalikoreitanzuge und blaugrauem Filzhut mit goldener Kokarde auf dem Kopfe, in der Mitte einer Schar weinender Frauen stehen.

»Bitte, ich brauche fünfzig Rupien. Ich vergaß, Jack, bevor er abfuhr, darum zu bitten. Können Sie sie mir borgen? Sie sind für Kondensmilch für die Säuglinge«, sagte sie.

Scott nahm das Geld aus dem Gürtel und händigte es ihr wortlos ein. Dann sagte er: »Um's Himmels willen, geben Sie acht auf sich!«

»Ach, mir wird es schon ganz gut gehen. Wir sollen in zwei Tagen Milch bekommen. Nebenbei wollte ich Ihnen sagen, daß Sie den Befehl haben, eins von Sir Jims Pferden zu nehmen. Es ist ein grauer Kabuli dabei, der, wie ich dachte, ganz Ihr Stil sein würde, und so sagte ich, Sie würden ihn nehmen. War das recht?«

»Das ist schrecklich freundlich von Ihnen. Ich fürchte, wir für unsere Person können beide nicht viel von Stil sprechen.«

Scott trug einen wetterfesten Drilljagdanzug, der an den Nähten schon weißlich und an den Handgelenken etwas abgeschabt war. Gedankenvoll betrachtete ihn William vom Korkhelm bis zu den eingefetteten Stiefeln: »Sie sehen sehr nett aus, finde ich. Haben Sie auch sicher alles mit, was Sie brauchen, Chinin, Chlorodin und so weiter?«

»Ich denke wohl«, antwortete Scott und klopfte auf mehrere Jagdtaschen, die am Sattel des Tieres hingen, das eben gebracht wurde, stieg auf und ritt an der Flanke seines Zuges entlang.

»Leben Sie wohl!« rief er.

»Leben Sie wohl und viel Glück!« erwiderte William. »Ich bin Ihnen furchtbar dankbar für das Geld.« Sie machte auf dem gespornten Absatz kehrt und verschwand in dem Zelte, während die Karren an den Schuppen für die Hungernden vorbeizogen, vorbei an den Reihen prasselnder großer Feuer, hinunter in die glühend heiße Gehenna des Südens.

II

Es war Sträflingsarbeit, obwohl Scott bei Nacht marschierte und am Tage rastete; aber so weit sein Blick reichte, war niemand, den er als seinen Herrn ansprechen konnte. Er war so frei wie Jimmy Hawkins, freier sogar, denn die Regierung hielt den Oberbefehlshaber über die Hungersnotaktion fest an einen Telegraphendraht gebunden, und hätte Jimmy sich je ernstlich nach Telegrammen gerichtet, dann wäre die Sterblichkeitsziffer in dieser Hungersnot noch größer gewesen, als sie schon war.

Nachdem Scott so einige Tage dahingekrochen war, lernte er etwas von dem Charakter dieses Indien, dem er diente, und es setzte ihn in Erstaunen. Seine Karren waren, wie schon gesagt, mit Weizen, Hirse und Gerste beladen, gutem, eßbarem Getreide, das nur ein wenig gemahlen werden mußte. Aber die Leute, denen er die lebenspendenden Lebensmittel brachte, waren Reisesser. Sie konnten den Reis in ihren Mörsern enthülsen, aber sie wußten von den schweren steinernen Handmühlen des Nordens nichts und noch weniger von dem Nahrungsmittel, das ihnen der weiße Mann auf so mühsamem Wege brachte. Sie schrien um Reis, unenthülsten Reis, solchen, an den sie gewöhnt waren – und als sie sahen, daß es keinen gab, gingen sie weinend von den Karren fort. Was nützten ihnen diese fremden harten Körner, die sie in der Kehle würgten? Sie wollten lieber sterben. Und da und dort taten ihrer viele es denn auch. Andere nahmen ihre Ration in Empfang und tauschten eine Hirsemenge, die genügte, einen Mann eine Woche lang zu ernähren, gegen ein paar Handvoll verdorbenen Reises ein, die ein Glücklicherer noch übrig hatte. Etliche taten ihren Anteil in die Reismörser, zerstießen ihn und machten mit schmutzigem Wasser einen Teig an; aber deren waren nur sehr wenige. Scott begriff dunkel, daß viele Leute im südlichen Indien gewöhnlich nur Reis aßen, aber er hatte seine Dienstzeit in einer Kornprovinz verbracht, hatte selten Reis in Halm und Ähre stehen gesehen und hätte es für unglaublich gehalten, daß die Menschen in Zeiten bitterster Not, in Armlänge von der Fülle entfernt, lieber stürben, als daß sie eine Speise anrührten, die sie nicht kannten. Umsonst dolmetschten die Dolmetscher; vergeblich zeigten seine zwei Polizisten mit heftigen Pantomimen, was zu tun sei; die Hungernden schlichen zurück zu Rinde, Unkraut, Maden, Blättern und Lehm und ließen die offenen Säcke unberührt. Doch manchmal legten die Frauen ihre Phantome von Kindern zu Scotts Füßen nieder und sahen sich noch einmal um, ehe sie davonstolperten.

Faiz Ullah meinte, es sei wohl Gottes Wille, daß diese Fremden stürben, und daher blieb nichts übrig, als anzuordnen, die Toten zu verbrennen. Nichtsdestoweniger war dies kein Grund, daß es dem Sahib an Bequemlichkeiten fehlen sollte, und so hatte Faiz Ullah, in Reisen und Lagern erfahren, ein paar schmächtige Ziegen gefangen und der Karawane einverleibt. Auf daß sie Milch für das Frühstück lieferten, fütterte er sie mit dem guten Korn, das diese Toren zurückwiesen. »Ja, wenn es der Sahib für richtig hielte«, meinte Faiz Ullah, »könnte man den Säuglingen von der Milch geben«, aber wie der Sahib wohl wußte, waren Säuglinge billig, und nach Faiz Ullahs persönlicher Meinung hatte die Regierung keine Verfügung betreffs Säuglingen erlassen. Scott hielt Faiz Ullah und den zwei Polizisten eine kräftige Rede und hieß sie, Ziegen einzufangen, wo sie sie fänden. Das taten sie mit großer Freude, denn es war eine Abwechslung, und viele herrenlose Ziegen wurden eingebracht. Nach einmaliger Fütterung folgten die armen Tiere willig genug den Karren, und nach einigen Tagen guter Nahrung – der Nahrung, um derentwillen Menschen starben – gaben sie wieder Milch.

»Aber ich bin doch kein Ziegenhirt«, sagte Faiz Ullah, »es ist gegen mein *Izzat*[1].«

»Wenn wir wieder über den Bias-Fluß gehen, werden wir von *Izzat* reden«, erwiderte Scott. »Bis zu diesem Tage werdet ihr, du und die Polizisten, das Lager fegen, wenn ich es befehle.«

»So geschehe es, wenn der Sahib es haben will«, brummte Faiz Ullah und zeigte Scott, der über ihn gebeugt stand, wie eine Ziege gemolken werden will.

»Jetzt werden wir sie füttern, dreimal am Tage werden wir sie füttern«, sagte Scott, beugte den Rücken zum Melken und bekam einen schrecklichen Krampf. Die Verbindung zwischen einer unruhigen Zickenmutter und einem Säugling, der am Sterben ist, aufrechtzuerhalten, erfordert eine große Anstrengung. Aber die Säuglinge wurden gefüttert. Morgens, mittags und abends hob Scott feierlich einen nach dem andern aus ihrem Nest von Getreidesäcken unter den Wagenplanen heraus. Viele konnten kaum mehr als atmen, und die Milch wurde ihnen Tropfen für Tropfen in den zahnlosen Mund eingeflößt, mit gehörigen Pausen, wenn sie sich verschluckten. Jeden Morgen wurden auch die Ziegen gefüttert; und da sie ohne Hirten einander stießen und die Eingeborenen nur Mietlinge waren, sah sich Scott gezwungen, das Reiten aufzugeben und langsam, seinen Schritt ihrer Schwäche anpassend, an der Spitze seiner Herden zu wandern. All das war hinreichend albern, und er fühlte auch die Albernheit genau; aber er rettete doch wenigstens Menschenleben, und als die Frauen sahen, daß ihre Kinder nicht starben, bequemten sie sich dazu, ein wenig von der fremden

1. Ehre.

Speise zu essen, und schlichen mit Segenssprüchen für den Herrn der Ziegen hinter den Karren her.

»Gibt man den Frauen nur etwas, wofür sie leben, so werden sie schon irgendwie weiterkommen«, sagte Scott zu sich, als ihn der Staub, den hundert kleine Füße aufwirbelten, niesen machte, »aber dies übertrifft sogar Williams Kniff mit der Kondensmilch. Aber ich werde es wohl nicht durchhalten können.«

Sehr langsam erreichte er seinen Bestimmungsort, erfuhr, daß ein Schiff mit Reis aus Burma gekommen sei, und daß Reisvorräte zur Verfügung ständen. Er fand auch einen überarbeiteten Engländer, der die Leitung des Hilfsplatzes hatte, belud seine Karren und kehrte um, den Reis in den Gegenden, die er schon durchzogen hatte, zu verteilen. Er ließ einige Kinder und die Hälfte seiner Ziegen in dem Hungerlager, wofür ihm der Engländer nicht dankbar war, der schon mehr verirrte Säuglinge hatte, als ihm lieb war. Scotts Rücken war schon geschmeidig vom vielen Bücken, und er fuhr fort, diesen Dienst zu verrichten und am Wege seinen Reis zu verteilen. Immer mehr Ziegen und Kinder wurden seiner Obhut anvertraut, aber jetzt trugen schon manche von den Kindern Lumpen oder Perlenschnüre um den Hals oder das Handgelenk. »Das bedeutet«, sagte der Dolmetsch, als hätte es Scott nicht selbst gewußt, »daß ihre Mütter hoffen, sie gegebenenfalls offiziell zurückzunehmen.«

»Je früher, desto besser«, sagte Scott, aber gleichzeitig nahm er mit dem Stolz des Eigentümers wahr, wie dieser oder jener kleine Ramasawmy Fleisch ansetzte wie ein Bantam-Zwerghuhn. Als die Reiswagen leer waren, nahm er Richtung auf Hawkins' Lager an der Bahnlinie zu und setzte seine Ankunftszeit so an, daß er zur Stunde des Abendessens zurechtkäme, denn es war lange her, seit er zuletzt an einem gedeckten Tisch gegessen hatte. Er hatte nicht die Absicht, einen irgendwie dramatischen Einzug zu halten, aber eine Laune der untergehenden Sonne fügte es, daß, als er seinen Helm abnahm, um die Abendluft zu spüren, das tiefe Licht quer über seine Stirn fiel, so daß er nicht vor sich blicken konnte – indessen Eine, an der Zelttür wartend, mit neuen Augen einen Jüngling schaute, schön wie Paris, einen Gott in einer Aureole goldenen Staubs, langsam schreitend an der

Spitze seiner Herde, während an seinen Knien kleine nackte Cupidos einherliefen. Aber sie lachte. William in einer schiefergrauen Bluse bog sich vor Lachen, bis Scott, gute Miene zum bösen Spiel machend, seiner Heerschar Halt gebot und sie den Kindergarten bewundern ließ. Es war ein unziemlicher Anblick, aber Schicklichkeit hatte man vor undenklichen Zeiten zugleich mit den Teegesellschaften in Amritsar, siebenhundert Meilen nordwärts, zurückgelassen.

»Sie gedeihen gut«, sagte William, »wir haben nur mehr fünfundzwanzig hier, die Frauen beginnen sie sich wiederzuholen.«

»Sie haben also die Kinder in Ihrer Obhut?«

»Ja, Frau Jim und ich. Wir haben nicht an Ziegen gedacht, natürlich; wir versuchten Kondensmilch mit Wasser gemischt.«

»Keine Todesfälle?«

»Mehr, als mir zu denken lieb ist«, erwiderte William schauernd. »Und Sie?« Scott sagte nichts. Viele Kinder waren auf seinem Wege begraben worden, viele Mütter hatten geweint, als sie ihre der Obhut der Regieung anvertrauten Kinder nicht wieder gefunden hatten.

Dann kam Hawkins heraus, mit einem Rasiermesser in der Hand, das Scott gierig betrachtete, denn er trug einen Bart, der ihm nicht gefallen wollte. Und als sie sich zum Abendbrot niedersetzten, erzählte er seine Geschichte in kurzen Worten, wie einen amtlichen Bericht. Von Zeit zu Zeit schneuzte sich Frau Jim und Jim nickte zustimmend mit dem Kopf; aber Williams graue Augen blickten auf das sauber rasierte Gesicht; und nur ihr schienen Scotts Worte zu gelten.

»Ein Glück für die Hungerprovinz!« sagte William und lehnte sich, das Kinn in die Hand gestützt, zwischen den Weingläsern vor. Ihre Wangen waren eingefallen und die Narbe auf der Stirn war auffallender denn je, aber der schön gerundete Hals erhob sich wie eine Säule aus der Krause ihrer Bluse, dem anerkannten Abendkleid im Lager.

»Es war manchmal schrecklich albern«, sagte Scott, »sehen Sie, ich verstand doch nicht viel von Melken und von kleinen Kindern; sie werden mich damit zu Tode necken, wenn die Geschichte im Norden ruchbar wird.«

»Lassen Sie sie«, antwortete William hochmütig, »wir haben alle Kuliarbeit getan, seit wir hier sind. Auch Jack.«

Dies war an Hawkins' Adresse gerichtet; der große Mann lächelte mild und sagte: »Ihr Bruder ist ein höchst tüchtiger Offizier, William, und ich habe ihm die Ehre erwiesen, ihn zu behandeln, wie er es verdient. Denken Sie daran, daß ich die vertraulichen Berichte schreibe.«

»Dann mußt du auch sagen, daß William ihr Gewicht in Gold wert ist«, sagte Frau Jim, »ich weiß nicht, was wir ohne sie getan hätten. Sie hat alles für uns getan.« Ihre Hand legte sich auf Williams Hand, die rauh war vom Halten der Zügel, und William streichelte sie sanft. Jim warf strahlende Blicke auf die Gesellschaft. Es stand gut in seiner kleinen Welt. Drei seiner unfähigsten Leute waren gestorben, und ihre Stellen waren von tüchtigeren Männern besetzt worden. Jeder Tag brachte die Regenzeit näher, in fünf Distrikten war der Hungersnot schon ein Ende gemacht, und im übrigen war die Sterblichkeitsziffer in Anbetracht der Lage nicht zu hoch gestiegen. Er betrachtete Scott sorgfältig prüfend wie ein Menschenfresser und labte sich an seinem Körperbau und seiner eisenharten Konstitution.

»Er ist nur ganz wenig mitgenommen und kann noch immer Arbeit für zwei leisten«, dachte Jim bei sich. Dann bemerkte er, daß Frau Jim ihm etwas mit den Augen telegraphierte, was nach dem häuslichen Kodex bedeutete: »Ein klarer Fall. Schau sie an!«

Er schaute sie an und hörte zu, aber William sagte nur: »Was kann man von einem Lande erwarten, wo sie einen *Bhistee*[1] einen *Tunni-cutch* nennen?« Und Scott antwortete nur: »Ich werde herzlich froh sein, wieder in den Klub zurückzukehren. Halten Sie mir auf dem Weihnachtsball einen Tanz frei, ja?«

»Ein weiter Weg von hier bis Lawrence Hall«, sagte Jim. »Besser, Sie gehen bald schlafen, Scott; morgen geht's wieder an die Reiskarren; mit dem Einladen müssen Sie um fünf Uhr beginnen.«

»Willst du Herrn Scott nicht einen Tag Rast gönnen?«

»Ich fürchte, es geht nicht, Lizzie. Solange er noch auf den Füßen steht, müssen wir ihn ausnützen.«

1. Wasserträger.

»Gut, so habe ich wenigstens mal wieder einen europäischen Abend gehabt . . . Bei Gott, ich hätte fast vergessen! Was fange ich mit meinen Kindern an?«

»Lassen Sie sie hier – wir nehmen sie in Obhut –, antwortete William, »und so viel Ziegen, als Sie entbehren können. Ich muß jetzt melken lernen.«

»Wenn Sie morgen früh genug aufstehen wollen, zeige ich es Ihnen. Ich melke immer, wissen Sie; und was ich noch sagen wollte, die Hälfte der Kinder hat Perlenschnüre und andere Sachen um den Hals. Denken Sie daran und nehmen Sie sie ihnen nicht weg für den Fall, daß die Mütter zurückkommen sollten.«

»Sie vergessen, daß ich hier auch einige Erfahrung gesammelt habe.«

»Ich hoffe zu Gott, daß Sie sich nicht überarbeiten werden!« Einen Augenblick verlor Scott die Herrschaft über seine Stimme.

»Ich werde auf sie achten«, sagte Frau Jim und telegraphierte hundert Worte lange Botschaften, während sie William wegführte; unterdessen gab Jim Scott seine Befehle für den nächsten Zug. Es war sehr spät – fast neun Uhr.

»Jim, du bist eine Bestie«, sagte seine Gattin abends zu ihm, und der Befehlshaber über die Hungersnot lachte in sich hinein.

»Nicht im geringsten eine Bestie, meine Liebe. Ich erinnere mich, das erste Andiala-Settlement einem Mädchen in einer Krinoline zuliebe geschaffen zu haben; und schlank war sie, Lizzie! Ich habe seither nie wieder solch ein tüchtiges Stück Arbeit geleistet. Er – wird wie ein Dämon arbeiten.«

»Aber du hättest ihm einen Tag gönnen können.«

»Um die Sache jetzt schon auf die Spitze zu treiben? Nein, meine Liebe, sie verleben jetzt ihre glücklichste Zeit.«

»Ich glaube nicht, daß einer von den lieben Leutchen weiß, wie es um sie steht. Ist es nicht schön und entzückend?«

»Steht um drei Uhr früh auf, um melken zu lernen! Gott segne ihr Herz! Ach Götter, warum müssen wir alt und dick werden?«

»Sie ist ein liebes Ding. Sie hat unter meiner Leitung mehr gearbeitet als –«

»Unter deiner! Am Tage nach ihrer Ankunft hat sie kommandiert und du warst die Untergebene und bist es seither geblieben. Sie weiß dich fast ebensogut um den Finger zu wickeln wie du mich.«

»Sie tut es nicht, und deswegen liebe ich sie. Sie ist so gerade heraus wie ein Mann – wie ihr Bruder.«

»Ihr Bruder ist schwächer als sie. Er fragt immer bei mir um Befehle an, aber er ist ein Ehrenmann und unersättlich nach Arbeit. Ich gestehe, ich habe William geradezu lieb, und wenn ich eine Tochter hätte –«

Das Gespräch brach hier ab. Ferne im Derajat lag ein Kindergrab, das mehr als zwanzig Jahre alt war, und weder Jim noch seine Frau sprachen mehr davon.

»Dennoch bist du verantwortlich«, fügte Jim nach einem kurzen Schweigen hinzu.

»Gott segne sie«, erwiderte schläfrig Frau Jim.

Ehe die Sterne verblaßten, erwachte Scott, der in einem leeren Karren geschlafen hatte, und ging schweigend an seine Arbeit; es wäre ihm roh erschienen, Faiz Ullah und den Dolmetscher zu dieser Stunde zu wecken. Da sein Kopf fast bis an den Boden gebeugt war, hörte er William erst, als sie in dem schmutzigen alten Reitanzug über ihm stand, mit noch schlaftrunkenen Augen, eine Tasse Tee und ein Stück Toast in der Hand. Auf dem Boden lag auf einer Pferdedecke, strampelnd, ein Säugling, und ein sechsjähriges Kind guckte Scott über die Schulter.

»Halt, kleiner Schurke, wie zum Teufel willst du deine Ration kriegen, wenn du nicht ruhig liegst?« fragte Scott.

Eine kühle weiße Hand hielt den Balg fest, der sogleich zu schlucken begann, als die Milch in seinen Mund gurgelte.

»Guten Morgen!« sagte der Melker. »Sie haben keine Ahnung, wie diese kleinen Kerle strampeln können.«

»O doch, ich weiß es«, erwiderte sie flüsternd, denn die Welt schlief noch. »Nur füttere ich sie mit einem Löffel oder mit einem Läppchen. Ihre sind dicker als meine . . . Und das haben Sie Tag für Tag zweimal gemacht?« Ihre Stimme klang ganz versonnen.

»Ja, es war albern. Aber jetzt versuchen Sie es!« erwiderte er und machte dem Mädchen Platz: »Vorsicht, eine Ziege ist keine Kuh.«

Die Ziege protestierte gegen die Amateurmelkerin, und es

gab einen Kampf, bei dem Scott rasch den Säugling an sich riß. Dann mußte wieder von vorne angefangen werden, und William lachte sanft und glücklich. Immerhin brachte sie es zuwege, zwei Säuglinge zu füttern und sogar noch einen dritten.

»Trinken die kleinen Würmer nicht gut?« fragte Scott. »Ich habe sie dazu erzogen.«

Sie waren sehr beschäftigt und interessiert, und ehe sie es merkten, war heller Tag und das ganze Lager auf den Beinen – und sie knieten noch immer bei den Ziegen und erröteten beide – vom Tage überrascht – bis über die Ohren. Und doch hätte die ganze Erdkugel, die sich aus der Dunkelheit heraus ins Licht drehte, alles hören und sehen dürfen, was zwischen ihnen vorging.

William nahm den Tee und den Toast auf und sagte unsicher: »Ich hatte Tee für Sie gemacht. Jetzt ist er eiskalt. Ich dachte, Sie würden so früh vielleicht nichts zu essen bekommen. Trinken Sie ihn lieber nicht. Er ist – er ist eiskalt.«

»Das ist schrecklich lieb von Ihnen. Er ist ganz gut so. Es ist wirklich schrecklich lieb von Ihnen. Ich werde meine Kleinen und meine Ziegen bei Ihnen und bei Frau Jim lassen. Natürlich kann Ihnen jeder im Lager das Melken beibringen.«

»Natürlich«, sagte William und sie wurde röter und röter und schöner und noch schöner, indes sie in ihr Zelt zurückschritt und sich heftig mit der Untertasse fächelte.

Schrilles Wehklagen ging durch das Lager, als die älteren Kinder sahen, daß ihre Kinderfrau ohne sie abzog. Faiz Ullah ließ sich sogar soweit herab, mit den Polizisten darüber Scherze zu machen, und Scott wurde vor Scham puterrot, weil Hawkins, der schon im Sattel saß, in brüllendes Gelächter ausbrach.

Ein Kind entkam Frau Jims Händen und lief, von William mit langen, leichten Schritten verfolgt, schnell wie ein Kaninchen auf Scott zu und umklammerte seinen Stiefel. »Ich geh' nicht zu ihnen, ich geh' nicht zu ihnen!« quiekte das Kind und umfaßte mit seinen Füßen Scotts Knöchel: »Sie werden mich hier umbringen, ich kenne die Leute nicht!«

»Hör, sie tut dir nichts!« sagte Scott in gebrochenem Tamil, »geh mit ihr, du bekommst gut zu essen!«

»Komm«, sagte William keuchend und warf Scott, der hilflos und wie mit gelähmten Knien stand, einen ärgerlichen Blick zu.

»Gehen Sie zurück«, sagte er rasch zu William. »ich schicke Ihnen den kleinen Kerl in einem Augenblick hinüber.«

Sein befehlender Ton hatte augenblicklich Erfolg, aber einen Erfolg anderer Art, als Scott beabsichtigt hatte. Der Knabe ließ ihn los und sagte ernsthaft: »Ich wußte nicht, daß die Frau dein ist, ich werde gehen.« Dann rief er seinen Gefährten, einer Horde Drei-, Vier- und Fünfjähriger, die, ehe sie in wilder Flucht durchgingen, den Erfolg seines Versuches abwarten wollten, zu: »Geht zurück und eßt. Sie ist das Weib unseres Mannes. Sie wird seinen Befehlen gehorchen.« Jimmy fiel fast aus dem Sattel, Faiz Ullah und die zwei Polizisten grinsten und Scotts Befehle hagelten nur so auf die Treiber herab.

»Das ist die Gewohnheit der Sahibs, wenn in ihrer Gegenwart die Wahrheit gesprochen wird«, sagte Faiz Ullah. »Die Zeit naht, daß ich mir einen neuen Dienst suchen muß. Junge Frauen, besonders solche, die unsere Sprache sprechen und die Gewohnheiten der Polizei kennen, bereiten einem ehrlichen Kammerdiener großen Kummer in bezug auf die wöchentlichen Abrechnungen.«

Was William dachte, sprach sie nicht aus, aber als ihr Bruder zehn Tage später ins Lager kam, um Befehle entgegenzunehmen, sagte er lachend, als er von Scotts Taten hörte: »Na, das gibt einen Spaß. Er wird Bakri Scott genannt werden bis ans Ende seiner Tage! (Bakri bedeutet in der nördlichen Landessprache Ziege.) Was für ein Kapitalsspaß! Ich hätte ein Monatsgehalt darum gegeben, ihn verhungerte Säuglinge pflegen zu sehen. Ich habe einige mit *Conjee*[1] gefüttert, aber das nahm sich ganz ordentlich aus.«

»Es ist geradezu widerwärtig«, sagte mit flammenden Augen seine Schwester. »Ein Mann tut so – so etwas, und ihr andern alle denkt an nichts, als ihm einen albernen Spitznamen zu geben, und dann lacht ihr und glaubt, es sei komisch.«

»Ah!« machte Frau Jim voll Mitgefühl.

»Na, du darfst nicht reden, William. Du hast das kleine

1. Reiswasser.

Fräulein Demby in der letzten kalten Jahreszeit die Fettwachtel getauft, du weißt, der Name stammt von dir. Indien ist das Land der Spitznamen.«

»Das ist ein Unterschied«, entgegnete William, »sie ist nur ein Mädchen und hat nichts geleistet, als daß sie wie eine Wachtel hüpfte, und das tut sie wirklich. Aber es ist nicht anständig, einen Mann zu verspotten.«

»Scott macht sich nichts daraus«, antwortete Martyn. »Den alten Scotty kann man nicht aus seiner Ruhe bringen. Ich habe es schon seit acht Jahren versucht, und du kennst ihn erst drei. Wie sieht er aus?«

»Er sieht sehr gut aus«, sagte William und ging mit errötenden Wangen fort.

»Bakri Scott, wirklich!« Dann lachte sie still, denn sie kannte das Land, dem sie diente. »Aber er wird trotzdem Bakri bleiben« – und sie wiederholte den Namen mehrmals langsam, bis er ihr lieb und vertraut klang.

Als Martyn auf seinen Posten auf der Bahnstrecke zurückkehrte, verbreitete er den Namen weit und breit unter seinen Mitarbeitern, so daß endlich auch Scott, der seine Reiskarren in den Kampf führte, ihn zu hören bekam. Die Eingeborenen glaubten, es sei irgendein englischer Ehrentitel, und die Ochsentreiber gebrauchten ihn in aller Einfalt, bis Faiz Ullah, der für fremde Späße nichts übrig hatte, ihnen eins auf die Kappe gab. Es wurde nur mehr wenig gemolken, außer in den großen Lagern, wo Jim Scotts Idee in größerem Maßstab durchführen und zahlreiche Herden mit dem nutzlosen nördlichen Getreide füttern ließ. In die acht Distrikte war genug Reis eingeführt worden, um die Bevölkerung zu retten, wenn er nur rasch genug verteilt wurde; und niemand war zu diesem Zweck geeigneter als der große Kanal-Offizier, der nie die Geduld verlor, nie einen unnötigen Befehl gab und nie an einem einmal ausgesprochenen Befehl rüttelte. Scott zog eilig vorwärts, um sein Zugvieh zu retten, ließ ihnen täglich die wundgescheuerten Nacken waschen, damit auf dem Wege keine Zeit verloren werde, meldete sich mit seinem Reis bei den kleineren Hungerlagern, lud ab und kehrte in forcierten Nachtmärschen eilig zu den nächsten Lebensmittelstellen zurück, wo er unabänderlich das gleiche Telegramm von Hawkins: »Nochmals« vorfand.

Und er tat es wieder und wieder und noch einmal, indes Jim Hawkins, fünfzig Meilen weit weg, auf einer Karte die Spuren seiner Karrenräder nachzog, die über das vom Hunger geschlagene Land dahinknarrten. Andere arbeiteten gut – Hawkins meldete am Schluß, daß alle gut gearbeitet hätten –, aber Scott war der ausgezeichnetste Arbeiter, er behielt die guten gemünzten Rupien bei sich, zahlte für die Reparaturen seiner Karren auf der Stelle und kam freiwillig für manche unerwartete Nebenausgaben im Vertrauen auf spätere Rückerstattung aus eigener Tasche auf. In der Theorie hätte die Regierung für jeden Schuh und jeden Achsennagel bezahlen sollen, für jede Hand, die beim Verladen half, aber Regierungsgutscheine kassieren sich nur langsam ein; und intelligente fleißige Bürokraten schreiben ausführliche Antworten und fechten jede acht Annas an, die eigenmächtig ausgegeben werden. Der Mann, der mit seiner Arbeit Erfolg haben will, muß auch sein eigenes Bankguthaben oder sonstiges Eigentum in Anspruch zu nehmen wissen, wenn er auszieht.

»Ich sagte dir, er würde schuften«, sprach Jimmy zu seiner Frau sechs Wochen später. »Er hat ein Jahr lang allein die Oberaufsicht über ein paar tausend Mann im Norden am Mosuhl-Kanal geführt und macht einem weniger zu schaffen als der junge Martyn mit seinen zehn Polizisten, und ich habe die moralische Überzeugung – nur erkennt die Regierung moralische Überzeugungen nicht an –, daß er die Hälfte seines Gehaltes ausgegeben hat, um die Räder seiner Karren zu schmieren. Schau her, Lizzie, das ist die Arbeit einer Woche. In zwei Tagen vierzig Meilen mit zwölf Karren, zwei Tage Halt, um für den jungen Rogers ein Lebensmitteldepot zu bauen (Rogers hätte es selbst errichten können, der Idiot!). Dann wieder vierzig Meilen zurück, Abladen von sechs Karren unterwegs und Verteilung den ganzen Sonntag lang. Und am Abend verfaßt er einen zwanzig Seiten langen halboffiziellen Bericht an mich, in dem er ausführt, daß dort, wo er sich aufhält, ›die Leute vorteilhaft zum Hilfswerk herangezogen werden könnten‹, und deutet an, daß er sie bei irgendeinem alten zerfallenen Reservoir, das er entdeckt hat, arbeiten ließe, um, wenn die Regenzeit käme, eine Vorratsstelle guten Wassers zu haben. Er glaubt die Schleuse in zwei Wochen dichten zu können. Betrachte seine Randzeichnungen, sind sie nicht gut und klar? Ich wußte, daß er *pukka* ist, aber ich habe nicht gewußt, daß er so *pukka* ist.«

»Ich muß das William zeigen«, sagte Frau Jim, »das Kind übermüdet sich mit den Säuglingen.«

»Nicht mehr als du, meine Liebe. Na, in zwei weiteren Monaten sind wir aus dem Ärgsten heraus. Tut mir leid, daß ich dich nicht für ein V. C.[1] eingeben kann.«

William saß noch spät am Abend in ihrem Zelt; sie las Seite für Seite der eckigen Handschrift, fuhr mit der Hand streichelnd über die Skizzen für die vorgeschlagene Wiederherstellung des Reservoirs und runzelte die Augenbrauen über den Ziffernkolonnen, in denen die Wassermenge schätzungsweise angegeben war. »Und er findet Zeit, alles das zu tun«, sagte sie zu sich selbst, »und – ich war ja auch dabei. Ich habe ein oder zwei Kinder gerettet.«

Und sie träumte zum zwanzigsten Male von dem Gott in der goldenen Staubaureole und erwachte erquickt, um ekelhafte farbige Kinder zu füttern, Dutzende von Straßenbälgern, am Wege aufgelesen, denen die Knochen fast durch die Haut stachen, und die mit schrecklichen Ausschlägen bedeckt waren. Scott durfte seine Arbeit bei den Karren nicht verlassen, aber sein Brief wurde ordnungsgemäß an die Regierung weiterbefördert, und er hatte den Trost – kein seltenes Vorkommnis in Indien –, daß ein anderer dort erntete, wo er gesät. Aber auch das war eine nützliche Schulung der Seele.

»Er ist viel zu gut, um sich bei Kanalbauerei zu verbrauchen«, meinte Jimmy. »Jedermann kann Kulis beaufsichtigen. Sie brauchen nicht böse zu werden, William; es ist nun mal so. – Aber ich brauche meine Perle unter den Ochsentreibern, und ich habe ihn in den Khandadistrikt versetzt, wo er die ganze Geschichte noch mal machen muß. Er muß jetzt schon unterwegs sein.«

»Er ist kein Kuli«, sagte William wütend, »er sollte seine Regulierungsbauten leiten.«

»Er ist der tüchtigste Mann in seinem Dienst, und das will viel heißen, aber wenn man schon mal Rasiermesser zum Mühlsteineschneiden verwenden muß, zieh' ich die besten Klingen vor.«

1. Victoria Cross – Victoriakreuz. (A. d. Ü.)

»Ist es nicht an der Zeit, daß wir ihn wieder einmal zu sehen bekommen?« fragte Frau Jim. »Ich bin sicher, der arme Junge hat seit einem Monat keine anständige Mahlzeit gegessen. Er sitzt wahrscheinlich auf einem Karren und ißt Sardinen mit den Fingern.«

»Alles zu seiner Zeit, meine Liebe, Pflicht geht vor Anstand – hat das nicht immer Herr Chuck gesagt?«

»Nein, es war der ›Midshipman Easy‹[1]«, lachte William. »Ich wundere mich manchmal, wie es einem vorkommen wird, wieder zu tanzen oder einer Musikkapelle zuzuhören oder unter einem Dache zu sitzen. Ich kann gar nicht glauben, daß ich jemals im Leben ein Ballkleid getragen habe.«

»Eine Minute!« sagte Frau Jim, die nachgedacht hatte. »Wenn er nach Khanda marschiert, muß er doch fünf Meilen von hier vorbeikommen. Natürlich wird er herreiten.«

»O nein, er wird nicht«, sagte William.

»Woher wissen Sie das, mein Kind?«

»Es würde ihn von seiner Arbeit abhalten. Er wird keine Zeit haben.«

»Er wird sie sich nehmen«, sagte Frau Jim mit einem Zwinkern.

»Es hängt von seinem eigenen Ermessen ab. Es ist absolut kein Grund vorhanden, warum er es nicht tun sollte, wenn er es für richtig hält«, meinte Jim.

»Er wird es nicht für richtig halten«, entgegnete William ohne Erregung oder Kummer. »Er wäre nicht er selbst, wenn er es täte.«

»Sicherlich lernt man die Menschen in einer solchen Zeit gut kennen«, sagte Jim trocken; aber Williams Gesicht war heiter wie immer, und Scott erschien nicht, wie sie es prophezeit hatte.

Endlich setzten die Regen ein, spät, aber schwer; die trokkene, klaffende Erde verwandelte sich in roten Schlamm; im Lager erschlugen die Diener die Schlangen. Jedermann blieb infolge des Wetters vierzehn Tage lang ans Lager gebunden, bis auf Hawkins, der zu Pferde fröhlich durch die Nässe plätscherte. Die Regierung dekretierte, daß Saatgut an die Bevölkerung verteilt und ihr Geld zum Ankauf neuer Ochsen vorgeschossen werde; und die weißen Männer muß-

1. Held eines Marryatschen Romans. (A. d. Ü.)

ten diese neue Aufgabe mit doppelter Anstrengung durchführen. Indessen schwang sich William von Ziegel zu Ziegel, die über den zertrampelten Schlamm gelegt waren, und flößte ihren Schutzbefohlenen so angenehm wärmende Heiltränke ein, daß sie ihre kleinen runden Bäuche rieben. Die Milchziegen gediehen bei dem üppigen Gras prächtig. Aus dem Khandadistrikt fern im Südosten kam kein Wort von Scott, außer dem regelmäßigen telegraphischen Bericht an Hawkins. Die kunstlosen Landstraßen waren verschwunden, seine Treiber meuterten fast; einer der von Martyn entliehenen Polizisten war an der Cholera gestorben, und Scott nahm täglich dreißig Körner Chinin, um das Fieber zu bekämpfen, das sich bei harter Arbeit im Regen einzustellen pflegt; aber diese Dinge zu berichten, hielt er nicht für notwendig. Er arbeitete wie gewöhnlich von einer Vorratsstation an der Bahnlinie aus, um einen Kreis von dreißig Meilen im Durchmesser zu versorgen, und da die Wagen nicht mehr vollgeladen werden konnten, belud er sie nur zum vierten Teil und hatte infolgedessen die vierfache Plage; denn er wollte es nicht auf eine Epidemie ankommen lassen, die bei der Ansammlung von Tausenden von Landbewohnern an den Hilfsstellen ins Unberechenbare wachsen mußte. Es war billiger, der Regierung gehörige Ochsen zu nehmen, sie zu Tode zu rackern und den Krähen im Morast am Wegrande zu überlassen.

In dieser Zeit kamen ihm seine acht Jahre enthaltsamen, strengen Lebens zugute, obwohl ihm der Kopf vom Chinin wie eine Glocke dröhnte und die Erde unter seinen Füßen, wenn er stand, und das Bett, wenn er schlief, schwankte. Wenn Hawkins es für richtig hielt, ihn zum Ochsentreiber zu machen, so war das nach seiner Meinung ganz und gar Hawkins' eigne Angelegenheit. Es gab Männer im Norden, die erfahren würden, was er getan hatte, Männer mit dreißig Dienstjahren in seinem Departement, die sagen würden »nicht übel!«, und darüber, unermeßlich weit über allen Rangstufen der Männer, stand William, mitten im heißen Kampf, die sein Tun gutheißen würde, denn sie verstand ihn! Er hatte seinen Willen derart erzogen, daß er sich im mechanischen Ablauf jedes Tages bewährte, obwohl ihm seine eigene Stimme fremd im Ohr klang und seine Hände an seinen Handgelenken ihm beim Schreiben bald klein wie Erbsen, bald groß wie Kissen dünkten. Diese Willenskraft trug auch seinen Körper noch in das Telegraphenamt der Bahnstation und diktierte ein Telegramm an Hawkins, das besagte, der Khandadistrikt sei nach seinem Urteile jetzt gerettet, und er erwarte weitere Befehle.

Der Madrasser Telegraphenbeamte mißbilligte das Benehmen des breitschultrigen hageren Mannes, der in einer tödlichen Ohnmacht über ihn fiel, nicht so sehr seines Gewichtes halber, als wegen der Schimpfnamen und Schläge, die er von Faiz Ullah erhielt, als dieser den Körper fand, der unter eine Bank gerollt war. Dann raffte Faiz Ullah Pferde-, Reise- und Bettdecken zusammen, wo er ihrer habhaft werden konnte, und bettete seinen Herrn darauf; er band ihm die Arme mit einem Zeltstricke und gab ihm einen greulichen Kräuterabsud zu trinken; dann stellte er den Polizisten daneben, damit er ihn niederhielte, falls er versuchen sollte, der unerträglichen Hitze unter den Decken zu entkommen, und schloß zwei Tage und eine Nacht das Telegraphenamt ab, um die Neugierigen fernzuhalten. Und als eine Einzelmaschine die Strecke herunterkam und Hawkins die Tür mit einem Fußtritt zerbrach, rief ihn Scott schwach, aber mit natürlicher Stimme an, und Faiz Ullah stand im Hintergrunde und erntete den Lohn seiner Bemühungen.

»Zwei Nächte lang, Himmelsgeborener, war er *pagal*[1]«, sagte Faiz Ullah. »Schau meine Nase an und betrachte das Auge des Polizisten. Er hat uns mit seinen gebundenen Händen geschlagen, aber wir haben uns auf ihn gesetzt, Himmelsgeborener, und obwohl seine Worte *tez*[2] waren, ließen wir ihn schwitzen. Himmelsgeborener, noch nie hat es solch einen Schweiß gegeben. Er ist jetzt schwächer als ein Kind, aber das Fieber hat ihn durch die Gnade Gottes verlassen. Es bleibt nur noch meine Nase und das Auge des Polizisten. Sahib, soll ich um meine Entlassung bitten, weil mein Sahib mich geschlagen hat?« Und Faiz Ullah legte seine lange dünne Hand auf Scotts Brust, um sich zu vergewissern, daß das Fieber vergangen sei, bevor er hinausging, um eine Suppenkonserve zu öffnen und jenen, die ihn seiner geschwollenen Nase wegen verlachten, die Spottlust auszutreiben.

1. Verrückt. – 2. Scharf.

»Der Distrikt ist jetzt ganz in Ordnung«, flüsterte Scott. »Alles andere hat nichts zu sagen. Haben Sie mein Telegramm bekommen? Ich werde in einer Woche wieder auf den Beinen sein. Verstehe nicht, wie das gekommen ist. Ich werde in ein paar Tagen wieder auf den Beinen sein.«

»Sie kommen ins Lager zu uns«, sagte Hawkins.

»Aber hören Sie – aber –«

»Es ist alles vorbei. Wir werden euch Punjableute nicht mehr brauchen. Mein Ehrenwort, wir brauchen euch nicht mehr. Martyn kehrt in wenigen Wochen heim, Arbuthnot ist schon nach Hause gefahren, Ellis und Clay legen nur noch die letzte Hand an eine Bahnlinie, die die Regierung für die Lebensmittelzufuhr gebaut hat. Morten ist tot – er war freilich ein Bengale –, Sie haben ihn wohl nicht gekannt. Auf mein Wort – Sie und Will – Fräulein Martyn – sind am besten von allen durchgekommen.«

»Oh, wie geht es ihr?« Die Stimme stieg und fiel, als er sprach.

»Sie war tadellos in Form, als ich sie verließ. Die römisch-katholische Mission adoptiert die nicht zurückverlangten Kinder und wird kleine Priester aus ihnen machen; die Basler Mission nimmt einige, und die Mütter holen den Rest. Sie sollten hören, wie die kleinen Würmer heulen, wenn sie von William fortgeschickt werden. Sie ist ein bißchen herunter, aber das sind wir alle. Wann, glauben Sie, werden Sie imstande sein, hier wegzugehen?«

»Ich kann nicht in diesem Zustande ins Lager kommen. Ich will nicht«, sagte Scott mürrisch.

»Ja, Sie sind gerade kein herrlicher Anblick, aber soviel ich herausbekommen habe, scheint es mir, als wären sie dort doch froh, Sie unter allen Umständen zu sehen. Wenn Sie wollen, werde ich Ihre Arbeit hier ein paar Tage inspizieren, und Sie können sich indessen von Faiz Ullah auffüttern und wieder auf die Beine bringen lassen.«

Als Hawkins die Inspektion beendet hatte, konnte Scott schon wieder, zwar noch ein wenig schwankend, gehen und er wurde über und über rot, als Jim von seiner Leistung im Distrikt sagte, sie sei »nicht übel«, ferner aus freien Stücken zugab, daß er während der Hungersnot Scott als seine rechte Hand betrachtet habe und sich verpflichtet fühle, dasselbe offiziell zu wiederholen. So kamen sie mit der Bahn ins alte Lager zurück, aber keine Scharen drängten sich hier mehr, die großen Feuer in den Gräben waren erloschen und die Lager der Hungernden standen fast leer.

»Sie sehen, da ist nicht mehr viel für uns zu tun«, sagte Jim. »Reiten Sie lieber hin und begrüßen Sie meine Frau. Es ist ein Zelt für Sie aufgeschlagen. Abendessen um sieben Uhr, ich werde Sie dann sehen.«

Scott ritt im Schritt weiter, neben sich Faiz Ullah, der sich am Steigbügel hielt; so traf er William in ihrem braunen Kalikoreitanzug; sie saß vor dem Eingang des Speisezeltes, die Hände im Schoße, aschgrau, dünn und erschöpft, mit glanzlosen Haaren. Weit und breit war keine Frau Jim zu sehen, und alles, was William herausbrachte, war: »Mein Gott, wie schlecht Sie ausschauen.«

»Ich habe ein bißchen Fieber gehabt. Sie selbst sehen auch nicht eben gut aus.«

»Oh, ich bin ganz gut beieinander. Wir haben hier Schluß gemacht. Ich nehme an, Sie wissen es?«

Scott nickte: »Wir werden alle in einigen Wochen wieder daheim sein. Hawkins sagte es mir.«

»Vor Weihnachten noch, meint Frau Jim. Werden Sie nicht froh sein, zurückzukommen? Ich kann schon den Duft der Wälder riechen.«

William schnüffelte in die Luft: »Wir werden noch zu allen Weihnachtsvorbereitungen zurechtkommen. Ich nehme an, die Regierung des Punjab wird nicht so gemein sein, Jack noch vor dem neuen Jahr zu versetzen.«

»Es kommt mir wie eine Ewigkeit vor, das Punjab und all das, nicht? Sind Sie froh, daß Sie hierhergekommen sind?«

»Jetzt, wo es vorbei ist, ja. Es war gräßlich hier. Wissen Sie, wir mußten stillsitzen und konnten nichts tun, und Sir Jim war soviel abwesend.«

»Nichts tun! Wie kamen Sie mit dem Melken vorwärts?«

»Ich brachte es irgendwie zustande, nachdem Sie es mich gelehrt hatten.«

Dann schnappte das Gespräch mit fast hörbarem Knacken ab. Noch immer kam keine Frau Jim.

»Das erinnert mich, daß ich Ihnen noch fünfzig Rupien schulde, für die Kondensmilch. Ich dachte, Sie würden vielleicht hier vorbeikommen, als Sie in den Khandadistrikt versetzt wurden, und ich hätte sie Ihnen dann bezahlen können, aber Sie sind nicht gekommen.«

»Ich kam fünf Meilen vom Lager vorbei. Sehen Sie, ich war mitten auf dem Marsch, und die Karren brachen alle paar Minuten zusammen, und als ich sie endlich über die Stelle hinweggebracht hatte, war es zehn Uhr nachts geworden. Aber ich wäre schrecklich gern gekommen. Sie wußten es, nicht wahr?«

»Ich glaube – ich wußte es –«, sagte William und richtete die Augen auf sein Gesicht. Jetzt war sie nicht mehr blaß.

»Haben Sie es verstanden?«

»Warum Sie nicht hergeritten sind? Natürlich habe ich es verstanden!«

»Warum?«

»Weil Sie nicht konnten, natürlich. Ich wußte das.«

»Hätten Sie es gern gesehen?«

»Wenn Sie gekommen wären? – aber ich habe gewußt, daß Sie es nicht tun würden. Aber wenn Sie gekommen wären, hätte ich es gern gesehen. Sie wissen das doch auch.«

»Gott sei Dank habe ich es nicht gewußt. Und ich wäre so gern gekommen! Ich konnte es mir aber nicht gestatten, vor den Karren herzureiten, denn ich mußte sie doch hier vorbeilotsen, verstehen Sie?«

»Ich habe es gewußt, daß Sie nicht kommen würden«, sagte William zufrieden. »Hier sind Ihre fünfzig Rupien.«

Scott beugte sich nieder und küßte die Hand, die ihm die fettigen Banknoten reichte; deren Gefährtin fuhr ihm linkisch, aber sehr zärtlich über das Haar.

»Und du hast es gewußt, nicht wahr?« fragte William mit einer neuen Stimme.

»Nein, bei meiner Ehre, ich habe nichts gewußt. Ich hatte nicht – nicht die Frechheit, irgend etwas Derartiges zu erwarten außer ... Sag, bist du an dem Tage, an dem ich auf meinem Wege nach Khanda vorbeikam, irgendwohin geritten?«

William nickte und lächelte wie ein Engel, der auf einer guten Tat ertappt wird.

»Dann habe ich gerade ein Stückchen von deinem Reitanzug erblickt, in –«

»– dem Palmenhaine neben dem südlichen Karrenweg. Ich habe deinen Helm gesehen, als du vom Tempel heraufkamst – gerade genug, um sicher zu sein, daß es dir gut ging. Freut dich das etwas?«

Diesmal küßte ihr Scott nicht die Hand, denn sie waren im Dunkel des Speisezeltes, und da Williams Knie zitterten, mußte sie sich auf den nächsten Stuhl setzen und lange und glücklich – den Kopf auf die Arme gelegt – weinen. Und als Scott meinte, es sei an der Zeit, sie zu trösten, wollte sie von nichts dergleichen wissen; sie lief in ihr eigenes Zelt, und Scott ging hinaus in die Welt und lächelte sie breit und töricht an. Doch als Faiz Ullah ihm einen Trunk brachte, hielt er es für nötig, die eine Hand mit der andern zu stützen, sonst wäre der gute Whisky mit Soda verschüttet worden. Es gibt eben verschiedenerlei Fieber.

Aber ärger, viel ärger noch war das angestrengte Tischgespräch, währenddessen die Blicke einander mieden, bis sich die Dienerschaft zurückgezogen hatte; am ärgsten aber war es, als Frau Jim, die, von der Suppe angefangen, immer dem Weinen nahe war, Scott und William küßte; und sie tranken eine Flasche Champagner, der warm war, da es kein Eis gab, und Scott und William saßen vor dem Zelte im Sternenlicht, bis Frau Jim sie hereinzog, aus Furcht vor noch mehr Fieber.

Angesichts dieser und anderer Dinge sagte William: »Verlobt sein ist abscheulich, weißt du, weil man keine offizielle Stellung hat. Wir müssen dankbar sein, daß wir soviel zu tun haben.«

»Soviel zu tun haben«, sagte Jim, als man ihm diese Worte berichtete. »Keiner von beiden taugt mehr zu irgend etwas. Ich kann nicht mal fünf Stunden Arbeit aus Scott herausdrücken, die Hälfte der Zeit steckt er in den Wolken.«

»Aber sie sind so schön anzusehen, Jimmy. Mir wird das Herz brechen, wenn sie wegfahren. Kannst du nichts für ihn tun?«

»Ich habe bei der Regierung den Eindruck erweckt – ich hoffe wenigstens, daß es mir gelungen ist –, daß er persönlich den ganzen Feldzug gegen die Hungersnot geführt hat. Aber er wünscht sich ja nur, bei den Luni-Kanal-Werken unterzukommen, und William treibt es ebenso arg damit. Hast du je gehört, wie sie von Abdämmungen, Plankenbettung und Abzugswasser sprechen? Das ist ihre Art von Liebesgesprächen, nehme ich an.«

Frau Jim lächelte zärtlich: »Das ist nur in den Zwischenzeiten. Gott segne sie.«

Und so lief der Liebesgott ungestört am hellen Tage durch das Lager, indessen die Männer noch die letzten Spuren austilgten und beseitigten, die letzten Spuren der Hungersnot in den acht Distrikten.

Der Morgen brachte die durchdringende Dezemberkälte des Nordens, Schwaden vom Rauche brennenden Holzes, das staubige Graublau der Tamarisken, die Kuppeln zerstörter Gräber und den ganzen Duft der hellen Ebene des Nordens, als der Postzug über die meilenlange Sutlej-Brücke fuhr. William, in ein *Poshteen* gehüllt – eine seidengestickte Schaflederjacke, mit großgelocktem Astrachanpelz besetzt –, schaute mit feuchten Augen und freudig geblähten Nüstern hinaus. Nun war es vorbei mit dem Süden der Palmen und Pagoden, vorbei mit dem übervölkerten Hindusüden. Dies war das Land, das sie kannte und liebte, und vor ihr lag das gute Leben, wie es ihr vertraut war, unter den Menschen ihrer eigenen Kaste und Denkungsart.

Beinahe auf jeder Station stiegen sie ein – Frauen und Männer, die sich für die Weihnachtswoche in die Stadt begaben, mit Racketts, Bündeln von Polostöcken, mit den geliebten halbzerhauenen Cricketschlägern, mit Foxterriern und Sätteln. Der größte Teil von ihnen trug Jacken wie William, denn mit der Kälte des Nordens ist ebensowenig zu spaßen wie mit der Hitze des Südens. Und William bewegte sich unter ihnen, gehörte zu ihnen; die Hände in den Taschen, den Kragen bis über die Ohren aufgeschlagen, ging sie stampfend auf dem Bahnsteig auf und ab, um sich zu erwärmen, machte in jedem Waggon Besuche und nahm überall Glückwünsche entgegen. Scott saß mit den Junggesellen am Ende des Zuges, wo man ihn erbarmungslos mit dem Füttern der Säuglinge und dem Melken der Ziegen hänselte; aber von Zeit zu Zeit schlenderte er zu Williams Wagenfenster und sagte leise: »Nett hier, nicht?« und William antwortete mit dem Seufzen reinen Wohlgefühls: »Nett hier, wirklich!« Schön war es, den langen offenen Namen der heimatlichen Städte wieder zu lauschen. Umballa, Ludhiana, Phillour, Jullundur tönten wie künftige Hochzeitsglocken an ihre Ohren, und William bemitleidete tief und aufrichtig alle Fremden und Außenseiter – Besucher, Touristen und die neu in den Dienst des Landes Gezwungenen. Es war eine glorreiche Heimkehr, und als die Junggesellen ihren Weihnachtsball veranstalteten, war William unoffiziell sozusagen der Haupt- und Ehrengast der Wirte, die den Abend für ihre Freunde sehr vergnüglich zu gestalten wußten. Sie tanzte fast alle Tänze mit Scott, und während der übrigen saßen sie in der großen dunklen Galerie, von der man das prächtige Teakholzparkett übersehen konnte, auf dem die Uniformen leuchteten, die Sporen klirrten und die neuen Kleider von vierhundert Tanzenden sich drehten und drehten, bis die um die Säulen drapierten Fahnen in ihrem Zugwind sich zu blähen und zu flattern begannen.

Um Mitternacht kam ein halbes Dutzend Herren, denen am Tanzen nichts gelegen war, aus dem Klub herüber, um »Weihnachtsmusikanten« zu spielen, und – dies war eine von den Gastgebern veranstaltete Überraschung – bevor einer wußte, was geschah, hatte die Kapelle zu spielen aufgehört und verborgene Stimmen begannen den »guten König Wenzeslaus« zu singen; und William in der Galerie klopfte mit dem Fuße den Takt dazu und summte mit!

Merk dir meine Fußstapfen gut,
Mein Page, tritt kühnlich hinein –
Dann wird dir gegen des Winters Wut
Wärme im Blute sein.

»Ich hoffe, sie singen uns noch etwas! Ist's nicht hübsch, wie die Stimmen aus dem Dunkel kommen? Schau hinunter! Da wischt sich Frau Gregory die Augen.«

»Es ist fast wie zu Hause«, sagte Scott, »ich erinnere mich –«

»Still, hör zu, Lieber!« Und wieder begann es:

Es waren Hirten auf dem Felde,
Die hüteten ihre Herden des Nachts.
Und siehe, der Engel des Herrn trat zu ihnen
Und die Glorie Gottes umleuchtete ihn.

Und sie erschraken sehr.
Der Engel sprach zu ihnen:
»Fürchtet euch nicht, ich bring' euch frohe Botschaft –
Denn heute nacht . . .«

»Ach«, sagte William und schmiegte sich fester an Scott. Diesmal war es William, die sich die Augen wischte.

II

Lispeth
Drei und eine Extratour
Weggeworfen
Fräulein Youghals Sais
Ungleiches Paar
Es dämmert
Der Andere
Konsequenzen
Leutnant Golightlys Verhaftung
Das Tor der hundert Sorgen
Hinter dem Gitter
Tod's Amendement
Schweine

Lispeth

Ach, du hast die Liebe verjagt! Und deine Götter soll ich verehren?
Den Einen in Drei, und die Drei in dem Einen? O Spötter, mir
meine verwehren?
Vielleicht sind sie mir ein größerer Trost
Als der kalte Christ, mit dem du mir drohst.

Sie stammte aus den Bergen und war die Tochter Sonoos und seines Weibes Jadeh. Eines Sommers mißriet ihnen der Mais, und zwei Bären vernichteten in einer Nacht die Ernte ihres einzigen Mohnfeldes, das oberhalb des Sutlejtales an der Kotgarher Seite liegt. Da wurden sie im nächsten Jahr Christen und brachten ihr Kindchen auf die Missionsstation zur Taufe. Der Missionar von Kotgarh taufte es auf den Namen Elisabeth; »Lispeth« sagen die Bergländer.

Später kam die Cholera in das Kotgarher Tal und raffte Sonoo und Jadeh dahin; da wurde Lispeth bei der Frau des damaligen Missionars halb Dienerin, halb Gesellschafterin. Das geschah nach der Herrschaft der Mährischen Brüder, aber noch ehe Kotgarh ganz seinen Ruf als »Herrin der Nordberge« vergessen hatte.

Ob das Christentum einen so günstigen Einfluß auf Lispeth hatte, oder ob die Götter ihres eigenen Volkes in jedem Falle soviel für sie getan haben würden, das weiß ich nicht; jedenfalls wurde sie sehr schön, und wenn ein Bergländer Mädchen schön wird, so lohnt es sich, auf schlechten Wegen fünfzig Meilen weit zu reisen, um es zu sehen. Lispeth hatte ein griechisches Gesicht, eins jener Gesichter, die man so oft malt und so selten sieht. Ihre helle Haut war elfenbeinfarbig. Sie war für ihre Rasse besonders groß und schlank, und sie hatte wirklich wundervolle Augen. Wenn sie nicht die abscheulichen, bei der Mission so beliebten Kleider aus bedrucktem Kattun getragen hätte, würde man sie bei einer unvermuteten Begegnung in den Bergen für das Urbild der auf Jagd ausziehenden Diana gehalten haben.

Lispeth nahm das Christentum bereitwillig an und ließ auch als erwachsenes Mädchen nicht von ihm ab, wie so manche aus den Bergen es tun. Ihr eigenes Volk haßte sie, weil sie, wie sie sagten, eine *Memsahib*[1] geworden war und sich jeden Tag wusch. Die Missionarsfrau wußte nicht so recht, was sie mit ihr machen sollte. Es kommt einem doch irgendwie nicht richtig vor, von einer hochgewachsenen schönen Göttin zu verlangen, das Geschirr abzuwaschen. Sie spielte also mit den Kindern des Missionars, ging in die Sonntagsschule und las alle Bücher, die im Hause waren, und wurde immer schöner und schöner, wie die Prinzessinnen im Märchen. Die Missionarsfrau meinte, sie müßte in Simla eine Stellung als Kinderfräulein oder sonst etwas »Feines« annehmen. Aber Lispeth wollte nicht. Sie war glücklich, wo sie war. Wenn Reisende – viele gab es in den Jahren noch nicht – nach Kotgarh kamen, schloß Lispeth sich in ihrem Zimmer ein aus Angst, sie könnten sie nach Simla oder sonst wohin in die fremde Welt mitnehmen.

Eines Tages, einige Monate nach Lispeths siebzehntem Geburtstag, machte sie einen Spaziergang. Sie ging nicht, wie es die englischen Damen machen, anderthalb Meilen zu Fuß, um dann zurückzufahren. Sie legte auf ihren Streifzügen in der ganzen Gegend zwischen Kotgarh und Narkunda zwanzig bis dreißig Meilen zurück. Diesmal kam sie erst im Dunkeln über den halsbrecherisch steilen Abhang nach Kotgarh zurück und schleppte etwas Schweres auf den Armen. Die Missionarsfrau war eben in dem Wohnzimmer etwas eingenickt, als Lispeth schweratmend und ganz erschöpft mit ihrer Last hereinkam. Lispeth legte sie auf das Sofa nieder und sagte einfach: »Dies ist mein Mann. Ich hab ihn auf dem Wege nach Bagi gefunden. Er ist verwundet. Wir wollen ihn pflegen, und wenn er gesund ist, soll dein Mann mich mit ihm verheiraten.«

Es war das erstemal, daß Lispeth vom Heiraten sprach, und die Missionarsfrau schrie auf vor Entsetzen. Aber jetzt mußte sie sich erst einmal um den Mann auf ihrem Sofa kümmern. Es war ein junger Engländer, dessen Kopf eine tiefe, bis auf den Knochen gehende Wunde zeigte, die von einem schartigen Gegenstand herrühren mußte. Lispeth erzählte, daß sie ihn am Fuße des Khud so gefunden und darum mit hereingebracht hätte. Er atmete unregelmäßig und war bewußtlos.

1. Weiße Dame.

Der Missionar, der einige medizinische Kenntnisse besaß, brachte ihn zu Bett und verband ihn. Lispeth stand vor der Tür und wartete, ob man ihre Hilfe brauchte. Sie erklärte dem Missionar, daß dies der Mann wäre, den sie heiraten wollte. Da belehrten der Missionar und seine Frau sie ernstlich über das Ungehörige ihres Benehmens. Lispeth hörte schweigend zu und wiederholte dann ihren Vorsatz. Es gehört eine gehörige Portion Christentum dazu, ungebrochene östliche Instinkte, wie den der Liebe auf den ersten Blick, auslöschen zu wollen. Lispeth hatte den Mann, den sie verehrte, gefunden, und sie sah nicht ein, warum sie davon schweigen sollte, und wollte auch nicht weggeschickt werden. Sie wollte den Engländer pflegen, bis er gesund genug wäre, sie zu heiraten. Das war ihr einfaches Programm.

Nachdem der Engländer mit einer Entzündung und leichtem Fieber gelegen hatte, kam er wieder zu sich und dankte dem Missionar, dessen Frau und Lispeth – besonders Lispeth – für ihre Freundlichkeit. Er bereise den Osten, sagte er (man sprach in den Tagen, wo die P. u. O.-Linie noch in den Anfängen war, noch nicht von Globetrottern), und wäre von Dehra Dun gekommen, um in den Simlabergen Pflanzen und Schmetterlinge zu sammeln. Daher wußte in Simla niemand etwas von ihm. Er meinte, er müßte wohl abgestürzt sein, als er ein Farnkraut von einem morschen Baumstamm holen wollte, und seine Kulis wären wohl mit seinem Gepäck davongelaufen. Sowie er etwas zu Kräften gekommen sei, wolle er nach Simla zurückgehen. Die Lust am Bergsteigen sei ihm vergangen.

Er beeilte sich nicht sehr, fortzukommen, und gewann nur langsam seine Kräfte wieder. Lispeth wollte nicht auf die guten Ratschläge des Missionars und seiner Frau hören; da sprach diese mit dem Engländer und erzählte ihm, wie es in Lispeths Herzen aussah. Er lachte herzlich und fand es sehr hübsch und romantisch, ein wahres Himalajaidyll; aber da er mit einem Mädchen in der Heimat verlobt wäre, würde selbstverständlich nichts passieren. Natürlich würde er sich taktvoll benehmen. Das tat er auch. Aber in der Zeit der Rekonvaleszenz fand er es doch sehr angenehm, mit Lispeth spazierenzugehen und mit Lispeth zu plaudern, ihr Schmeichelhaftes zu sagen und Kosenamen zu geben, während seine Kräfte zunahmen, so daß er ans Fortgehen denken konnte. Ihm bedeutete das alles nichts, aber für Lispeth bedeutete es die Welt. Sie war sehr glücklich während dieser zwei Wochen, weil sie einen Mann gefunden hatte, den sie liebte.

Als geborene Wilde bemühte sie sich nicht, ihre Gefühle zu verbergen, das belustigte den Engländer sehr. Als er fortging, begleitete Lispeth ihn den Berg hinauf bis Narkunda, sehr bekümmert und sehr elend. Die Missionarsfrau, als gute Christin, und weil sie alles Aufsehen und jeden Skandal verabscheute – mit Lispeth konnte sie ganz und gar nicht fertig werden –, hatte dem Engländer geraten, er solle Lispeth sagen, daß er wiederkommen würde, um sie zu heiraten. »Sie ist ja noch das reine Kind, wissen Sie, und, ich fürchte, im Herzen eine Heidin«, sagte die Missionarsfrau. Deshalb beteuerte der Engländer die ganzen zwölf Meilen bergauf, Lispeth umschlungen haltend, daß er wiederkommen und sie heiraten würde, und er mußte ihr das immer wieder versprechen. Auf der Narkunda-Kuppe stand sie und weinte, bis er ihren Augen auf dem Wege nach Mutteeanee entschwunden war.

Dann trocknete sie ihre Tränen, ging zurück nach Kotgarh und sagte zur Missionarsfrau: »Er kommt wieder und heiratet mich. Er ist zu seinen Leuten gegangen, um es ihnen zu sagen.« Und die Missionarsfrau tröstete Lispeth und sagte: »Ja, er kommt wieder.« Als zwei Monate verstrichen waren, wurde Lispeth ungeduldig; da sagte man ihr, der Engländer wäre übers Meer nach England gereist. Sie wußte, wo England lag, weil sie es in ihrem kleinen Geographiebuch gelesen hatte; aber als Kind der Berge konnte sie sich natürlich vom Meere keine Vorstellung machen. Es gab im Hause ein altes Legespiel, das die Welt darstellte. Als Kind hatte Lispeth damit gespielt. Jetzt holte sie es wieder hervor und beschäftigte sich abendelang damit, weinte vor sich hin und versuchte sich vorzustellen, wo ihr Engländer war. Da sie keine Ahnung von Entfernungen und Dampfschiffen hatte, waren ihre Begriffe recht irrig. Aber es hätte auch nichts geändert, wenn sie vollkommen richtig gewesen wären; denn der Engländer dachte nicht daran, zurückzukommen und ein Mädchen der Berge zu heiraten. Er vergaß sie auf seinen

Schmetterlingsjagden in Assam gänzlich. Später schrieb er ein Buch über den Osten. Lispeths Name kam nicht darin vor.

Als drei Monate um waren, pilgerte Lispeth täglich nach Narkunda, um zu sehen, ob ihr Engländer die Straße daher käme. Das brachte ihr Trost, und als die Missionarsfrau sie etwas glücklicher fand, glaubte sie, daß sie über ihre »barbarische und höchst unpassende Torheit« hinwegkäme. Nach einiger Zeit aber halfen die Spaziergänge Lispeth nicht mehr, und ihre Stimmung wurde sehr schlecht. Da hielt die Missionarsfrau die Zeit für gekommen, ihr den wahren Stand der Angelegenheit mitzuteilen – daß nämlich der Engländer nur Versprechungen gemacht hätte, um sie zu beruhigen – daß er nie andere Absichten gehabt hätte und daß es »unrecht und ungehörig« von Lispeth wäre, an eine Heirat mit einem Engländer zu denken, der doch was Besseres wäre als sie und außerdem einem Mädchen aus seiner Heimat die Ehe versprochen hätte. Lispeth sagte, das wäre doch alles ganz unmöglich, weil er doch gesagt hätte, er liebe sie, und sie, die Missionarsfrau, hätte doch mit ihrem eigenen Munde bestätigt, daß er zurückkommen würde.

»Wie kann das, was er und du gesagt habt, unwahr sein?« fragte Lispeth.

»Kind, wir sagten es ja nur so, um dich zu beruhigen«, sagte die Missionarsfrau.

»Dann habt ihr also gelogen«, sagte Lispeth, »du und er?«

Die Missionarsfrau senkte den Kopf und sagte nichts. Auch Lispeth war eine Weile still; dann ging sie hinaus, das Tal hinab und kehrte in der Tracht der Bergmädchen zurück – furchtbar schmutzig, aber ohne die Nasen- und Ohrringe. Ihr Haar hatte sie mit Hilfe von schwarzem Bindfaden in einen langen Zopf geflochten, wie ihn die Bergfrauen tragen.

»Ich gehe zurück zu meinen Leuten«, sagte sie. »Lispeth habt ihr getötet. Übriggeblieben ist nur die Tochter der alten Jadeh – die Tochter eines Pahari und die Dienerin der *Tarka Devi*. Ihr Engländer seid alle Lügner.«

Als die Missionarsfrau sich von dem Schreck über Lispeths Ankündigung, daß sie zu den Göttern ihrer Mutter zurückkehre, erholt hatte, war das Mädchen fort, und es ist nie wiedergekommen.

Mit unbändiger Wildheit gab sie sich ihrem eigenen, unsauberen Volke, als ob sie einen Ausgleich schaffen müßte, und nach kurzer Zeit heiratete sie einen Holzfäller; der schlug sie, wie es bei den Paharis Sitte ist; so schwand ihre Schönheit bald dahin.

»Die Heiden sind unberechenbar in ihren Launen«, sagte die Missionarsfrau, »ich glaube, Lispeth war im Herzen immer eine Heidin.« Da sie aber in dem hohen Alter von fünf Wochen in die Kirche Englands aufgenommen war, so gereicht diese Behauptung der Missionarsfrau nicht zur Ehre.

Als Lispeth starb, war sie eine sehr alte Frau. Sie beherrschte das Englische noch vollkommen, und wenn sie genug getrunken hatte, konnte man sie manchmal dazu bringen, die Geschichte ihrer ersten Liebe zu erzählen.

Dann war es schwer zu glauben, daß das triefäugige, runzlige Geschöpf, das einem Bündel verkohlter Lumpen glich, jemals die »Lispeth von der Kotgarh-Mission« gewesen war.

Drei und eine Extratour

Wenn dir Halfter und Fersenleine entglitten sind,
dann jage nicht mit erhobenem Stock,
sondern locke mit Hafer.
Punjab-Sprichwort

Nach der Hochzeit tritt eine Reaktion ein, manchmal eine große, manchmal eine kleine; aber kommen tut sie, früher oder später, und beide Ehegatten müssen darüber hinwegkommen, wenn sie gerne den Rest ihres Lebens mit dem Strom schwimmen wollen.

Bei den Cusack-Bremmils stellte sich diese Reaktion erst im dritten Jahre nach der Hochzeit ein. Selbst in der besten Zeit war Bremmil nicht leicht zu fesseln gewesen; aber er war doch ein sehr guter Ehemann, bis das Baby starb und Frau Bremmil Trauer trug, abmagerte und so sehr trauerte, als ob das Universum ins Wanken gekommen wäre. Vielleicht hätte Bremmil sie trösten sollen. Er versuchte es wohl auch; aber je mehr er tröstete, um so mehr grämte sich Frau Bremmil, und um so unbehaglicher fühlte sich folglich Herr Bremmil. Sie hatten eben beide ein Heilmittel nötig, und das wurde ihnen zuteil. Jetzt kann Frau Bremmil darüber lachen, damals aber war ihr ganz und gar nicht lächerlich zumute.

Frau Hauksbee tauchte nämlich am Horizont auf, und wo sie erschien, da entstand bald Aufregung und Unruhe. In Simla nannte man sie die Sturmschwalbe. Ich kenne allein fünf Fälle, wo sie diesen Namen wirklich verdient hatte. Sie war eine kleine braune, dünne, fast magere Frau, mit großen rollenden veilchenblauen Augen und dem reizendsten Betragen von der Welt. Bei einem Kaffeeklatsch brauchte man nur ihren Namen zu nennen – sofort richtete sich jede Dame auf und nannte sie eine – nun ja – nicht gerade einen Engel. Sie war klug, witzig, geistreich und sprühend, mehr als die meisten ihres Geschlechts, aber von allerlei Teufelchen der Bosheit und des Mutwillens besessen. Trotzdem konnte sie sogar gegen ihr eigenes Geschlecht nett sein. Aber das gehört nicht hierher.

Nach dem Tode des Kindes, in der darauffolgenden Zeit des allgemeinen Unbehagens, wurde Bremmil sehr aushäusig, und da fing Frau Hauksbee ihn ein. Sie machte nie ein Hehl aus ihren Eroberungen. Sie fing ihn ganz öffentlich ein und merkte recht gut, daß die Öffentlichkeit Notiz davon nahm. Er unterhielt sich mit ihr, war ihr Begleiter auf Ritten, Spaziergängen, bei Picknicks, beim Frühstück bei Peliti, bis die Leute die Stirn runzelten und »shocking!« sagten. Frau Bremmil blieb zu Hause, kramte in den Sachen des toten Kindes und weinte an der leeren Wiege. Sie wollte nichts anderes tun. Aber so etwa acht liebe, treue Freundinnen erzählten ihr lang und breit von allem, damit ihr doch ja nichts verlorenginge. Frau Bremmil hörte schweigend zu und dankte ihnen für ihren Freundschaftsdienst. Sie war nicht so klug wie Frau Hauksbee, aber dumm war sie auch nicht. Sie sprach nicht mit ihrem Mann über das Gehörte, sondern behielt ihre Meinung für sich. Das ist beachtenswert. Denn mit dem Mann sprechen oder gar ihm etwas vorweinen, das hat noch nie genützt.

Wenn Bremmil zu Hause war, und das war nicht oft der Fall, war er zärtlicher als gewöhnlich; das war verdächtig. Zu dieser Zärtlichkeit zwang er sich, einmal, um sein Gewissen zu beruhigen, dann auch, um seine Frau zu trösten. Beides gelang ihm nicht.

Da kam folgende Einladung: »Im Auftrag Ihrer Exzellenzen, Lord und Lady Lytton, erlaubt sich der diensthabende Adjutant, Herrn und Frau Cusack-Bremmil für den 26. Juli, 9½ Uhr abends, nach Peterhoff einzuladen.« – »Es wird getanzt« stand unten in der linken Ecke.

»Ich kann nicht hingehen«, sagte Frau Bremmil, »es ist zu kurz nach Klein Florries Tod ... aber das braucht dich nicht zurückzuhalten.«

Als sie das sagte, hatte sie wirklich die Absicht, zu Hause zu bleiben. Herr Bremmil sagte, er würde hingehen, nur um sich sehen zu lassen. Er sprach die Unwahrheit, und das wußte Frau Bremmil. Sie ahnte – und die Ahnung einer Frau ist viel sicherer als die Gewißheit eines Mannes –, daß er von Anfang an die Absicht gehabt hatte, hinzugehen, und zwar mit Frau Hauksbee. Sie fing an nachzudenken, und das Ergebnis ihres Denkens war die Erkenntnis, daß die

Erinnerung an ein totes Kind beträchtlich weniger wert sei als die Liebe eines lebenden Mannes. Nach gründlichster Überlegung machte sie ihren Plan. Sie entdeckte in dieser Stunde, daß sie Tom Bremmil durch und durch kannte, und auf Grund dieser Kenntnis handelte sie.

»Tom«, sagte sie, »ich esse am 26. auswärts zu Abend, nämlich bei Longmores, da gehst du wohl besser in den Klub zum Essen.«

Dieser Vorschlag machte es Bremmil möglich, ohne einen Vorwand fortzukommen, um mit Frau Hauksbee zu essen. Dafür war er dankbar, kam sich aber gleichzeitig recht klein und schäbig vor – und das war ihm sehr gesund. Bremmil verließ das Haus um fünf, um auszureiten; um halb sechs abends wurde ein großer lederbezogener Korb von Phelps für Frau Bremmil geschickt. Sie war eine Frau, die es verstand, sich anzuziehen; und sie hatte nicht umsonst eine Woche damit zugebracht, dies Kleid zu entwerfen und es nähen und mit Plattstich, Grätenstich, Rüschen, Fältchen und Säumchen (oder wie das alles heißt) verzieren zu lassen. Es war ein Prachtgewand – Halbtrauer. Beschreiben kann ich es nicht, aber es war, was »The Queen« eine Schöpfung nennt – geradezu überwältigend. Sie hatte nicht allzuviel Mut zu ihrem Unternehmen; aber als sie in den großen Spiegel blickte, sah sie mit Befriedigung, daß sie noch nie in ihrem Leben so gut ausgesehen hatte. Sie war eine stattliche Blondine und hielt sich, wenn sie wollte, königlich.

Nach dem Essen bei Longmores ging sie auf den Ball – sie kam etwas zu spät – und sah als erstes ihren Mann mit Frau Hauksbee am Arm. Das trieb ihr das Blut in die Wangen, und als die Herren sie umringten, um sich Tänze zu sichern, sah sie großartig aus. Sie füllte ihre ganze Tanzkarte aus bis auf drei Tänze, da ließ sie den Platz frei. Einmal trafen sich ihre und Frau Hauksbees Blicke, da wußte diese, daß zwischen ihnen Krieg erklärt sei – richtiger Krieg. Sie ging benachteiligt in den Kampf, denn sie war ein ganz klein bißchen zu herrisch mit Bremmil umgesprungen, so daß er anfing, sich dagegen aufzulehnen. Und dann hatte er seine Frau noch nie so schön gesehen. Wenn er an der Tür stand, starrte er sie an; er verschlang sie mit seinen Blicken, wenn sie am Arm ihres Tänzers dahinschritt: und je mehr er sie ansah, um so mehr riß sie ihn hin. Er konnte kaum glauben, daß dies die Frau mit den rotgeweinten Augen und dem schwarzen Wollkleid war, die weinend beim Frühstück saß.

Frau Hauksbee tat ihr Bestes, ihn an sich zu fesseln, aber nach zwei Tänzen ging er auf seine Frau zu und bat sie um einen Tanz.

»Ich fürchte, Sie kommen zu spät, Herr Bremmil«, sagte sie mit schelmischem Augenzwinkern. Da bat er sie flehentlich um einen Tanz, und als besondere Gunst versprach sie ihm den fünften Walzer. Glücklicherweise war Nr. 5 auf seiner Karte noch frei. Sie tanzten ihn zusammen, worüber im Saal ein leises Getuschel entstand; Bremmil hatte eine unklare Vorstellung davon gehabt, daß seine Frau tanzen könne, aber daß sie so göttlich tanze, das hatte er nicht gewußt. Am Schlusse dieses Walzers bat er um noch einen – als eine Gunst, nicht als sein gutes Recht. Frau Bremmil sagte: »Zeig mir doch deine Karte, Liebster.« Da reichte er sie ihr, wie ein Schuljunge seinem Lehrer verbotene Süßigkeiten ausliefert. Sie war besät mit lauter H's, außer dem H neben dem »zu Tisch führen«. Frau Bremmil sagte nichts, lächelte nur verächtlich, machte mit ihrem Bleistift einen Strich durch Nr. 7 und 9 – zwei H's – und gab ihm die Karte zurück, nachdem sie ihren eigenen Namen darübergeschrieben hatte, und zwar einen Kosenamen, den nur sie und ihr Mann kannten. Dann drohte sie ihm mit dem Finger und sagte lachend: »O du dummer, dummer Junge!«

Das hörte Frau Hauksbee und fühlte – das gab sie zu –, daß sie besiegt war. Bremmil nahm Nr. 7 und 9 dankbar an. Den siebenten Tanz tanzten sie, während Nr. 9 saßen sie in einem der kleinen Zelte zusammen. Was Herr Bremmil sagte, und was Frau Bremmil tat, das geht niemanden etwas an.

Als die Musik zu spielen begann: »The Roast Beef of Old England«, gingen die beiden auf die Veranda hinaus. Bremmil sah sich nach dem Wagen seiner Frau um (Rikschas gab es damals noch nicht), während sie in die Garderobe ging. Da trat Frau Hauksbee auf ihn zu und sagte: »Sie führen mich doch zu Tisch, Herr Bremmil?« Bremmil wurde rot und sah recht töricht aus: »Ach! – hm! Ich begleite meine Frau nach

Hause, gnädige Frau; es liegt wohl ein kleines Mißverständnis vor.« Als Mann schob er natürlich Frau Hauksbee alle Schuld zu.

Frau Bremmil kam aus der Garderobe in einem weichen, mit Schwan besetzten Mantel, etwas Weißes, Duftiges um den Kopf. Sie sah strahlend aus; und das mit Recht.

Das Paar verschwand in der Dunkelheit. Bremmil ritt ganz nahe neben dem Wagen seiner Frau.

Da sagte Frau Hauksbee zu mir, und dabei sah sie im Lampenlicht ein wenig matt und welk aus: »Glauben Sie mir, die dümmste Frau kann mit einem klugen Manne umgehen; aber um mit einem Toren fertig zu werden, dazu braucht's eine sehr kluge Frau.«

Dann gingen wir zu Tisch.

Weggeworfen

Einige maulen und andere bocken.
(Na, komm doch, mein Tier! so steh doch, steh!)
Einige prügeln, andre gilt's locken.
(Sachte doch, sachte! wer tut dir denn weh?)
Andre – riskieren muß man den Gaul –
Reiben sich wund von dem Zaum im Maul,
Toben wie Teufel, denn die Stricke schneiden,
Und fallen hin, eh' sie Zähmung leiden.

Chorus der Toolungala Cowboys

Wenn ein Junge eines Tages in die Welt hinaus und sich durchbeißen muß, so ist es nicht weise von den Eltern, ihn, »wohlbehütet«, wie sie es nennen, aufwachsen zu lassen. Er wird, wenn er nicht unter Tausenden die einzige Ausnahme ist, viele unnötige Schwierigkeiten zu überwinden haben und kann in tiefstes Leid geraten, einfach weil er nicht weiß, wie die Dinge wirklich sind.

Ein junger Hund soll ruhig die Badeseife fressen und an einem frischgeputzten Stiefel kauen. Er kaut und lutscht, bis er allmählich entdeckt, daß Schuhkrem und Lilienmilchseife ihm nicht recht bekommen; dann schließt er daraus, daß Schuhe und Seife unbekömmlich sind. Wenn ein Hund im Hause ist, wird er bald wissen, daß es unklug ist, in Hundeohren zu beißen. Da der Hund jung ist, hat er ein gutes Gedächtnis und ist so mit sechs Monaten ein gut erzogenes kleines Tier mit verfeinertem Geschmack. Wenn er mit dieser Dreiheit: Schuhe, Seife und Hunde, erst ganz ausgewachsen und mit entwickeltem Gebiß in Berührung gekommen wäre – man male sich einmal aus, wie jämmerlich ihm dann zumute sein würde! Und nun wende man diese Erkenntnis auf das »wohlbehütete Kind« an, und man muß bekennen, daß das Los des Hundes noch das bessere von beiden ist.

Es war einmal ein Junge, der nach den Grundsätzen des »Wohlbehütetseins« erzogen wurde, und diese Grundsätze waren schuld an seinem Tode. Er war unter ständiger Aufsicht, von der Stunde seiner Geburt an bis zu der Stunde, da er fast als der Beste in die Schule von Sandhurst aufgenommen wurde. Er wußte hervorragend Bescheid in allen Dingen, in denen man sich bei einem Privatlehrer auszeichnen kann, und als Extrabürde schleppte er noch mit sich, daß er »seinen Eltern bisher noch keine trübe Stunde bereitet« hatte. Was er in Sandhurst über das Übliche hinaus lernte, war von keiner großen Bedeutung. Er blickte um sich und fand, sozusagen, Seife und Schuhkrem recht gut. Er aß ein wenig davon und verließ Sandhurst nicht ganz so »Ia«, wie er ankam. Dann kam eine Pause, eine Szene mit seiner Familie, die große Hoffnungen auf ihn gesetzt hatte; dann ein Jahr eines »von der Welt unbefleckten Lebens« in einer drittklassigen Garnison, wo alle jüngeren Kameraden noch die reinen Kinder waren und alle älteren alte Weiber, und schließlich kam er nach Indien, wo er ganz von den Seinen gelöst war und in Zeiten der Not zu niemandem seine Zuflucht nehmen konnte als zu sich selbst.

Nun ist Indien ein Land, mehr als alle anderen, wo man das Leben nicht zu ernst nehmen darf – die Mittagssonne immer ausgenommen. Zu viel arbeiten und zu viel Kraftaufwand bringen den Menschen genausogut um wie ein Zuviel bei jedem Laster, z. B. Trinken. Flirten schadet nichts, weil jeder immerfort versetzt wird, so daß entweder man selber oder sie die Station verläßt auf Nimmerwiedersehen. Seine Arbeit besonders gut zu machen ist sinnlos, weil man doch nach seinen schwächsten Leistungen beurteilt wird und weil für die besten in der Regel ein anderer den Lohn einheimst. Schlechte Arbeit schadet nichts, denn andere machen's noch schlechter, und nirgends halten sich die Unfähigen so lange wie in Indien. Vergnügungen schaden nichts, weil es ewig dieselben sind, und die meisten gehen darauf hinaus, den anderen das Geld aus der Tasche zu locken. Krankheit macht nichts, weil sie das Übliche ist, und wenn einer stirbt, so tritt ein anderer an seine Stelle und übernimmt schon während der acht Stunden, die zwischen Tod und Begräbnis liegen, sein Amt. Alles ist bedeutungslos außer Heimaturlaub und Gehalt, und diese auch nur, weil sie so spärlich sind. Es ist ein schlaffes, lässiges Land, wo alles mit unvollkommenem Werkzeug arbeitet; das weiseste ist: nichts und niemanden ernst zu nehmen, sondern so bald wie möglich zu entfliehen in ein Land, wo Vergnügen Vergnügen ist und wo es der Mühe wert ist, sich Ansehen zu verschaffen.

Aber dieser Junge – die Geschichte ist so alt wie die Berge – kam nach Indien und nahm alles ernst. Er sah gut aus und wurde deswegen verwöhnt. Er nahm dies Verwöhnen ernst und rieb sich auf wegen Frauen, die es nicht wert waren, daß man ein Pony sattelte, um sie zu besuchen. Ihm gefiel das neue freie Leben in Indien. Und im Anfang hat es, vom Standpunkt eines Leutnants betrachtet, auch wirklich seine Reize – nichts als Ponys, Spiel, Bälle und dergleichen. Er kostete es wie der junge Hund die Seife. Nur daß er sehr spät dazu kam, mit fertigem Gebiß. Er hatte kein Gefühl für Gleichgewicht – just wie der junge Hund – und konnte es sich nicht erklären, warum man ihn nicht mit derselben Rücksicht behandelte wie in seinem Elternhaus, und das verletzte ihn. Er zankte sich mit anderen jungen Leuten, und weil er höchst empfindlich war, vergaß er diese Streitigkeiten nicht und regte sich lange darüber auf. Whist, Gymkhanas und dergleichen (die doch nur dazu da sind, daß man sich nach dem Dienst damit amüsiert) fand er nicht übel; aber auch sie nahm er ernst, ebenso wie den »Kater« nach einem Rausch. Und dann verlor er als Anfänger sein Geld bei Whist und Gymkhanas.

Diese Verluste nahm er ernst und verschwendete so viel Energie und Teilnahme an ein 60-Mark-Rennen von unerprobten *Ekka*ponys mit gestutzten Mähnen, als ob es ein Derbyrennen wäre. Schuld daran war zur Hälfte seine Unerfahrenheit – so wie der junge Hund sich mit der Teppichecke herumzankt – und zur anderen Hälfte der Schwindel, der ihn ergriff, als er aus seinem ruhigen Leben plötzlich in den Glanz und Tumult eines lebhafteren hinaustrat. Niemand warnte ihn vor Seife und Schuhkrem, weil ein Durchschnittsmensch es für selbstverständlich hält, daß ein anderer sich für gewöhnlich vor ihnen hütet. Es war jammervoll mit anzusehen, wie dieser Junge sich förmlich selber zugrunde richtete, es ging ihm wie einem bisher an der Leine geführten Füllen, das hinfällt und sich verletzt, sowie es sich losreißt.

Diese hemmungslose Hingabe an Vergnügungen, die es im Grunde nicht wert sind, daß man sich ihretwegen losreißt oder sich erregt, dauerte ein halbes Jahr – die kühle Jahreszeit hindurch. Da glaubten wir, die Hitze und seine Erfahrungen – er hatte Geld und Gesundheit eingebüßt, seine

Pferde ruiniert – würden den Jungen zur Vernunft und wieder ins Gleichgewicht bringen. In neunundneunzig von hundert Fällen wäre es so gekommen. Man sieht, welches Prinzip auf allen Stationen Indiens herrscht! Aber in diesem besonderen Falle versagte es, weil der Junge sehr empfindlich war und alles ernst nahm, was ich schon verschiedentlich bemerkt haben dürfte. Wir wußten natürlich nicht, wie tief seine Ausschweifungen ihn persönlich ritzten. Sie waren nicht so besonders erschütternd, nicht mehr als beim Durchschnitt. Vielleicht war er finanziell fürs Leben ruiniert und brauchte ein wenig Trost. Aber die Erinnerung an seine Torheiten würde während einer einzigen heißen Zeit verblassen, und ein Geldverleiher würde ihm über seine Geldschwierigkeiten hinweghelfen. Aber er selber muß die Dinge ganz anders angesehen und sich für unrettbar ruiniert gehalten haben. Am Schluß der kühlen Jahreszeit sprach sein Oberst sehr ernst mit ihm, das machte ihn noch unglücklicher, und dabei war es nur der ganz übliche Vorgesetztenrüffel!

Was jetzt geschah, ist ein seltsames Beispiel dafür, wie sehr wir doch alle zusammenhängen und für einander verantwortlich sind. Was dem Jungen wie ein Blitzstrahl in die Seele fuhr, war die Bemerkung einer Dame in einer Unterhaltung mit ihm. Es ist unnötig, sie hier wiederzugeben, es war eins jener kleinen grausamen Worte, die einem entschlüpfen, ehe man noch darüber nachdenken kann; es trieb dem Jungen das Blut in den Kopf. Er zog sich drei Tage lang zurück, dann reichte er für zwei Tage Urlaub ein, er wolle in der Nähe eines Unterkunftshauses für Kanalingenieure – etwa dreißig Meilen entfernt – auf Jagd gehen. Er erhielt den Urlaub und war an dem Abend im Kasino lärmender und ausfallender denn je zuvor. Er behauptete, er wolle »Großwild schießen«, und machte sich um halb elf Uhr in einer *Ekka* auf den Weg. Rebhühner, das einzige, was man bei dem Unterkunftshaus erlegen konnte, gehören nicht gerade zum Großwild, daher lachte alles.

Am nächsten Morgen kam ein Major von kurzem Urlaub zurück und erfuhr, daß der Junge »Großwild« jagen wolle. Der Major interessierte sich für den Jungen und hatte mehr als einmal versucht, ihn von seinen Torheiten zurückzuhalten. Er zog die Brauen in die Höhe, als er von dem Jagdausflug hörte, und ging sofort in die Wohnung des Jungen, um sie zu durchsuchen.

Als er wiederkam, traf er mich; ich gab gerade meine Karte im Kasino ab. Sonst war niemand im Vorzimmer.

Er sagte: »Der Junge ist auf Jagd gegangen. Geht man wohl mit Revolver und Schreibzeug auf Jagd?«

Ich sagte: »Unsinn, Herr Major!« Ich sah sofort, woran er dachte.

Er sagte: »Unsinn oder nicht, ich gehe jetzt auf der Stelle an den Kanal. Mir ist nicht wohl bei der Geschichte.«

Dann nach einer Weile des Nachdenkens: »Können Sie lügen?«

»Das wissen Sie ja«, antwortete ich, »das tu ich schon von Berufs wegen.«

»Gut«, sagte der Major, »Sie müssen jetzt sofort in einer *Ekka* mit mir an den Kanal kommen, um einen Bock zu schießen. Gehen Sie schnell und kommen Sie in Jagdausrüstung hier wieder vorgefahren.«

Der Major war ein energischer Mann, und ich wußte, daß er nicht umsonst Befehle gab. So gehorchte ich und fand bei meiner Rückkehr den Major wohlverstaut in einer *Ekka,* mit Flinten und Proviant für einen Jagdausflug ausgerüstet.

Er entließ den Kutscher und fuhr selbst. Solange wir in der Station waren, trotteten wir sachte dahin; aber sobald wir die staubige Landstraße erreicht hatten, ließ er das Pony dahinfliegen. Ein frei aufgewachsenes Tier kann bei einem einzigen Peitschenschlag schier das Unmögliche leisten. Wir legten die dreißig Meilen in weniger als drei Stunden zurück; aber das arme Tier war fast am Verenden.

Einmal sagte ich: »Wozu diese rasende Eile, Herr Major?«

Er antwortete ruhig: »Der Junge ist allein gewesen, ganz auf sich selbst angewiesen, seit – einer – zwei – fünf – vierzehn Stunden sind es jetzt! Ich sage Ihnen, mir ist nicht wohl bei der Geschichte.«

Dies Gefühl übertrug sich auf mich, und ich half das Pony antreiben. Als wir an dem Unterkunftshaus ankamen, rief der Major den Diener des Jungen; keine Antwort. Wir gingen zum Haus und riefen den Jungen selber, keine Antwort.

»Er ist weg, zum Jagen«, sagte ich.

In demselben Augenblick sah ich durch eins der Fenster

ein kleines Windlicht brennen. Und das um vier Uhr nachmittags. Wir standen beide wie angenagelt in der Veranda, den Atem anhaltend, daß uns kein Laut entginge. Da hörten wir drinnen im Zimmer das »ssss–ssss–« einer Unmenge Fliegen. Der Major sprach nicht, nahm den Helm ab, und leise traten wir ein.

Der Junge lag tot auf der Charpoy mitten in dem kahlen weißgetünchten Zimmer. Er hatte sich den Kopf fast zerschmettert mit dem Revolver. Die Flintentaschen und der Schlafsack waren noch zugeschnürt, und auf dem Tisch lagen sein Schreibzeug und Photographien. Wie eine Ratte, die Gift geschluckt hat, war er abseits gegangen, um zu sterben!

Der Major sagte weich vor sich hin: »Armer Junge! Armer, armer Teufel!« Dann wandte er sich vom Bett ab und sagte zu mir: »Ich brauche Ihre Hilfe bei dieser Geschichte.«

Da ich sah, daß der Junge selbst Hand an sich gelegt hatte, wußte ich genau, worin diese Hilfe bestand; ich trat an den Tisch, nahm einen Stuhl, steckte mir eine Manila an und fing an, die Schreibmappe durchzusehen. Der Major sah mir dabei über die Schulter und wiederholte halblaut: »Wir sind zu spät gekommen. Armer, armer Junge. Wie eine Ratte ins Loch gekrochen.«

Die halbe Nacht hindurch mußte der Junge an seine Familie, seinen Obersten und an ein Mädchen in der Heimat geschrieben und sich sofort danach erschossen haben, denn als wir kamen, war er schon lange tot gewesen.

Ich las alles, was er geschrieben hatte, und reichte jedes Blatt, wenn ich fertig war, dem Major.

Wir erfuhren aus seinen Berichten, wie schrecklich ernst er alles genommen hatte. Er schrieb von »Schande, die er nicht ertragen könne« – »untilgbarer Schmach« – »verbrecherischer Torheit« – »vergeudetem Leben« usw., außer einer Menge persönlicher Dinge an seine Eltern, viel zu zart zum Gedrucktwerden. Am rührendsten war der Brief an das Mädchen; es würgte mir im Halse beim Lesen. Der Major versuchte gar nicht seine Tränen zurückzuhalten. Ich ehrte das an ihm. Er las und schüttelte den Kopf und weinte wie eine Frau, ohne es verbergen zu wollen. So traurig, hoffnungslos und rührend waren die Briefe. Des Jungen Tollheiten vergaßen wir ganz, wir dachten nur an das arme Ding dort auf dem Lager und an die vollgekritzelten Blätter in unserer Hand. Es war ganz unmöglich, diese Briefe in die Heimat gehen zu lassen. Sie würden dem Vater das Herz brechen und die Mutter töten, nachdem sie erst ihren Glauben an den Sohn getötet hatten.

Schließlich trocknete der Major sich ganz unverhüllt die Augen und sagte: »Hübsch, dies wie eine Bombe in eine englische Familie zu werfen! Was machen wir nur?«

Ich sagte – ich wußte ja, weswegen der Major mich mitgenommen hatte –: »Der Junge ist an Cholera gestorben. Wir waren bei ihm, als er starb. Wir können nicht auf halbem Wege stehenbleiben; also los.«

Und nun begann eine Komödie, wie ich sie grausiger noch nicht erlebt hatte – das Ausbrüten und Aufschreiben einer groben Lüge, mit einzelnen Tatsachen und Beweisen gut ausstaffiert, um die Familie des Jungen zu trösten. Ich schrieb den Brief erst in groben Umrissen nieder, der Major warf hin und wieder eine Bemerkung dazwischen, während er alles, was der Junge geschrieben hatte, verbrannte. Es war ein heißer ruhiger Abend, als wir unser Werk begannen, die Lampe brannte sehr trübe. Allmählich geriet mein Entwurf zur Zufriedenheit; es war da zu lesen, wie sehr der Junge ein Muster aller Tugenden gewesen war, beliebt im Regiment, daß er alle Aussichten hatte, Karriere zu machen usw.; und wie wir ihm in seiner Krankheit beigestanden hätten – daß es nicht Zeit für kleine Lügen war, wird man begreifen – und wie er sanft entschlafen wäre. Mir wurde ganz elend, wie ich all das schrieb und dabei an die armen Menschen dachte, die es lesen würden. Dann wieder lachte ich, weil das Ganze so grotesk war, und das Lachen mischte sich mit dem Würgen im Halse – der Major sagte, wir müßten notwendig was zu trinken haben.

Ich will lieber nicht sagen, wieviel Whisky wir tranken, ehe der Brief fertig war. Dann nahmen wir Uhr, Ring und Anhänger des Jungen. Zuletzt sagte der Major: »Wir müssen eine Haarlocke mitschicken. Eine Frau weiß das zu schätzen.«

Aber gewisse Gründe hinderten uns, eine Locke, die sich zum Mitschicken geeignet hätte, zu finden. Der Junge hatte schwarzes Haar, der Major glücklicherweise auch. Da schnitt ich dem Major mit dem Messer eine Haarsträhne an der

Schläfe weg und legte sie in das Päckchen. Der Lach- und Würgkrampf packte mich wieder, so daß ich aufhören mußte. Dem Major ging es ähnlich; und dabei wußten wir beide, daß die schwerste Aufgabe uns noch bevorstand. Wir versiegelten das Paket mit Photographien, Wertsachen, Briefen und der Haarlocke mit Petschaft und Siegellack des Jungen. Dann sagte der Major: »Um Gotteswillen, raus aus diesem Zimmer – und dann nachdenken!«

Wir gingen ins Freie, aßen und tranken, was wir mitgebracht hatten, und wanderten eine Stunde am Ufer des Kanals entlang, bis der Mond aufging. Ich weiß seitdem, wie es in einem Mörder aussieht. Endlich zwangen wir uns, wieder das Zimmer, wo die Lampe und das Andere war, zu betreten; und nun begann der zweite Teil unserer Arbeit. Aber davon werde ich nicht schreiben, es war zu entsetzlich. Die Bettstelle verbrannten wir und warfen die Asche in den Kanal; mit der Strohmatte machten wir es ebenso. Dann ging in ein Dorf und borgte zwei große Hacken – die Hilfe der Eingeborenen wollte ich nicht –; indes besorgte der Major – das Übrige. Vier Stunden mußten wir arbeiten, um das Grab auszuheben. Dabei erörterten wir, ob wir die Begräbnisformeln, soweit wir sie wußten, bei der Beerdigung anwenden sollten. Schließlich kamen wir überein, nur das Vaterunser und ein freies Gebet für des Jungen Seelenheil zu sprechen. Dann machten wir das Grab zu und gingen in die Veranda – nicht ins Haus – zum Schlafen; wir waren todmüde.

Als wir erwachten, sagte der Major matt: »Wir können nicht vor morgen hier fort. Wir müssen ihm doch eine anständige Sterbezeit geben. Er ist heut ganz früh morgens gestorben, vergessen Sie das nicht. Das ist glaublicher.« Der Major mußte also die ganze Zeit grübelnd wach gelegen haben.

Ich sagte: »Warum haben wir denn wohl den Leichnam nicht ins nächste Quartier gebracht?«

Der Major dachte eine Minute nach. »Weil die Leute alle davongerannt sind, als sie von der Cholera hörten. Außerdem ist die *Ekka* weg!«

Das war tatsächlich der Fall. Wir hatten das *Ekka*pony total vergessen, es war nach Hause gelaufen.

So blieben wir beide allein den ganzen schwülen Tag über in dem Unterkunftshaus; immer und immer wieder prüften wir die Geschichte von dem Tode des Jungen, um zu sehen, ob sie irgendwo einen schwachen Punkt hätte. Nachmittags tauchte ein Eingeborener auf, aber als wir ihm erzählten, daß ein Sahib an Cholera gestorben wäre, machte er, daß er fortkam. Als die Dämmerung einbrach, erzählte mir der Major von der Sorge, die er sich schon immer um den Jungen gemacht hatte, und schreckliche Selbstmord- oder Beinahe-Selbstmordgeschichten – Geschichten, bei denen einem das Haar zu Berge stand. Er sagte, er selber sei auch einst in diesem »Tal der Finsternis« gewesen, wie der Junge, als er jung und noch nicht lange im Lande war. Daher verstand er so gut, wie es in dem armen verworrenen Kopf des Jünglings ausgesehen haben mußte. Er sagte auch, daß junge Leute in Stunden der Reue ihre Vergehen für viel schlimmer und unauslöschlicher halten, als sie wirklich sind. Wir sprachen den ganzen Abend miteinander und sagten immer wieder die Geschichte vom Tode des Jungen auf. Sobald der Mond erschien und der Junge eben begraben war – theoretisch! – schlugen wir den Weg quer durch die Felder nach der Station ein. Wir gingen von acht bis sechs Uhr morgens; aber obgleich wir todmüde waren, vergaßen wir nicht, in des Jungen Wohnung vorzugehen, um seinen Revolver mit der vollen Anzahl Kugeln in der Patronentasche wegzuschließen und sein Schreibzeug auf den Tisch zu legen. Dann suchten wir den Obersten auf und berichteten von dem Todesfall; dabei kamen wir uns mehr als Mörder vor als je vorher. Darauf gingen wir zu Bett und schliefen volle vierundzwanzig Stunden; denn unsere Kräfte waren total erschöpft.

Unsere Geschichte fand Glauben, solange es nötig war; denn jedermann vergaß den Jungen, noch ehe vierzehn Tage herum waren. Viele allerdings nahmen sich doch noch die Zeit, zu bemerken, daß der Major skandalös gehandelt hätte, den Leichnam nicht mitzubringen, damit er mit soldatischen Ehren bestattet würde. Das Allertraurigste war der Brief von der Mutter des Jungen an den Major und mich – mit großen Tintenklexen über den ganzen Bogen. Sie schrieb so viel Liebes über unsere große Freundlichkeit, und wie sehr sie uns ihr Leben lang zu Dank verpflichtet sein würde.

Wenn man's genau bedenkt, mußte sie uns ja wirklich dankbar sein; wenn auch anders, als sie meinte.

Fräulein Youghals Sais

Wenn Mann und Weib sich einig sind,
was kann da der Kadi machen?
Mohammedanisches Sprichwort

Manche behaupten, in Indien gäbe es keine Romantik. Diese Leute haben unrecht. In unserm Leben gibt es gerade soviel Romantik, als gut für uns ist. Manchmal auch mehr.

Strickland war Polizeibeamter. Weil die Leute ihn nicht verstanden, sagten sie, er wäre ein sehr zweifelhafter Mensch, und gingen ihm aus dem Wege. Daran war Strickland selber schuld. Er vertrat die sonderbare Theorie, ein Polizeibeamter in Indien müsse versuchen, so viel über die Eingeborenen zu erfahren, wie sie selber wissen. Nun gibt es in ganz Oberindien nur *einen* Mann, der ganz nach Belieben sich für einen Hindu, Mohammedaner, Chamar oder Fakir ausgeben kann. Er wird von den Eingeborenen vom Ghor Kathri bis zum Jamma Musjid gleicherweise gefürchtet und geachtet, und sie glauben, daß er die Gabe der Unsichtbarkeit und die Gewalt über viele böse Geister besitzt. Aber welchen Vorteil hat ihm das bei der Regierung eingetragen? Nicht den geringsten. Ihm ist niemals die Verwaltung von Simla übertragen worden; und sein Name ist den Engländern fast ganz unbekannt.

Strickland war so töricht, sich diesen Mann zum Vorbild zu nehmen; er begab sich, dessen absurder Theorie folgend, an ekelhafte Orte, mit denen kein anständiger Mensch sich befassen würde, mitten unter das Eingeborenenpack. Auf diese sonderbare Weise bildete er sich sieben Jahre lang, was aber nicht geschätzt wurde. Beständig beschäftigte er sich mit der Magie der Eingeborenen, an die doch selbstverständlich niemand mit gesundem Menschenverstand glaubt. Einmal, als er Urlaub hatte, wurde er in Allahabad in das *Sat Bhai* eingeweiht; er kannte den Eidechsengesang der Sansis und den *Halli-Hukk*-Tanz, das ist ein religiöser Cancan von erstaunlicher Wirkung. Wenn jemand weiß, wer den *Halli-Hukk* tanzt, und wie, wann, wo, der kann stolz sein; er ist schon recht tief eingedrungen. Aber Strickland war nicht stolz, obgleich er sogar einmal bei der Bemalung des Todesbullen geholfen hatte, den kein Engländer auch nur erblikken darf; obgleich er den Diebsjargon der *Changars* beherrschte, allein einen Eusufzai-Pferdedieb bei Attock ergriffen hatte und unter dem Mimbar-Brett in einer Grenzmoschee gestanden und wie ein Sunni Mollah den Gottesdienst abgehalten hatte.

Seine Glanzleistung war, daß er einmal elf Tage als Fakir in den Gärten von Baba Atal in Amritsar zugebracht und dort die Fäden der großen Nasiban-Mordaffäre in die Hand bekommen hatte. Aber die Leute sagen – ganz mit Recht: »Warum in aller Welt kann Strickland nicht in seinem Büro sitzen, seine Akten und Listen führen und sich ruhig verhalten, anstatt die Unfähigkeit seiner Vorgesetzten aufzudekken?« So nützte ihm denn auch die große Mordaffäre beim Bezirksamt nichts; aber nachdem sein erster Zorn darüber verraucht war, kehrte er zu seiner schnurrigen Gewohnheit, das Leben der Eingeborenen zu erforschen, zurück. Nebenbei gesagt: wenn erst einmal jemand Geschmack an diesem eigentümlichen Vergnügen findet, so verliert er ihn nicht wieder. Es gibt nichts, was einen mehr fasziniert, die Liebe nicht ausgenommen. Wenn andere sich zehn Tage frei machten, um ins Gebirge zu gehen, nahm er sich Urlaub für einen, wie er es nannte, *Shikar*; er legte die Verkleidung, die ihn gerade lockte, an, tauchte in der braunen Menge unter und war für eine Zeit wie vom Erdboden verschwunden. Er war ein stiller, dunkler junger Bursche, schmächtig, schwarzäugig, und wenn er mit seinen Gedanken nicht anderswo war, ein sehr interessanter Gesellschafter. Strickland über die Aufwärtsentwicklung der eingeborenen Bevölkerung, wie er sie erlebt hatte, sprechen zu hören, das war schon etwas. Die Eingeborenen haßten Strickland, aber sie fürchteten ihn. Er wußte zuviel.

Als Youghals in die Station kamen, verliebte sich Strickland in Fräulein Youghal, und zwar ernsthaft, wie er alles tat; und nach kurzer Zeit verliebte sie sich auch in ihn, weil er so unbegreiflich war. Da sprach Strickland mit den Eltern; aber Frau Youghal sagte, sie wolle nicht, daß ihre Tochter sich mit einem der schlechtestbezahlten Beamten des ganzen Reichs verheiratete, und der alte Youghal setzte in einer langen Rede auseinander, er mißtraue Stricklands Tun und Treiben und würde ihm verbunden sein, wenn er sich seiner Tochter künftig weder mündlich noch schriftlich nähern würde. »Schön«, sagte Strickland, der seiner Liebsten das Leben nicht zur Last machen wollte. Er hatte noch eine lange Unterredung mit Fräulein Youghal, dann ließ er die Angelegenheit ganz ruhen.

Im April gingen Youghals nach Simla.

Im Juli nahm Strickland drei Monate Urlaub, »wegen dringender persönlicher Angelegenheiten«. Er verschloß sein Haus sorgfältig – trotzdem kein Eingeborener aus der ganzen Provinz die Sachen des »Estreekin Sahib« vorsätzlich berührt haben würde, nicht um die Welt! – und ging auf Besuch zu einem Freund, einem alten Färber, in Tarn Taran.

Hier verlor man jede Spur von ihm, bis eines Tages ein *Sais* mir auf der Promenade in Simla folgendes merkwürdige Billett überreichte:

»Lieber alter Junge, bitte geben Sie dem Überbringer dieses Briefes eine Kiste Zigarren mit – Supers No. 1 am liebsten. Im Klub sind sie am frischesten. Ich zahle es Ihnen zurück, wenn ich wieder erscheine; aber gegenwärtig befinde ich mich außerhalb der Gesellschaft.

Ihr E. Strickland.«

Ich ließ mir zwei Kisten kommen und gab sie dem *Sais* mit vielen Grüßen mit. Dieser *Sais* war Strickland; er stand bei Herrn Youghal in Dienst und hatte für Fräulein Youghals Araber zu sorgen. Der arme Kerl sehnte sich nach englischem Tabak und wußte, daß ich auf alle Fälle schweigen würde, bis die Sache vorbei war.

Frau Youghal, die immer sehr von ihren Dienstboten eingenommen war, fing später an, in allen Häusern, wo sie verkehrte, von ihrem Muster von *Sais* zu erzählen; er versäumte nie, morgens früher aufzustehen, um Blumen für den Frühstückstisch zu besorgen, und »denken Sie, er schwärzt sogar die Hufe seiner Pferde wie ein Londoner Kutscher!« Es war wirklich eine Freude, Fräulein Youghals Araber zu sehen. Strickland – Dulloo, wollte ich sagen – fand sich belohnt genug durch die freundlichen und lieben Worte, die Fräulein Youghal ihm sagte, wenn sie ausritten. Ihre Eltern freuten sich, daß sie ihre törichte Neigung zu Strickland scheinbar ganz vergessen hatte, und sagten, sie wäre ein vernünftiges Mädchen.

Strickland schwört, daß er noch nie eine Zeit so strenger Selbstdisziplin durchgemacht hätte wie während dieser zwei Dienstmonate. Daß die Frau eines anderen *Sais* sich in ihn verliebte und ihn mit Arsen zu vergiften suchte, weil er nichts mit ihr zu tun haben wollte, das war nur eine Bagatelle; aber er mußte sich darin üben, ganz ruhig zu bleiben, wenn Fräulein Youghal mit einem Herrn ausritt, der ihr den Hof machte, und er derweil hinterher trottete, die Decke tragen mußte und dabei jedes Wort hörte! Ebenso mußte er an sich halten, wenn ein Polizist am Benmore-Tor ihn grob anfuhr – besonders einmal, als ein Naik ihn beschimpfte, den er selber einst aus dem Dorfe Isser Jang engagiert hatte – oder, noch schlimmer, wenn ein junger Unterbeamter ihn »Schwein!« schimpfte, weil er nicht schnell genug aus dem Wege ging.

Aber das Leben hatte auch seine guten Seiten. Er gewann Einblicke in die Lebensweise und Diebsmethoden der *Sais'*, gründlich genug, wie er behauptete, um ohne weiteres die Hälfte der gesamten Chamar-Bevölkerung des Punjab überführen zu können, wenn er als Beamter erschienen wäre. Er wurde einer der besten Spieler beim Knöchelspiel, das von allen *Jhampanies*[1] und den meisten *Sais'* gespielt wird, während sie nachts vor den Bezirksgebäuden oder den Theatern auf ihre Herren warten; er lernte einen Tabak rauchen, der zu drei Vierteln aus Kuhmist besteht; und er hörte die Weisheit des ergrauten Jemadars der *Sais'* vom Bezirkshaus. Dessen Worte sind schon etwas wert. Er sah vieles sehr Amüsante, und er behauptet auf Ehre, daß keiner Simla richtig kennt, ehe er es nicht aus der Perspektive eines *Sais* gesehen hat. Er behauptet auch, daß man ihm zwanzigmal das Genick brechen würde, wenn es ihm einfiele, alles Gesehene aufzuschreiben.

Stricklands Erzählung von den Qualen, die er in nassen Nächten ausgestanden hat, wenn er die Musik im »Benmore« hörte und die Lichter sah, und seine Füße vor Walzersehnsucht kribbelten, während sein Kopf in eine Pferdedecke eingehüllt war, ist höchst erheiternd. Eines Tages wird Strick-

1. Rikscha-Träger.

land ein Buch über seine Erlebnisse schreiben. Das Buch wird es wert sein, gekauft, und noch mehr, beschlagnahmt zu werden.

Auf diese Weise diente er so treu, wie Jakob um Rahel. Sein Urlaub war fast abgelaufen, als die Katastrophe kam. Er hatte wirklich das Menschenmögliche im beherrschten Anhören des schon erwähnten Hofmachens geleistet; aber schließlich ging es doch nicht mehr. Ein alter, sehr vornehmer General ritt mit Fräulein Youghal aus und fing an, ihr auf jene besonders beleidigende Art – »Sie sind ja noch ein kleines Mädchen!« – den Hof zu machen, die gewandt abzuwehren für eine Frau besonders schwer und die mit anzuhören zum Tollwerden ist. Fräulein Youghal zitterte vor Angst, weil alles vor den Ohren ihres *Sais* gesagt wurde. Dulloo – Strickland – ertrug es, solang er konnte. Dann fiel er dem General in die Zügel und forderte ihn in fließendem Englisch auf, abzusteigen, damit er ihn den Bergabhang hinunter befördern könnte. Da brach Fräulein Youghal in Tränen aus, und Strickland sah, daß er sich hoffnungslos hatte gehenlassen und daß nun alles aus war.

Den General rührte fast der Schlag; da erzählte ihm Fräulein Youghal schluchzend die Geschichte dieser Verkleidung und von der Verlobung, von der die Eltern nichts wissen wollten. Strickland war wütend auf sich selbst und noch wütender auf den General, der ihn zu dieser Handlung gezwungen hatte; er sagte nichts, hielt das Pferd am Zügel und schickte sich an, den General zu verprügeln, um doch einige Satisfaktion zu haben. Aber als der General den ganzen Zusammenhang begriffen hatte und wußte, wer Strickland war, fing er auf seinem Pferd an zu schnaufen und zu prusten und fiel fast herunter vor Lachen. Er sagte, Strickland verdiene einen Orden, schon allein dafür, daß er es fertigbrächte, sich in die Decke eines *Sais* zu wickeln. Dann nannte er sich selber mit nicht sehr schmeichelhaften Namen und schwur, er verdiene eine Tracht Prügel von Strickland, aber er wäre doch zu alt dazu. Er gratulierte Fräulein Youghal zu einem solchen Liebhaber. Das Skandalöse an der Sache kümmerte ihn gar nicht; denn er war ein feiner alter Herr, hatte nur eine Vorliebe für den Flirt. Dann lachte er wieder und sagte, der alte Youghal wäre ein Narr. Strickland ließ das Pferd los und meinte, ob der General ihnen nicht helfen könnte, wenn das seine Meinung wäre. Strickland kannte Youghals Schwäche für Männer in hohen Ämtern und mit einem »von« vor dem Namen. »Es ist die reine Fastnachtskomödie«, sagte der General, »aber, zum Donnerwetter, ich will helfen, schon um der wohlverdienten Tracht Prügel zu entgehen. Gehen Sie nach Hause, Herr *Sais* Polizeibeamter, und ziehen Sie anständiges Zeug an, ich will mich an Herrn Youghal machen. Fräulein Youghal, darf ich Sie bitten, nach Hause zu reiten und zu warten?«

Sieben Minuten danach gab es im Klub einen wilden Aufruhr. Ein *Sais* in Pferdedecke und Gürtelstrick bat alle, die er kannte: »Leihen Sie mir ums Himmels willen anständiges Zeug.« Da die meisten ihn nicht erkannten, gab es allerlei ergötzliche Szenen, ehe Strickland in einem Zimmer ein heißes Bad mit Soda bekommen konnte, hier ein Hemd, dort einen Kragen, anderswo eine Hose usw. Er galoppierte zum Hause des alten Youghal mit dem Zeug des halben Klubs auf dem Leibe und auf dem Pony eines gänzlich Fremden. Der General, im Galaanzug, war vor ihm da. Was er gesagt hatte, erfuhr Strickland nie; aber Youghal empfing Strickland mit höflicher Zurückhaltung, und Frau Youghal, gerührt von der Ergebenheit des verwandelten Dulloo, war beinahe freundlich. Der General strahlte und lachte; Fräulein Youghal trat ein, und ehe der alte Youghal recht zur Besinnung kam, war die elterliche Einwilligung erpreßt, und Strickland war mit Fräulein Youghal fort zum Telegraphenamt, um wegen seiner Sachen zu depeschieren. Die letzte Verwirrung entstand, als ein gänzlich Unbekannter ihn auf der Promenade anredete und sein gestohlenes Pony zurückverlangte.

So heiratete denn Strickland schließlich Fräulein Youghal auf die Bedingung hin, daß er von seinen alten Neigungen ablassen und sich ganz auf den Verwaltungsdienst beschränken solle, der am besten bezahlt wird und schließlich nach Simla führt. Strickland liebte damals seine Frau zu sehr, um sein Wort nicht zu halten, aber es wurde ihm furchtbar schwer; denn die Straßen und die Bazare, und was aus ihnen herausscholl, alles hatte geheimnisvollen Sinn für Strickland, und sie riefen ihn: »Komm wieder und nimm deine Entdekkungsfahrten wieder auf!« Später werde ich euch erzählen, wie er sein Versprechen brach, um einem Freunde zu helfen. Das ist schon lange her, und heute ist er für einen, wie er sagen würde, *Shikar* fast verdorben. Er vergißt den Jargon und die Gaunersprache, die Merkmale und Zeichen und den Lauf der Unterströmungen; wenn jemand all dieses beherrschen will, darf er nie aufhören, es zu studieren.

Aber seine amtlichen Berichte macht er wunderschön.

Ungleiches Paar

Ich sterbe für dich, und du stirbst für jemand anders.
Punjab-Sprichwort

In Gravesend verließ der Tender den Dampfer der P.- u. O.-Linie, der nach Bombay bestimmt war, und fuhr zurück, um den Londoner Zug zu erreichen; viele an Bord des Tenders weinten. Am heftigsten und unverhülltesten aber weinte Fräulein Agnes Laiter. Und sie hatte Grund zum Weinen, denn der einzige Mann, den sie je geliebt hatte – oder je hatte lieben können, wie sie sich ausdrückte –, fuhr nach Indien; und wie jeder weiß, besteht Indien zu gleichen Teilen aus Dschungeln, Tigern, Kobras, Cholera und farbigen Soldaten.

Phil Garron stand im Regen an der Reling des Dampfers und starrte ins Wasser. Er war auch sehr unglücklich, aber er weinte nicht. Er sollte Angestellter auf einer Teeplantage werden. Er hatte nicht die leiseste Ahnung, was das bedeutete; aber er dachte sich, er würde auf feurigem Roß in den mit Teesträuchern bestandenen Bergen umherreiten und für diese Tätigkeit sehr gut bezahlt werden; und er war seinem Onkel sehr dankbar, daß er ihm diese Stellung verschafft hatte. Er wollte wirklich sein ziel- und tatenloses Leben aufgeben, wollte jährlich einen beträchtlichen Teil seines großartigen Verdienstes zurücklegen und dann, in ganz kurzer Zeit, heimkommen und Agnes Laiter heiraten. Phil Garron hatte drei Jahre auf Kosten seiner Freunde verbummelt und hatte sich, natürlich weil er nichts zu tun hatte, verliebt. Er sah gut aus, aber hatte keine festen Ansichten, Meinungen und Grundsätze. Und obgleich er nie direkte Dummheiten machte, waren seine Freunde doch froh, als er sich verabschiedete, um seine geheimnisvolle »Tee«-Stellung bei Darjeeling anzutreten. Sie sagten: »Leb wohl, lieber Junge, komm uns nicht so bald wieder vor die Augen«, – wenigstens gaben sie ihm das sehr deutlich zu verstehen.

Als er abfuhr, war er ganz voll von guten Vorsätzen: er wollte zeigen, daß er hundertmal besser war, als die andern glaubten, er wollte arbeiten wie ein Pferd und wollte dann im Triumph Agnes Laiter heiraten. Er hatte noch manches Nette außer seinem guten Aussehen; sein einziger Fehler war, daß er schwach war, ein ganz klein bißchen schwach. Er wußte ebensoviel von Sparsamkeit wie die Morgensonne, und doch gab es keinen Fall, in dem man hätte sagen können: »Hier ist Phil Garron verschwenderisch oder achtlos.« Ebensowenig konnte man irgendeine bestimmte Lasterhaftigkeit in seinem Charakter aufweisen; aber er war irgendwie unzulänglich und weich wie Wachs.

Agnes Laiter, deren Familie gegen die Verlobung war, ging zu Hause mit roten Augen umher, während Phil nach Darjeeling fuhr, – einem »Hafen am Bengalischen Meer«, wie seine Mutter ihren Freundinnen gegenüber sagte. Er war beliebt an Bord, machte Bekanntschaften und eine ziemlich große Rechnung für Getränke und schickte in jedem Hafen dicke Briefe an Agnes Laiter. Dann begann die Arbeit auf der Plantage irgendwo zwischen Darjeeling und Kangra; und obwohl das Gehalt, das Pferd und die Art der Arbeit nicht ganz seinen Vorstellungen entsprachen, kam er ganz gut voran und war mit seiner Ausdauer zufriedener, als gerade nötig war.

Als er sich im Laufe der Zeit an das »Joch« und regelmäßige Arbeit gewöhnt hatte, verschwand Agnes Laiters Bild ihm immer mehr und tauchte nur auf, wenn er müßig war, was nicht oft der Fall war. Es konnte vorkommen, daß er sie zwei Wochen lang völlig vergaß, und daß sie ihm plötzlich einfiel, wie einem Schuljungen die vergessenen Schularbeiten. Sie vergaß Phil nicht, sie war von der Art, die nie vergißt. Aber ein anderer – ein wirklich begehrenswerter junger Mann – stellte sich Frau Laiter vor; und die Aussicht auf eine Heirat mit Phil war geringer als je; und seine Briefe waren so unbefriedigend; und ihre Angehörigen übten solchen Druck auf das Mädchen aus; und der junge Mann war in bezug auf das Einkommen wirklich sehr annehmbar; und das Ende vom Liede war, daß Agnes ihn heiratete und einen wahren Wirbelsturm von Brief an Phil in die Wildnis bei Darjeeling schrieb; in dem stand zu lesen, daß sie nie wieder glücklich sein würde. Diese Prophezeiung sollte wahr werden.

Phil erhielt den Brief und kam sich schlecht behandelt

vor. Es war zwei Jahre nach seiner Ausreise; aber als er krampfhaft an Agnes Laiter gedacht, ihre Photographie angesehen und sich in die Brust geworfen hatte, weil er der beständigste Liebhaber von der Welt wäre, und sich immer mehr an diesem Gedanken erwärmte, da glaubte er es tatsächlich, daß ihm sehr übel mitgespielt worden wäre. Er setzte sich hin und schrieb einen Abschiedsbrief – so eine echte »bis ans Ende der Welt, Amen«-Epistel –, in dem er auseinandersetzte, daß er bis in alle Ewigkeit ihr treu bleiben würde, daß doch alle Frauen gleich wären, und daß er sein gebrochenes Herz verbergen müßte usw. usw., daß er die Kraft habe zu warten usw. usw., unveränderte Zuneigung usw. usw., Rückkehr zu ihrer ersten Liebe usw. usw., und so fort über acht eng beschriebene Seiten. Vom künstlerischen Gesichtspunkt aus war es eine sehr nette Arbeit, aber ein gewöhnlicher Philister, der die wahren Gefühle Phils kannte – nicht die, in die er sich beim Schreiben hineinsteigerte –, würde den Brief das niederträchtige selbstsüchtige Machwerk eines ganz und gar niederträchtigen und selbstsüchtigen Schwächlings genannt haben. Aber dieses Urteil würde natürlich nicht richtig sein. Phil bezahlte das Porto und fühlte jedes Wort, das er geschrieben hatte, noch mindestens zweieinhalb Tage lang. Es war das letzte Aufflackern vorm Verlöschen des Lichtes.

Dieser Brief machte Agnes Laiter sehr unglücklich; sie weinte, legte ihn in ihre Schublade und wurde – und das ist die höchste Pflicht jedes christlichen Mädchens – ihrer Familie zuliebe Frau Soundso.

Phil ging indessen seiner Wege und dachte nicht mehr an seinen Brief, höchstens noch so, wie ein Künstler an eine wohlgelungene Skizze denkt. Er führte kein schlechtes Leben, aber auch nicht gerade ein gutes, bis es ihn mit Dunmaya, der Tochter eines Radschputen und ehemaligen Offiziers der farbigen Armee, eines Abkömmlings der alten Kriegerkaste, zusammenführte. Dem Mädchen floß Bergblut in den Adern, und es war, wie alle Frauen aus den Bergen, keine *Purdah-Nashin.* Wo Phil sie traf, oder wie er von ihr hörte, tut nichts zur Sache. Sie war ein gutes und hübsches Mädchen und auf ihre Art sehr klug und gewitzt. dabei natürlich etwas derb. Man bedenke, daß Phil sehr behaglich lebte, sich keine Annehmlichkeiten versagte, keinen Pfennig zurücklegte, mit sich und seinen guten Absichten sehr zufrieden war, daß er nach und nach alle Korrespondenz mit England aufgab, so daß er immer mehr dies Land als seine Heimat betrachtete. So geht es manchen; die sind später nicht mehr zu brauchen. Das Klima in seinem Wohnort war gut, so schien ihm wirklich gar nichts dafür zu sprechen, wieder nach Hause zu fahren.

Er tat, was viele Pflanzer vor ihm taten, das heißt, er beschloß, ein Mädchen aus dem Bergvolk zu heiraten und sich endgültig niederzulassen. Damals war er siebenundzwanzig Jahre alt, ein langes Leben lag vor ihm, aber seine geistigen Kräfte reichten nicht aus, um etwas damit anzufangen. Er heiratete also Dunmaya und ließ sich nach dem Ritus der englischen Kirche trauen; einige seiner Kollegen fanden das sehr dumm von ihm, andere sehr weise. Dunmaya war ein durchaus rechtschaffenes Mädchen und hatte, trotz ihrer Ehrfurcht vor einem Engländer, einen vernünftigen Blick für die Schwächen ihres Mannes. Sie behandelte ihn sehr liebevoll, und sie wurde in weniger als einem Jahr eine durchaus mögliche Nachahmung einer englischen Dame, sowohl in der Kleidung als im Benehmen. (Es ist eigentümlich, daß ein Mann aus den Bergen auch nach langer gründlicher Erziehung immer noch Mann aus den Bergen ist, während eine Frau in sechs Monaten das Gebaren ihrer englischen Schwestern völlig annimmt. Es war einmal eine Kulifrau, ... aber das ist eine Geschichte für sich.) Dunmaya kleidete sich mit Vorliebe in Schwarz und Gelb, das stand ihr gut.

Mittlerweile lag der Brief in Agnes' Schublade, und hin und wieder dachte sie an den armen, tapferen schwerarbeitenden Phil bei den Kobras und Tigern in Darjeeling, sich mit der aussichtslosen Hoffnung tragend, daß sie wieder zu ihm zurückkehren könnte. Ihr Gatte war zehnmal soviel wert wie Phil, nur daß er herzkrank war. Drei Jahre nach seiner Heirat – nachdem er schon in Nizza und Algier Heilung gesucht hatte – ging er nach Bombay. Dort starb er, und so wurde Agnes frei. Als fromme Frau hielt sie seinen Tod, und daß er gerade hier starb, für eine Fügung, und als sie sich von dem ersten Schrecken erholt hatte, nahm sie Phils Brief hervor und las ihn wieder mit seinem usw. usw., den langen und kurzen Gedankenstrichen und bedeckte ihn mit Küssen. Niemand in Bombay kannte sie; sie besaß ihres Mannes großes Vermögen, und Phil war nicht weit. Natürlich war es unrecht und unschicklich, aber sie entschloß sich doch, gleich Romanheldinnen, ihren früheren Geliebten aufzusuchen, ihm ihre Hand und ihr Vermögen anzubieten und mit ihm den Rest ihres Lebens an irgendeinem Ort zu verbringen, weit fort von verständnislosen Seelen. Zwei Monate saß sie allein in Watsons Hotel und ersann diesen Plan, der ihr so liebliche Bilder vorgaukelte. Dann machte sie sich auf die Suche nach Phil Garron, Angestelltem auf einer Teeplantage mit einem ganz besonders unaussprechlichen Namen.

Sie fand ihn. Sie brauchte einen Monat dazu; denn seine Plantage gehörte gar nicht zum Darjeeling-Bezirk, sondern lag näher bei Kangra. Phil hatte sich sehr wenig verändert, und Dunmaya war sehr nett zu ihr.

Das wirklich Schändliche an der ganzen Sache ist, daß ein Mann wie Phil, nicht wert, daß man mehr als einen Gedanken an ihn verschwendet, von Dunmaya geliebt wurde und noch geliebt wird, und von Agnes, deren ganzes Leben er doch verdorben zu haben scheint, mehr als geliebt wurde.

Und das Allerschlimmste: Dunmaya macht einen ganz ordentlichen Mann aus ihm, und so wird er durch sie vor dem schließlichen Untergang bewahrt.

Und das ist eine offenbare Ungerechtigkeit.

Es dämmert

Es kommt, wie Gott es haben will,
Ohnmächtig liegt die Erde still.
Wir sind aus ihrem Schoß gestiegen
Und fühlen mit ihr das Erliegen.

Kein Mann wird je die ganze Wahrheit dieser Geschichte erfahren; wenn auch die Frauen nach einem Ball, wenn sie ihr Haar für die Nacht zurechtmachen und ihre Eroberungen vergleichen, sie einander flüsternd erzählen mögen. Dabei darf natürlich kein Mann zugegen sein. So muß ich diese Geschichte, wie sie sich von außen ausnimmt, – im Dunkeln tappend – ganz falsch – erzählen.

Man preise niemals eine Schwester der Schwester gegenüber in der Hoffnung, die Komplimente würden ans richtige Ohr gelangen und so einem den Weg bereiten. Schwestern sind in erster Linie Frauen und dann erst Schwestern; und man wird merken, daß man sich nur geschadet hat.

Das wußte Saumarez, als er sich anschickte, um das ältere Fräulein Copleigh zu werben. Saumarez war ein seltsamer Mann; mit wenig Verdiensten in den Augen der Männer, aber beliebt bei den Frauen und so voller Eigendünkel, daß er damit den Rat des Vizekönigs hätte versehen können, und dann wäre noch was übriggeblieben für den Stab des Oberstkommandierenden. Er war Zivilbeamter. Sehr viele Frauen interessierten sich für Saumarez, vielleicht weil sein Benehmen ihnen gegenüber verletzend war. Wenn man einem Pony im Anfang der Bekanntschaft eins auf die Nase versetzt, so wird es einen kaum lieben, aber von da an mit größtem Interesse alles, was man tut, verfolgen. Das ältere Fräulein Copleigh war hübsch, rundlich, anziehend und liebenswürdig. Die jüngere war nicht so hübsch, und nach dem Urteil von Männern, die den oben erteilten Rat mißachten, war sie eher abstoßend und reizlos. Die beiden Mädchen waren an Figur tatsächlich gleich, und in Aussehen und Stimme waren sie einander erstaunlich ähnlich; aber niemand konnte auch nur einen Augenblick darüber im Zweifel sein, welche von beiden die Hübschere war.

Gleich nachdem sie von Behar auf unsere Station gekommen waren, nahm Saumarez sich vor, die Ältere zu heiraten. Wenigstens waren wir alle davon überzeugt, und das kommt ja schließlich auf dasselbe hinaus. Sie war zweiundzwanzig und er dreiunddreißig mit einem Einkommen und Zuschüssen von zusammen fast vierzehnhundert Rupien monatlich. So schien es uns in jeder Weise eine gute Partie zu sein. Saumarez heißt er und summarisch ist er, hat mal jemand von ihm gesagt. Nachdem er die Resolution gefaßt hatte, bildete er einen Einerausschuß, um darüber zu beraten, und beschloß den rechten Augenblick abzuwarten. Die Copleigh-Mädchen »traten paarweise auf«, wie wir in unserm unschönen Jargon sagten. Das heißt, man konnte nichts mit einer unternehmen, ohne daß die andere dabei war. Sie liebten einander sehr, aber ihre gegenseitige Zuneigung war manchmal störend. Saumarez hielt das Zünglein der Waage zwischen ihnen in Ruhe, und niemand außer ihm selbst hätte sagen können, auf welche Seite sich sein Herz neigte; aber jeder erriet es. Er ritt viel mit ihnen und tanzte mit ihnen, aber es gelang ihm nie, sie für längere Zeit voneinander zu trennen.

Die Frauen behaupteten, daß die beiden Mädchen aus tiefem Mißtrauen so zusammenhielten; jede fürchtete, die andere könne ihr den Rang ablaufen. Aber das geht einen Mann nichts an. Saumarez schwieg wohl oder übel und war so geschäftsmäßig aufmerksam, wie er es bei seinem Interesse für seine Arbeit und für sein Polo nur sein konnte. Zweifellos hatten beide Mädchen ihn gern.

Als die heiße Jahreszeit näher kam, und Saumarez immer noch keine Anstalten machte, sagten die Frauen, daß man den Mädchen die Unruhe an den Augen ablesen könnte, daß sie abgespannt, unruhig und nervös aussähen. Männer sind in diesen Dingen vollständig blind, wenn sie nicht mehr vom Weib als vom Mann an sich haben, und in diesem Falle ist es ganz bedeutungslos, was sie sagen oder denken. Ich behaupte, die heiße Aprilsonne war schuld, daß die Farbe aus den Wangen der Copleigh-Mädchen schwand. Man hätte sie früh in die Berge schicken sollen. Niemand – weder Mann noch Frau – fühlt sich wie ein Engel im Himmel, wenn die Hitze kommt. Die jüngere Schwester wurde immer herber, um nicht zu sagen saurer in ihrem Benehmen; und die Liebenswürdigkeit der älteren wurde schwächer. Sie wirkte gezwungen.

Die Station, auf der all dies vor sich ging, gehörte nicht zu den kleinsten, lag aber weit von der Bahn und wurde arg vernachlässigt. Sie hatte keine Parks, keine Musikkapellen, bot keine bemerkenswerten Vergnügungen, und man brauchte fast einen Tag, um nach Lahore auf einen Ball zu fahren. Man war dankbar für die kleinste Abwechslung.

Anfang Mai, kurz ehe die letzten nach dem Gebirge aufbrachen, als es schon sehr heiß war und nur noch zwanzig Personen in der Station waren, lud Saumarez zu einem Mondscheinritt und Picknick ein, das an einem alten, sechs Meilen weit entfernten, am Ufer eines Flusses gelegenen Grabmal stattfinden sollte. Man wollte paarweise hinziehen, wie in die Arche Noah; und wegen dem Staub sollte, wie üblich, eine Viertelmeile Abstand zwischen den einzelnen Paaren sein. Es waren sechs Paare, die Anstandsdamen mitgerechnet. Mondscheinpicknicks sind – besonders am Ende der Saison, ehe alle jungen Mädchen ins Gebirge gehen – sehr angebracht. Sie führen Aussprachen herbei und sollten von Ballmüttern, zumal von solchen, deren Töchtern das Reitkleid besonders gut steht, sehr unterstützt werden. Ich weiß einen Fall, – aber das ist eine Geschichte für sich. Wir nannten diesen Ausflug das »große Verlobungspicknick«, weil jeder wußte, daß bei dieser Gelegenheit Saumarez um das ältere Fräulein Copleigh anhalten würde; und außer seiner gab es noch eine Herzensangelegenheit, die vielleicht ihr glückliches Ende finden würde. Die gesellschaftliche Atmosphäre war gespannt voll Elektrizität und wartete auf Entladung.

Treffpunkt war der Paradeplatz; es war eine furchtbar heiße Nacht. Die Pferde schwitzten, sogar wenn sie im Schritt gingen; aber alles war angenehmer, als still zu Hause im Dunkeln zu sitzen. Als wir bei Vollmondschein aufbrachen, waren wir vier Paare, ein Trio – Herr Saumarez ritt mit den beiden Copleigh-Damen –, und ich bummelte hinterdrein und überlegte, mit wem Saumarez wohl nach Hause reiten würde. Alle waren glücklich und zufrieden, aber jeder fühlte, daß etwas passieren würde. Wir ritten langsam, so daß es fast Mitternacht war, als wir das alte Grabmal neben dem verfallenen Brunnen in den verwilderten Gärten erreichten, wo wir essen und trinken wollten. Ich kam sehr spät an, und ich sah, ehe ich den Garten betrat, daß am Horizont im Norden eine schwache düsterfarbige Federwolke hing. Aber niemand würde es mir gedankt haben, wenn ich ein so gut erdachtes Unternehmen wie dieses Picknick gestört hätte – ein Staubwirbelwind, mehr oder weniger schlimm, ist ja auch nicht gefährlich.

Wir versammelten uns an dem Brunnen. Jemand hatte ein Banjo mitgebracht – das ist ein sehr sentimentales Musikinstrument – und drei oder vier von uns sangen. Man darf darüber nicht lachen. Es gibt in diesen abgelegenen Stationen wirklich so wenig Vergnügungen. Dann unterhielten wir uns in Gruppen oder zu zweien unter den Bäumen liegend, während sonnegeglühte Rosen uns ihre Blütenblätter auf die Füße streuten, – bis das Essen fertig war. Es gab ein prachtvolles Essen, so kalt und eisgekühlt, wie man es sich nur wünschen konnte; wir blieben lange dabei sitzen.

Ich hatte gefühlt, daß die Luft heißer und immer heißer wurde; aber niemand sonst schien es zu merken, bis das Mondlicht erlosch und ein glühendheißer Wind die Apfelsinenbäume zu peitschen anfing mit einem Brausen wie brandendes Meer. Ehe wir noch wußten, was mit uns geschah, befanden wir uns mitten im Staubwirbelsturm, und um uns war alles eine brüllende wirbelnde Finsternis. Das ganze Abendessen wurde buchstäblich in den Brunnen geweht. Wir wollten nicht in der Nähe des Grabmals bleiben, aus Furcht, es könnte umgeweht werden. So tasteten wir uns nach den Apfelsinenbäumen, wo die Pferde angepflockt waren, um da das Ende des Sturmes abzuwarten. Dann verschwand auch noch der letzte kleine Rest von Helligkeit, so daß man nicht die Hand vor den Augen sehen konnte. Die Luft war angefüllt mit Staub und Sand aus dem Flußbett, der füllte einem die Schuhe und Taschen, rieselte den Nacken herunter und setzte sich in Augenbrauen und Bart. Es war einer der schlimmsten Stürme des Jahres. Wir drängten uns alle dicht an die zitternden Tiere, der Donner knatterte über unsern Köpfen, und die Blitze schossen wie das Wasser aus einer Schleuse in alle Himmelsrichtungen. Solange die

Pferde sich nicht losrissen, war es gänzlich gefahrlos. Ich stand, den Kopf vom Wind abgewandt, die Hände auf den Mund gepreßt und hörte, wie die Bäume gegeneinanderschlugen. Ich konnte nicht sehen, wer in meiner Nähe war, bis der erste Blitz zuckte. Da entdeckte ich, daß ich ganz dicht bei Saumarez und dem älteren Fräulein Copleigh stand und direkt neben meinem Pferd. Ich erkannte das ältere Fräulein Copleigh an dem *Pagri* um ihren Reithut, den hatte die jüngere nicht. Die Elektrizität der Luft hatte sich meinem Körper mitgeteilt, ich zitterte von Kopf bis zu Fuß und schwankte wie Getreide vor dem Regen. Es war ein großartiges Schauspiel. Der Wind schien die Erde aufzusaugen und sie an anderen Stellen in großen Haufen aufzuschichten; und die Hitze schlug einem aus dem Erdboden entgegen wie die Hitze am Jüngsten Tage.

Nach einer halben Stunde ließ der Sturm ein wenig nach, da hörte ich eine verzweifelte Stimme dicht an meinem Ohr still und leise vor sich hin sagen, als ob eine arme Seele mit dem Winde umherflöge: – »O, mein Gott!« Gleich darauf taumelte das jüngere Fräulein Copleigh mir in die Arme und sagte: »Wo ist mein Pferd? Holen Sie mein Pferd. Ich will nach Hause. Ich *muß* nach Hause. Bringen Sie mich nach Hause.«

Ich glaubte, die Blitze und die schreckliche Dunkelheit hätten sie ängstlich gemacht; darum sagte ich zu ihr, es wäre gar keine Gefahr, aber sie müßte warten, bis der Sturm sich gelegt hätte. Sie antwortete: »Das ist es nicht. Ich will nach Hause. Oh, bringen Sie mich fort von hier!«

Ich sagte, sie könnte nicht fort, ehe es hell würde; aber ich fühlte, wie sie an mir vorbei fortstürzte. Es war zu dunkel, um zu erkennen wohin. Dann öffnete sich der Himmel in einem entsetzlichen Blitzstrahl, und alle Damen schrien auf.

Fast unmittelbar darauf fühlte ich die Hand eines Mannes auf meiner Schulter und hörte Saumarez mir ins Ohr brüllen. Bei dem Ächzen der Bäume und dem Heulen des Windes verstand ich seine Worte nicht sofort, aber schließlich hörte ich ihn sagen: »Ich hab um die Falsche angehalten! Was mach ich nur?« Saumarez hatte gar keine Veranlassung, gerade mir dies anzuvertrauen. Ich war nie mit ihm befreundet, bin es auch jetzt nicht; aber ich glaube, wir waren alle damals nicht ganz bei Sinnen. Wie er da stand, bebte er vor Erregung, und ich fühlte mich wegen der elektrischen Spannung ganz und gar nicht normal. Ich wußte nichts anderes zu sagen, als: »Wie kann man nur so dumm sein, in einem solchen Wetter einen Heiratsantrag zu machen.« Aber ich wußte selber nicht, wie dadurch der Irrtum beseitigt werden konnte.

Dann brüllte er: »Wo ist Edith – Edith Copleigh?« Edith war die jüngere Schwester. Ich antwortete voller Erstaunen: »Was wollen Sie von der?« Sollte man's glauben, daß wir beide während der folgenden Minuten einander anbrüllten wie die Wahnsinnigen – er verschwor sich hoch und heilig, er hätte immer nur an die jüngere Schwester gedacht, und ich behauptete, bis ich ganz heiser war, daß er sich geirrt haben müßte! Ich kann es mir selber nur damit erklären, daß wir eben beide ganz von Sinnen waren. Alles schien wie ein böser Traum, sowohl das Stampfen der Pferde in der Finsternis, wie auch Saumarez, der mir erzählte, daß er von Anfang an Edith geliebt hätte. Er hielt mich immer noch an der Schulter gepackt, mich anflehend, ihm zu sagen, wo Edith Copleigh wäre, als der Sturm wieder etwas nachließ und es etwas heller wurde. Da sahen wir, wie sich die Staubwolke in der Ebene vor uns bildete, und wußten, daß das Schlimmste vorbei wäre. Der Mond stand schon tief, es dämmerte. Aber die Helligkeit war sehr schwach, und die dunkle Wolke brüllte wie ein Stier. Ich wunderte mich, wo Edith Copleigh abgeblieben war, da sah ich plötzlich dreierlei gleichzeitig: erstens Maud Copleighs Gesicht, das lächelnd aus der Dunkelheit auftauchte und sich dem neben mir stehenden Saumarez näherte. Ich hörte sie flüstern: »George« und ihren Arm durch den Arm schieben, der nicht meine Schulter gepackt hielt, und ich sah jenen Zug in ihrem Gesicht, der nur ein- oder zweimal im Leben erscheint – wenn nämlich eine Frau vollkommen glücklich ist, wenn die Luft voll Posaunenschall und strahlend hellem Feuer ist, und die Erde sich in eine Wolke verwandelt, – weil sie liebt und geliebt wird. Gleichzeitig sah ich Saumarez' Gesicht, als er Maud Copleighs Stimme hörte, und fünfzig Schritt von der Apfelsinenbaumgruppe entfernt sah ich ein helles Leinenkleid ein Pferd besteigen.

Es muß an meinem Zustand der Überreiztheit gelegen haben, daß ich mich so schnell in eine Sache mischte, die mich gar nichts anging. Saumarez wollte auf das Kleid zustürzen; aber ich stieß ihn zurück und sagte: »Bleiben Sie hier und klären Sie alles auf. Ich hole sie zurück!« Und ich rannte zu meinem Pferde. Ich hatte ein völlig überflüssiges Gefühl, daß alles anständig und in gehöriger Ordnung geschehen müsse, daß Saumarez' erste Aufgabe war, jenen glücklichen Zug aus Maud Copleighs Gesicht auszulöschen. Während ich dem Pferd die Kinnkette anlegte, dachte ich immerfort, wie macht er das wohl?

Ich ritt hinter Edith Copleigh her in der Absicht, sie unter irgendeinem Vorwand sanft zurückzubringen. Aber sobald sie mich sah, galoppierte sie davon, und so mußte ich sie ernstlich verfolgen. Sie rief mir über die Schulter zu: »Gehn Sie fort. Ich will nach Hause. Oh, so gehn Sie doch fort!« zwei- oder dreimal; aber ich mußte sie erstmal haben, erklären konnte ich dann. Dieser Ritt paßte ganz in den bösen Traum hinein. Der Boden war sehr schlecht, und hin und wieder rasten wir durch die wirbelnden, erstickenden »Staubteufel«, die im Gefolge eines solchen Wirbelsturmes sind. Es wehte ein glühendheißer Wind, der den Gestank aus alten Ziegelöfen mit sich führte; und durch das Zwielicht und durch die Staubwirbel über der einsamen Ebene flatterte das helle Leinenkleid auf dem grauen Pferde. Erst ritt sie in der Richtung auf die Station zu. Dann wandte sie um und ritt auf den Fluß zu durch Strecken niedergebrannten Dschungelgrases, über das man nicht einmal Schweine gern treiben würde. Mit kaltem Blute würde ich niemals auch nur davon geträumt haben, bei Nacht durch solches Gelände zu reiten, aber bei dem tobenden Gewitter über einem und mit einem Dunst wie Höllengestank in der Nase schien es ganz richtig und natürlich. Ich rief und brüllte, und sie beugte sich vornüber und peitschte auf ihr Pferd los, und die Nachzügler des Wirbelsturmes kamen, packten uns beide und trieben uns vor sich her wie Papierfetzen.

Ich weiß nicht, wie weit wir ritten; aber das Dröhnen der Pferdehufe, das Brüllen des Sturmes und das Rennen des schwach-blutroten Mondes durch den gelben Nebel schien Jahre gedauert zu haben, und ich war buchstäblich von der

Mütze bis zu den Schuhen durchnäßt von Schweiß, als der Graue stolperte, sich wieder aufraffte und total lahm stehenblieb. Mein Tier war vollständig erschöpft. Edith Copleigh war in einem traurigen Zustand, mit Staub bedeckt, ohne Hut und weinte bitterlich. »Warum können Sie mich nicht in Ruhe lassen?« sagte sie. »Ich wollte ja nur fort und nach Hause. O bitte, bitte, lassen Sie mich!«

»Sie müssen mit mir umkehren, Fräulein Copleigh. Saumarez hat Ihnen etwas zu sagen.«

Dümmer konnte man es gewiß nicht sagen; aber ich kannte Fräulein Copleigh kaum, und ob ich gleich auf Kosten meines Pferdes die Vorsehung spielte, konnte ich ihr doch nicht gut sagen, was Saumarez mir mitgeteilt hatte. Ich dachte, das könnte er selber besser tun. Alle ihre Vorwände von Müdigkeit und Gern-nach-Hause-wollen brachen zusammen, und sie schwankte im Sattel vor heftigem Schluchzen, und der heiße Wind zauste ihr schwarzes Haar. Ich will nicht wiedergeben, was sie sagte, denn sie war fassungslos.

Und dies, bitte sehr, war das herbe Fräulein Copleigh. Und ich, fast ganz fremd, versuchte ihr zu sagen, daß Saumarez sie liebte, und daß sie umkehren müßte, damit er es ihr sagen könnte! Ich glaube, ich machte es ihr schließlich begreiflich, denn sie ermunterte ihren Grauen und ließ ihn, so gut es ging, humpeln, und wir machten uns auf den Weg nach dem Grabmal, während der Sturm nach Umballa hinabtobte und einige warme Regentropfen fielen. Ich erfuhr, daß sie dicht bei Saumarez gestanden hatte, als er ihrer Schwester den Antrag machte, und daß sie nach Hause gewollt hatte, um in der Stille zu weinen, wie es sich für ein englisches Mädchen schickt. Sie betupfte sich beim Reiten die Augen mit dem Taschentuch und redete unaufhörlich aus Überreizung und aus erleichtertem Herzen heraus. Das war ein unnatürlicher Zustand; und doch zu der Zeit und an dem Ort schien es vollkommen richtig zu sein. Die ganze Welt bestand nur aus den beiden Copleigh-Mädchen, Saumarez und mir, eingeschlossen in Blitze und Finsternis, und die Führung dieser mißleiteten Welt schien in meiner Hand zu liegen.

Als wir in der tiefen Stille, die auf den Sturm folgte, wieder an dem Grabmal anlangten, wurde es gerade Tag, und niemand war fortgegangen. Sie warteten auf unsere Rückkehr. Am meisten Saumarez. Er sah blaß und erschöpft aus. Als Fräulein Copleigh und ich herangehinkt kamen, kam er uns entgegen, half ihr vom Pferd und küßte sie vor der ganzen Picknickgesellschaft. Es war wie auf dem Theater, und es wurde noch theatralischer, als all die weißbestaubten, geisterhaft aussehenden Herren und Damen unter den Bäumen beim Anblick von Saumarez' Wahl in die Hände klatschten, als ob sie einem Schauspiel zusähen. Ich habe in meinem ganzen Leben nichts so Unenglisches gesehen.

Schließlich sagte Saumarez, wir müßten nach Hause, sonst würde die ganze Station kommen und nach uns suchen, und ob ich nicht so liebenswürdig sein wollte, mit Maud Copleigh nach Hause zu reiten. Nichts würde mir angenehmer sein, sagte ich.

So bildeten wir im ganzen sechs Paare und ritten zu zweien nach Hause; Saumarez ging neben Edith Copleigh, die auf seinem Pferde saß, zu Fuß.

Die Luft war wieder klar geworden, und als die Sonne aufging, fühlte ich, daß wir uns allmählich alle wieder in gewöhnliche Männer und Frauen verwandelten, und daß das »große Verlobungspicknick« etwas Jenseitiges, außerhalb dieser Welt Liegendes war, das sich nie wieder ereignen würde. Es war mit dem Wirbelwind und dem Gebrause in der heißen Luft entschwunden.

Ich war müde und schlapp und schämte mich sehr, als ich hineinging, um ein Bad zu nehmen und zu schlafen.

Es gibt auch noch eine weibliche Variante dieser Geschichte, aber die wird nie geschrieben werden – wenn nicht Maud Copleigh es noch mal versucht.

Der Andere

Die Erde lag krank, und der Himmel war zu,
Die Wälder regneten ein.
Da ritt der Tote zum Rendezvous,
Und die Liebste wartete sein.

Alte Ballade

Zu Anfang der siebziger Jahre, als es noch keine öffentlichen Gebäude in Simla gab und als die breite Landstraße durch Jakko noch im Schreibtischfach eines Schuppens des Straßenbauamts ruhte, wurde Fräulein Gaurey von ihren Eltern mit dem Obersten Schreiderling verheiratet. Er kann nicht viel mehr als fünfunddreißig Jahre älter gewesen sein als sie; und da er monatlich 200 Rupien verdiente und eigenes Vermögen besaß, stand er sich gut. Er stammte aus guter Familie und litt in der kalten Jahreszeit an Stichen in der Lunge. In der heißen Zeit war er beständig vom Hitzschlag bedroht; aber er ging doch nie ganz drauf.

Wohlverstanden, ich tadle Schreiderling nicht. Er war für seine Begriffe ein guter Ehemann, und er war nur schlechter Laune, wenn er der Pflege bedurfte. Das war an etwa siebzehn Tagen im Monat der Fall. In Geldangelegenheiten war er gegen seine Frau beinahe großzügig, und das will bei ihm schon was heißen. Und doch war Frau Schreiderling nicht glücklich. Man verheiratete sie, als sie noch nicht zwanzig war und ihr ganzes armes Herzchen einem andern geschenkt hatte. Seinen Namen habe ich vergessen, wir wollen ihn einfach den Andern nennen. Er hatte weder Geld noch Aussichten. Er war nicht einmal hübsch; ich glaube, er war im Kommissariat oder beim Transportwesen angestellt. Aber trotz alledem liebte sie ihn heftig; und sie waren so gut wie verlobt, als Schreiderling auftauchte und Frau Gaurey mitteilte, er wolle ihre Tochter heiraten. Da wurde die andere Verlobung aufgehoben – ausgelöscht von Frau Gaureys Tränen; diese Dame nämlich regierte ihr Haus durch Tränenströme, vergossen über Ungehorsam gegen ihre Autorität und den Mangel an Respekt vor ihrem Alter. Die Tochter weinte nie. Nicht einmal auf ihrer Hochzeit.

Der Andere trug seinen Verlust schweigend und wurde bald darauf in eine der schlechtesten Stationen versetzt. Vielleicht tröstete das Klima ihn. Er litt am Wechselfieber, und das mag ihn von seinem Kummer abgelenkt haben. Er litt auch an Herzschwäche. Im doppelten Sinne des Wortes. Die eine Herzklappe war angegriffen und wurde durch das Fieber immer mehr geschwächt. Das zeigte sich später.

Monate vergingen; dann fing Frau Schreiderling an zu kränkeln. Sie welkte nicht dahin wie Leute in Romanen, aber sie schien eine Anziehungskraft für alle in der Station auftauchenden Krankheiten zu haben, vom einfachsten Fieber an. Sie sah in ihrer besten Zeit nie mehr als ganz nett aus, die Krankheiten machten sie direkt häßlich. Das sagte Schreiderling. Er war stolz darauf, daß er immer seine Meinung sagte.

Als sie nicht mehr hübsch war, überließ er sie ganz sich selbst und kehrte zurück zu den Lagerstätten seiner Junggesellenzeit. Sie pflegte die Hauptallee in Simla auf eine seltsam verlorene Weise auf und ab zu reiten, einen grauen Hut in den Nacken geschoben, auf einem ungemein schäbigen Sattel. Schreiderlings Großmut machte beim Pferd halt. Er sagte, jeder Sattel sei für eine so nervöse Frau wie seine gut genug. Sie wurde nie zum Tanzen aufgefordert, weil sie nicht gut tanzte; und sie war so langweilig und uninteressant, daß sich in ihrer Visitenkartenschale selten Karten fanden. Schreiderling sagte, wenn er gewußt hätte, daß sie nach der Heirat eine solche Vogelscheuche werden würde, hätte er sie nie geheiratet. Ja, er war sehr stolz darauf, daß er immer offen seine Meinung sagte, der Herr Schreiderling!

Einmal im August, als er zu seinem Regiment ging, ließ er sie allein in Simla zurück. Da lebte sie etwas auf, aber ihr gutes Aussehen erlangte sie nicht wieder. Im Klub hörte ich, daß der Andere krank, sehr krank, nach Simla kommen würde, ein letzter Genesungsversuch. Das Fieber und die kranke Herzklappe hatten ihn dem Tode nahe gebracht. Sie wußte es auch, und sie wußte auch – woran ich kein Interesse hatte –, wann er kommen würde. Er hatte es ihr wohl geschrieben. Sie hatten einander zuletzt einen Monat vor ihrer Hochzeit gesehen. Und nun kommt der unangenehme Teil dieser Geschichte.

Ein später Besuch hielt mich eines Abends bis zum Dunkelwerden im Dovedell-Hotel zurück. Frau Schreiderling war den ganzen Nachmittag unruhig in der Allee auf und ab gegangen. Als ich die Fahrstraße entlangritt, überholte mich eine Tonga, da setzte sich mein Pony, das sehr lange hatte stehen müssen, in Galopp. An der Straße beim Tongahalteplatz stand Frau Schreiderling, triefnaß, und wartete auf die Tonga. Ich ritt weiter, da mich ja die Tonga nichts anging, da schrie Frau Schreiderling auf. Ich kehrte sofort um und sah beim Scheine der Straßenlaterne Frau Schreiderling auf der nassen Straße neben dem Rücksitz der eben angekommenen Tonga knien, furchtbare, gellende Schreie ausstoßend. Als ich näher kam, stürzte sie hin, mit dem Gesicht in den Schmutz.

Auf dem Rücksitz saß fest und aufrecht, die eine Hand an der Verdeckstütze, Hut und Bart vom Regen triefend, der Andere – tot. Das Gerüttel die sechzig Meilen bergan war wohl zuviel gewesen für seine Herzklappe. Der Tongakutscher sagte: »Der Sahib ist zwei Stationen hinter Solon gestorben. Da hab ich ihn mit einem Strick festgebunden, damit er nach Simla käme und nicht unterwegs rausfallen sollte. Will der Sahib mir einen Bakschisch geben? Das da – er zeigte auf den Anderen – wollte mir eine Rupie geben.«

Der Andere hatte ein Grinsen auf dem Gesicht, als ob der Witz seiner Ankunft ihm Spaß mache; Frau Schreiderling, im Schmutz liegend, fing zu stöhnen an. Außer uns vieren war niemand da, es regnete in Strömen. Das Wichtigste war, Frau Schreiderling nach Hause zu bringen, das Zweitwichtigste, zu verhindern, daß ihr Name in Verbindung mit dieser Angelegenheit genannt wurde. Der Tongakutscher erhielt fünf Rupien, um eine Rikscha für Frau Schreiderling herbeizuschaffen. Er sollte nachher dem Tongabeamten von dem Anderen erzählen, und der sollte dann alles Weitere veranlassen.

Wir trugen Frau Schreiderling aus dem Regen unter das Schutzdach, und dort warteten wir dreiviertel Stunden auf die Rikscha. Der Andere saß noch genauso da, wie er angekommen war. Frau Schreiderling tat alles, nur nicht weinen, das hätte ihr vielleicht geholfen. Sobald sie wieder bei Besinnung war, versuchte sie wieder zu schreien, und dann fing sie an, für die Seele des Anderen zu beten. Wäre sie nicht so rein gewesen wie der hellste Tag, dann hätte sie auch für ihre eigene Seele gebetet. Ich wartete direkt darauf, aber sie tat es nicht. Ich versuchte, ihre Kleider von dem schlimmsten Schmutz zu reinigen. Endlich kam die Rikscha, und ich schaffte sie, fast mit Gewalt, fort. Es war schrecklich von Anfang bis Ende; aber das Schrecklichste war, als die Rikscha sich zwischen Wand und Tonga hindurchdrängen mußte und sie im Laternenschein die magere gelbe Hand an der Verdeckstütze sah.

Sie kam gerade zu Hause an, als alles zum Ball im Palast – »Peterhoff« hieß er damals – ging; der Doktor erfuhr von mir, daß sie vom Pferd gestürzt sei, und daß ich sie hinter Jakko gefunden und aufgehoben hätte. Er lobte mich, daß ich so schnell ärztliche Hilfe beschafft hätte. Sie starb nicht – Männer von Schreiderlings Art heiraten Frauen, die nicht so leicht sterben. Sie leben und werden häßlich.

Sie sprach niemals von dieser einzigen Begegnung mit dem Anderen seit ihrer Heirat; und als Erkältung und Husten, die Folgen jenes Abends, ihr wieder das Ausgehen erlaubten, spielte sie nie durch Wort oder Zeichen auf unser Zusammentreffen an der Tongahaltestelle an. Vielleicht wußte sie gar nichts davon.

Sie ritt wieder auf demselben gräßlich schäbigen Sattel die Allee auf und ab und sah aus, als ob sie jeden Augenblick erwarte, daß jemand um die Ecke biegen und auf sie zukommen würde. Zwei Jahre später ging sie nach England zurück und starb, ich glaube, in Bournemouth.

Wenn Schreiderling im Kasino etwas angesäuselt-sentimental wurde, sprach er immer von seiner »armen, lieben Frau«. Er legte immer sehr viel Wert darauf, seine Meinung zu sagen, der Herr Schreiderling!

Konsequenzen

Rosenkreuzersche Finessen
Sind im Orient unvergessen.
Die sie schufen, ihre Male
Findest du am Jakâtâlâ.
Sucht, was Paracelsus lehrte,
Und, wer Meister Flood verehrte,
Seht die Dominanten weisen
Durch die Sonnenhimmelsreisen.
Und zuletzt in der Geschichte,
Die ich euch hiermit berichte,
Sehe er in Erdenferne
Luna, weißesten der Sterne.

Es gibt in Simla Anstellungen auf ein Jahr, auf zwei Jahre, fünf Jahre, und es gibt, oder gab, Anstellungen auf Lebenszeit; da war man für die Dauer seines natürlichen Lebens untergebracht, hatte sich rote Backen und ein nettes Einkommen gesichert. Natürlich konnte man in der kalten Jahreszeit fortgehen, denn dann ist es recht langweilig in Simla.

Tarrion kam von, Gott weiß, woher – aus einer einsamen Gegend Zentralindiens, weit, weit fort, wo Pachmari schon für ein Sanatorium gilt, und wo man, glaube ich, mit Ochsen fährt. Er gehörte einem Regiment an; aber sein Wunsch war, von seinem Regiment loszukommen und für immer und alle Zeiten in Simla zu leben. Er hatte keine besonderen Neigungen und Ansprüche, die über ein gutes Pferd und netten Umgang hinausgingen. Er war der Meinung, daß er alles könnte. Das ist ein sehr guter Glaube, wenn man recht daran festhält. Er war in mancher Hinsicht nicht dumm, sah gut aus, und man fühlte sich in seiner Gesellschaft immer wohl – sogar in Zentralindien.

Er kam also nach Simla, und weil er gescheit und unterhaltend war, neigte er natürlich sehr zu Frau Hauksbee, die alles verzieh, nur Dummheit nicht. Einmal leistete er ihr einen großen Dienst, indem er das Datum auf einer Einladungskarte änderte. An einem großen Ball wollte Frau Hauksbee gern teilnehmen, konnte es aber nicht, weil sie sich mit dem Offizier vom Dienst erzürnt hatte, und dieser, ein Mann von niedriger Gesinnung, sorgte dafür, daß sie zu einem kleinen Tanzvergnügen am 6., statt zu dem großen Ball am 26., eingeladen wurde. Es war eine sehr geschickte Fälschung. Und als Frau Hauksbee dem Offizier ihre Einladungskarte zeigte und ihn auslachte, daß er sich nicht besser zu rächen verstünde, da glaubte er wirklich, daß er sich versehen hatte, und sah – vernünftigerweise – ein, daß es zwecklos wäre, mit Frau Hauksbee zu streiten. Sie war Tarrion sehr dankbar und fragte, was sie für ihn tun könnte. Er antwortete gerade heraus: »Ich bin als Freibeuter hier auf Urlaub und lauere auf Beute. In ganz Simla hab ich nicht die geringsten Beziehungen. Keiner, der Anstellungen zu vergeben hat, kennt meinen Namen, und ich möchte so gern eine Anstellung – eine gute einträgliche Dauerstellung. Ich glaube, Sie erreichen alles, was Sie wollen; wollen Sie mir helfen?« Frau Hauksbee dachte eine Weile nach und nahm, wie sie immer tat, wenn sie nachdachte, die Lasche ihrer Reitpeitsche zwischen die Lippen. Dann blitzte es in ihren Augen auf, und sie sagte: »Ja, ich will Ihnen helfen«, und sie gab ihm die Hand darauf. Tarrion glaubte so fest an die Macht dieser Frau, daß er selber überhaupt keinen Gedanken mehr an die Sache wandte, nur war er manchmal neugierig, was für eine Anstellung er wohl bekommen würde.

Frau Hauksbee fing an, zu berechnen, welchen Preis alle die Abteilungsvorsteher und Mitglieder des Rates ihrer Bekanntschaft verlangen würden; und je mehr sie überlegte, desto mehr mußte sie lachen, weil sie so mit ganzem Herzen bei der Sache war und es ihr Spaß machte. Dann nahm sie die Zivilliste her und ging einige Anstellungen durch. Es gibt ein paar schöne in der Liste. Schließlich hielt sie es für das beste, zu versuchen, ihn in der politischen Abteilung unterzubringen, obgleich Tarrion eigentlich zu schade dafür war. Was für Pläne sie zu diesem Zwecke schmiedete, ist ganz gleichgültig, denn der Zufall oder das Schicksal war mit ihr im Bunde, so daß sie nichts zu tun hatte, als den Gang der Ereignisse zu verfolgen und ihn auszunützen.

Alle Vizekönige müssen in ihrer ersten Zeit in Indien durch die Verrücktheit der »Geheimhaltung aller diplomatischen Dinge« hindurch. Nach und nach wird es weniger; aber im Anfang packt es alle, weil sie noch fremd im Lande sind.

Der Vizekönig, der gerade damals an diesem Leiden erkrankt war, – es war lange, ehe Lord Dufferin von Kanada kam, oder Lord Ripon aus dem Schoß der Kirche Englands – hatte es sehr schlimm. Die Folge davon war, daß solche Männer, die neu im Bewahren von Amtsgeheimnissen waren, mit unglücklichen Gesichtern umhergingen; und der Vizekönig brüstete sich damit, wie gut er es verstanden hätte, seinem Stabe den Sinn für Verschwiegenheit beizubringen.

Nun hat die Hohe Regierung die sorglose Gewohnheit, alles, was sie unternimmt, dem Stempelpapier anzuvertrauen. Diese Papiere enthalten alles mögliche – von der Auszahlung von zwanzig Rupien an einen eingeborenen »Geheimagenten« bis zu Verweisen an Vakils und Motamids von Eingeborenenstaaten und bis zu recht groben Briefen an eingeborene Fürsten, in denen sie aufgefordert wurden, ihre Hausstände in Ordnung zu halten, keine Weiber mehr zu rauben, keine Übeltäter mit gestoßenem rotem Pfeffer vollzustopfen, oder ähnliche Schändlichkeiten zu begehen. Natürlich durften diese Dinge nicht bekannt werden, weil eingeborene Fürsten offiziell nie irren und ihre Staaten offiziell ebenso gut verwaltet werden wie unsere. Auch sind die Extraeinkünfte verschiedener fragwürdiger Leute nicht gerade geeigneter Stoff für die Zeitungen, wenn es auch manchmal überraschende Lektüre abgeben würde. Wenn die Hohe Regierung sich in Simla aufhält, werden diese Papiere dort verfaßt und machen bei den Leuten, die sie einsehen sollen, die Runde in Aktenmappen oder per Post. Das Prinzip der Geheimhaltung war dem damaligen Vizekönig ebenso wichtig wie die Ausübung des Prinzips, und er hielt es für richtig, daß ein wohlwollender Despotismus wie der unsrige auch so unbedeutende Sachen wie die Anstellung untergeordneter Schreiber nie vor der Zeit bekanntwerden lassen dürfe. Er hielt immer sehr auf Prinzipien.

Damals war gerade ein sehr wichtiger Stoß Papiere in Vorbereitung. Er sollte von einem Ende Simlas bis ans andre durch einen Boten befördert werden. Die Papiere befanden sich nicht in einem Amtsumschlag, sondern in einem großen, viereckigen, blaßrosafarbigen; der Inhalt war im MS., auf dünnem knittrigem Papier. Adressiert war es »An d. Hauptbüro etc. etc.«. Nun ist zwischen »An d. Hauptbüro etc. etc.«

und »An Fr. Hauksbee« mit einer höflichen Redewendung dahinter kein allzu großer Unterschied, wenn die Adresse, wie in diesem Falle, undeutlich geschrieben ist. Der Chaprassi, der die Papiere beförderte, war nicht dümmer als die meisten Chaprassis. Er vergaß bloß, wo er dies ganz unamtlich aussehende Schreiben abgeben sollte, und fragte deshalb den ersten besten Engländer, den er traf, und das war ein in höchster Eile nach Annandale reitender Mann. Der Engländer sah kaum hin, sagte: »Hauksbee Sahib ki Mem« und ritt weiter. Das tat der Chaprassi, denn dieser Brief war der letzte, und er wollte gern fertig werden. Der Empfang brauchte nicht bescheinigt zu werden, also warf er den Brief Frau Hauksbees Diener zu und ging fort, um mit einem Freund zusammen eine Zigarre zu rauchen. Frau Hauksbee sollte von einer Freundin ein Schnittmuster aus dünnem Seidenpapier bekommen. Als sie daher das große viereckige Paket erhielt, sagte sie: »Wie lieb von ihr!« öffnete es mit einem Federmesser, und alle die Manuskripteinlagen flatterten zu Boden.

Frau Hauksbee fing an zu lesen. Ich sagte schon, daß es recht wichtige Papiere waren; das genügt zum Verständnis. Sie handelten von einem gewissen Briefwechsel, zwei Maßregeln, einem energischen Befehl an einen eingeborenen Hauptmann und einem Dutzend andrer Dinge. Frau Hauksbee stockte schier der Atem beim Lesen; denn der erste Blick in die nackte Maschinerie der Großen Indischen Regierung, ohne Umhüllung, Lackierung, Übermalung und Schutzgitter macht schon auf den dümmsten Mann großen Eindruck. Und Frau Hauksbee war eine kluge Frau. Zuerst war sie erschrocken, es war ihr, als hätte sie einen Blitzstrahl am Schwanz zu fassen gekriegt und wüßte nun nicht, was sie damit machen sollte. An den Rändern der Schriftstücke waren Bemerkungen und Namenszüge; und manche dieser Randbemerkungen waren noch schwerwiegender als die Schriftstücke selbst. Die Namenszüge waren von Männern, die jetzt alle fort oder tot sind; aber zu ihrer Zeit waren sie wichtige Persönlichkeiten. Frau Hauksbee las weiter und ließ ihre Gedanken beim Lesen ruhig arbeiten. Da ging es ihr auf, wie wertvoll dieser Fund war, und sie suchte nach der besten Methode, ihn nutzbar zu machen. Da kam gerade

Tarrion, und sie lasen die Papiere gemeinsam durch. Und da Tarrion nicht wußte, wie sie zu ihnen gekommen war, schwor er, sie wäre die bedeutendste Frau auf der ganzen Erde. Und das war, glaube ich, wahr, oder doch beinahe.

»Der kürzeste Weg ist immer der beste«, sagte Tarrion nach anderthalbstündiger Durchsicht der Papiere und Unterhaltung mit Frau Hauksbee. »Wenn ich alles in Betracht ziehe, liegt mir der Nachrichtendienst am meisten. Der oder das Auswärtige Amt. Ich werde die hohen Herrschaften in ihren Heiligtümern belagern.«

Er suchte nicht einen kleinen Mann auf, noch einen kleinen Großen, noch das schwache Haupt einer mächtigen Behörde, sondern er ging zu dem größten und mächtigsten Mann, den die Regierung besaß, und erklärte, er wünsche in Simla mit gutem Gehalt angestellt zu werden. Diese faustdicke Dummdreistigkeit belustigte den Gewaltigen, und weil er gerade nichts zu tun hatte, hörte er sich die Vorschläge des kühnen Tarrion an. »Ich nehme an, daß Sie, außer Ihrem Selbstvertrauen, besondere Fähigkeiten besitzen, die Ihre Ansprüche rechtfertigen«, sagte der Gewaltige. »Das überlasse ich Ihrer Beurteilung«, sagte Tarrion. Dann fing er an – er hatte ein gutes Gedächtnis – einige der wichtigeren Bemerkungen aus den Schriftstücken zu zitieren, – langsam, Wort für Wort, wie man Chlorodin in ein Glas träufelt. Als er an den energischen Befehl kam – und es war ein sehr energischer Befehl – wurde der Gewaltige unruhig. Tarrion schloß: »Und ich vermute, daß Kenntnisse dieser Art mindestens ebenso wertvoll für, sagen wir mal, eine Stellung im Auswärtigen Amt sind, wie die Tatsache, daß man mit der Frau eines höheren Offiziers verwandt ist.« Das traf den Gewaltigen; denn er wußte, daß die letzte Anstellung im Auswärtigen Amt durch »Beziehungen« erfolgt war.

»Ich will sehen, was ich für Sie tun kann«, sagte der Gewaltige.

»Vielen Dank«, sagte Tarrion. Er ging fort, und der Gewaltige machte sich daran, zu sehen, wie sich die Sache deichseln ließe.

Es folgte eine Pause von elf Tagen, angefüllt mit Donner und Blitz und vielen Depeschen. Die Anstellung war nicht sehr bedeutend, sie brachte nur zwischen 500 und 700 Rupien im Monat ein. Aber der Vizekönig sagte, das Prinzip der Geheimhaltung diplomatischer Dinge müsse aufrechterhalten werden, und es wäre mehr als wahrscheinlich, daß sich die Versetzung eines Mannes mit solchen Informationen sicher lohnen würde. Also wurde er versetzt. Sie müssen doch einen Argwohn gehabt haben, obwohl er behauptete, er verdanke diese Informationen seinen eigenen Talenten. Vieles an dieser Erzählung, z. B. auch das Nachspiel mit den fehlenden Schriftstücken, muß man selber ergänzen, weil es Gründe gibt, die ein Erzählen verbieten. Wenn man aber nicht weiß, wie es »oben« zugeht, kann man es nicht und hält es für unmöglich.

Des Vizekönigs Worte, als Tarrion ihm vorgestellt wurde, waren: »So, das ist also der junge Mann, der die indische Regierung im Sturme genommen hat! Aber merken Sie sich, das wird nicht zweimal gemacht.« Er muß also wohl etwas gewußt haben.

Und Tarrion sagte, als er seine Anstellung in der Zeitung las: »Wenn Frau Hauksbee zwanzig Jahre jünger und ich ihr Mann wäre, würde ich in fünfzehn Jahren Vizekönig von Indien sein.«

Und Frau Hauksbee sagte, als Tarrion ihr fast unter Tränen dankte: »Ich habe es Ihnen ja gesagt!« und dann zu sich selbst: »Wie sind die Männer doch dumm!«

Leutnant Golightlys Verhaftung

»Ich hab die Parole vergessen«, sagt er.
»So, vergessen; aha«, sag ich.
»Ich bin doch der Oberst«, sagt er.
»So, der Oberst; aha«, sag ich. »Oberst oder nicht Oberst, du wartest hier, bis ich abgelöst werd und der Serschant deine alte Fratze rekonnossiert. Los!« sag ich.

Und Gottsverdammi! es war warraftig der Oberst! Aber ich war damals auch man bloß Rekrut!

Aus der unveröffentlichten Selbstbiographie des Gemeinen Ortheris

Auf nichts war Golightly so stolz wie auf sein »offiziersmäßiges und elegantes Aussehen.« Er behauptete, er kleide sich dem Heeresdienst zu Ehren so sorgfältig; aber wer ihn gut kannte, sagte, es geschähe aus persönlicher Eitelkeit. Golightly war ein absolut harmloser Mensch. Er konnte ein Pferd auf den ersten Blick einschätzen und konnte mehr als den Sattel drücken. Er spielte ganz ordentlich Billard und war beim Whist ein brauchbarer Kumpan. Jeder hatte ihn gern; und niemand dachte auch nur im Traum daran, ihn einmal als Deserteur mit Handschellen auf einem Bahnhof zu erblicken. Und doch, traurig genug, geschah dies.

Er kam von Dalhousie herab, am Schluß seines Urlaubs; er kam zu Pferd. Er hatte seinen Urlaub bis zur letzten Minute ausgenutzt und wollte jetzt möglichst schnell zurückkehren.

Es war recht warm in Dalhousie, und da er wußte, was ihn in der Beziehung weiter unten erwartete, ritt er in einem neuen, zart olivgrünen Khakianzug, der wie angegossen saß, mit einem pfauenblauen Schlips, weißem Kragen und einem schneeweißen Tropenhelm. Er war stolz darauf, tadellos angezogen zu sein, sogar wenn er Postpferde ritt. Und er sah in der Tat tadellos aus; er war, ehe er sich auf den Weg machte, so mit seinem Aussehen beschäftigt, daß er ganz vergaß, außer etwas kleiner Münze Geld mitzunehmen. Alle Banknoten ließ er im Hotel. Seine Diener waren schon vor ihm abgereist, sie sollten in Pathankote auf ihn warten und frische Kleidung bereithalten. Das nannte er in »leichter

Marschordnung« reisen. Er war stolz auf sein Organisationstalent.

Zweiundzwanzig Meilen hinter Dalhousie fing es an zu regnen – kein leichter Gebirgsschauer, sondern ein tüchtiger lauwarmer Monsunguß. Golightly machte, daß er weiter kam und bedauerte, daß er keinen Regenschirm mitgenommen hatte. Der Staub auf der Straße verwandelte sich in Schlamm, und das Pony wurde ganz mit Schmutz bespritzt. Ebenfalls Golightlys Khakigamaschen. Aber er ritt tapfer weiter und versuchte, an die angenehme Kühle zu denken.

Das nächste Pony war beim Losreiten störrisch, und weil Golightlys Hände vom Regen glitschig geworden waren, gelang es dem Tier, bei einer Straßenbiegung Golightly loszuwerden. Er jagte hinter ihm her, fing es ein und ritt flott voran. Der Sturz vom Pferde hatte weder seinen Anzug noch seine Laune verbessert, und ein Sporn war weg. Den andern benutzte er fortwährend. Als diese Etappe zurückgelegt war, hatte das Pony mehr Bewegung gehabt, als es wünschte, und Golightly war trotz des Regens in Schweiß gebadet. Nach einer weiteren halben Stunde versank die Welt vor seinen Augen plötzlich in einem klebrigen Brei. Der Regen hatte das Mark in seinem großen schneeweißen Tropenhelm in einen übelriechenden Teig verwandelt, und der Helm hatte sich um seinen Kopf gelegt, wie ein halboffener Pilz. Das grüne Futter fing an zu lecken.

Golightly sagte nichts, was wert gewesen wäre, hier aufgezeichnet zu werden. Er riß so viel von der Krempe herunter, daß seine Augen frei wurden, und pflügte weiter. Hinten klatschte ihm der Helm gegen den Hals, und an der Seite verklebte er ihm die Ohren, aber das Lederband und das grüne Futter hielten alles notdürftig zusammen, so daß der Hut sich nicht vollständig auflöste.

Nach und nach bildeten der Brei und die grüne Farbe aus dem Futter eine schleimige Masse, die in verschiedenen Richtungen an Golightly herabfloß, über Rücken und Brust, ganz nach Belieben. Die Khakifarbe lief auch aus – die Farbe war wirklich abscheulich unecht – nun war Golightly teils braun, teils violett, die Umrißlinie war ockerfarbig, dann gab es rote Streifen und fast weiße Tupfen, je nach Beschaffenheit und Eigenart der Farbe. Als er sich mit dem Taschentuch das Gesicht abwischte und das Grün vom Hutfutter und das Violett vom Schlips, das bis auf seinen Hals vorgedrungen war, sich miteinander mischten, war die Wirkung höchst wunderbar.

Kurz vor Dhar hörte es auf zu regnen, die Abendsonne trocknete ihn etwas. Sie trocknete und fixierte aber auch die Farben. Drei Meilen vor Pathankote stürzte das letzte Pony, kreuzlahm, so mußte Golightly zu Fuß gehen. Er rannte nach Pathankote, um seine Diener aufzusuchen. Er wußte da ja noch nicht, daß sein *Khitmatgar* betrunken unterwegs liegengeblieben war und erst am nächsten Tage ankommen würde mit der Entschuldigung, er hätte sich den Fuß verstaucht. Als er in Pathankote ankam, konnte er seine Diener nicht finden, seine Stiefel waren steif und starrten von Schmutz, am ganzen Körper waren Unmassen von Dreck. Der blaue Schlips hatte ebenso abgefärbt wie der Anzug. Er riß ihn mitsamt dem Kragen ab und warf ihn fort. Dann sagte er einige Worte über Dienstboten im allgemeinen und verschaffte sich einen Schnaps. Er mußte acht Annas dafür bezahlen und bei der Gelegenheit bemerkte er, daß er dann nur noch sechs Annas in der Tasche – oder in der Welt, so wie die Dinge jetzt lagen – hatte.

Er ging zum Stationsvorsteher, um wegen einer Fahrkarte erster Klasse nach Khasa zu verhandeln, wo er in Garnison stand. Der Schalterbeamte sprach mit dem Stationsvorsteher, der Stationsvorsteher sprach mit dem Telegraphenbeamten, und alle drei betrachteten ihn voller Neugierde. Sie baten ihn, eine halbe Stunde zu warten, während sie um die Ermächtigung nach Umritsar telegraphierten. Er wartete also, während vier Schutzleute sich malerisch um ihn gruppierten. Als er sie grade auffordern wollte, fortzugehen, sagte der Stationsvorsteher, er würde dem Sahib eine Fahrkarte nach Umritsar geben, wenn der Sahib sich freundlichst in den Schalterraum begeben wollte. Golightly ging hinein, und ehe er recht wußte, was geschah, befand sich an jedem seiner Arme und Beine ein Schutzmann, während der Stationsvorsteher ihm einen Postsack über den Kopf zu ziehen versuchte.

Es entstand ein richtiges Handgemenge in dem Schalterraum, wobei Golightly eine scheußliche Wunde über dem einen Auge erhielt, als er gegen einen Tisch fiel. Aber die Schutzleute waren in der Überzahl und fesselten ihn mit Hilfe des Stationsvorstehers. Sobald er den Postsack los war, fing er an, ihnen seine Meinung zu sagen, aber der Wachtmeister sagte: »Zweifellos ist das der englische Soldat, den wir suchen. Hören Sie nur, wie er schimpft!« Da fragte Golightly den Stationsvorsteher, was das alles bedeute; der Stationsvorsteher erzählte ihm, er wäre »der Gemeine John Binkle vom xten Regiment, fünf Fuß, neun Zoll groß, blondes Haar, graue Augen, liederliches Aussehen, keine besonderen Merkmale«, der vor zwei Wochen desertiert war. Golightly begann ausführliche Erklärungen; aber je mehr er erläuterte, um so weniger glaubte ihm der Stationsvorsteher. Er sagte, kein Leutnant könne so räubermäßig aussehen wie Golightly, und seiner Instruktion gemäß müßte er seinen Gefangenen mit genügender Bedeckung nach Umritsar schicken. Golightly fühlte sich sehr naß und unbehaglich, und seine Worte eignen sich selbst in gereinigter Form nicht zur Veröffentlichung. Die vier Schutzmänner geleiteten ihn sicher nach Umritsar in einem Abteil für Mischlinge, und die ganze vierstündige Fahrt hindurch beschimpfte er sie so geläufig, wie es seine Kenntnisse der Landessprache erlaubten.

In Umritsar wurde er auf den Bahnsteig hinaus befördert, wo ihn schon ein Korporal und zwei Mann des xten Regiments erwarteten. Golightly riß sich zusammen und versuchte die Sache von der heiteren Seite zu nehmen. Allzu heiter fühlte er sich allerdings nicht mit Handschellen, vier Schutzmännern hinter sich und der Wunde auf der Stirn, von der das Blut über die linke Backe gelaufen und dort festgetrocknet war. Der Korporal war auch nicht zum Spaßen aufgelegt. Golightly konnte gerade anfangen: »Das ist ein sonderbarer Irrtum, Leute«, als der Korporal befahl »Maul halten« und ihn mitkommen hieß. Er wollte dableiben und die Sache aufklären. Und er klärte sie wirklich sehr gut auf, bis der Korporal ihn unterbrach: »Du und 'n Offenzier! Solche wie du einer büs, machen unsereins Schande. 'n schmucken Offenzier büs du! Ich kenn dein Regiment. Im Geschwindschritt ausgerissn büs du. Du büs'n Schandfleck für's ganze Heer, büs du!«

Golightly hielt an sich und begann seine Erklärungen wieder von vorn. Dann führte man ihn aus dem Regen in das Wartezimmer und sagte, er solle sich nicht länger lächerlich machen. Die Leute wollten ihn nach Fort Govindghar eskortieren. Und »eskortiert werden« ist fast so schimpflich wie eine Fahrt im »Grünen August«.

Wut, Kälte, das Mißverständnis, die Handschellen und der von der Stirnwunde verursachte Kopfschmerz machten Golightly beinahe hysterisch. Er kehrte sozusagen sein Inneres nach außen, um seiner Meinung Ausdruck zu verleihen. Als er fertig und seine Kehle ganz trocken war, sagte einer der Leute: »Ich hab im Loch schon Kerls tüchtig schimpfen und fluchen hören, aber unseren Herrn Offenzier hier reicht keiner das Wasser.« Sie waren nicht böse auf ihn, sie bewunderten ihn vielmehr. Sie ließen sich im Wartezimmer Bier geben und boten Golightly auch davon an, weil er so »großartig geflucht« hätte. Sie sagten, er solle ihnen alle Abenteuer von John Binkle erzählen, die er während seines Herumstrolchens erlebt hätte; das brachte Golightly noch mehr auf. Wenn er ganz bei Sinnen gewesen wäre, hätte er ruhig die Ankunft eines Offiziers abgewartet, aber er versuchte wegzulaufen.

Nun kann einem der Kolben eines Martinigewehres im Kreuz ziemliche Schmerzen verursachen, und aufgeweichter mürber Khaki reißt leicht, wenn zwei Mann einen am Kragen packen.

Golightly erhob sich sehr elend und schwindlig vom Boden, sein Hemd war vorn und hinten weit aufgerissen. Er ergab sich in sein Schicksal, und da lief gerade der Zug von Lahore ein, in dem einer von Golightlys Majoren saß.

So lautete der wörtliche Bericht des Majors:

»Aus dem Wartezimmer dritter Klasse hörte man ein Getobe und Getöse, ich ging hinein und erblickte den gemeinsten Vagabunden, den ich jemals gesehen habe. Stiefel und Hose waren mit Schmutz und Bierflecken bedeckt. Auf dem Kopf hatte er eine Art schmutziggrauen Misthaufen, der in Fetzen auf seine bös zerschrammten Schultern herabhing. Er zog sich grade ein beinahe in zwei Stücke zerrissenes Hemd über den Kopf und forderte dabei die Wache auf, sich den Namen unten am Zipfel anzusehen. Weil sein Kopf grade im Hemd steckte, konnte ich anfangs nicht sehen, wer es war, ich glaubte, es wäre einer im Anfangsstadium des *Delirium tremens,* so fluchte er, während er sich mit seinem zerfetzten Zeug herumbalgte. Als er sich umwandte und ich von einer Beule so dick wie eine Pastete und der grünen Kriegsbemalung im Gesicht und einigen lila Streifen um den Hals absah, da sah ich, daß es Golightly war. Er freute sich sehr, mich zu sehen«, sagte der Major, »und er hoffte, ich würde nicht im Kasino davon erzählen. *Ich* habe es nicht getan, aber Sie können es tun, wenn Sie wollen, jetzt wo Golightly in England ist.«

Den größten Teil jenes Sommers brachte Golightly mit Versuchen zu, den Korporal und die zwei Mann vor das Kriegsgericht zu bringen wegen Verhaftung »eines Offiziers und Ehrenmannes«. Sie bedauerten ihren Irrtum natürlich aufrichtig. Aber die Geschichte sickerte durch bis in die Regimentskantine und verbreitete sich von da durch die ganze Provinz.

Das Tor der hundert Sorgen

Wenn ich mir für drei Pfennig den Himmel
erschaffen kann, warum neidet ihr mir das?
Sprichwort des Opiumrauchers

Diese Geschichte ist nicht mein Werk. Mein Freund, Gabral Misquitta, der Mischling, hat sie sechs Wochen vor seinem Tode zwischen Monduntergang und Morgen erzählt; und ich hab' niedergeschrieben, was er als Antwort auf meine Fragen äußerte:

Es liegt zwischen der Gasse vom Kupferschmied und dem Haus des Pfeifenrohrhändlers, und es ist von Wazir Khans Moschee hundert Ellen entfernt, nach dem Flug der Krähe gemessen. Soviel erzähle ich jedem gern, aber ich trau' ihm nicht zu, das Tor zu finden, wie gut er auch die Stadt zu kennen glaubt. Man kann sogar hundertmal durch die Gasse, in der es ist, gehen und ist deswegen nicht klüger. Wir nannten die Gasse immer: »die Gasse des Schwarzen Rauchs«, die Eingeborenen geben ihr aber natürlich einen ganz andern Namen. Ein beladener Esel könnte nicht zwischen ihren Mauern hindurchkommen; und an einer Stelle, kurz ehe man ans Tor kommt, müssen alle Leute wegen einer hervorstehenden Hausmauer seitwärts gehen.

Es ist eigentlich kein richtiges Tor. Es ist ein Haus. Der alte Fung-Tching hatte es zuerst, vor fünf Jahren. Er war Schuhmacher in Kalkutta gewesen. Die Leute sagen, da hat er seine Frau in der Trunkenheit ermordet. Darum hat er auch das Schnapstrinken aufgegeben und hat sich dem »Schwarzen Rauch« ergeben. Später kam er nach Norden und eröffnete das Tor als ein Haus, wo man in Frieden und Ruhe rauchen konnte. Sie müssen wissen, es war ein *Pukka,* ein anständiges Opiumhaus, keins von den stickigen heißen *Chandookhanas,* die man überall in der Stadt findet. Nein, der alte Mann verstand sein Geschäft gut und war für einen Chinesen sehr sauber. Er war ein einäugiger kleiner Kerl, kaum mehr als fünf Fuß groß, und ihm fehlten beide Mittelfinger. Trotzdem war er beim Rollen der schwarzen Pillen der geschickteste Mann, den ich je gesehen habe, ihm schien auch niemals der »Rauch« was anzuhaben; und was er Nacht und Tag verbrauchte, war enorm. Ich bin schon fünf Jahre dabei, und ich kann es mit jedem beim »Rauch« aufnehmen; aber gegen Fung-Tching war ich darin ein Kind. Trotzdem war der Alte sehr erpicht auf Geld, und das kann ich nicht begreifen. Ich hab' gehört, daß er 'ne ganze Menge vor seinem Tode zusammengespart hat, aber das hat nun alles sein Neffe gekriegt; und der Alte ist nach China zurück, daß sie ihn da begruben.

Die obere Stube, wo seine besten Kunden sich versammelten, hielt er so sauber wie ein Schmuckkästchen. In der einen Ecke stand immer Fung-Tchings Götze – fast so häßlich wie Fung-Tching selber – und unter seiner Nase brannten immer Zweige, aber wenn die Pfeifen ordentlich in Gang waren, roch man sie gar nicht. Gegenüber dem Götzen war Fung-Tchings Sarg. Für den hatte er einen großen Teil seiner Ersparnisse ausgegeben, und jedesmal wenn ein neuer Kunde ins Tor kam, wurde er mit dem Sarg bekannt gemacht. Er war schwarz lackiert, mit roten und goldenen Schriftzügen darauf, und es hieß, Fung-Tching hätte ihn ganz von China mitgebracht. Ich weiß nicht, ob das wahr ist oder nicht, aber ich weiß, daß ich, wenn ich als erster abends kam, immer meine Matte am Fuß des Sarges ausbreitete. Das war nämlich eine ruhige Ecke, und durch das Fenster kam hin und wieder 'ne Art Luftzug von der Gasse her. Außer den Matten war nichts in der Stube – nur der Sarg und der Götze, der ganz grün, blau und rot war von Alter und Politur.

Fung-Tching hat uns nie erzählt, warum er den Ort »Das Tor der hundert Sorgen« genannt hat. (Er war der einzige Chinese, den ich kenne, der sich schlechtklingende Namen ausdachte. Die meisten bilden sie nach Blumen. Das können Sie in Kalkutta sehen.) Wir brachten es immer selber heraus. Nichts wird einem, wenn man ein Weißer ist, so leicht zur zweiten Natur wie der »Schwarze Rauch.« Bei den Gelben ist das anders. Das Opium nimmt sie so gut wie gar nicht mit; aber die Weißen und die Schwarzen müssen viel leiden. Es gibt natürlich auch einige, die der Rauch zuerst nicht mehr angreift als der Tabak. Sie schlummern nur etwas, wie man von Natur in Schlaf fällt, und am nächsten

Morgen sind sie beinahe imstande zu arbeiten. Zu diesen gehörte ich, als ich anfing, aber nun bin ich ziemlich ununterbrochen fünf Jahre dabei, nun ist das anders. Ich hatte eine alte Tante, sie lebte in der Gegend von Agra, die hinterließ mir nach ihrem Tode etwas, so daß ich jeden Monat meine sechzig Rupien hatte. Sechzig ist nicht viel. Ich kann mich noch an die Zeit erinnern, das scheint viele hundert Jahre her zu sein, als ich dreihundert monatlich bekam und noch Nebeneinkünfte hatte, als ich in einem großen Holzgeschäft in Kalkutta arbeitete.

Lange blieb ich nicht bei der Arbeit. Der »Schwarze Rauch« läßt nicht viele andere Beschäftigungen zu; wenn ich auch sehr wenig von ihm angegriffen werde im Vergleich zu andern, so könnte ich doch jetzt nicht einen Tag meinen Unterhalt verdienen. Übrigens komme ich mit sechzig Rupien aus. Als der alte Fung-Tching noch am Leben war, bezog er das Geld für mich, gab mir die Hälfte davon zum Lebensunterhalt (ich esse sehr wenig), und den Rest behielt er. Ich hatte zu jeder Zeit freien Zutritt zum Tor, Tag und Nacht, und konnte da rauchen und schlafen, wann ich wollte, so war es mir recht. Ich weiß, daß der Alte ein gutes Geschäft dabei gemacht hat; aber das ist einerlei. Mir ist eigentlich alles einerlei; und außerdem bekam ich das Geld regelmäßig jeden Monat.

Als das Tor eröffnet wurde, waren wir unsrer zehn, die sich da trafen. Ich und zwei Babus aus einem Verwaltungsbüro irgendwo in Anarkulli, aber sie kriegten ihren Abschied und konnten nicht mehr bezahlen (keiner, der tagsüber arbeiten muß, kann sich auf die Dauer dem »Schwarzen Rauch« hingeben); ein Chinese, Fung-Tchings Neffe; eine Handelsfrau, die sich irgendwie eine Menge Geld verschafft hatte; ein verbummelter Engländer – Mac-Soundso hieß er wohl, aber ich habe es vergessen –, der viel rauchte, aber anscheinend nie bezahlte (es wurde erzählt, daß er, als er noch Rechtsanwalt war, bei einer Gerichtsverhandlung Fung-Tching das Leben gerettet hatte); noch ein Eurasier, gleich mir aus Madras; eine Mischlingsfrau und ein paar Männer, die nach ihrer Aussage aus dem Norden kamen. Es müssen wohl Perser oder Afghanen oder sonstwas gewesen sein. Jetzt leben nur noch fünf von uns, aber wir kommen regelmäßig. Was mit den Babus geschehen ist, weiß ich nicht; aber die Handelsfrau ist gestorben, nachdem sie sechs Monate das Tor besucht hatte, und wahrscheinlich hat Fung-Tching ihre Nasen- und Ohrringe behalten. Aber ich weiß es nicht bestimmt. Der Engländer, der außer dem Rauchen auch noch trank, starb. Einer von den Persern wurde nachts bei einer Prügelei an dem großen Brunnen bei der Moschee vor langer Zeit erschlagen, und die Polizei sperrte den Brunnen, weil er, wie sie sagten, voller Gestank war. Da fand man ihn unten drin, tot. So sind wir nur noch, wie Sie sehen, ich, der Chinese, die Mischlingsfrau, die wir die *Memsahib* nennen (sie hatte nämlich mit Fung-Tching zusammen gelebt), der andere Eurasier und einer von den Persern. Die *Memsahib* sieht jetzt sehr alt aus. Als das Tor eröffnet wurde, war sie, glaube ich, eine junge Frau; aber hier sind wir alle alt geworden. Hundert und aberhundert Jahre alt. Im Tor ist es schwer, die Zeit nachzurechnen, und dann interessiert mich die Zeit auch nicht. Ich bekomme meine sechzig Rupien regelmäßig jeden Monat. Vor langer, langer Zeit, als ich noch meine dreihundertfünfzig Rupien monatlich und Nebeneinkünfte hatte in einem großen Holzgeschäft in Kalkutta, da hatte ich eine Frau von guter Herkunft. Aber sie ist nun tot. Sie sagen, ich hätte sie damit umgebracht, daß ich mich dem »Schwarzen Rauch« ergeben hab'. Vielleicht ist das wahr, aber es ist so lange her, daß es einerlei ist. Als ich zuerst in das Tor kam, war ich manchmal traurig darüber; aber das ist lange vorbei und abgetan, und ich bekomme regelmäßig jeden Monat meine sechzig Rupien und bin ganz glücklich. Nicht glücklich wie ein Betrunkener, wissen Sie, sondern immer ruhig und sanft und zufrieden.

Wie ich dazu gekommen bin? Es fing in Kalkutta an. Ich versuchte es hin und wieder bei mir zu Hause, bloß um mal zu sehen, wie es wäre. Ich trieb es niemals sehr weit, aber damals muß meine Frau wohl gestorben sein. Jedenfalls fand ich mich eines Tages hier und lernte Fung-Tching kennen. Ich kann mich nicht mehr recht erinnern, wie das geschah; aber er erzählte mir von dem Tor, und ich ging dann immer hin, und so bin ich nie wieder davon losgekommen. Aber bedenken Sie, das Tor war zu Fung-Tchings Zeiten ein anständiges Lokal, wo man sich behaglich fühlte, es war nicht wie die *Chandookhanas,* wo die Nigger hingehen. Nein, es war sauber und ruhig und nicht überfüllt. Natürlich waren da noch andere außer uns zehn und dem Mann selbst; aber immer hatte jeder eine Matte für sich alleine, mit einem wattierten wollenen Kopfende, über und über bedeckt mit schwarzen und roten Drachen und so; gerade wie der Sarg in der Ecke.

Wenn man die dritte Pfeife zu Ende hatte, dann bewegten sich die Drachen und kämpften miteinander. Ich habe ihnen so manche Nacht zugesehen. Danach richtete ich mein Rauchen ein, und nun braucht's schon zwölf Pfeifen, um sie in Bewegung zu bringen. Außerdem sind sie ganz zerrissen und schmutzig, wie die Matten, und der alte Fung-Tching ist tot. Er ist vor ein paar Jahren gestorben und hat mir die Pfeife, die ich jetzt immer benutze, geschenkt – sie ist aus Silber und auf dem Behälter unter dem Pfeifenkopf kriechen seltsame Tiere auf und ab. Davor, glaube ich, habe ich ein dickes Bambusrohr mit einem kupfernen Kopf, einem sehr kleinen, und einem grünen Jade-Mundstück benutzt. Sie war etwas dicker als ein Spazierstock und rauchte sich, oh, so süß. Der Bambus schien den Rauch aufzusaugen. Das tut Silber nicht, und ich muß sie hin und wieder rein machen, das ist 'ne ganze Arbeit, aber ich rauche sie dem Alten zuliebe. Er muß ein gutes Geschäft an mir gemacht haben, aber er hat mir immer reine Matten und Kissen gegeben und den besten Stoff zum Rauchen, den man kriegen kann.

Als er starb, übernahm sein Neffe das Tor, er nannte es den »Tempel der drei Besitztümer«, aber wir Alten sprechen nach wie vor von den »Hundert Sorgen«. Der Neffe hält alles sehr schäbig, und die *Memsahib* muß ihm wohl helfen. Sie lebt mit ihm zusammen, gerade wie mit dem Alten. Die beiden lassen alles mögliche geringe Volk ein, Nigger und alles, und der »Schwarze Rauch« ist nicht mehr so gut wie früher. Ich habe immer und immer wieder gebrannte Kleie in meiner Pfeife gefunden. Der Alte wäre gestorben, wenn das zu seiner Zeit passiert wäre. Außerdem wird das Zimmer nie rein gemacht, und alle Matten sind zerrissen und an den Ecken beschnitten. Der Sarg ist fort – zurück nach China – mit dem Alten und zwei Unzen Rauch drin, falls er unterwegs was brauchen sollte.

Dem Götzen wird nicht mehr so viel Holz unter der Nase verbrannt wie früher; das bringt Unglück, das ist so sicher wie der Tod. Und dann ist er ganz braun, und niemand beachtet ihn. Das ist das Werk der *Memsahib,* das weiß ich; denn als Tsin-ling mal Goldpapier vor ihm verbrennen wollte, sagte sie, das wäre Geldwegwerfen, und wenn man nur ein Stück Holz ganz langsam aufbrennen ließe, so wäre das für den Götzen dasselbe. So tun wir jetzt eine Menge Leim aufs Holz, und es brennt eine halbe Stunde länger und stinkt scheußlich. Ganz abgesehen von dem Gestank, der so schon in dem Zimmer herrscht. Kein Geschäft kann gut gehen, wenn es so betrieben wird. Das mag der Götze nicht. Ich kann das sehen. Manchmal, ganz spät in der Nacht, nimmt er alle möglichen seltsamen Farben an – blau und grün und rot – gerade wie damals, als Fung-Tching noch lebte; und er rollt mit den Augen und stampft mit den Füßen wie ein Teufel.

Ich weiß nicht, warum ich den Ort nicht verlasse und ruhig in einem eigenen kleinen Zimmer im Bazar rauche. Wahrscheinlich würde Tsin-ling mich umbringen, wenn ich weggehen wollte – er bezieht jetzt meine sechzig Rupien –, und dann macht es soviel Mühe, und das Tor ist mir so lieb geworden. Es ist ja nicht viel dran, anders als zu des Alten Zeiten, aber ich könnte es nicht verlassen. Ich habe so viele ein und aus gehen sehen. Und ich habe so viele hier auf den Matten sterben sehen, daß ich mich davor fürchte, draußen zu sterben. Ich habe Dinge gesehen, die manche recht sonderbar nennen würden; aber nichts ist sonderbar, wenn man dem »Schwarzen Rauch« ergeben ist, als der »Schwarze Rauch« selber. Und wenn auch, es ist ja ganz gleich. Fung-Tching war immer sehr eigen mit seinen Leuten und nahm niemals jemand auf, der durch Sterben oder so Unannehmlichkeiten machen würde. Aber der Neffe ist nicht halb so vorsichtig. Er erzählt allen, daß er ein Haus »ersten Ranges« hätte. Er versucht nie, sich stillschweigend Kunden zu verschaffen und es ihnen behaglich zu machen wie Fung-Tching. Darum wird das Tor etwas bekannter als früher. Bei den Niggers natürlich. Der Neffe wagt es nicht, einen Weißen oder einen Mischling in sein Haus zu locken. Uns drei muß er natürlich behalten – mich und die *Memsahib* und den andern Eurasier. Wir gehören zum Haus. Aber Kredit gewährt er uns nicht für eine Pfeife, für nichts.

Eines Tages, hoffe ich, sterbe ich in dem Tor. Der Perser und der Mann aus Madras sind jetzt schrecklich klapperig. Sie haben einen Jungen, der ihnen die Pfeifen ansteckt. Ich tu' es immer selbst. Ich werde sie wahrscheinlich noch vor mir hinaustragen sehen. Ich glaube nicht, daß ich die *Memsahib* oder Tsin-ling überleben werde. Frauen halten es länger aus beim »Schwarzen Rauch« als Männer, und Tsin-ling hat Blut von dem Alten in seinen Adern, obwohl er billiges Zeug raucht, das tut er. Die Händlersfrau wußte zwei Tage, ehe ihre Zeit gekommen war, daß sie gehen würde; und da ist sie auf einer reinen Matte mit einem schön wattierten Kissen gestorben, und der Alte hängte ihre Pfeife grade über dem Götzen auf. Er hat sie, glaube ich, immer gern gehabt. Aber trotzdem nahm er ihre Armbänder.

Ich möchte wie die Händlersfrau sterben – auf einer reinen kühlen Matte mit einer Pfeife mit gutem Stoff zwischen den Lippen. Wenn ich fühle, daß ich gehe, bitte ich Tsinling darum, er kann dann regelmäßig jeden Monat meine sechzig Rupien beziehen, so lange wie es ihm gefällt. Dann lege ich mich ruhig und behaglich zurück und sehe dem letzten großen Kampf zwischen den schwarzen und roten Drachen zu; und dann . . .

Nun, es ist einerlei. Mir ist alles einerlei – nur möchte ich, daß Tsin-ling keine Kleie in den »Schwarzen Rauch« tut.

Hinter dem Gitter

Die Liebe kümmert sich nicht um die Kaste
und der Schlaf nicht um ein zerbrochenes Bett.
Ich suchte die Liebe und verlor mich selbst

Hindu-Sprichwort

Jedermann sollte, was auch geschieht, sich zu Menschen seiner Kaste, Rasse und Herkunft halten. Die Weißen gehören zu den Weißen, die Schwarzen zu den Schwarzen. Welches Unglück einen dann betrifft, es paßt in den Lauf der Dinge, es kommt nicht plötzlich, unerwartet, befremdlich.

Dies ist die Geschichte eines Mannes, der eigensinnig die Grenzen wohlanständiger Alltagsgesellschaft übertrat und teuer dafür zahlen mußte.

Erstens wußte er zuviel, zweitens sah er zuviel. Er nahm zu stark Anteil an dem Leben der Eingeborenen; aber er wird es nie wieder tun.

Tief im Herzen der Altstadt, hinter Jitha Megjis Ställen, liegt die Sackgasse Amir Naths. Sie endet vor einer toten grauen Mauer, die von einem einzigen Gitterfenster durchbrochen ist. Am Anfang der Sackgasse steht ein großer Kuhstall, und die Wände zu beiden Seiten der Gasse sind fensterlos. Weder Suchet Singh noch Gaur Chand sind dafür, daß ihr Weibervolk in die Welt hinausblickt. Wenn Durga Charan derselben Ansicht gewesen wäre, würde er heut ein glücklicherer Mensch sein, und die kleine Bisesa wäre noch fähig, ihr Brot selbst zu kneten. Ihr Zimmer sah durch das Gitterfenster auf die enge dunkle Gasse, in die nie die Sonne schien, und wo die Büffel sich in blauem Schlamm wälzten. Sie war Witwe, fünfzehn Jahre alt und bat die Götter unablässig, ihr einen Liebsten zu senden; denn sie mochte nicht allein leben.

Eines Tages geriet nun bei einer zweck- und ziellosen Wanderung jener Mann – er hieß Trejago – in Amir Naths Gasse, und als er glücklich an den Büffeln vorbei war, stolperte er über einen Haufen Viehfutter.

Da erst bemerkte er, daß es eine Sackgasse war, und hörte ein leises Lachen hinter dem Gitterfenster. Es war ein reizendes leises Lachen, und da Trejago wußte, daß das alte Buch »Tausendundeine Nacht« in solchen Dingen ein guter Wegweiser ist, so ging er bis vor das Fenster und sagte flüsternd den Vers aus »Har Dyals Liebeslied«, der so anfängt: »Kann ein Mann aufrecht stehenbleiben vor dem Antlitz der unverhüllten Sonne, oder ein Liebender vor seiner Geliebten?

Wenn meine Füße schwach werden, Herz meines Herzens, bin ich zu tadeln, da ich durch den Schimmer deiner Schönheit geblendet bin?«

Hinter dem Gitterfenster erklang ein schwaches Klirren wie von Frauenarmbändern, und ein Stimmchen sagte das Lied weiter vom fünften Vers an:

»Ach! Ach! Kann der Mond der Lotosblume von seiner Liebe sprechen, wenn das Tor des Himmels geschlossen ist, und die Regenwolken sich ballen?

Sie haben mir die Liebste genommen und sie auf Saumpferden nach Norden getrieben.

Schwere Eisenketten sind an den Füßen, die auf meinem Herzen lagen.

Ruft die Bogenschützen, sich zu bereiten –«

Die Stimme brach plötzlich ab, und Trejago verließ die Gasse, verwundert, wer in aller Welt so zierlich mit ihm um die Wette »Har Dyals Liebeslied« hergesagt hatte.

Als er am nächsten Morgen ins Büro fuhr, warf ein altes Weib ein Päckchen in seinen Wagen. Es enthielt die Hälfte eines zerbrochenen Glasarmringes, eine blutrote *Dhak*blüte, ein wenig *Bhusa* oder Viehfutter und elf Kardamomkörner. Dies Päckchen war ein Brief – kein plumper verräterischer Brief –, sondern eine unschuldige, andern unverständliche Liebesepistel.

Trejago wußte, wie ich schon sagte, zu viel von diesen Dingen. Kein Engländer sollte imstande sein, einen derartigen Brief zu übersetzen. Aber Trejago breitete alle diese Sächelchen auf seinem Schreibpult aus und fing an, ihren Sinn zu enträtseln.

Ein zerbrochener Glasarmring bedeutet in ganz Indien eine Hinduwitwe; denn wenn der Mann stirbt, werden der Frau die Ringe am Handgelenk zerbrochen. Trejago verstand also die Bedeutung des Glasstückchens. Die *Dhak*blüte bedeutet je nach den sie begleitenden andern Dingen »wünsche«, »komm«, »schreib« oder »Gefahr«. Ein Kardamomkorn bedeutet »Eifersucht«; aber wenn ein Ding in solchen Briefpäckchen mehrfach da ist, verliert es seine symbolische Bedeutung und gibt nur eine Zahl an, die die Zeit bestimmen soll, wenn Weihrauch, Quark oder Safran beigefügt ist, auch den Ort. Die Botschaft hieß also: »Eine Witwe – *Dhak*blüte und *Bhusa* – um elf Uhr.« Das bißchen *Bhusa* entzückte Trejago. Er sah sofort – diese Art Brief überläßt vieles einem instinktiven Wissen –, daß die *Bhusa* sich auf den großen Haufen Viehfutter bezog, über den er in Amir Naths Gasse gefallen war, und daß die Botschaft von der Person hinter dem Gitter kommen mußte, die eine Witwe war.

So lautete die Botschaft also: »Eine Witwe, in der Gasse mit dem Haufen Viehfutter, wünscht, daß du um elf Uhr kommst.«

Trejago warf das ganze Zeugs in den Ofen und lachte. Er wußte, daß man im Orient nicht um elf Uhr vormittags vor dem Fenster seiner Liebsten erscheint, und daß die Frauen dort nicht auf lange Sicht Verabredungen treffen. So ging er also noch am selben Abend um elf in Amir Naths Gasse, in einen weiten Mantel gehüllt, den die Männer so gut wie die Frauen tragen. Sowie es in der Stadt elf geschlagen hatte, nahm das Stimmchen hinter dem Gitter »Har Dyals Liebeslied« wieder auf bei dem Vers, wo das Mädchen Har Dyal beschwört, zurückzukehren.

Das Lied ist wunderschön in der Ursprache. Die Übersetzung gibt nicht die Klage, die schon im Klang liegt, wieder. Es heißt etwa so:

Ganz allein bin ich und schau nach Norden.
Wende mich und sehe sehnsuchtsvoll
Blitze zucken, wie den Zauber deines Schritts vom Norden.
Komm zu mir, wenn ich nicht sterben soll!

Mir zu Füßen träumt der Marktplatz in die Nacht;
Die Kamele schlummern friedevoll,
Beute, die dein starker Arm gemacht.
Komm zu mir, wenn ich nicht sterben soll!

Alt ist meines Vaters Frau, ihr Herz ist Stein,
Und des Vaterhauses Packesel bin ich,
Tränen muß ich schlucken, und mein Brot ist Pein.
Komm, Geliebter, und errette mich!

Als das Lied zu Ende war, trat Trejago dicht unter das Fenster und flüsterte: »Ich bin hier.«

Bisesa war gut anzusehen.

Diese Nacht war der Anfang einer Reihe seltsamer Ereignisse und eines so phantastischen Doppellebens, daß Trejago heute oft selber kaum weiß, ob alles nicht nur ein Traum war. Bisesa oder ihre alte Dienerin, die ihm den Brief zugeworfen hatte, hatte das schwere Gitter aus dem Mauerwerk gelöst, so daß es nach innen gleiten konnte und eine viereckige Öffnung freiließ, durch die ein geschickter Mann klettern konnte.

Tagsüber hetzte Trejago durch seine gewohnte Bürotätigkeit oder zog einen Besuchsanzug an, um den Damen der Station seine Aufwartung zu machen; dabei dachte er, ob sie ihn überhaupt wohl noch kennen würden, wenn sie um die arme kleine Bisesa wüßten. Nachts, wenn die ganze Stadt schlief, begann der Gang in dem häßlich riechenden Mantel. Durch Jitha Megjis Ställe bog er rasch in Amir Naths Gasse ein und gelangte zwischen den schlafenden Rindern und grauen Mauern hindurch endlich zu Bisesa. In dem kahlen kleinen Zimmer, das Durga Charan seiner Schwestertochter eingeräumt hatte, hörte man das gleichmäßige Atmen der alten Weiber, die vor der Tür schliefen. Wer oder was Durga Charan war, danach fragte Trejago nie; und wie es kam, daß er nicht entdeckt und niedergestochen wurde, das fragte er sich erst, als seine Tollheit vorbei war und Bisesa ... doch davon später.

Bisesa war Trejagos endloses Entzücken. Sie war unwissend wie ein Vogel; und ihre ganz verdrehte Wiedergabe der Gerüchte, die von der Außenwelt in ihr Zimmer drangen, belustigte Trejago fast ebensosehr wie ihre lispelnden Versuche, seinen Namen Christopher auszusprechen. Die erste Silbe ging immer schon über ihre Kräfte, und sie machte komische kleine Bewegungen mit ihren Rosenblütenhänden, wie um den Namen fortzuwerfen, und dann kniete sie vor

Trejago hin und fragte ihn, gerade wie eine englische Frau es macht, ob er sie auch ganz bestimmt liebe. Trejago schwur, daß er sie mehr als alles auf der Welt liebe. Und das war die Wahrheit.

Nachdem so ein Monat in süßer Torheit vergangen war, zwangen die Forderungen seines andern Lebens Trejago, gegen eine Dame seiner Bekanntschaft besonders aufmerksam zu sein. Nun ist es Tatsache, daß alle Begebenheiten dieser Art nicht nur von der eigenen Rasse bemerkt und besprochen werden, sondern auch von Hunderten von Eingeborenen. Trejago mußte mit dieser Dame spazierengehen, beim Promenadenkonzert mit ihr plaudern und hin und wieder mit ihr ausfahren. Er dachte nicht im Traum daran, daß das sein anderes abseitiges, ihm lieberes Leben stören könnte. Aber die Kunde davon flog auf die gewöhnliche geheimnisvolle Art von Mund zu Mund, bis Bisesas Duenna davon hörte und es Bisesa erzählte. Das Kind war davon so beunruhigt, daß es seine Arbeit im Haushalt schlecht machte und deswegen von Durga Charans Weib geschlagen wurde.

Nach einer Woche warf Bisesa Trejago den Flirt vor. Umwege kannte sie nicht, so sprach sie ganz offen. Trejago lachte, und Bisesa stampfte mit den kleinen Füßen, Füßchen, die, leicht wie Ringelblumen, in einer Männerhand Platz fanden.

Vieles von dem, was über »orientalische Leidenschaftlichkeit« geschrieben wird, ist übertrieben und nachgeschwatzt, aber ein wenig davon ist doch wahr; und wenn ein Engländer dies Wenige entdeckt, so ist er ebenso überrascht, wie über irgendeine Leidenschaft in seinem eigenen Leben. Bisesa wütete und tobte und drohte schließlich, sich zu töten, wenn Trejago nicht sofort die fremde *Memsahib* aufgeben würde, die zwischen sie gekommen war. Trejago versuchte zu erklären und ihr zu zeigen, daß sie diese Dinge aus dem Gesichtspunkt der westlichen Völker nicht verstehen könnte. Da richtete Bisesa sich auf und sagte einfach:

»Nein, ich verstehe es nicht. Ich weiß nur das eine, daß es nicht gut ist, daß du, Sahib, mir lieber geworden bist als mein eigenes Herz. Du bist ein Engländer. Ich bin nur eine Schwarze« – sie war heller als Barrengold in der Münze –, »und die Witwe eines schwarzen Mannes.«

Dann schluchzte sie und sagte: »Aber bei meiner Seele und der Seele meiner Mutter, ich liebe dich. Kein Leid soll dich treffen, was auch immer mit mir geschieht.«

Trejago versuchte, das Kind zu überzeugen und es zu beruhigen, aber sie schien ganz unvernünftig gestört zu sein. Nichts als das Aufgeben jeglicher Beziehungen zwischen ihm und jener Dame konnte sie zufriedenstellen. Er solle sofort gehen. Und er ging. Ehe er sich aus dem Fenster herabließ, küßte sie ihn zweimal auf die Stirn. Er ging verwundert nach Hause.

Eine Woche, drei Wochen vergingen, ohne ein Zeichen von Bisesa. Da fand Trejago, daß der Bruch lange genug gedauert hätte, ging zum fünften Male in diesen drei Wochen in Amir Naths Gasse in der Hoffnung, daß sein Klopfen am Gitterfenster endlich beantwortet würde. Er sah sich nicht enttäuscht. Der Mond stand im ersten Viertel, und ein Strahl seines Lichtes fiel in die Gasse und traf das Gitter, das bei seinem Klopfen weggezogen wurde. Aus der schwarzen Finsternis streckte Bisesa ihre Arme in das Mondlicht. Beide Hände hatte man ihr an den Handgelenken abgeschlagen, die Stümpfe waren fast verheilt.

Da, als Bisesa den Kopf zwischen die Arme legte und schluchzte, brüllte im Zimmer jemand auf wie ein wildes Tier, und etwas Scharfes – Messer, Schwert oder Speer – wurde nach Trejago, der seinen Mantel anhatte, geworfen. Die Waffe verfehlte ihr Ziel, schnitt nur in einen Lendenmuskel ein, und infolge dieser Verwundung behielt er für sein Leben ein leichtes Hinken.

Das Gitter wurde wieder vorgeschoben; kein Zeichen kam mehr aus dem Haus, – nichts war da, nur der Mondstrahl auf der hohen Mauer und hinter ihr Amir Naths dunkle Gasse.

Das nächste, an das Trejago sich erinnert, nachdem er wie ein Wahnsinniger zwischen den mitleidlosen Mauern getobt und geschrien hatte, ist, daß er sich bei Tagesanbruch an dem Flusse befand, seinen Mantel fortwarf und barhaupt heimging.

Was sich eigentlich ereignet hatte, ob Bisesa in einem Anfall grundloser Verzweiflung alles erzählt hatte, oder das Geheimnis entdeckt und sie durch Folterung zum Beichten gezwungen worden war, ob Durga Charan wußte, wer er war, und was aus Bisesa wurde – das weiß Trejago noch heute nicht. Etwas Schreckliches war geschehen, und der Gedanke daran steigt hin und wieder nachts in Trejago auf und leistet ihm bis zum Morgen Gesellschaft. Bezeichnend für die ganze Geschichte ist, daß er nicht weiß, wo eigentlich Durga Charans Haus liegt. Es ist möglich, daß es auf einen Hof geht, der zu mehreren Häusern gehört, oder daß es hinter irgendeinem der Tore von Jitha Megjis Stall liegt. Trejago weiß es nicht. Er kann Bisesa, die arme kleine Bisesa, nicht wiederfinden. Er hat sie in der Altstadt verloren, wo jedes Haus so bewacht wird und so unkenntlich ist wie ein Grab; und das Gitterfenster, das auf die Gasse Amir Naths ging, ist zugemauert worden.

Aber Trejago macht regelmäßig seine Besuche und wird für einen ordentlichen Mann gehalten.

Es ist nichts Auffallendes an ihm, außer einer Steifheit im rechten Bein, die von Überanstrengung beim Reiten herrührt.

Tods' Amendement

Es drückt die Welt ihr Joch so gern
Auf alte weißhaarige Herrn,
Die dem König geschmeidig sind.

Doch Gottes Gnade ruht auf den Jungen,
Sie tragen die Weisheit auf der Zungen,
Die vor gar nichts bange sind.

Die Parabel Chajju Bhagats

Tods' Mama war eine ganz besonders reizende Frau, und jeder in Simla kannte Tods. Die meisten hatten ihn gelegentlich vom Tode errettet. Er war der Aufsicht seiner *Ayah* vollständig entwachsen und gefährdete täglich sein Leben dadurch, herauszubekommen, was geschähe, wenn man die Maulesel der Gebirgsbatterie am Schwanz zöge. Er war ein ganz furchtloser junger Heide, etwa sechs Jahre alt, und das einzige Kind, das je die heilige Ruhe des hohen Gesetzgebungsrates gestört hat.

Und das geschah folgendermaßen: Tods' Lieblingsziege riß sich los und flüchtete bei der Boileaugunge-Straße den Berg hinauf; Tods immer hinterdrein, bis sie in den Park des Vizekönigs einbrach, der damals noch zu »Peterhoff« gehörte. Der Rat hatte gerade Sitzung, wegen der Wärme bei offenen Fenstern. Der rote Ulan im Torweg wollte Tods wegschicken; aber Tods kannte den Ulan und die meisten des Rats persönlich. Außerdem hielt er die Ziege fest am Halsband und wurde von ihr über alle Blumenbeete gezerrt. »Grüß doch den langen Rats-Sahib von mir und sag ihm, er möchte mir helfen, Moti zurückzubringen!« keuchte Tods. Die Ratsversammlung hörte den Lärm durch die offenen Fenster; und nach einer Weile konnte man das ungehörige Schauspiel sehen, daß ein Juristischer Sachverständiger und ein Gouverneur mit ausdrücklicher Erlaubnis des Höchstkommandierenden und des Vizekönigs und ein kleiner sehr schmutziger Junge im Matrosenanzug und mit einem braunen Haarschopf eine lebhafte rebellische Ziege bändigten. Sie schafften sie auf dem schmalen Fußweg bis zur Straße hinunter, und Tods ging triumphierend nach Hause und erzählte seiner Mama, daß alle Rats-Sahibs ihm geholfen hätten, Moti einzufangen. Seine Mama ohrfeigte ihn, weil er die Landesverwaltung gestört hätte; aber am nächsten Tage traf Tods den Juristischen Sachverständigen und teilte ihm im Vertrauen mit, daß er, Tods, ihm mit all seiner Macht helfen würde, wenn er jemals eine Ziege einfangen wollte. »Vielen Dank, Tods«, sagte der Juristische Sachverständige.

Tods war der vergötterte Liebling von einigen achtzig Jhampanies und von halb so vielen *Sais'*. Er redete sie alle mit »Bruder« an. Es kam ihm niemals in den Kopf, daß irgendein menschliches Wesen seinen Befehlen nicht gehorchen könnte; und er war der Puffer zwischen den Dienstboten und dem Zorn seiner Mama. Der ganze Haushalt drehte sich um Tods, der von allen und jedem bewundert wurde, vom *Dhoby* bis zum Hundejungen. Sogar Futteh Khan, der böse Landstreicher aus Mussoorie, hütete sich, Tods' Mißfallen zu erregen aus Furcht, seine Kollegen könnten dann auf ihn herabsehen.

So stand Tods im ganzen Lande von Boileaugunge bis nach Chota Simla in hohem Ansehen und herrschte gerecht, seiner Einsicht angemessen. Er sprach natürlich die Urdu-Sprache, aber er beherrschte auch manche seltsamen Nebendialekte wie das *Chotee bolee,* das die Weiber sprechen. Er führte ernsthafte Unterhaltungen mit Kaufleuten und ebenso mit den Kulis aus dem Gebirge. Er war sehr reif für sein Alter, und sein Verkehr mit den Eingeborenen hatte ihn mit einigen bitteren Lebenswahrheiten bekannt gemacht, nämlich mit Gemeinheit und Niedertracht. Er tat, wenn er bei Milch und Brot saß, so feierliche und ernste, aus der Landessprache ins Englische übersetzte Aussprüche, daß seine Mama entsetzt aufsprang und sagte, in der nächsten heißen Zeit müßte Tods ganz bestimmt nach England.

Gerade als Tods' Macht in höchster Blüte stand, heckte die Regierung ein Gesetz aus für das Land am Fuße des Gebirges, eine Revision des schon bestehenden Gesetzes, das weniger weittragend als das Punjabgesetz war, aber dennoch ein paar hunderttausend Menschen anging. Der Juristische Sachverständige hatte das Gesetz aufgestellt, gepolstert und verziert und ausgebessert, bis es sich auf dem Papier sehr gut ausnahm. Dann fing der Rat an, die sogenannten »Details«

festzusetzen. Als ob ein Engländer, der Einheimischen Gesetze gibt, genug wüßte, um wissen zu können, welche Punkte einer Maßnahme wichtig und welche weniger wichtig sind vom Gesichtspunkt der Eingeborenen aus! Dies Gesetz war eine Glanzleistung in bezug auf »Wahrung der Interessen der Pächter«. Eine Bedingung darin lautete, daß das Land auf keine längere Zeitspanne verpachtet werden sollte als auf fünf Jahre; weil ein Grundbesitzer einen Pächter, der sich auf vielleicht zwanzig Jahre festgemacht hatte, vollständig aussaugen kann. Diese Verfügung hatte den Zweck, in diesem Landstrich eine Menge unabhängiger Bauern zu schaffen. Ethnologisch und politisch war das vollständig richtig gedacht, das Schlimme war nur, daß es trotzdem ganz und gar verkehrt war. Das Leben eines Eingeborenen in Indien schließt das Leben seines Sohnes mit ein. Darum kann man nicht nur für eine Generation Gesetze geben. Vom einheimischen Standpunkt aus muß man auch schon an die folgende denken. Sonderbar genug hassen es hin und wieder die Eingeborenen, besonders in Nordindien, zu sehr vor sich selber geschützt zu werden. Es war einmal ein Nagadorf, das lebte von toten und schon begrabenen Maultieren des Kommissariats ... Aber das ist eine andere Geschichte.

Aus vielen Gründen, die später noch erklärt werden sollen, waren die Leute, für die das Gesetz gemacht worden war, dagegen. Das eingeborene Mitglied des Rates wußte vom Punjab genausoviel wie von Charing Cross. Es hatte in Kalkutta geäußert, das Gesetz entspräche vollkommen den Wünschen jener großen und bedeutenden Klasse der Bauern usw. Was der Juristische Sachverständige von den Eingeborenen wußte, beschränkte sich auf englischredende Durbaris und auf seine eigenen roten Chaprassis; das betreffende Gebiet ging niemanden besonders nahe an, die Bevollmächtigten waren viel zu sehr überlastet, um vorstellig zu werden, und dann betraf die Maßnahme ja nur kleine Landbesitzer. Aber trotz allem lag dem Juristischen Sachverständigen daran, daß es richtig war, denn er war ein ängstlich gewissenhafter Mann. Er wußte nicht, daß niemand über die Gedanken der Eingeborenen Bescheid weiß, der sich nicht ganz natürlich unter sie mischt. Und auch dann nicht immer. Aber er machte es, so gut er konnte. Und dann kam die Maßnahme zur endgültigen Regelung vor den Hohen Rat, während Tods auf seinen Morgenspaziergängen den Burra Simla Bazar inspizierte und mit dem Affen, der Ditta Mull, dem Bunnia, gehörte, spielte und dabei nach Kinderart zuhörte, wie über diesen neuen Einfall des Lord Sahib gesprochen wurde.

Eines Tages war in dem Hause von Tods' Mama Gesellschaft, zu der auch der Juristische Sachverständige kam. Tods lag zu Bett, aber er hielt sich wach, bis er die Herren beim Kaffee laut lachen hörte. Da krabbelte er heraus in Nachthemd und rotem Flanellschlafröckchen und suchte Schutz neben seinem Vater; er wußte recht gut, daß er nicht fortgeschickt würde. »Das sind die Leiden eines Familienvaters!« sagte Tods' Vater und gab ihm drei Pflaumen, goß etwas Wasser in ein Glas, in dem Rotwein gewesen war, und sagte, er solle stillsitzen. Tods lutschte die Pflaumen ganz langsam, er wußte, daß er wieder weg mußte, wenn sie auf waren, schlürfte das rötliche Wasser wie ein Mann von Welt und horchte dabei auf die Unterhaltung. Da erwähnte der Juristische Sachverständige, der mit dem Departementschef »fachsimpelte«, sein Gesetz, und zwar mit dem vollen Namen »Das revidierte Sub-Montan-Gebiet Ryotwary Gesetz«. Tods fing das einzige einheimische Wort auf und sagte mit seiner hellen Stimme:

»O, davon weiß ich genau Bescheid! Ist es schon gemurramuttet, Rats-Sahib?«

»Was meinst du«, sagte der Juristische Sachverständige.

»Gemurramuttet – verbessert – *theek* gemacht, so daß es Ditta Mull gefällt?«

Der Juristische Sachverständige verließ seinen Platz und setzte sich neben Tods.

»Was weißt du denn vom Ryotwary, kleiner Mann?« fragte er.

»Ich bin kein kleiner Mann, ich bin Tods, und ich weiß ganz genau davon Bescheid. Ditta Mull und Choga Lall und Amir Nath und o! eine Menge von meinen Freunden erzählen mir davon, wenn ich mich im Bazar mit ihnen unterhalte.«

»Ja? Wirklich? Was sagen sie denn, Tods?«

Tods wickelte die Füße in seinen roten Flanellrock und sagte: »Ich muß nachdenken.«

Der Juristische Sachverständige wartete geduldig. Da sagte Tods unendlich mitleidig: »Sie können meine Sprache nicht, Rats-Sahib, nicht wahr?«

»Nein, leider nicht«, sagte der Juristische Sachverständige.

»Nun«, sagte Tods, »dann muß ich auf englisch nachdenken.«

Es dauerte eine Weile, bis er seine Gedanken gesammelt hatte, dann begann er langsam, indem er im Kopfe aus der Landessprache ins Englische übersetzte, wie es so viele englisch-indische Kinder machen. Man muß bedenken, daß der Juristische Sachverständige ihm durch Fragen weiterhalf, wenn er stockte, denn Tods konnte natürlich das Folgende nicht in fließender Rede vorbringen.

»Ditta Mull sagt: ›Diese Geschichte ist Kindergeschwätz und ist von Dummköpfen gemacht.‹ Aber ich glaube nicht, daß du ein Dummkopf bist, Rats-Sahib«, fügte Tods schnell hinzu, »du hast ja meine Ziege eingefangen. Ditta Mull sagt: ›Ich bin kein Dummkopf, und warum sollte der *Sirkar* mich für ein Kind halten? Ich kann doch wohl sehen, ob das Land was taugt, und ob der Grundherr was taugt. Und wenn ich ein Dummkopf bin, dann hab' ich ja selber dafür zu büßen. Auf fünf Jahre nehm' ich mir Land, wofür ich Geld gespart habe, und eine Frau nehm' ich auch, und dann kriegen wir einen Sohn.‹ Jetzt hat Ditta Mull bloß eine Tochter, aber er sagt, er kriegt bald einen Sohn. Und denn sagt er: ›Und wenn die fünf Jahre um sind, muß ich, nach diesem neuen *Bundobust*, wieder gehen. Und wenn ich nicht gehen will, muß ich, womöglich mitten in der Ernte, mir neue Siegel und *Takkus*-Stempel auf meine Papiere machen lassen; und einmal aufs Gericht gehen, das ist klug, aber zweimal hingehen, das ist *Jehannum*.‹ Das ist bestimmt wahr«, erklärte Tods ernsthaft. »Das sagen alle meine Freunde. Und Ditta Mull sagt: ›Immer frische *Takkus* und alle fünf Jahre Geld an Vakils und Chaprassis und das Gericht zahlen, sonst läßt mich der Grundherr gehen. Weswegen sollte ich von mir aus gehen wollen? Bin ich ein Dummkopf? Wenn ich einer bin und nach vierzig Jahren nicht sehen kann, was gutes Land ist, dann will ich sterben! Aber wenn es im neuen

Bundobust hieße, auf fünfzehn Jahre, das wäre weise und gut. Dann ist mein kleiner Sohn ein Mann, ich bin zu Asche verbrannt, und dann nimmt er mein Stück Land, oder ein anderes Stück, und bezahlt bloß einmal für den *Takkus*-Stempel, und er kriegt einen kleinen Sohn, der nach fünfzehn Jahren auch ein Mann ist. Aber was für einen Vorteil haben wir bei fünf Jahren und neuen Papieren? Nichts als *Dikh*, Ärger, *Dikh*. Wir, die das Land pachten, sind keine jungen Leute, sondern alte; keine *Jâts*, sondern Handelsleute mit ein wenig Geld, und dann haben wir fünfzehn Jahre lang Ruhe. Wir sind keine Kinder und wollen von dem *Sirkar* nicht wie Kinder behandelt werden.‹«

Da hielt Tods plötzlich an, denn die ganze Tischgesellschaft hörte zu. Der Juristische Sachverständige fragte ihn: »Noch mehr?«

»Mehr weiß ich nicht«, sagte Tods. »Aber du müßtest mal Ditta Mulls großen Affen sehen. Er sieht geradeso aus wie ein Rats-Sahib.«

»Tods, ins Bett mit dir«, sagte der Vater.

Tods nahm seinen schleppenden Schlafrock hoch und machte, daß er wegkam.

Der Juristische Sachverständige schlug dröhnend auf den Tisch. »Beim Zeus!« sagte er, »ich glaube, der Junge hat recht. Die kurze Pachtzeit ist tatsächlich der schwache Punkt.«

Er brach früh auf und dachte immer an das, was Tods gesagt hatte. Nun war es natürlich für einen Juristischen Sachverständigen unmöglich, mit dem Affen eines Bunnia zu spielen, um so Aufklärung zu bekommen; er machte es anders und besser. Er forschte nach, vergaß aber nie, daß der wahre Eingeborene – nicht der Bastard, der an Universitäten gezüchtet wird – so scheu wie ein Füllen ist, und nach und nach brachte er durch Schmeicheleien einige von denen, welche die neuen Maßnahmen am nächsten angingen, dazu, ihre Ansicht zu äußern, und die deckte sich ziemlich genau mit Tods' Bericht.

So wurde die Klausel in dem Gesetz verbessert; und der Juristische Sachverständige hatte den Eindruck, daß eingeborene Ratsmitglieder zu nicht viel anderem gut wären, als Orden auf der Brust zu tragen. Aber er schob den Gedanken als illiberal weit von sich. Er war nämlich sehr liberal.

Nach einiger Zeit verbreitete sich in dem Bazar die Kunde davon, daß Tods eine Änderung in der Pachtklausel des Gesetzes veranlaßt hätte, und wenn Tods' Mama nicht dazwischengekommen wäre, so würde Tods sich den Magen verdorben haben an den Früchten und Pistazien und Kabuli-Trauben und Mandeln, die korbweise die Veranda füllten. Bei seiner Abreise nach England stand er in der Achtung des Volkes noch einige Grade über dem Vizekönig. Aber Tods hätte für sein Leben nicht sagen können, warum.

In der Privatschatulle des Juristischen Sachverständigen liegt noch der Entwurf zu dem »Revidierten Sub-Montan-Bezirk Ryotwary Gesetz«; und bei der zweiundzwanzigsten Klausel stehen am Rande in der Handschrift des Juristischen Sachverständigen in Blaustift die Worte: »Tods' Amendement«.

Schweine

Jag du den Hirsch auf grüner Heide;
Und spür den Fuchs auf, wer es mag!
Doch laßt mir meine eigne Weide,
Mir ist der Mensch das Wild, das ich am liebsten jag.
Laßt mich mein Lebelang nach Seelen auf der Lauer liegen:
Dafür gönn ich den andern ihr Vergnügen!

Der alte Shikarri

Soviel ich weiß, gab ein Pferd, das einen kleinen Sparren hatte, den Anlaß zu dem Zwist; Pinecoffin verkaufte das Pferd an Nafferton, und Nafferton wurde beinahe von dem Pferd erschlagen. Es mögen noch andere Dinge vorgelegen haben; aber die Pferdegeschichte gab den letzten Anstoß. Nafferton war wütend; aber Pinecoffin sagte lachend, er hätte keine Garantie für das Benehmen des Pferdes geleistet. Nafferton lachte auch, schwur aber, er werde sich noch für diesen Sturz an Pinecoffin rächen, er solle nur fünf Jahre Geduld haben. Nun wird ein Talbewohner von jenseits Skipton eine Beleidigung nur bedingungsweise vergeben, aber ein Mann aus dem südlichen Devonshire ist so weich wie ein Dartmoor-Sumpf. Man sieht schon an den Namen, daß der Herkunft nach Nafferton Pinecoffin gegenüber im Vorteil war. Er war ein eigentümlicher Mensch mit grausamem Humor. Mich lehrte er eine neue und fesselnde Art des *Shikar*. Er hetzte Pinecoffin von Mithankot nach Jagadri, und von Gurgaon nach Abbottabad, kreuz und quer durch das ganze Punjab, eine große, stellenweise besonders trokkene Provinz. Er sagte, er ließe es sich nicht so ohne weiteres gefallen, daß ein Hilfskommissar ihm »junge Hunde verkaufe« in der Gestalt von scheuenden schreienden Landgäulen; er wolle ihm das Leben zur Last machen.

Die meisten Hilfskommissare zeigen eine Neigung für irgendeine Spezialarbeit, nachdem sie die erste heiße Zeit im Lande hinter sich haben. Diejenigen, die an Verdauungsstörungen leiden, hoffen, sich in den Grenzländern einen Namen zu machen, und streben nach trockenen Orten wie Bannu und Kohat. Die Gallsüchtigen erklimmen das Sekretariat. Was aber gar nicht gut für die Leber ist. Andere sind von der Manie besessen, irgendeine Verwaltungsarbeit in einem bestimmten Distrikt zu leisten, alte Münzen oder persische Dichtkunst zu untersuchen; einige dagegen, die von der Landwirtschaft herkommen, behaupten, der Geruch der regennassen Erde steige ihnen ins Blut und rufe sie auf, »die in der Provinz verborgenen Schätze zu heben«. Das sind die Schwärmer, und zu ihnen gehörte Pinecoffin. Er wußte Bescheid über den Preis des Rindviehs, über temporäre Brunnen und Opiumschaber, über die Folgen, wenn auf einem Feld zuviel Unrat verbrannt wird, in der Hoffnung, das ausgesogene Land zu verbessern. Alle Pinecoffins stammen von der Landwirtschaft, und so nahm das Land auch sein Eigentum zurück. Es war ein Unglück – ein sehr großes Unglück für Pinecoffin, daß er ebensosehr Beamter wie Landwirt war. Nafferton beobachtete ihn genau und dachte dabei immer an das Pferd. Nafferton sagte: »Passen Sie auf, ich werde den jungen Mann hetzen, bis er umfällt!« Ich sagte: »An einen Hilfskommissar kommen Sie nicht ran.« Da sagte Nafferton, ich verstände nichts von der Verwaltung einer Provinz.

Unsere Regierung ist wirklich sonderbar. Sie stürzt sich auf Fragen agrikultureller und allgemein-informatorischer Art und versieht jeden einigermaßen angesehenen Mann freigebig mit allen möglichen »ökonomischen Statistiken«, wenn er sein Anliegen hübsch vorbringen kann. Jemand interessiert sich z. B. für die Goldwäsche im Flußsand des Sutlej. Er hängt es an die große Glocke, sofort wacht ein halbes Dutzend Departements auf. Schließlich dringt es auch bis z. B. an einen Freund, einen Telegraphenbeamten, der früher einmal einiges über die Gewohnheiten der Goldwäscher geschrieben hat, als er in ihrer Gegend mit dem Anlegen von Telegraphenleitungen beschäftigt war. Ob er sich über den Befehl, alles, was er auf dem Gebiet weiß, aufzuschreiben, freut oder nicht, das hängt ganz von seinem Temperament ab. Je angesehener man ist, desto mehr Informationen kann man verlangen und desto größere Aufregung verursachen.

Nafferton war kein sehr angesehener Mann, gehörte nicht gerade zu den Großen; aber er hatte den Ruf, sehr »gründlich« zu sein. Ein »gründlicher« Mann kann viel bei der Regierung erreichen. Es war einmal ein »gründlicher« Mann, der beinahe Schiffbruch erlitt ... aber die Geschichte kennt ganz Indien. Ich bin mir nicht ganz sicher, was eigentlich »Gründlichkeit« ist. Man kann sie sehr gut nachahmen, indem man seine Kleidung vernachlässigt, zerstreut und in Gedanken versunken einhergeht, Büroarbeit mit nach Haus nimmt, nachdem man bis sieben im Geschäft geblieben ist, und wenn man sonntags eine Menge eingeborener Herren bei sich empfängt. Das ist auch so eine Art von »Gründlichkeit«.

Nafferton sah sich nach einem Nagel um, an dem er seine »Gründlichkeit« aufhängen, und nach einem Faden, der die Verbindung mit Pinecoffin herstellen könnte. Er fand beides – in den Schweinen. Nafferton fing an, gründlich alles, was sich auf Schweine bezog, zu erforschen. Er machte der Regierung Mitteilung von einem Plan, den er ersonnen hatte, nach dem ein sehr großer Prozentsatz der Britischen Armee in Indien mit sehr wenig Kosten mit Schweinefleisch ernährt werden könnte. Dann deutete er an, daß Pinecoffin ihn mit den »verschiedenen zur Abfassung eines genauen Planes notwendigen Informationen« versehen könnte. So schrieb also die Regierung auf die Rückseite des Briefes: »Herr Pinecoffin ist zu veranlassen, Herrn Nafferton mit allen ihm erreichbaren Informationen zu versehen.« Die Regierung liebt es, allerlei auf die Rückseite von Briefen zu schreiben, was später häufig zu Ärger und Verwirrung führt.

Nafferton hatte nicht das geringste Interesse an Schweinen, aber er wußte, daß Pinecoffin prompt in die Falle gehen würde. Pinecoffin war entzückt, daß er in der Schweinefrage um Rat angegangen wurde. Das indische Schwein ist nicht gerade ein wichtiger Faktor in der Landwirtschaft; aber Nafferton setzte Pinecoffin auseinander, daß die Möglichkeit einer Änderung zum Besseren bestünde. Er korrespondierte jetzt direkt mit ihm.

Viele mögen glauben, daß nicht allzuviel über das Schwein zu sagen sei. Das hängt aber ganz davon ab, wie man die Arbeit angreift. Pinecoffin war Beamter und wollte als solcher die Sache von Grund aus behandeln; so begann er mit einem Aufsatz über das Urschwein, die Mythologie des Schweines und das dravidische Schwein. Nafferton heftete das siebenundzwanzig Bogen umfassende Schriftstück und wünschte dann Auskunft über die Verbreitung des Schweines im Punjab, und wie es in der Niederung die Hitze ertrüge. Von nun an werde ich, das vergesse man nicht! die ganze Sache nur in Umrissen angeben, sozusagen die Haltseile des Netzes, das Nafferton um Pinecoffin wob.

Pinecoffin fertigte eine farbige Karte über die Schweinebevölkerungsdichte an und stellte vergleichende Beobachtungen an über die Lebensdauer des Schweines a) in dem Bezirk am Fuße des Himalaja und b) im Rechna Doab. Nafferton heftete auch dies und fragte, welche Art Leute die Schweine besorgten. Das veranlaßte einen ethnologischen Exkurs über die Schweinehirten und die Anfertigung langer Tabellen, in denen gezeigt wurde, wieviel in der Derajatkaste auf je tausend kamen. Auch das Bündel heftete Nafferton und erklärte, er wünsche Angaben über die Staaten diesseits des Sutlej, wo, soviel er wüßte, eine besonders schöne und große Schweineart vorkäme, und wo er eine Schweinezüchterei anzulegen gedächte. Um diese Zeit hatte die Regierung ihre Verfügung an Herrn Pinecoffin völlig vergessen. Sie glich den Herren in Keats' Gedicht, die gutgeölte Räder drehen, die anderen Leuten die Haut abziehen sollen. Aber Pinecoffin drang jetzt gerade in den Geist der Arbeit ein, wie Nafferton es vorhergesehen hatte. Er hatte schon ohnedies ein tüchtiges Stück Arbeit zu bewältigen; aber er saß nächtelang auf und berechnete die Schweine bis auf fünf Dezimalstellen, bloß um der Dienstehre willen. Er wollte doch bei so einem einfachen Gegenstand wie der Schweinezucht nicht unwissend erscheinen.

Dann schickte die Regierung ihn in einem besonderen Auftrag nach Kohat, um über die großen sieben Fuß langen eisenbeschlagenen Spaten dieses Bezirks »Erkundigungen einzuziehen«. Die Leute hatten einander mit diesen friedlichen Werkzeugen totgeschlagen; und die Regierung wollte jetzt wissen, »ob nicht versuchsweise als vorübergehende Maßnahme das Ackergerät in veränderter Form bei der Landbevölkerung eingeführt werden könnte, ohne daß dadurch die Bauernschaft in ihrem religiösen Empfinden unnötig oder ungebührlich verletzt würde«.

An der doppelten Bürde dieser Spaten und von Naffertons Schweinen hatte Pinecoffin ziemlich zu schleppen.

Nafferton wollte jetzt Auskunft haben a) über die Futtermittel des einheimischen Schweines unter dem Gesichtspunkt einer möglichen Förderung ihrer Eigenschaften als Fleischbildner, b) über die Akklimatisierung des ausländischen Schweines unter Beibehaltung seiner ihm eigentümlichen Eigenschaften. Pinecoffin antwortete erschöpfend, daß die ausländischen Schweine sich mit den einheimischen verschmelzen würden, zum Beweise brachte er Auszüge aus den Statistiken der Pferdezucht. Diese Nebenfrage wurde gründlich von Pinecoffin erörtert, bis Nafferton zugab, daß er im Irrtum gewesen wäre und zur ersten Frage überging. Als Pinecoffin sich ganz über Fleischbildner und Fibrine und Glykose und die stickstoffhaltigen Bestandteile von Mais und Luzerne ausgeschrieben hatte, schnitt Nafferton die Frage nach dem Kostenpunkt an. Mittlerweile hatte Pinecoffin, der von Kohat zurückversetzt war, sich eine eigene Theorie über die Schweine gebildet, welche er in dreiunddreißig Folioseiten niederlegte – die alle sorgfältig von Nafferton geheftet wurden. Und er bat um immer mehr.

Dies alles nahm zehn Monate in Anspruch, und Pinecoffins Interesse an einer möglichen Schweinezucht schien zu schwinden, nachdem er seine eigenen Ansichten niedergelegt hatte. Aber Nafferton bombardierte ihn mit Briefen über die »Ansicht der Regierung über den Plan, insofern als er dazu neige, den Verkauf von Schweinefleisch offiziell zu gestatten, und dadurch die mohammedanische Bevölkerung Oberindiens verletzen könne«. Er vermutete, daß Pinecoffin jetzt, nach seiner kritzligen, pingeligen Kleinarbeit eine mehr ins Breite gehende großzügige Arbeit brauchte. Pinecoffin behandelte die neueste Entwicklung dieser Frage in meisterhaftem Stil und wies nach, daß kein »Kochen der Volksseele zu besorgen wäre«. Nafferton sagte, daß nichts die Einsicht eines Beamten in Dingen dieser Art überträfe, und lockte ihn auf einen Seitenpfad – »die möglichen Vorteile, die der Regierung entstehen könnten aus dem Verkauf der Schweineborsten«. Es gibt eine ausgedehnte Literatur über Schweineborsten, und im Schuh-, Bürsten- und Farbhändlergewerbe sind mehr Sorten von Borsten bekannt, als man für möglich halten würde. Nachdem Pinecoffin sich etwas über Naffertons Sucht nach Informationen gewundert hatte, sandte er eine Monographie von einundfünfzig Seiten über »Produkte des Schweines«. Das brachte ihn, unter Naffertons zarter Führung, auf geradem Wege zu den Fabriken in Cawnpore, den Handel mit Schweinsleder für Sättel – und von da zu den Gerbern. Pinecoffin schrieb, daß man für Schweinsleder am besten den Samen von Granatäpfeln zum Gerben benutze, und deutete an – denn die letzten vierzehn Monate hatten ihn mürbe gemacht –, Nafferton möchte doch erst »seine Schweine ziehen und dann erst gerben«.

Nafferton ging auf den zweiten Teil seiner fünften Frage zurück. Wie konnte man das ausländische Schwein dazu bringen, so viel Fleisch zu liefern wie im Westen und doch »die wesentlichen Borsteneigenschaften seines orientalischen Verwandten anzunehmen?« Pinecoffin war bestürzt – denn er hatte vergessen, was er vor sechzehn Monaten geschrieben hatte, und dachte, er müsse jetzt die ganze Frage neu aufrollen. Er hatte sich zu sehr in dieses abscheuliche Gewirre verwickelt, um sich zurückziehen zu können, und in einer schwachen Minute schrieb er: »Sehen Sie meinen ersten Brief ein.« Dieser bezog sich auf das dravidische Schwein. In der Tat mußte Pinecoffin sich noch zur Behandlung der Akklimatisationsphase aufschwingen, da er bisher nur auf die Nebenfrage über die Verschmelzung der Typen eingegangen war.

Nun erst enthüllte Nafferton seine Batterien vollständig! Er beklagte sich der Regierung gegenüber in erhabenen Worten über »die geringe Hilfe, die mir bei meinen ernsten Versuchen, eine möglicherweise höchst einträgliche Industrie ins Leben zu rufen, geleistet wird, und die vorlaute Art, mit welcher meine Bitten um Informationen behandelt werden, von einem Herrn, dessen Pseudogelehrsamkeit ihm wenigstens die primären Unterschiede zwischen den dravidischen und den Berkshire-Zweigen des *genus sus* hätten zeigen sollen. Wenn ich recht verstehe, daß der Brief, auf den er mich verweist, seine ernsthaften Ansichten über die Akklimatisation eines wertvollen, wenn auch möglicherweise unsauberen Tieres enthält, so bin ich, wenn auch widerwillig, gezwungen, zu glauben . . . usw.«

An der Spitze der Abteilung für Strafsachen stand ein neuer Mann. Dem unglücklichen Pinecoffin wurde mitgeteilt, daß die Beamtenschaft für das Land da wäre, und nicht das Land für die Beamtenschaft, und daß er besser täte, die nötigen Informationen über das Schwein zu geben.

Pinecoffin, halb irrsinnig, antwortete, daß er alles, was über das Schwein geschrieben werden könnte, geschrieben hätte, und daß er jetzt Urlaub verdient hätte.

Nafferton erhielt eine Abschrift von diesem Brief, diese sandte er zusammen mit dem Aufsatz über das dravidische Schwein an eine Zeitung im Unterland, welche beides ungekürzt abdruckte. Der Aufsatz klang recht aufgeblasen; aber wenn der Herausgeber die Stöße von Schriften in Pinecoffins Handschrift auf Naffertons Schreibtisch gesehen hätte, würde er sich nicht so sarkastisch geäußert haben über »das unklare Räsonnement und die geräuschvolle Selbstgefälligkeit des modernen Strebers, und seine hervorragende Unfähigkeit, die praktischen Folgen in einer praktischen Sache zu begreifen«. Viele Freunde schnitten diese Anmerkung aus und schickten sie an Pinecoffin.

Ich habe schon erwähnt, daß Pinecoffin aus einem sanftmütigen Geschlecht stammte. Dieser letzte Schlag erschreckte und erschütterte ihn. Er konnte ihn nicht begreifen; aber er fühlte, daß er irgendwie auf schamlose Weise von Nafferton betrogen worden sei. Es wurde ihm klar, daß er sich ganz ohne Not in die Schweineschwarte eingewickelt hatte, und daß es kein Mittel gab, sich bei seiner Regierung zu rechtfertigen. Seine Bekannten fragten ihn alle nach seinem »unklaren Räsonnement« oder seiner »geräuschvollen Selbstgefälligkeit«, das machte ihn ganz unglücklich.

Er stieg in die Bahn und fuhr zu Nafferton, den er zuletzt gesehen hatte, ehe die Schweineaffäre begann. Er nahm den Zeitungsausschnitt mit und machte einen schwachen Versuch, zu toben und Nafferton zu beschimpfen, endete aber schließlich mit dem wäßrigen schwächlichen Protest: »Wissen Sie, das ist wirklich gemein von Ihnen.«

Nafferton war voller Teilnahme.

»Ich fürchte, ich habe Ihnen allerlei Mühe verursacht«, sagte er.

»Mühe!« jammerte Pinecoffin; »mit der Mühe, das ist noch nicht so schlimm, obgleich sie bös genug war; aber schrecklich ist mir dieses Bloßstellen in der Presse. Es wird mir meine ganze Dienstzeit hindurch wie eine Klette anhaften, und dabei habe ich doch wirklich mein Bestes für Ihre endlose Schweinesache getan. Es ist gemein von Ihnen, wirklich gemein!«

»Ich weiß doch nicht«, sagte Nafferton, »sind Sie jemals mit einem Pferd angeführt worden? Mit dem Geld, das ist nicht so schlimm, obgleich das auch bös genug ist; aber schrecklich ist die Fopperei hinterher, besonders von dem Burschen, der mich angeführt hat. Aber ich denke, jetzt sind wir quitt.«

Pinecoffin wußte nichts anderes darauf zu erwidern als weiter zu schimpfen; und Nafferton lud ihn mit sehr süßem Lächeln zum Mittagessen ein.

III

Die Brückenbauer
Das Grab seiner Ahnen
Nur ein Leutnant!
Auf der Stadtmauer
Überschwemmung
Dray wara yow dee

Die Brückenbauer

Das Geringste, das sich Findlayson vom Departement für Öffentliche Arbeiten erwartete, war der Titel eines C. I. E.[1], er träumte von dem C. S. I.[2], und in der Tat versicherten ihn seine Freunde, er sei noch größerer Auszeichnungen würdig. Drei Jahre lang hatte er Hitze, Kälte, Enttäuschung, Verdruß, Gefahr und Krankheit unter der Last einer Verantwortung ertragen, die für ein Paar Schultern fast zu schwer war; und in dieser Zeit war Tag um Tag unter seiner Leitung die große Kashi-Brücke über den Ganges gediehen. In kaum drei Monaten, wenn alles gut ging, konnte jetzt Seine Exzellenz der Vizekönig diese Brücke mit Gepränge einweihen; ein Erzbischof würde sie segnen, der erste Soldatentransportzug sie befahren und Reden würden gehalten werden.

Findlayson, C. E.[3], saß in seiner Draisine auf der Feldbahn, die an einer der Ufermauern der großen Steindämme, die drei Meilen südlich und nördlich zu beiden Seiten des Flusses errichtet waren, entlanglief, und gestattete es sich, an das Ende der Arbeit zu denken. Die Rampen mitgerechnet, war sein Werk eindreiviertel Meilen lang; es war eine Fachwerkbrücke mit dem Findlaysonschen Hängewerk, die von siebenundzwanzig Backsteinpfeilern getragen wurde. Jeder dieser Pfeiler maß vierundzwanzig Fuß, war mit rotem Stein aus Agra verblendet und reichte mit seinen Fundamenten achtzig Fuß tief unter den Treibsand des Gangesbettes. Die Brücke nahm Eisenbahngleise in der Gesamtbreite von fünfzehn Fuß auf, darüber lag eine Wagenfahrbahn von achtzehn Fuß Breite, mit Gehsteigen zu beiden Seiten. An den beiden Enden erhoben sich rote Backsteintürme mit Schießscharten für Gewehre und Öffnungen für schwere Geschütze, und die Wegrampe führte an den Flügelmauern herab. Die noch in Arbeit befindlichen Straßenabschnitte wimmelten von Hunderten und Hunderten kleiner Esel, die

1. Companion of Indian Empire (Inhaber des Indischen Verdienstordens).
2. Companion of Star of India (Inhaber des Sterns von Indien).
3. Chief Engineer (Chef-Ingenieur).

aus der tiefen Abschachtung mit Säcken voll Material beladen heraufkletterten; und die heiße Nachmittagsluft war erfüllt von dem Klappern der Hufe, dem Aufschlagen der Stöcke in den Händen der Treiber und dem Aufklatschen der niederrollenden Erde. Der Wasserstand war sehr niedrig und auf dem blendend weißen Sande zwischen den drei mittelsten Pfeilern waren Schwellenstapel, deren Zwischenräume innen und außen mit Erde ausgestampft waren, aufgerichtet, um die Last der Gitterträger bis nach deren Vernietung zu tragen. An einer Stelle, wo das Wasser weniger seicht war, wanderte ein Kran auf seiner Laufbahn hin und her, brachte ruckweise eiserne Konstruktionsteile an ihren Platz und bewegte sich schnaubend und grunzend rückwärts wie ein Elefant auf dem Zimmerplatz. Zu Hunderten schwärmten Monteure über das Gitterwerk und das Eisendach der Bahnlinie, hingen an unsichtbaren Gerüsten unter den Trägern, ballten sich rund um die Pfeiler und saßen rittlings auf den auskragenden Fußsteigen: die Flamme ihrer Nietöfen und die Funken, die unter jedem Hammerschlage hervorsprühten, leuchteten nur schwachgelblich in dem Sonnenglast. Aus Nord und Süd, aus Ost und West kamen die Bauzüge und rasselten und kreischten die Kais auf und ab; mit braunen und weißen Steinen beladene Kastenkipper ratterten hinter den Lokomotiven her, die Haken der Klappen wurden aufgeschlagen, und mit betäubendem Lärm rumpelten noch ein paar tausend Tonnen Material, die den Fluß im Zaum halten sollten, zu Boden. Findlayson, C. E., wandte sich auf seiner Draisine um und besah sich das Angesicht der Landschaft, das er sieben Meilen in der Runde verändert hatte. Er sah zurück auf das summende Dorf seiner fünftausend Arbeiter; stromauf- und stromabwärts über Sand und Uferbefestigungen; quer über den Fluß zu den ferneren Pfeilern, die in einem leichten Nebel verschwammen; aufwärts zu den Wachtürmen – und nur er allein wußte, wie stark sie waren –, und mit einem Seufzer der Zufriedenheit sah er, daß sein Werk gut war. Da stand seine Brücke vor ihm im Sonnenlicht, es fehlten nur noch drei Wochen Arbeit an den Trägern der drei mittelsten Pfeiler – seine Brücke, roh und häßlich wie die Erbsünde, doch vortrefflich, beharrend, dauernd über die Zeiten hinaus, da die Erinnerung an den Erbauer, ja sogar an das außerordentliche Findlaysonsche Hängewerk verblichen sein würde. Die Sache war so gut wie fertig.

Hitchcock, sein zweiter Ingenieur, kam die Bahnlinie entlang angaloppiert, auf einem kleinen Kabulipony mit gertendünnem Schweif, das infolge langer Übung sogar über einen Brückenbock hätte traben können; er nickte seinem Chef zu:

»Fast fertig«, sagte er mit einem Lächeln.

»Auch ich dachte daran«, erwiderte der Ältere. »Keine schlechte Sache für zwei Männer, nicht?«

»Einen und einen halben. Gott, was war ich für ein grüner Junge aus dem Lederstrumpf, als ich zu den Werken kam.« Hitchcock fühlte sich sehr gealtert in den gedrängten Erfahrungen der vergangenen drei Jahre, die ihn Macht und Verantwortung gelehrt hatten.

»Ja, Sie waren ein rechtes Füllen«, sagte Findlayson, »ich bin neugierig, wie es Ihnen schmecken wird, an den Bürotisch zurückzukehren, wenn diese Arbeit beendet ist.«

»Es wird mir wohl scheußlich vorkommen!« erwiderte der junge Mann, und indes sein Auge dem Blicke Findlaysons folgte, murmelte er: »Ist sie nicht verdammt gut geworden?«

»Denke, wir wollen auch weiterhin gemeinsam die Dienstleiter hinaufklettern«, dachte Findlayson. »Du bist ein zu guter Bursch, als daß du an einen andern verschwendet werden dürftest. Ein grüner Junge warst du, zweiter Ingenieur bist du jetzt; Personalassistent in Simla sollst du werden, wenn mein Werk nur einige Anerkennung findet.«

In der Tat hatte die ganze Last der Arbeit auf den Schultern Findlaysons und seines zweiten Ingenieurs gelegen, des jungen Mannes, den er sich als Neuling erwählt hatte, um ihn für seine Zwecke zu erziehen. Es gab hier ein halbes Hundert Bauaufseher, Monteure und Nieter, Europäer, die die Eisenbahnwerkstätten zur Verfügung gestellt hatten; jeder hatte etwa wieder zwanzig weiße und Halbblutuntergebene, die unter ihrer Oberleitung die Arbeitertrupps zu dirigieren hatten – aber keiner wußte so gut wie diese zwei, die sich einer auf den andern verließen, daß man sich auf Untergebene nicht verlassen könne. Oft hatten plötzliche Krisen sie alle auf die Probe gestellt – wenn ein Balken stürzte, Flaschenzugketten rissen, ein Kran brach oder der

Fluß in Aufruhr geriet – aber kein noch so wichtiges Ereignis hatte einen Mann ans Tageslicht gefördert, dem Findlayson und Hitchcock die Ehre zuerkannt hätten, ebenso unbarmherzig arbeiten zu dürfen, wie sie selbst arbeiteten. Findlayson überdachte, wie alles von Anbeginn gekommen war: monatelange Arbeit am Zeichentische war mit einem Schlage zunichte geworden, als die indische Regierung im letzten Augenblicke die Brücke um zwei Fuß breiter zu bauen beschloß, wohl in der Meinung, man schneide Brücken aus Papier aus, und so zum mindesten einen halben Morgen Papier voll Berechnungen zerstörte – und Hitchcock, dem Enttäuschungen noch etwas Unbekanntes waren, hatte den Kopf in die Arme gelegt und geweint: die herzbrechenden Verzögerungen, die das Abschließen der Kontrakte in England mit sich brachte, die nichtigen Korrespondenzen mit der Anspielung auf reiche Kommissionsgebühren, wenn dies oder jenes zweifelhafte Zugeständnis durchginge, der Kampf, der auf die Ablehnung folgte, die vorsichtige höfliche Obstruktion auf der Gegenseite, die auf den Kampf folgte – bis endlich Jung-Hitchcock zwei Urlaubsmonate zusammenlegte, sich noch zehn Tage dazu von Findlayson erbat und mit den kleinen, armseligen Ersparnissen eines Jahres eine wilde Spritzfahrt nach London unternahm und dort, wie er selbst berichtete und spätere Abmachungen es bestätigten, die Furcht des Herrn in das Herz eines Mannes einpflanzte, der so mächtig war, daß er nur das Parlament zu fürchten hatte und sich dessen auch rühmte, bis Hitchcock ihn an seiner eigenen Abendtafel so bearbeitete, daß er von nun an auch die Kashi-Brücke fürchtete und alle, die in ihrem Namen sprachen. Dann war über Nacht die Cholera in das Dorf neben den Brückenwerken eingezogen, und nach der Cholera wurde es von den Pocken heimgesucht. Fieber gab es sowieso immer hier. Hitchcock war zum Beamten der dritten Rangklasse ernannt worden, mit der Befugnis körperlicher Züchtigung, um die Gemeinschaft besser im Zaume halten zu können, und Findlayson sah ihm zu, wie er seine Macht sehr machtvoll ausübte und lernte, was er übersehen dürfe und – was er sehen müsse. Lange, lange träumte er vor sich hin, und an ihm zogen Sturm und plötzliche Überschwemmungen vorbei, Tod auf jegliche Art und Weise, wilde Wut gegen den Amtsschimmel, der einen Mann, der wichtigere Dinge zu tun hatte, zur Raserei trieb; Trockenheit, Kanalisierung, Geldgebarung; Geburt, Hochzeit, Begräbnis und Aufstand in dem Dorf, in dem zwanzig einander feindliche Kasten hausten; Argumente, ernste Vorhaltungen, Überredung und die helle Verzweiflung, mit der ein Mann zu Bett geht und seinem Gotte dankt, daß sein Gewehr zerlegt im Gewehrschranke liegt. Hinter allem stieg die schwarze Gestalt der Kashi-Brücke auf – Balken um Balken, Träger um Träger, Spanne um Spanne – und jeder Pfeiler rief ihm Hitchcock ins Gedächtnis zurück, den überall gegenwärtigen, der seinem Vorgesetzten, ohne zu versagen, vom ersten bis zum letzten Tage zur Seite gestanden war.

So war die Brücke das Werk zweier Männer, wenn man nicht Peroo mitzählte, wie das Peroo selbst sicherlich tat. Dieser war ein Laskar, ein Kharva aus Bulsar, wohlvertraut mit jedem Hafen zwischen Rockhampton und London, der auf den British-India-Dampfern zum Rang eines *Serang*[1] aufgestiegen war; doch überdrüssig der harten Zucht und der reinen Kleider hatte er den Dienst quittiert und war ins Binnenland gegangen, wo Männer seines Kalibers sicher sein konnten, Beschäftigung zu finden. Seine Geschicklichkeit, Gerüste zu bauen und mit schweren Lasten zu hantieren, war jeden Preis wert, den er für seine Dienste zu verlangen angemessen gefunden hätte; aber der Brauch bestimmte das Gehalt eines Vorarbeiters, und so erhielt Peroo weit weniger Silberstücke, als er für seine Brauchbarkeit verdient hätte. Weder rinnendes Wasser noch schwindelnde Höhen machten ihn bange, und als Ex-*Serang* wußte er Disziplin zu halten. Kein Stück Eisen war zu groß oder so sehr am falschen Platze, daß Peroo nicht hätte Weisung geben können, wie das Gerät angesetzt werden müsse, um es zu heben – eine weitschweifige, endlose Anordnung, mit einem skandalösen Aufwand an Geschwätz verbrämt, aber vollkommen zweckentsprechend. Peroo war es, der einen Träger vom Pfeiler Numero sieben vor der Zertrümmerung gerettet hatte, als das neue Drahtseil aus der Rolle des Krans gesprungen war und der riesige Balken in seinen Schlingen kippte und seitlich herauszugleiten drohte. Da hatten die eingeborenen

1. Erster Bootsmann.

Arbeiter unter großem Geschrei den Kopf verloren, und Hitchcocks rechter Arm wurde von einem fallenden T-Eisen gebrochen; er knüpfte ihn in den Rock ein, wurde ohnmächtig, kam wieder zu sich und leitete noch vier Stunden lang die Arbeit, bis Peroo von der Spitze des Krans herab meldete: »Alles in Ordnung« und der Balken wieder zurückschwang. Im Stützen, Binden, Vertäuen und im Überwachen der Ladewinden hatte Peroo nicht seinesgleichen; er verstand es, eine gestürzte Lokomotive geschickt aus der Ausschachtung, in die sie gefallen war, emporzuhissen, und wenn es nötig war, entkleidete er sich und tauchte, um nachzusehen, wie die Zementblöcke um die Pfeiler dem Scheuern von Mutter Gangas Wassern standhielten. Er wagte sich in Monsunnächten stromaufwärts und berichtete über den Zustand der Dammflächen. Er pflegte furchtlos den Kriegsrat Findlaysons und Hitchcocks zu unterbrechen und ergoß sein wunderliches Englisch oder seine noch wunderlichere *lingua franca* (halb Portugiesisch, halb Malaiisch) so lange über sie, bis er es sich erzwang, seinen Senf dazutun zu können. Er war der Vorarbeiter seines eigenen Trupps von Zimmerleuten, geheimnisvoller Verwandter aus Kutch Mandvi, die er in monatelangem Suchen zusammengeholt und aufs äußerste erprobt hatte. Keine verwandtschaftlichen noch Familienrücksichten konnten Peroo bestimmen, untüchtige Hände oder einen unbesonnenen Kopf auf der Lohnliste zu behalten. »Meine Ehre ist die Ehre dieser Brücke«, pflegte er zu dem, der vor der Entlassung stand, zu sagen. »Was schere ich mich um deine Ehre? Geh und arbeite auf einem Dampfer. Das ist das einzige, wozu du zu gebrauchen bist.«

Im Mittelpunkte der kleinen Gruppe von Hütten, in denen er und sein Trupp hausten, stand die armselige Wohnstätte eines Schiffspriesters – eines, der nie auf dem Schwarzen Wasser gefahren war, sondern zum geistlichen Berater von zwei Generationen Seeräubern erwählt worden war, die von den Hafenmissionen und den Glaubensbekenntnissen, welche den Matrosen von den Vermittlungsstellen das Themseufer entlang aufgedrängt zu werden pflegen, gänzlich unbeeinflußt geblieben waren. Der Priester der Laskars hatte nichts mit ihrer Kaste noch überhaupt mit irgend etwas zu tun. Er verzehrte die Opfergaben seiner Kirche, schlief und rauchte, und schlief wieder. »Denn«, wie Peroo sagte, der ihn tausend Meilen weit ins Binnenland geholt hatte, »er ist ein sehr heiliger Mann. Er kümmert sich nie darum, was man ißt, solange man nicht vom Rinde ißt; und das ist gut so, denn auf dem Lande verehren wir Schiwa, wir Kharvas; aber zur See auf den Dampfern der Kumpani gehorchen wir den Geboten des *Burra Malum* (ersten Maats), und auf dieser Brücke halten wir uns dran, was Finlinson Sahib sagt.«

Findlayson Sahib hatte an diesem Tage Befehl gegeben, das Gerüst des Wachtturms auf dem rechten Ufer abzubrechen, und Peroo und seine Gefährten brachen die Bambuspfähle und die Planken los und ließen sie so rasch herab, als sie nur je die Ladung eines Küstendampfers gelöscht hatten. Von seiner Draisine aus konnte Findlayson den Pfiff der silbernen Pfeife Peroos und das Knirschen und Krachen der Flaschenzüge hören. Peroo stand auf der Zinne des Turmdaches, in den groben blauen Kattun seiner einstigen Uniform gekleidet, und als Findlayson ihm zurief, er möge sich in acht nehmen, sein Leben dürfe nicht aufs Spiel gesetzt werden, umklammerte er den letzten Pfahl, beschattete seine Augen wie ein Seemann und erwiderte mit dem langgezogenen Schrei des Matrosen auf dem Ausguck: *»Ham dekhta hai.«*[1] Findlayson lachte, dann seufzte er. Jahre war es her, daß er keinen Dampfer mehr gesehen hatte, und er war krank vor Heimweh. Als seine Draisine unter dem Turm durchfuhr, ließ sich Peroo wie ein Affe an einem Seil herab und rief: »Sie sieht jetzt gut aus, Sahib. Unsere Brücke ist so gut wie fertig. Was, denkst du, wird Mutter Ganga sagen, wenn die Schienen über sie laufen werden?«

»Sie hat bis jetzt wenig gesagt. Niemals war es Mutter Ganga, die uns Verzögerungen verursachte.«

»Sie hat noch immer Zeit dazu; und es hat ja doch Verzögerungen gegeben. Hat der Sahib die Überschwemmung im letzten Herbst vergessen, als die Steinkähne ohne Warnung sanken – oder wenigstens nach einer Warnung, die uns nur einen halben Tag Zeit ließ?«

»Ja; aber jetzt kann uns nur mehr eine große Überschwemmung etwas anhaben. Die Buhnen auf dem Westufer halten gut.«

1. Bin auf Ausguck.

»Mutter Ganga frißt große Bissen. Auf den Ufermauern ist noch Platz genug für noch mehr Steine. Ich erzähle das dem Chota Sahib (er meinte Hitchcock), und er lacht.«

»Macht nichts, Peroo. Im nächsten Jahr bist du imstande, selbst eine Brücke zu bauen, nach deinem Geschmack.«

Der Laskar grinste: »Dann wird sie nicht von dieser Art sein, nicht so Steinwerk ins Wasser versenkt, wie die ›Quetta‹ versenkt worden ist. Mir gefallen Hängebrücken, die sich von Ufer zu Ufer schwingen, mit einem großen Schritt, wie ein Laufsteg. Dann kann kein Wasser Schaden tun. Wann kommt der Lord Sahib, um die Brücke zu eröffnen?«

»In drei Monaten, wenn das Wetter kühler ist.«

»Hoho! Er ist wie der *Burra Malum*. Er schläft unter Deck, während die Arbeit getan wird. Dann kommt er auf das Achterdeck und rührt alles mit seinem Finger an und sagt: Das ist nicht sauber, verdammter Schmutzkerl!«

»Aber mich nennt der Lord Sahib nicht einen verdammten Schmutzkerl, Peroo.«

»Nein, Sahib; aber er kommt auch nicht eher an Deck, als bis nicht alle Arbeit getan ist. Sogar der *Burra Malum* von der ›Nerbudda‹ sagte einmal in Tuticorin –«

»Geh nur! Ich habe zu tun.«

»Ich auch!« sagte Peroo mit unerschütterlicher Haltung. »Darf ich das leichte kleine Boot nehmen und die Uferbuhnen entlang rudern?«

»Um sie mit deinen Händen zu stützen? Ich denke, sie sind schwer genug.«

»Nein, Sahib. Das ist so: Zur See, auf dem Schwarzen Wasser, haben wir Raum, uns ohne Sorge auf- und niederblasen zu lassen. Aber hier haben wir gar keinen Raum. Sieh, wir haben den Fluß in ein Dock eingeschlossen und ihn zwischen Steinschwellen gepreßt.«

Findlayson lächelte über das »wir«.

»Wir haben die Mutter Ganga gezügelt und gezäumt. Sie ist nicht wie das Meer, das eine sanft ansteigende Küste anschlagen kann. Sie ist Mutter Ganga – in Eisen.« Seine Stimme sank ein wenig.

»Peroo, du bist in der Welt herumgekommen, fast mehr als ich. Sprich jetzt die Wahrheit. Wie stark glaubst du in deinem Herzen an Mutter Ganga?«

»Alles, was unsere Priester sagen, glaube ich. London ist London, Sahib, Sydney ist Sydney und Port Darwin ist Port Darwin. So ist auch Mutter Ganga Mutter Ganga, und wenn ich an ihre Ufer zurückkehre, weiß ich das und verehre sie. In London habe ich mich vor dem großen Tempel am Fluß zur Ehre des Gottes in seinem Innern verneigt ... Ja, ich werde die Kissen nicht ins Boot mitnehmen.«

Findlayson bestieg sein Pferd und trabte zu seinem Bungalow, einer Art Schuppen, den er gemeinsam mit seinem zweiten Ingenieur bewohnte. Der Platz war ihm in den letzten drei Jahren ein Heim geworden. Hier hatte er in der Hitze geschmort, im Regen gedünstet unter dem groben strohgedeckten Dach und im Fieber gezittert. Der Kalkanstrich neben der Tür war mit rohen Zeichnungen und Formeln bedeckt, und auf dem Mattenbelag der Veranda war ein Pfad wie von einer Schildwache ausgetreten und zeigte an, wo er allein auf und ab gegangen war. Kein Achtstundentag schränkt die Arbeit eines Ingenieurs ein, und das Abendessen mit Hitchcock verzehrte er gestiefelt und gespornt. Sie rauchten ihre Zigarren und lauschten den Geräuschen des Dorfes, als die Trupps vom Flußbett zurückkehrten und die Lichter aufzufunkeln begannen.

»Peroo ist in Ihrem Boot zu den Buhnen gefahren. Er hat ein paar von seinen Verwandten mitgenommen und lehnt im Heck wie ein Kommodore«, sagte Hitchcock.

»Das ist richtig. Er hat irgend etwas im Sinn. Man müßte eigentlich annehmen, daß zehn Jahre Dienst auf den British-India-Dampfern ihm seine ganze Religion ausgetrieben hätten.«

»Haben sie auch«, lachte Hitchcock. »Ich habe ihn unlängst bei einem höchst atheistischen Gespräch mit seinem dicken alten *Guru* belauscht. Peroo bestritt die Wirksamkeit des Gebetes und forderte den *Guru* auf, auf See während eines Sturmes mit ihm Wache zu halten und zuzusehen, ob er einem Monsun Einhalt gebieten könne.«

»Trotzdem – nähme man ihm seinen *Guru* – dann würde er uns mit Pfeilgeschwindigkeit verlassen. Er hat mir da eine Geschichte erzählt, daß er die St. Pauls-Kathedrale angebetet habe, als er in London war.«

»Mir hat er erzählt, daß er, als er zum ersten Male noch

als Knabe den Maschinenraum eines Dampfers betrat, den Niederdruckzylinder angebetet habe.«

»Keine so schlechte Sache, eins und das andre anzubeten. Er stimmt jetzt seine eignen Götter günstig und versucht zu erfahren, was Mutter Ganga von der Brücke denkt, die wir über sie gelegt haben. Wer ist da?« Ein Schatten verdunkelte den Eingang und eine Depesche wurde Hitchcock in die Hand gedrückt.

»Sie muß jetzt schon reichlich daran gewöhnt sein. Nur ein Telegramm. Es müßte Rallis Antwort betreffs der neuen Nieten ... Gott im Himmel!« Hitchcock sprang auf die Füße.

»Was gibt's?« fragte der Ältere und nahm das Telegramm. »Das ist's, was Mutter Ganga denkt«, sagte er im Lesen. »Bleiben Sie ruhig, junger Hunne. Sehen wir zu! Muir telegraphiert: ›Überschwemmung auf der Ramgunga. Achtung.‹ Gut, das gibt uns eins–zwei–neuneinhalb Stunden Zeit, bevor das Wasser Melipur Ghaut erreicht, plus sieben sind sechzehneinhalb bis Latodi – sagen wir fünfzehn Stunden, bis sie zu uns herunterkommt.«

»Verfluchte Ramgunga, dieser Abzugskanal aller Bergwasser! Findlayson, das kommt zwei Monate früher, als wir hätten erwarten dürfen, und das linke Ufer liegt noch voll von Material. Zwei volle Monate vor der Zeit!«

»Deswegen geschieht es uns ja auch. Ich kenne jetzt indische Flüsse erst fünfundzwanzig Jahre und ich bilde mir nicht ein, sie zu verstehen. Hier kommt noch ein Telegramm.« Findlayson öffnete es. »Diesmal depeschiert Cockran vom Gangeskanal: ›Schwere Wolkenbrüche hier. Bös.‹ Das letzte Wort hätte er sich ersparen können. Na, mehr brauchen wir nicht zu erfahren. Wir müssen die Schichten die ganze Nacht arbeiten und das Flußbett räumen lassen. Nehmen Sie das Ostufer und arbeiten Sie auf die Mitte zu, um mich dort zu treffen. Alles, was schwimmt, bergen Sie unter die Brücke: es wird genug den Fluß herabgeschwemmt kommen, daß wir es nicht auch noch nötig haben, die Pfeiler von den Steinkähnen rammen zu lassen. Was ist drüben auf dem Ostufer wegzutransportieren?«

»Ein Ponton, der große Ponton mit dem Kran. Der andere Kran auf dem ausgebesserten Ponton mit dem Nietzeug für die Fahrbahn vom zwanzigsten bis zum dreiundzwanzigsten

Pfeiler und zwei Baugeleise. Das Pfahlwerk muß man seinem Schicksal überlassen«, antwortete Hitchcock.

»Gut. Transportieren Sie alles weg, was Ihnen in die Hände gerät. Geben wir den Leuten noch fünfzehn Minuten Zeit zur Fütterung.«

Neben der Veranda hing ein großer Nachtgong, der nur bei Feuers- oder Überschwemmungsgefahr ertönte. Hitchcock hatte sich ein frisches Pferd bringen lassen und war schon auf die ihm zugewiesene Seite der Brücke geritten, als Findlayson den stoffumwickelten Schlägel zur Hand nahm und den Gong mit einem streichenden Schlage anschlug, der das Metall zu vollem Laute erdröhnen ließ.

Lange bevor der letzte Ton verklungen war, hatte jeder Nachtgong im Dorfe die Warnung aufgenommen. Dazu kam noch das heisere Kreischen der Muschelhörner in den kleinen Tempeln, das Rasseln der Trommeln und der Tamtams; und von dem europäischen Viertel her, wo die Monteure wohnten, blökte jämmerlich das Waldhorn von McCartney (sonst als ohrenbeleidigendes Instrument bekannt von Sonn- und Feiertagen her) und blies den Alarm. Die Maschinen, die nach getaner Tagesarbeit die Uferbefestigungen entlang mühsam heimwärtskrochen, pfiffen zur Antwort, bis ihr Pfeifen vom andern Ufer her erwidert wurde. Dann donnerte der große Gong dreimal zum Zeichen, daß nicht Feuer drohe, sondern Überschwemmung; Muschelhörner, Trommeln, Pfeifen wiederholten echogleich den Ruf, und das Dorf erzitterte unter dem Tritt nackter Füße, die über die weiche Erde liefen. Für alle Fälle galt der Befehl, sich an seinen Arbeitsplatz zu begeben und Instruktionen abzuwarten. Die Arbeitertrupps strömten in der Dunkelheit vorbei; hier blieb einer stehen, um noch das Lendentuch zu knüpfen, dort einer, der sich die Sandale festband; die Schichtvorarbeiter riefen ihre Untergebenen an, die an ihren Platz liefen oder vor den Werkzeugschuppen einhielten, um Hauen und Stangen in Empfang zu nehmen; Lokomotiven, bis an die Räder im Gedränge steckend, krochen auf ihren Geleisen rückwärts; endlich verschwand der braune Strom im Dunkel des Flußbettes, eilte über das Pfeilerwerk, schwärmte das Gitterwerk entlang, ballte sich um die Kräne und stand still, jeder Mann an seinem Platze.

Dann gab der erregte Schlag des Gongs den Befehl, alles hinter die Hochwasserdemarkation in Sicherheit zu bringen.

Die Schweißapparate der Monteure flammten zu Hunderten zwischen dem Netzwerk aus Gußeisen auf, als sie ihr nächtliches Werk begannen, das den Kampf mit der kommenden Überschwemmung aufnehmen sollte. Die Träger der drei mittelsten Pfeiler – jene, die noch auf Schwellenstapeln ruhten – waren alles eher als am richtigen Fleck. Sie hatten soviel Vernietungen nötig, als nur irgend in sie hineingetrieben werden konnten, denn es war zu befürchten, daß das Hochwasser ihre Stützen unterwaschen und das Eisenwerk sich auf die Blendsteine senken würde, wenn sie nicht an den Enden genietet würden. Unzählige Brechstangen stemmten sich gegen die Schwellen der provisorischen Geleise, die zu den unvollendeten Pfeilern führten. Die einzelnen Schienen wurden emporgehoben, in Lastwagen verladen und von stöhnenden Lokomotiven ans Ufer hinter die Hochwasserdemarkationslinie zurückbefördert. Die Vorräte in den Werkzeugschuppen schmolzen unter dem Ansturm schreiender Heere zusammen und mit ihnen die aufgestapelten Vorräte in den Regierungsmagazinen, eisenbeschlagene Kisten voll von Nieten, Zangen, Schneidemaschinen, Ersatzteilen der Nietmaschinen, Reservepumpen und Ketten. Der große Kran wurde zuletzt abtransportiert, denn er hißte all das schwere Material auf den Hauptbau der Brücke. Die Zementblöcke auf den Steinkähnen wurden ins Wasser gelassen, wo es etwas tiefer war, um die Pfeiler zu schützen, und die leeren Boote selbst in der Richtung der Strömung unter der Brücke vertäut. Hier schrillte am lautesten Peroos Pfeife, denn beim ersten Schlage des großen Gongs war das kleine Boot in rasender Geschwindigkeit zurückgekommen, und Peroo und seine Leute, bis an die Hüften nackt, arbeiteten aus allen Kräften um Ehre und Anerkennung, die mehr wert sind als das Leben selbst.

»Ich wußte, sie würde sprechen«, rief er aus. »Ich wußte es, aber der Telegraph warnte uns gut. Oh, ihr Söhne unnennbarer Herkunft, ihr Kinder unaussprechlicher Schande, sind wir hier, um uns die Sache anzusehen?« Ein zwei Fuß langes Drahtseil tat Wunder, als Peroo so, sich kräftig der Seemannssprache bedienend, von Deck zu Deck sprang.

Findlayson war um die Steinkähne mehr besorgt als um alles andere. McCartney mit seinen Arbeitern vernietete die Enden der zweifelhaften Träger zwischen den drei Pfeilern, aber treibende Boote konnten dennoch, wenn das Hochwasser sehr stieg, die Träger gefährden, und es war immerhin eine ganze Flotte in den engen Durchfahrten zwischen den Pfeilern versammelt. »Bring sie in den Schutz des Wachtturms«, rief er zu Peroo hinunter, »dort wird das Wasser ruhig sein, bring sie unter die Brücke.«

»*Accha*[1]! Ich weiß. Wir vertäuen sie mit Drahtseilen«, war die Antwort. »Hoho, hört den Chota Sahib, er arbeitet schwer.«

Vom andern Ufer gellten fast ununterbrochen Lokomotivenpfiffe und das Poltern der Steine herüber, Hitchcock verbrauchte noch in letzter Stunde ein paar hundert Waggonladungen Tarakeestein, um seine Dämme und Uferbefestigungen zu verstärken.

»Die Brücke fordert Mutter Ganga heraus«, sagte Peroo, »aber wenn sie spricht, weiß ich, welche Stimme am lautesten ertönen wird.«

Stundenlang arbeiteten die nackten Männer und riefen einander laut im Lichte der kleinen Laternen an. Es war eine heiße mondlose Nacht, zuletzt wurde sie durch heraufziehende Wolken noch finsterer, und eine plötzlich einsetzende Bö erregte Findlaysons ernsteste Besorgnis.

»Sie rührt sich«, sagte Peroo, als es zu dämmern begann. »Mutter Ganga ist erwacht. Horch!« Er tauchte seine Hand über den Bootsrand ins Wasser, und die Strömung murmelte darüber hin. Eine kleine gekräuselte Welle traf seitlich den Pfeiler mit einem leichten Aufklatschen.

»Sechs Stunden vor der Zeit«, sagte Findlayson und wischte sich wild die Stirn, »jetzt müssen wir auf alles gefaßt sein. Es wird wohl das beste sein, das Flußbett von den Leuten räumen zu lassen.«

Wieder schlug der große Gong an und abermals erklang der Tritt nackter Füße auf Erde und tönendem Eisen der Brücke; der Lärm der Werkzeuge verstummte. In dem plötzlichen Schweigen vernahm man das rauhe Geräusch durstigen Sandes, der das einherkriechende Wasser einschluckte.

1. Sehr wohl.

Ein Vorarbeiter nach dem andern rief Findlayson, der sich neben dem Wachtturm aufgestellt hatte, zu, daß sein Abschnitt des Flußbettes geräumt sei, und als die letzte Stimme verklungen war, eilte Findlayson über die Brücke bis dorthin, wo die schon fertiggestellte eiserne Fahrbahn in den provisorischen Bretterweg über die drei mittelsten Pfeiler überging – und dort traf er Hitchcock.

»Alles geräumt auf Ihrer Seite?« fragte Findlayson. Das Flüstern widerhallte im Gerüst.

»Ja, die östliche Durchfahrt beginnt sich jetzt zu füllen. Wir haben uns völlig verrechnet. Wann kann das Hochwasser bei uns sein?«

»Das kann man nicht sagen. Der Fluß steigt so rasch, als er kann. Sehen Sie!« Findlayson deutete auf die Planken unter seinen Füßen; der Sand, von monatelanger Arbeit verbrannt und verunreinigt, begann reibend zu knirschen.

»Was für Befehle?« fragte Hitchcock.

»Zum Appell rufen lassen, die Vorräte nachzählen, auf Ihrem Hintern sitzen und für die Brücke beten. Das ist alles, nach meiner Meinung. Gute Nacht. Setzen Sie nicht Ihr Leben aufs Spiel beim Versuch, irgend etwas, das heruntergeschwommen kommt, herauszufischen.«

»Oh, ich will ebenso vorsichtig sein wie Sie. Gute Nacht! Gott, wie es steigt! Jetzt kommt wahrhaftig auch der Regen.«

Findlayson kehrte an sein Ufer zurück und scheuchte dabei die letzten Monteure McCartneys vor sich her. Die Arbeitertrupps hatten sich auf den Dämmen zerstreut; unbekümmert um den kalten Morgen standen sie und warteten auf das Hochwasser. Peroo hielt mit seinen Leuten hinter der Anhöhe des Wachtturmes, wo die Steinkähne mit Tauen, Drahtseilen und Ketten befestigt lagen.

Ein schriller Ruf lief das Ufer entlang und wuchs zu einem Schrei, in dem Furcht und Verwunderung zugleich waren; die Oberfläche des Stromes wurde von Ufer zu Ufer zwischen den Steindämmen weiß und die entfernten Uferbefestigungen verschwanden in Schaumspritzern. Mutter Ganga kam in Dammhöhe angeeilt und eine Mauer schokoladefarbenen Wassers war ihr Bote. Das Gebrüll des Wassers übertönend, erscholl ein Ächzen; klagenden Tons senkten sich die Träger auf ihre Blöcke nieder, indes die Schwellenstapel unter ihnen weggewirbelt wurden. Die Steinkähne stöhnten und stießen gegeneinander in dem Strudel, der um die Mauer des Wachtturms tobte, und ihre plumpen Masten stiegen höher und höher über den matten Horizont empor.

»Bevor Mutter Ganga zwischen diese Mauern eingeschlossen wurde, wußten wir, was sie tun würde. Jetzt, da sie so eingeengt ist, weiß Gott allein, was sie tun wird«, sagte Peroo, der den wilden Aufruhr rund um den Wachtturm betrachtete. »Ohé! So kämpfe denn! Kämpfe tüchtig, denn so tobt sich ein Weib aus!«

Aber Mutter Ganga wollte nicht so kämpfen, wie Peroo es wünschte. Keine Wassermauern folgten mehr dem ersten Schwalle, sondern der Fluß hob sich leibhaftig wie eine Schlange, die zur Sommersonnenwende trinkt, tastete und fingerte sich an den Uferbefestigungen entlang und staute sich um die Pfeiler, bis sogar Findlayson es für nötig hielt, seine Berechnungen der Widerstandskraft seines Werkes nachzuprüfen.

Als der Tag kam, stand das Dorf mit offnem Munde da. »Noch gestern abend war eine ganze Stadt im Flußbette. Nun seht hin!« sagten die Leute zueinander.

Und sie schauten und wunderten sich von neuem über das tiefe Wasser, das reißende Wasser, das an den Pfeilerhälsen leckte. Das jenseitige Ufer war in einen Regenschleier gehüllt, in den die Brücke hinauslief und verschwand. Die Uferbefestigungen waren nur mehr an Wirbeln und Strudeln kenntlich, und tiefer stromabwärts hatte sich der eingepferchte Fluß, endlich von seinen einengenden Dämmen befreit, wie ein Meer bis zum Horizonte ausgebreitet. Dann kamen Leichen und Kadaver von Ochsen, sich drehend, vorbeigetrieben, das Stück eines Strohdaches, das bei der Berührung mit den Pfeilern zerging.

»Ein großes Hochwasser«, sagte Peroo, und Findlayson nickte. So groß, als er es sich nur wünschen konnte. Seine Brücke konnte dem, was jetzt über sie hereinbrach, gerade noch standhalten, aber nicht viel mehr, und wenn dank einer von tausend Möglichkeiten in den Dämmen ein schwacher Punkt war, würde Mutter Ganga seine Ehre mitsamt allem andern Gerümpel ins Meer hinausschwemmen. Das ärgste war, daß man nichts tun konnte als stillsitzen, und Findlayson saß still unter seinem wetterfesten Mantel, bis sich sein Helm in Brei verwandelte und seine Füße knöcheltief im Schlamm staken. Er brauchte nicht nach der Uhr zu sehen, denn der Fluß gab die Stunden an, Zoll für Zoll, Fuß für Fuß den Damm entlang, und er horchte starr und hungrig auf die Steinkähne, deren Seile sich spannten, auf das hohle Donnern unter den Pfeilern und die hundert Geräusche, die zusammen die Melodie einer Überschwemmung bilden. Einmal brachte ihm der triefnasse Diener zu essen, aber er konnte nicht essen; einmal glaubte er, den schwachen Pfiff einer Lokomotive quer über den Fluß herüber vernommen zu haben, und da lächelte er. Der Untergang der Brücke würde seinen zweiten Ingenieur nicht wenig schmerzen, aber Hitchcock war ein junger Mann und hatte sein großes Werk noch vor sich. Für ihn selbst bedeutete das den Zusammenbruch alles dessen, was ein hartes Leben lebenswert gemacht hatte. Seine Berufsgenossen würden sagen – er entsann sich der halb mitleidigen Worte, die er selbst gesprochen hatte, als Lockharts große Wasserwerke brachen und zu Ziegelhaufen und Schlamm zerbarsten, und Lockharts Geist zerbrach und er starb. Er erinnerte sich seiner Worte, als die Sumao-Brücke in dem großen Zyklon zerstört wurde, und am besten entsann er sich des Gesichtes des armen Hartopp drei Wochen später, als die Schande es schon gezeichnet hatte. Seine Brücke war doppelt so lang wie die Brücke Hartopps und war mit dem Findlaysonschen Hängewerk sowie auf dem neuen Pfeilerschuh – dem Findlaysonschen – erbaut. In seinem Dienste gab es keine Entschuldigungen. Die Regierung würde ihm vielleicht Gerechtigkeit widerfahren lassen, aber sein eigener Stand würde ihn nach seiner Brücke beurteilen, ob sie stand oder fiel. Er ging sie im Kopf durch, Balken für Balken, Träger für Träger, Backstein für Backstein, Pfeiler für Pfeiler – vergleichend, schätzend, nachrechnend, ob nicht doch irgendwo ein Fehler stecke; und aus den langen Stunden, und aus den langen Reihen der Formeln, die vor ihm tanzten und wirbelten, stieg kalte Furcht auf und krallte sich in sein Herz. Seine Berechnung war fraglos richtig; aber wer kannte Mutter Gangas Arithmetik? Selbst wenn er sich mit der Multiplikationstabelle davon überzeugte, konnte indes der Fluß tiefe Löcher ins Fundament jedes dieser achtzig Fuß hohen Pfeiler nagen, auf denen sein guter Ruf ruhte. Wieder brachte ein Diener Speise, aber sein Mund war trocken, er konnte nur trinken und zu den Dezimalstellen in seinen Gedanken zurückkehren. Und der Strom stieg noch immer. Peroo, im wetterfesten Anzug, kauerte zu seinen Füßen und betrachtete bald sein Gesicht, bald das des Flusses; aber er sprach kein Wort.

Endlich erhob sich der Laskar und tappte durch den Schlamm ins Dorf; er hatte jedoch vorsorglich einen Gefährten zur Überwachung der Boote zurückgelassen. Er kehrte alsbald zurück und trieb höchst respektlos den Priester seines Glaubens vor sich her – einen dicken alten Mann mit einem grauen Bart, gegen den der Wind peitschend das nasse Schultertuch wehte. Niemals noch hatte es einen bejammernswürdigeren *Guru* gegeben.

»Wozu sind Opferspenden und Kerosenlämpchen und trockenes Korn gut, wenn du nichts kannst als im Schlamm tappen?« brüllte Peroo. »Du hast mit den Göttern Umgang gepflogen, als sie zufrieden und wohlgesinnt waren. Jetzt sind sie zornig. Sprich zu ihnen!«

»Was ist ein Mensch vor dem Zorne der Götter?« winselte der Priester und kauerte sich zusammen, da ihn der Wind erfaßte. »Laß mich in den Tempel gehen, ich werde dort beten.«

»Sohn eines Schweines, bete hier! Gibt es keine Gegengabe für Salzfisch, Currygewürz und getrocknete Zwiebel? Ruf laut! Sag Mutter Ganga, daß wir genug von ihr haben. Heiß sie in dieser Nacht einhalten. Ich kann nicht beten, aber ich habe auf den Kumpani-Dampfern gedient, und wenn die Leute nicht meinen Befehlen gehorchen –« Ein Schnörkel, mit dem Drahtseil in die Luft geschrieben, rundete den Satz ab; und der Priester riß vor seinem Schüler aus und floh ins Dorf zurück.

»Dickes Schwein!« sagte Peroo. »Nach all dem, was wir für ihn getan haben. Wenn das Wasser gefallen ist, will ich dafür sorgen, daß wir einen neuen *Guru* bekommen. Findlayson Sahib, die Nacht dunkelt schon, und seit gestern wurde nichts gegessen. Sei weise, Sahib! Kein Mann hält es aus, mit leerem Bauche zu wachen und tief nachzudenken. Lege dich nieder, Sahib! Der Fluß wird tun, was der Fluß tun wird.«

»Die Brücke ist mein; ich kann sie nicht verlassen.«

»So willst du sie denn mit deinen Händen aufrecht halten?« lachte Peroo. »Ich sorgte für meine Boote, bevor das Hochwasser kam. Jetzt sind wir in den Händen der Götter. Der Sahib will nicht essen und sich nicht niederlegen? Nimm denn dies, es ist Fleisch und guter Grog in einem und tötet alle Qualen, zusamt dem Fieber, das auf die Regenzeit folgt. Ich habe heute nichts anderes gegessen.«

Er nahm eine kleine zinnerne Tabaksdose aus seinem geschwellten Hüftgurt und legte sie in Findlaysons Hand mit den Worten: »Fürchte nichts, es ist nichts als Opium, reines Malwa-Opium.«

Ohne zu wissen, was er tat, schüttelte Findlayson zwei oder drei der dunkelbraunen Kügelchen in seine Hand und würgte sie hinunter. Die Droge war wenigstens ein guter Schutz gegen das Fieber – das Fieber, das aus der nassen Erde in ihm hochkroch –, und er hatte gesehen, was Peroo in den brodelnden Herbstnebeln leisten konnte mit der Kraft, die ihm eine Dosis aus der Zinnbüchse verlieh.

Peroo nickte mit leuchtenden Augen: »In einer kleinen Weile – in einer kleinen Weile wird der Sahib merken, daß er wieder gut denken kann. Auch ich werde –«, er griff in seine kostbare Dose, zog das Ölzeug wieder über den Kopf zurecht und stapfte hinunter, um die Kähne zu beobachten. Es war jetzt schon zu dunkel, um weiter als bis zum ersten Pfeiler zu sehen, und die Nacht schien dem Fluß neue Kräfte verliehen zu haben. Findlayson, das Kinn auf die Brust gesenkt, stand da und dachte nach. Es gab einen Punkt an einem Pfeiler, dem siebenten, über den er sich nicht klarwerden konnte. Die Ziffern wollten sich nicht mehr vor seinem innernen Auge formen, nur langsam in ungeheuren Zwischenräumen gestaltete sich eine nach der andern. Ein voller weicher Ton war in seinen Ohren, wie der tiefste Ton eines Kontrabasses, ein hinreißender Klang, über den er mehrere Stunden lang, wie ihm schien, nachsann. Dann stand plötzlich Peroo dicht neben ihm und rief ihm zu, eine Trosse sei gerissen und die Steinkähne seien daran, sich loszumachen. Findlayson sah vor sich, wie die Boote fächerförmig auseinanderschwangen, unter dem langgezogenen Kreischen des Drahtseils, das quer über die Decks schleifte.

»Ein Baum hat sie getroffen. Sie werden sich alle losreißen«, schrie Peroo, »die Haupttrosse ist gerissen. Was tut der Sahib?«

Ein unerhört umfassender Plan formte sich plötzlich in Findlaysons Gedanken. Er sah die Taue von Boot zu Boot in geraden Linien und Winkeln laufen – jedes Tau eine Linie weißen Feuers. Aber da war ein Tau, das Haupttau; er konnte das Tau sehen. Wenn er ein einziges Mal daran ziehen könnte, war es absolut und mathematisch sicher, daß die in Unordnung geratene Bootsflottille sich wieder im Stauwasser hinter dem Wachtturm zusammenfinden würde. Er wunderte sich nur, warum Peroo sich so verzweifelt an ihn klammerte, als er das Ufer hinunterhastete. Es war notwendig, den Laskar wegzuschieben, freundlich und langsam, weil es nötig war, die Kähne zu retten und weiter noch zu demonstrieren, wie außerordentlich leicht das Problem, das so schwierig schien, zu lösen sei. Und dann – aber es war von keiner sonderlichen Wichtigkeit – raste ein Drahtseil brennend durch seine Hand, das hohe Ufer verschwand, und mit ihm zerstreuten sich langsam alle Faktoren des Problems. Er saß in der regnerischen Dunkelheit – saß in einem Boot, das sich wie ein Kreisel drehte, und Peroo stand über ihm.

Langsam sagte der Laskar: »Ich habe vergessen, daß Opium Menschen, die es nicht gewöhnt sind oder gefastet haben, schlechter bekommt als irgendein Wein. Diejenigen, so in der Ganga sterben, gehen zu den Göttern ein. Dennoch habe ich noch keine Sehnsucht, vor solch Erhabene hinzutreten. Kann der Sahib schwimmen?«

»Wozu? Er kann fliegen – fliegen, so leicht wie der Wind«, antwortete Findlayson schwer.

»Er ist verrückt!« murmelte Peroo vor sich hin. »Und er hat mich zur Seite geschleudert wie einen Düngerfladen. Wohl, so wird er nicht wissen, daß er sterben muß. Das Boot kann sich keine Stunde mehr halten, selbst wenn es gegen keine Trift prallt. Es ist nicht gut, den Tod mit klaren Augen zu betrachten.«

Wiederum erquickte er sich aus seiner Zinndose, kauerte sich am Bug nieder und starrte durch den Nebel in das Nichts, das vor ihm lag. Eine warme Schläfrigkeit überkam Findlayson, den Chefingenieur, dessen Posten doch bei seiner Brücke gewesen wäre. Die schweren Regentropfen trafen ihn mit tausend prickelnden kleinen Schlägen, und das Gewicht aller Zeit – seit Zeit begann – lag schwer auf seinen Augenlidern. Er dachte und nahm wahr, daß er vollkommen in Sicherheit sei, denn das Wasser war so fest, daß ein Mensch sicher darauf treten konnte, und wenn er nur mit gegrätschten Beinen, um das Gleichgewicht zu wahren, stünde – das war der wichtigste Punkt –, würde er eilig und leicht ans Ufer getragen werden können. Doch kam ihm noch ein besserer Plan. Es bedurfte nur einer Willensanstrengung der Seele, um den Leib ans Land zu wirbeln, wie der Wind ein Papier treibt; ihn wie mit Geierflügeln ans Ufer zu wehen. Was geschah wohl dann – das Boot drehte sich schwindelerregend um sich selbst –, wenn der Sturmwind unter den befreiten Leib geriet? Würde er sich erheben wie ein Geier und jäh auf den fernen Sandbänken aufschlagen oder, von jedem Zwang befreit, in alle Ewigkeiten auf und nieder tauchen? Findlayson hielt sich am Bootsrand fest, um einen Halt zu haben, denn er war im Begriffe, den Flug zu beginnen, ehe er all seine Pläne zu Ende gedacht hatte. Opium hat auf einen Weißen größere Wirkung als auf einen Farbigen. Peroo fühlte sich nur angenehm gleichgültig gegen Unglücksfälle gestimmt. »Das Boot kann's nicht durchhalten«, brummte er. »Die Fugen öffnen sich schon. Wenn es wenigstens ein Ruderboot wäre, hätten wir die Sache gemacht, aber eine durchlöcherte Schachtel taugt nicht. Finlinson Sahib, sie läuft voll!«

»*Accha.* Ich gehe fort. Kommst du auch?«

In Gedanken war Findlayson schon aus dem Boot entkommen und kreiste hoch in der Luft, um einen Ruheplatz für seine Sohlen zu finden. Sein Körper, dessen grobe Hilflosigkeit er bedauerte, – lag im Bug, und das Wasser rauschte über seine Knie hin.

»Wie unendlich lächerlich«, sagte er zu sich von seinem luftigen Standpunkte aus, »das – ist Findlayson – Chefingenieur der Kashi-Brücke. Das arme Biest wird auch bald ertrinken. Ertrinken, wo es doch dem Ufer so nahe ist. Ich – ich bin schon am Ufer. Warum kommt es nicht mit?«

Höchlichst angewidert fand sich seine Seele plötzlich wieder in seinen Körper zurück, und dieser Körper lag sprudelnd und würgend in tiefem Wasser. Der Schmerz der Wiedervereinigung war fürchterlich, aber er war notwendig; ebenso notwendig war es, um den Leib zu kämpfen. Er wurde sich bewußt, daß er wild in nassen Sand griff und wunderlich große Schritte machte, wie man im Traum ausschreitet, um in dem wirbelnden Wasser festen Fuß zu fassen, bis er sich endlich aus dem Griff des Flusses befreite und keuchend auf nasse Erde hinsank. »Noch nicht diese Nacht«, flüsterte Peroo ihm ins Ohr. »Die Götter haben uns beschützt.«

Der Laskar setzte vorsichtig einen Fuß vor den andern, sie raschelten über vertrocknete Sümpfe. »Das ist irgendeine Insel mit dem vorjährigen Indigo«, fuhr er fort, »Menschen werden wir hier nicht begegnen; aber nimm dich sehr in acht, Sahib, hundert Meilen weit hat das Hochwasser alle Schlangen herabgeschwemmt. Da kommt der Blitz auf den Fersen des Windes. Jetzt werden wir auch sehen können, doch schreite vorsichtig.«

Findlayson war weit, weit jenseits von Schlangenfurcht, oder irgendeinem menschlichen Gefühl. Er sah, nachdem er sich das Wasser aus den Augen gerieben hatte, mit ungeheurer Klarheit und schritt, wie ihm schien, mit weltumspannenden Schritten aus. Irgendwo in der Zeiten Nacht hatte er eine Brücke gebaut – eine Brücke, die grenzenlose, leuchtende Meeresspiegel überspannte; aber die Sintflut hatte sie weggeschwemmt und nur dies Eiland unter dem Himmel übriggelassen für Findlayson und seinen Gefährten, die einzigen Überlebenden der menschlichen Rasse.

Ununterbrochen zuckten gegabelte blaue Blitze nieder und beleuchteten alles, was auf dem kleinen Fleck inmitten der Fluten zu sehen war: Dornbüsche, eine Gruppe knarrenden Bambus und einen grauen knorrigen Peepulbaum, der eine Hindukapelle überschattete, von deren Kuppel eine zerrissene rote Fahne wehte. Der heilige Mann, dessen sommerlicher Ruheplatz dies gewesen war, hatte ihn schon lange verlassen, und das Wetter hatte das rot angestrichene Standbild seines Gottes zerstört. Mit schweren Gliedern und trüben Augen stolperten die beiden Männer über die Aschenhaufen des aus Ziegeln gemauerten Feuerplatzes und ließen sich unter dem Schutzdach der Zweige zu Boden gleiten, indes Regen und Strom um die Wette tobten.

Die Stümpfe des Indigo krachten, Geruch von Rindern war in der Luft, und ein riesiger, von Wasser tropfender Brahminenbulle brach sich seinen Weg durchs Gebüsch zu dem Baume hin. Die Blitze beleuchteten das dreizackige Zeichen des Schiwa auf seiner Flanke, das hochmütige Haupt und den Höcker, die leuchtenden Hirschaugen, die Stirn, gekrönt von einem Gewinde erblühter Dotterblumen, und die seidenweiche Wamme, die fast am Boden schleifte. Hinter ihm brachen lärmend andere Tiere vom Ufer her durch das Dickicht: schwere Tritte und keuchender Atem wurden hörbar.

»Hier sind noch mehr Lebende außer uns«, sagte Findlayson; den Kopf an den Baumstamm lehnend, blickte er voll Behagen, mit halbgeschlossenen Augen vor sich hin.

»Wahrhaftig, und keine geringen«, erwiderte Peroo undeutlich.

»Wer sind sie denn? Ich sehe nicht klar.«

»Die Götter. Wer denn sonst? Sieh!«

»Ach wirklich! Die Götter – sicherlich die Götter.«

Findlayson lächelte und ließ den Kopf auf die Brust fallen. Peroo hatte vollkommen recht. Wer sollte nach der großen Überschwemmung noch im Lande am Leben sein, außer den Göttern, die es geschaffen hatten – den Göttern, zu denen sein Dorf allnächtlich betete – den Göttern, die in aller Menschen Mund und auf aller Menschen Pfad waren? Er konnte weder den Kopf heben noch einen Finger rühren, da ihn Verzückung gefangen hielt, und Peroo blickte leer lächelnd in die Blitze.

Der Stier machte neben dem Altar halt und senkte seinen Kopf zur feuchten Erde. Ein grüner Papagei in den Zweigen putzte seine nassen Schwingen und mischte sein Kreischen in das Dröhnen, indes sich der Kreis unter dem Baum mit den schwankenden Schatten von Tieren füllte. Dem Stier auf den Fersen folgte ein Schwarzbock – ein solches Tier mochte Findlayson in den Träumen seines längstvergangenen Erdenlebens geschaut haben –, ein Bock mit königlichem Haupte, ebenholzschwarzem Rücken, silberfarbenem Bauch und spiegelblanken geraden Hörnern. Ihm zur Seite, den Kopf zu Boden gesenkt, mit brennenden grünen Augen unter den schweren Brauen, mit dem Schwanz ruhelos das abgestorbene Gras peitschend, schritt vollgefressen, sichernd eine Tigerin.

Der Bulle ließ sich neben dem Altar nieder; und aus dem Dunkel sprang ein ungeheurer grauer Affe und setzte sich auf Menschenweise an die Stelle des zerbrochenen Standbildes; der Regen tropfte wie Edelsteine von der Halskrause an seinem Nacken.

Andere Schatten nahten und traten hinter den Kreis, unter ihnen ein betrunkener Mann, Stab und Flasche schwingend. Dann ertönte ein heiseres Bellen vom Boden herauf. »Die Flut nimmt jetzt schon ab«, erklang es, »Stunde um Stunde fällt das Wasser – und Ihre Brücke steht noch.«

»Meine Brücke«, sprach Findlayson zu sich. »Das muß jetzt schon ein sehr altes Werk sein. Was haben die Götter mit meiner Brücke zu schaffen?«

Seine Augen wandten sich in der Dunkelheit in die Richtung, aus der das Gebrüll kam. Ein Krokodil – der stumpfnasige, die Furten heimsuchende Mugger des Ganges – schleppte sich, mit dem Schwanz wütend rechts und links den Grund peitschend, vor die Tiere.

»Sie haben sie mir zu stark gemacht. In dieser ganzen Nacht habe ich nur eine Handvoll Planken losgerissen. Die Dämme stehen! Die Türme stehen! Sie haben meine Gewässer in Ketten geschlagen, und mein Fluß ist nicht mehr frei. Himmlische, nehmt dies Joch von mir. Gebt mir die Freiheit meiner Wasser von Ufer zu Ufer! Ich bin's, Mutter Ganga, die spricht. Gerechtigkeit der Götter! Laßt mir die Gerechtigkeit der Götter zuteil werden!«

»Was sagte ich?« flüsterte Peroo. »Dies ist in Wahrheit ein *Punchayet*[1] der Götter. Jetzt wissen wir, daß die ganze Welt tot ist, außer dir und mir, Sahib.«

Wiederum kreischte der Papagei und schlug mit den Flügeln, und die Tigerin, mit zurückgelegten Ohren, knurrte bös.

Irgendwo im Schatten schwang ein großer Rüssel auf und nieder, glänzten mächtige Stoßzähne auf, und ein tiefes Gurgeln brach durch die Stille, die dem Knurren gefolgt war.

»Wir sind hier, die Erhabenen«, sagte eine tiefe Stimme.

1. Versammlung.

»Ein einziger und sehr viele. Schiwa, mein Vater, ist hier mit Indra. Kali hat schon gesprochen. Auch Hanuman lauscht.«

»Kashi ist heute nacht ohne ihren Kotwal«, rief der Mann mit der Flasche und warf seinen Stab zu Boden; die Insel widerhallte von Hundegekläff. »Laßt ihr die Gerechtigkeit der Götter zuteil werden.«

»Ihr bliebt still, als sie meine Gewässer verunreinigten«, bellte das Krokodil. »Ihr gabt kein Zeichen, als mein Fluß zwischen Mauern gefangengesetzt wurde. Keine Hilfe hatte ich als meine eigene Kraft, und auch sie versagte – Mutter Gangas Kraft versagte – vor ihren Wachttürmen. Was konnte ich tun? Ich habe alles getan. Endet ihr es nun, Himmlische!«

Ein krummbeiniger Esel mit gespaltener Nase und wunden Stellen in seinem abgeriebenen Fell hinkte vor: »Ich brachte den Tod; ich trug die fleckige Krankheit von Hütte zu Hütte ihrer Arbeiter, und dennoch wollten sie nicht ablassen von ihrer Arbeit. Ich blies aus meinen Nüstern den Tod auf sie, und dennoch wollten sie nicht ablassen von ihrer Arbeit.«

Peroo wollte sich bewegen, doch das Opium lastete schwer auf ihm. »Äh«, sagte er ausspeiend, »hier ist Sitala selbst, Mata, die Pockenkrankheit. Hat der Sahib ein Taschentuch, um es sich über das Gesicht zu legen?«

»Geringe Hilfe! Einen Monat lang fütterten sie mich mit Leichen und ich warf sie auf die Sandbänke aus, aber ihr Werk gedieh. Dämonen sind sie und Söhne von Dämonen. Und ihr ließet Mutter Ganga im Stich, so daß ihre Feuerwagen sie zum Gespötte machen konnten. Das Gericht der Götter über die Brückenbauer!«

Der Stier erwiderte langsam wiederkäuend: »Wenn das Strafgericht der Götter über alle die käme, so mit heiligen Dingen Spott treiben, stünden viele Altäre dunkel im Lande, Mutter!«

»Aber dies ist mehr als Spott«, sprach die Tigerin und schnellte die Tatze mit gespreizten Krallen vor. »Du weißt es, Schiwa, und ihr auch, Himmlische, daß sie Ganga geschändet haben. Dies muß wahrlich vor den Zerstörer gebracht werden. Laßt Indra richten.«

Der Bock blieb unbeweglich, als er zur Antwort gab: »Wie lange dauert dies Übel schon?«

»Drei Jahre nach menschlicher Zeitrechnung«, erwiderte der Mugger, sich an die Erde drückend.

»Stirbt denn Mutter Ganga in einem Jahre, daß sie jetzt so angstvoll nach Rache giert? Gestern noch war das tiefe Meer dort, wo sie heute strömt, und morgen wird das Meer sie wiederum bedecken, denn so rechnen wir Götter, was die Menschen Zeit nennen. Kann einer sagen, daß ihre Brücke bis morgen stehen wird?« fragte der Bock.

Ein langes Schweigen trat ein, und da nun der Sturm die Wolken fortfegte, stand der Vollmond über den tropfenden Bäumen.

»Richtet ihr denn«, sprach finster der Fluß, »ich habe meine Schande verkündet. Noch immer fällt das Hochwasser. Mehr kann ich nicht tun.«

»Ich für mein Teil liebe es, die Menschen zu beobachten, und erinnere mich dabei, daß auch ich keine kleine Brücke in der Jugendzeit der Welt erbaut habe«, ertönte die Stimme des Affen, der auf dem Altare saß.

»Man sagt auch, daß diese Männer aus den Trümmern deiner Heere hervorgegangen sind, Hanuman, und darum hast du geholfen –« knurrte die Tigerin.

»Sie mühen sich, wie meine Heere in Lanka sich gemüht haben, und glauben, daß ihre Mühsal von Dauer sei. Indra ist zu erhaben, aber du, Schiwa, weißt, wie sehr das Land von ihren Feuerwagen wie mit Fäden überzogen ist.«

»Ja, ich weiß es«, sprach der Bulle. »Ihre Götter lehrten sie dies.«

Ein Lachen durchlief die Runde.

»Ihre Götter? Was sollten ihre Götter wissen? Gestern wurden sie geboren, und die, die sie gezeugt hatten, sind kaum noch kalt geworden«, sagte der Mugger. »Morgen werden ihre Götter sterben.«

»Ho, Mutter Ganga spricht ein gutes Wort«, sagte Peroo. »Ich sagte dasselbe zu dem Padre Sahib, der auf der ›Mombassa‹ predigte, und er bat den *Burra Malum*, mich wegen meiner großen Frechheit in Eisen legen zu lassen.«

»Sicherlich tun sie diese Dinge, um ihren Göttern wohlgefällig zu sein«, sprach wiederum der Bulle.

»Nicht ganz und gar«, brach der Elefant los. »Sie tun es zum Nutzen meiner *Mahajuns* – meiner fetten Geldverleiher, die mich an jedem Neujahrstage anrufen, wann sie mein Bild auf die erste Seite ihrer Rechnungsbücher zeichnen. Ich blicke ihnen im Lampenlicht über die Schultern und sehe, daß in ihren Büchern die Namen von Menschen aus weit entfernten Orten stehen, denn alle Städte sind einander nahe gerückt durch die Feuerwagen, und das Geld kommt und geht eilig, und die Rechnungsbücher werden so dick – wie ich selbst. Und ich, der ich Ganesh, der Gott des Glückes bin, ich segne meine Völker.«

»Sie haben das Angesicht des Landes verändert – das mein Land ist. Sie haben an meinen Ufern Städte zerstört und neue errichtet«, sprach der Mugger.

»Nichts als ein wenig Schmutz bewegt sich. Laß den Schmutz in Schmutz wühlen, wenn es dem Schmutz gefällt«, erwiderte der Elefant.

»Und später?« fragte die Tigerin. »Später werden sie darauf sehen, daß Mutter Ganga für keine Beleidigung Rache nehmen kann; und sie werden erst von ihr abfallen und dann von uns, von einem nach dem andern. Und zum Schlusse bleiben wir übrig mit unsern nackten Altären, Ganesh.«

Der betrunkene Mann taumelte auf seine Füße und rülpste den versammelten Göttern ins Gesicht: »Kali lügt. Meine Schwester lügt. Auch dieser mein Stock ist der Kotwal von Kashi, und in seinen Kerben hält er die Zahl der Pilger, die zu mir kommen, fest. Wenn die Zeit kommt, Bhairon anzubeten – und sie ist immer da –, naht ein Feuerwagen nach dem andern, und jeder trägt tausend Pilger. Sie kommen nicht mehr zu Fuß, sie rollen auf Rädern an, und meine Ehre ist größer als zuvor.«

»Ganga, in Pryag habe ich dein Bett schwarz von Pilgern gesehen«, sagte der Affe, sich vorbeugend, »und wären die Feuerwagen nicht, dann wären sie langsamer und in geringerer Zahl erschienen. Denk daran.«

»Sie kommen immer zu mir«, fuhr Bhairon hurtig fort. »Tag und Nacht beten sie zu mir, alles niedere Volk auf den Straßen und auf den Feldern. Wer kommt heute Bhairon gleich? Welches Geschwätz, daß der Glaube sich ändere! Ist mein Stab umsonst Kotwal von Kashi? In ihn sind die Kerben geschnitten, und er sagt, daß es noch niemals so viel

Altäre gegeben habe wie heute und daß die Feuerwagen gute Dienste leisten. Bhairon bin ich – Bhairon des niederen Volkes und heute der Oberste der Himmlischen. So sagt auch mein Stab –«

»Still, du!« brüllte der Stier. »Die Verehrung der Schulen gilt mir, und sie sprechen sehr weise; an der Frage, ob ich einer sei oder viele, ergötzt sich mein Volk, und ihr wißt, was ich bin. Kali, mein Weib, auch du weißt es.«

»Ja, ich weiß es«, antwortete die Tigerin gesenkten Hauptes.

»Größer bin ich auch als Ganga. Denn ihr wißt ja, wer die Gemüter der Menschen dazu bewogen hat, Ganga unter die heiligen Flüsse zu zählen. Wer in Ganga stirbt – ihr wißt, so sagen die Menschen –, geht straflos zu uns ein, und Ganga weiß, daß der Feuerwagen Scharen und Scharen Verlangender zu ihr getragen hat; und Kali weiß, daß sie ihre größten Festmähler unter den Wallfahrern, die sich auf den Feuerwagen drängen, gehalten hat. Wer schlug in Pooree unter dem Standbilde dort tausend in einem Tag und einer Nacht und band die Krankheit an die Räder der Feuerwagen, so daß sie das Land von einem Ende zum andern durchlief? Wer anders als Kali? Ehe der Feuerwagen kam, war es eine große Plage. Die Feuerwagen haben dir gute Dienste geleistet, Mutter des Todes. Aber ich spreche für meine eigenen Altäre, der ich nicht Bhairon vom niederen Volke bin, sondern Schiwa. Menschen kommen und gehen, machen Worte und erzählen Geschichten von fremden Göttern, und ich höre zu. Ein Glaube macht dem andern Platz in den Schulen meines Volkes, und ich bin nicht zornig darob. Denn wenn die Worte gesagt sind und die neue Geschichte zu Ende erzählt ist, kehren die Menschen zuletzt zu Schiwa zurück.«

»Wahr ist es, wahr«, murmelte Hanuman. »Zu Schiwa und den andern kehren sie zurück, Mutter. Von Tempel zu Tempel im Norden schleiche ich mich, wo sie einen Gott und seinen Propheten verehren, und dermalen stehen meine Standbilder allein in ihren Schreinen.«

»Geringen Dank«, sprach der Bock und drehte langsam sein Haupt. »Ich bin der eine und auch sein Prophet.«

»So ist es, Vater«, gab Hanuman zurück. »Und in den Süden gehe ich, der ich der älteste Gott bin, seit Menschen

Götter kennen, und berühre die Altäre des neuen Glaubens, und die Frau, die wir kennen, ist zwölfarmig gebildet, und dennoch nennen sie sie Maria.«

»Geringen Dank, Bruder«, sagte die Tigerin. »Ich bin diese Frau.«

»So ist es, Schwester; und ich gehe westwärts zu den Feuerwagen und stehe in vielen Formen vor den Brückenbauern und um meinetwillen wechseln sie den Glauben und sind sehr weise. Hoho! Ich bin der Erbauer von Brücken, wahrhaftig, von Brücken zwischen Hier und Dort, und jede Brücke führt gewißlich am Ende zu uns. Sei zufrieden, Ganga. Weder diese Menschen noch ihre Nachkommen verspotten dich.«

»So steh' ich denn allein, ihr Himmlischen? So soll ich denn meine Fluten sanft zurückziehen, daß ich nicht unseligerweise ihre Mauern davontrage? Wird Indra meine Quellen in den Bergen austrocknen und mich demütig zwischen ihren Dämmen dahinkriechen lassen? Soll ich mich lieber im Sande begraben, ehe ich mich gegen sie vergehe?«

»Und all dies Reden um einer kleinen Eisenstange willen mit dem Feuerwagen darauf. Wahrlich, Mutter Ganga bleibt immer jung!« sagte Ganesh, der Elefant. »Ein Kind spricht nicht so närrisch. Laß den Schmutz im Schmutze wühlen, ehe er wieder zu Schmutz wird. Ich weiß nur, daß mein Volk reich wird und mich preist. Schiwa hat gesagt, daß die Menschen in den Schulen seiner nicht vergessen; Bhairon ist mit den Scharen seines niederen Volkes zufrieden und Hanuman lacht.«

»Sicherlich lache ich«, ergriff der Affe das Wort. »Gering an Zahl sind meine Altäre neben denen Ganeshs oder Bhairons, aber die Feuerwagen bringen mir Anbeter von jenseits des Schwarzen Wassers, Menschen, die glauben, daß ihr Gott die Mühsal sei. Ich laufe winkend vor ihnen her, und sie folgen Hanuman.«

»So gib ihnen denn die Mühsal, die sie ersehnen«, sprach der Fluß. »Ziehe eine Schranke durch meine Fluten und staue das Wasser an der Brücke. Einmal, in Lanka, warst du stark, Hanuman. Bücke dich und erhöhe mein Bett.«

»Wer Leben gibt, kann auch Leben nehmen.« Der Affe wühlte mit seinem langen Zeigefinger im Schlamm herum.

»Und doch, wer hätte einen Vorteil von dem Morden? Sehr viele würden sterben.«

Da erklangen vom Wasser herauf ein paar Töne eines Liebesliedes, wie es die Knaben beim Rinderhüten in der Mittagshitze des Spätfrühlings singen. Der Papagei kreischte fröhlich auf und kletterte mit gesenktem Kopfe an seinem Zweig entlang, als der Gesang lauter wurde; und in einem Flecken reinen Mondlichtes stand plötzlich ein junger Hirt da, der Liebling der Gopis, das Idol träumender Jungfrauen und gesegneter Mütter – Krischna, der sehr Geliebte. Er neigte sich, sein langes nasses Haar aufzubinden, und der Papagei flatterte auf seine Schulter.

»Wandern und singen, wandern und singen«, rülpste Bhairon. »So kommst du verspätet zur Ratsversammlung, Bruder.«

»Und was weiter?« fragte Krischna und warf lachend das Haupt zurück. »Wenig könnt ihr tun ohne mich und Karma.« Er streichelte das Gefieder des Papageis und lachte wieder. »Wozu sitzt ihr und schwatzt miteinander? Ich hörte in der Dunkelheit Mutter Ganga brüllen, und so kam ich eilig aus einer Hütte, in der ich warm lag. Und was habt ihr Karma getan, daß er so naß und schweigsam ist? Und was tut Mutter Ganga hier? Ist in den Himmeln kein Raum, daß ihr herabsteigen müßt, um wie die Tiere im Schlamm zu waten? Karma, was tun sie?«

»Ganga bat um Rache an den Brückenbauern, und Kali steht auf ihrer Seite. Nun heißt sie Hanuman die Brücke zermalmen, auf daß ihr Ansehen steige«, rief der Papagei. »Ich wartete hier, wohl wissend, daß du kommen würdest, o du mein Herr!«

»Und die Himmlischen sagten nichts? Haben Ganga und die Mutter der Kümmernisse sie überredet? Hat keiner für mein Volk gesprochen?«

»Nein«, erwiderte Ganesh und trat unruhig von einem Fuß auf den andern. »Ich sagte, es handle sich ja nur um Schmutz, und warum sollten wir ihn zerstampfen?«

»Ich war es zufrieden, sie sich abmühen zu lassen – recht zufrieden«, sagte Hanuman.

»Was hatte ich mit Gangas Zorn zu schaffen?« sprach der Bulle.

»Ich bin Bhairon des niederen Volkes, und dieser mein Stab ist Kotwal von ganz Kashi. Ich sprach für das niedere Volk.«

»Du?« Die Augen des jungen Gottes funkelten.

»Bin ich nicht heute der Erste der Götter in ihrem Munde?« gab Bhairon keineswegs verlegen zurück. »Zum Heil des niederen Volkes sagte ich sehr viele weise Dinge, die ich jetzt vergessen habe – aber dieser mein Stab –«

Krischna wandte sich ungeduldig ab, erblickte den Mugger zu seinen Füßen, und niederkniend schlang er seinen Arm um den kalten Nacken und sagte freundlich:

»Mutter, kehre in deine Gewässer zurück. Zu gering ist die Sache für dich. Wie kann deine Ehre durch diesen lebenden Schmutz zu Schaden kommen? Du hast ihnen ihre Felder von Jahr zu Jahr erneuert, deine Fluten haben sie fruchtbar gemacht. Zuletzt kommen doch alle zu dir. Zu welchem Zwecke willst du sie jetzt töten? Hab Mitleid, Mutter, nur eine kleine Weile – und es dauert ja nur eine kleine Weile.«

»Wenn es nur für eine kleine Weile ist –« begann das langsame Tier.

»Sind sie denn Götter?« gab Krischna lachend zurück und blickte in die matten Augen des Flusses. »Sei sicher, es ist nur für eine kleine Weile. Die Himmlischen haben dich gehört, und alsbald werden sie dir Gerechtigkeit widerfahren lassen. Geh jetzt, Mutter, kehre in deine Gewässer zurück. Männer und Vieh drängen sich auf deinen Fluten – die Ufer sinken – die Dörfer zergehen durch deine Kraft.«

»Aber die Brücke – die Brücke steht.« Der Mugger wandte sich grunzend ins Unterholz zurück, als sich Krischna erhob.

»Es ist zu Ende«, sprach die Tigerin böse. »Keine Gerechtigkeit kommt mehr von den Himmlischen. Ihr habt Ganga Schande und Spott angetan, die um nichts bat als ein paar Menschenleben.«

»Leben meines Volkes – das unter den Blätterdächern des Dorfes drüben liegt – Leben der jungen Mädchen und der jungen Männer, die ihnen im Dunkel ein Lied singen – Leben des Kindes, das morgen geboren werden soll, und dessen, das heute nacht gezeugt wurde –« sagte Krischna. »Und wenn es geschehen ist, wer hat einen Vorteil davon? Der morgige Tag sieht sie wieder am Werke. Ja, und wenn ihr die Brücke von einem Ende zum andern wegfegtet, würden sie von neuem beginnen. Hört mich an! Bhairon ist immer betrunken. Hanuman macht sich über sein Volk mit neuen Rätseln lustig.«

»Nein, es sind sehr alte Rätsel«, fiel der Affe lachend ein.

»Schiwa hört das Geschwätz in den Schulen und die Träume der heiligen Männer; Ganesh denkt nur an seine fetten Handelsleute; aber ich – ich lebe mit diesen, den Meinigen, ich begehre nicht nach Gaben und erhalte sie doch zu jeder Stunde.«

»Und sehr zärtlich bist du den Deinen zugetan«, sagte die Tigerin.

»Sie sind mein eigen. Die alten Frauen träumen von mir, wenn sie sich im Schlafe hin und her wälzen; die Jungfrauen halten nach mir Ausschau und horchen nach mir, wenn sie an den Fluß gehen, ihre Krüge zu füllen. Ich bin an der Seite der Jünglinge, wenn sie an den Toren in der Dunkelheit warten, und ich rufe den weißbärtigen Männern freundlich zu. Ihr wißt, Himmlische, daß ich allein von uns allen beständig über die Erde wandere und keine Freude in den Himmeln empfinde, solange noch ein grünes Blatt hier unten aufschießt, solange zwei Stimmen im Zwielicht auf den reifen Feldern erklingen. Weise seid ihr, doch ihr lebt ferne und vergaßt, woher ihr kamt. Ich aber vergesse nicht. Und der Feuerwagen bringt euren Altären Nahrung, sagt ihr? Und die Feuerwagen führen Tausende von Pilgern dorthin, wo in alten Jahren kaum zehn hinkamen? Wahr ist es, heute ist es wahr.«

»Aber morgen sind sie tot, Bruder«, sagte Ganesh.

»Friede!« sprach der Bulle, als sich Hanuman, um zu reden, vorneigte. »Und morgen ...«

»Nun, Vielgeliebter, was geschieht morgen?«

»Nur dieses. Ein neues Wort schleicht von Mund zu Mund im niederen Volke – und weder Gott noch Mensch kann dies Wort recht erfassen – ein böses Wort – ein kleines müßiges Wort unter dem niederen Volke, das besagt (und niemand weiß, wer das Wort aufgebracht hat), daß sie eurer müde sind, ihr Himmlischen.«

Die Götter lachten: »Und dann, Geliebter?« fragten sie.

»Und um den Überdruß zu verhehlen, werden sie, die

Meinigen, dir, Shiwa, und dir, Ganesh, zuerst größere Gaben darbringen und lärmendere Verehrung zollen. Aber das Wort ist schon unterwegs, und später werden sie euren fetten Brahmanen weniger Abgaben zahlen. Und dann werden sie eure Altäre vergessen, aber so allmählich, daß kein Mensch sagen kann, wann dies Vergessen begonnen hat.«

»Ich wußte es – ich wußte es. Auch ich sprach dies aus, aber sie wollten nicht hören«, sagte die Tigerin, »wir hätten sie schlagen sollen, wir hätten sie schlagen sollen.«

»Jetzt ist es zu spät. Ihr hättet sie zu Anfang schlagen sollen, als die Männer von jenseits des großen Wassers unser Volk noch nichts gelehrt hatten. Jetzt aber sieht mein Volk ihr Werk und geht in Gedanken von ihnen. Sie denken ganz und gar nicht mehr an die Himmlischen. Sie denken an den Feuerwagen und die andern Dinge, die die Brückenbauer gemacht haben, und wenn eure Priester um Almosen bettelnd die Hand ausstrecken, geben sie ihnen widerwillig eine Kleinigkeit. So beginnt es mit einem oder zwei oder fünf oder zehn Menschen – denn ich, der ich unter meinem Volke wandle, weiß, was in ihren Herzen ist.«

»Und das Ende, Narr der Götter? Wie wird das Ende sein?« fragte Ganesh.

»Das Ende wird sein, wie der Anfang war, o du träger Sohn des Schiwa! Die Flamme wird auf den Altären sterben und das Gebet auf der Zunge, bis ihr wieder kleine Götter werdet, Götter des Dschungels, Namen, den die Rattenjäger und Hundefallensteller im Dickicht und in den Höhlen flüstern, – Götter des Steins, Götterlinge des Baumes und der Dorfgemarkung, die ihr zu Anbeginn wart. Das ist das Ende für dich, Ganesh, und für Bhairon – Bhairon des niederen Volkes.«

»Noch ist es weit bis dahin«, schnaubte Bhairon. »Auch ist das eine Lüge.«

»Viele Frauen haben Krischna geküßt. Sie erzählten ihm dies, um ihren eignen Herzen Mut zu machen, als die grauen Haare kamen, und er hat uns die Geschichte erzählt«, sagte der Bulle leise.

»Ihre Götter kamen, und wir haben sie verwandelt. Ich nahm die Frau und machte sie zwölfarmig. So werden wir alle ihre Götter umwandeln«, sprach Hanuman.

»Ihre Götter! Die Rede geht nicht um ihre Götter, einen oder drei – Mann oder Frau. Die Rede geht um das Volk. Die Menschen wandeln sich und nicht die Götter der Brükkenbauer«, erwiderte Krischna.

»So sei es. Ich brachte einen Menschen dazu, den Feuerwagen anzubeten, als er Rauch speiend stillstand, und er wußte nicht, daß er mich anbetete«, sagte Hanuman, der Affe. »Sie werden nur die Namen ihrer Götter ein wenig ändern. Ich werde die Erbauer von Brücken leiten, wie von je; Schiwa wird in den Schulen von denen verehrt werden, die in Zweifeln leben und ihre Gefährten verachten; Ganesh soll seine *Mahajuns* haben und Bhairon die Eseltreiber, die Pilger und die Spielzeughändler. Geliebter, sie werden nur die Namen wechseln, und dies haben wir tausendmal erlebt.«

»Sicherlich werden sie nur die Namen wechseln«, echote Ganesh; aber dennoch ging eine Bewegung des Unbehagens durch die Schar der Götter.

»Sie werden mehr als die Namen ändern. – Mich allein können sie nicht zerstören, solange Jungfrau und Mann einander begegnen, solange Frühling auf die Winterregen folgt. Himmlische, nicht umsonst bin ich auf der Erde gewandelt. Mein Volk weiß noch nicht, was es weiß; aber ich, der ich mit ihm lebe, lese in seinem Herzen. Große Könige, der Anfang vom Ende ward schon geboren. Die Feuerwagen rufen die Namen neuer Götter aus, die nicht die alten unter neuen Namen sind. Eßt und trinkt üppig! Badet eure Angesichter im Rauche der Altäre, bevor sie erkalten. Empfanget die Gaben und lauschet den Zymbeln und Trommeln, Himmlische, solange es noch Blumen und Lieder gibt. Nach Menschenrechnung ist das Ende noch fern; aber wir, die wir wissen, erkennen, daß es heute ist. Ich habe gesprochen.«

Der junge Gott verstummte, und seine Brüder blickten einander in langem Schweigen an.

»Dies habe ich noch nie vorher gehört«, flüsterte Peroo seinem Gefährten ins Ohr. »Und dennoch manchmal, wenn ich die Maschine unten im Maschinenraume der ›Goorkha‹ ölte, habe ich mich gefragt, ob unsere Priester gar so weise seien – so weise. Der Tag kommt herauf, Sahib. Wenn der Morgen naht, werden sie verschwunden sein.«

Gelbes Licht breitete sich über den Himmel, und die Farbe des Flusses wandelte sich, da die Dunkelheit wich.

Plötzlich trompetete der Elefant laut los, als hätte ihm ein Mensch den Stachelstock in die Seite getrieben: »Laßt Indra richten! All-Vater, sprich du! Was ist an den Dingen, die wir vernommen haben? Hat Krischna wirklich gelogen? Oder ...«

»Ihr wißt es«, sprach der Bock und erhob sich. »Ihr wißt das Rätsel von den Göttern. Wenn Brahma zu träumen aufhört, verschwinden die Himmel und die Höllen und die Erde. Seid ruhig. Noch träumt Brahma. Die Träume kommen und gehen und die Natur der Träume verändert sich, aber noch träumt Brahma. Krischna ist zu lange auf der Erde gewandelt, und dennoch liebe ich ihn noch mehr um der Geschichte willen, die er erzählt hat. Die Götter wechseln, Geliebter – alle bis auf einen!«

»Ja, alle bis auf den einen, der die Liebe in den Herzen der Menschen erweckt«, entgegnete Krischna und knotete seinen Gürtel fest. »Nur eine kleine Zeit noch geduldet euch und ihr sollt sehen, ob ich lüge.«

»Wahrlich, es ist nur eine kleine Zeit, wie du sagst, und dann werden wir wissen. Kehre zurück zu deinen Hütten, Geliebter, und scherze mit den jungen Wesen, denn noch träumt Brahma. Geht, meine Kinder! Brahma träumt, und bevor er erwacht – sterben die Götter nicht.«

»Woher sind sie gekommen?« fragte angsterfüllt der Laskar; er zitterte vor Kälte. »Gott weiß, woher«, erwiderte Findlayson. Der Fluß und die Insel lagen jetzt im vollen Tageslicht da, und keine Abdrücke von Hufen und Klauen waren in der nassen Erde unter dem Peepulbaume zu sehen. Nur ein Papagei kreischte in den Zweigen, und als er seine Flügel lüftete, fiel ein Tropenschauer herab.

»Auf! Wir sind vor Kälte erstarrt. Ist die Wirkung des Opiums erloschen? Kannst du dich bewegen, Sahib?«

Findlayson stand taumelnd auf und schüttelte sich. In seinem Kopfe war ein verschwimmender Schmerz, aber die Wirkung des Opiums war vorbei, und nachdem der Chefingenieur der Kashi-Brücke seine Stirn in einer Wasserlache gekühlt hatte, dachte er verwundert darüber nach, wie es ihm gelungen war, auf diese Insel zu gelangen, und welche Möglichkeiten es gäbe, sie am gleichen Tage zu verlassen, und vor allem, ob sein Werk noch stehe.

»Peroo, ich habe vieles vergessen. Ich befand mich unterhalb des Wachtturms und beobachtete den Fluß; und dann? – – Hat uns das Hochwasser fortgerissen?«

»Nein. Die Kähne haben sich losgemacht, Sahib« (wenn der Sahib das Opium vergessen hatte, wollte Peroo ihn keineswegs daran erinnern), »und im Bemühen, sie wieder zu vertäuen, schien mir – aber es war dunkel –, daß ein Seil den Sahib mitriß und ihn auf ein Boot schleuderte. Und da ich daran dachte, daß doch wir zwei mit Hitchcock Sahib, wie es in der Tat der Fall war, die Brücke gebaut haben, kam ich auch auf das Boot, das auf den Wellenkämmen auf diese Insel zutrieb, wo es zerschellte und uns an Land warf. Ich tat einen großen Schrei, als das Boot den Kai verließ, und zweifellos wird uns Hitchcock Sahib suchen kommen. Und was die Brücke betrifft – es sind so viele während des Baus gestorben, daß sie nicht einstürzen kann.«

Eine glühende Sonne war auf den Sturm gefolgt, die alle Gerüche aus dem durchweichten Erdboden sog; und in ihrem hellen Licht war kein Raum für Gedanken an nächtliche Träume. Findlayson starrte stromaufwärts über die blendenden bewegten Wasser, bis seine Augen ihn schmerzten. Keine Spur von einem Gangesufer war zu sehen, noch weniger die Linie einer Brücke.

»Wir sind weit heruntergetrieben worden«, sagte er. »Es ist wunderbar, daß wir nicht hundertmal ertrunken sind.«

»Das wäre das geringste der Wunder, denn kein Mensch stirbt, ehe seine Zeit um ist. Ich habe Sydney gesehen, ich habe London gesehen und zwanzig große Häfen, aber« – Peroo warf einen Blick auf den feuchten ausgeblaßten Altar unter dem Peepulbaume – »nie hat ein Mensch das gesehen, was wir gesehen haben.«

»Was?«

»Hat der Sahib vergessen oder sehen nur wir Dunkelhäutigen die Götter?«

»Fieber lag auf mir.« Noch immer blickte Findlayson voll Unbehagen über das Wasser hin. »Es schien mir, als sei die Insel voll von sprechenden Tieren und Menschen gewesen, aber ich erinnere mich nicht genau. Ein Boot könnte sich jetzt auf dies Wasser wagen, nicht?«

»Oho! Dann ist es wahr. Wenn Brahma zu träumen aufhört, sterben die Götter. Jetzt weiß ich wahrhaftig, was er meinte. Einmal sagte mir auch der *Guru* ebendasselbe, aber damals habe ich es nicht verstanden. Jetzt bin ich weise.«

»Was?« fragte Findlayson leichthin.

Peroo fuhr fort, als spräche er zu sich selbst: »Sechs, sieben, – zehn Monsune ist es her, da stand ich auf Wache auf der Brücke der ›Rewah‹ – dem großen Kumpani-Dampfer, und da war ein großer Taifun, der peitschte grünes und schwarzes Wasser auf; und ich hielt mich fest an den Sicherheitsleinen und erstickte fast unter dem Wasseranprall. Da dachte ich an die Götter – an die, die wir heute nacht gesehen haben« – (er starrte mit sonderbarem Ausdruck auf Findlaysons Rükken, aber der weiße Mann schaute über das Wasser hin). »Ja, ich sage, ich dachte an die, die wir diese Nacht gesehen haben, und rief sie an, mich zu beschützen. Und während ich betete und dabei doch meine Wache hielt, kam eine große Woge und schleuderte mich vorwärts auf den Schäkel des großen schwarzen Bugankers, und die ›Rewah‹ stieg höher und höher, holte nach Backbord über, das Wasser sank unter dem Bug weg, und ich lag auf meinem Bauch, hielt mich an dem Schäkel und blickte in diese große Tiefe hinab. Dann dachte ich, sogar angesichts des Todes, wenn ich loslasse, sterbe ich, und für mich wird es nie mehr die ›Rewah‹, noch meinen Platz in der Kombüse, wo der Reis gekocht wird, noch Bombay, noch Kalkutta, nicht einmal mehr London geben. Ich sagte: ›Wie soll ich dessen gewiß sein, daß die Götter, zu denen ich bete, mir überhaupt beistehen?‹ So dachte ich, und die ›Rewah‹ tauchte ihre Nase ein, wie ein Hammer fällt, und die See überflutete sie und schwemmte mich nach achtern an der Brücke vorbei und über die Brückennocks, und ich schlug mir an den Ladewinden eine böse Beule am Schienbein; aber ich bin nicht gestorben, und ich habe die Götter gesehen. Sie taugen für die Lebenden, aber nicht für die Toten – – – Sie haben es selbst verkündet. Daher werde ich, wenn ich ins Dorf zurückkehre, den *Guru* dafür verprügeln, daß er in Rätseln spricht, die keine Rätsel sind. Wenn Brahma zu träumen aufhört, gehen die Götter unter.«

»Schau stromaufwärts. Das Licht blendet. Ist dort nicht Rauch?«

Peroo beschattete seine Augen mit der Hand: »Er ist ein weiser Mann und hurtig. Hitchcock Sahib wollte keinem Ruderboot trauen. Er hat sich des Rao Sahib Dampfbarkasse ausgeliehen und kommt, nach uns zu suchen. Ich habe immer gesagt, daß wir bei den Brückenwerken eine Dampfbarkasse nötig hätten.«

Das Territorium des Rao von Baraon lag zehn Meilen von der Brücke entfernt, und Findlayson und Hitchcock hatten ein gut Teil ihrer geringen Mußezeit damit verbracht, mit dem jungen Manne Schwarzböcke zu schießen und Billard zu spielen. Er war von einem englischen Hofmeister, der für Sport viel übrig hatte, fünf oder sechs Jahre lang erzogen worden und war nun damit beschäftigt, seine Revenuen, die die indische Regierung während seiner Minderjährigkeit für ihn angehäuft hatte, königlich zu verschwenden. Seine Dampfbarkasse mit silberbeschlagener Reling, gestreifter Seidenmarkise und Mahagonidecks war ein neues Spielzeug, das Findlayson oft schrecklich im Wege gewesen war, wenn der Rao kam, um die Brückenarbeit zu besichtigen.

»Es ist ein großes Glück«, murmelte Findlayson, doch war er nicht wenig in Angst, welche Neuigkeiten er über seine Brücke zu hören bekommen würde.

Der prunkend blauweiße Schlot kam rasch stromabwärts. Sie konnten Hitchcock im Bug stehen sehen, mit einem Fernglase in der Hand; sein Gesicht war ungewöhnlich blaß. Dann rief Peroo sie an, und die Barkasse hielt auf die Insel zu. Der Rao Sahib, im Jagdanzuge, mit einem siebenfarbigen Turban auf dem Kopfe, winkte mit der königlichen Hand, und Hitchcock stieß einen Freudenschrei aus. Aber er kam nicht dazu, Fragen zu stellen, denn Findlaysons erstes Wort galt seiner Brücke.

»Alles klar! Gott, ich dachte nicht, Sie je wieder zu sehen, Findlayson. Sie sind sieben Kos stromabwärts getrieben worden. Ja, kein Stein ist losgerissen – aber wie geht es Ihnen? Ich lieh mir die Barkasse des Rao Sahib, und er war so freundlich, mitzukommen. Steigen Sie ein!«

»Ah, Finlinson, Sie sind wohlauf, nicht? Das war ein noch nicht dagewesenes Unglück gestern nacht, nicht? Mein königlicher Palast hat auch ein teuflisches Leck, und die Ernte in meinem Lande wird wohl recht gering sein. Jetzt müssen Sie sie zurückgehen lassen, Hitchcock. Ich – ich verstehe mich nicht auf Dampfmaschinen. Sind Sie durchnäßt? Ist Ihnen kalt, Finlinson? Ich habe einiges zu essen hier, und Sie bekommen auch einen ordentlichen Trunk.«

»Ich bin Ihnen ungeheuer dankbar, Rao Sahib. Ich glaube, Sie haben mir das Leben gerettet. Wie hat Hitchcock –«

»Hoho, ihm sind die Haare zu Berge gestanden. Um Mitternacht kam er zu mir geritten und weckte mich aus Morpheus' Armen auf. Ich war wirklich so betroffen, Finlinson, daß ich mitkam. Mein Oberpriester ist eben jetzt sehr zornig über mich. Wir wollen uns eilen, Herr Hitchcock. Ich bin verpflichtet, mich um zwölf Uhr fünfundvierzig im Staatstempel einzufinden, wo wir irgendein neues Götterbild einweihen. Wenn das nicht wäre, hätte ich Sie gebeten, den Tag mit mir zu verbringen. Verteufelt langweilig, diese religiösen Zeremonien, nicht, Finlinson?«

Peroo, der der Besatzung gut bekannt war, hatte sich des Steuerrades bemächtigt und steuerte die Barkasse geschickt stromaufwärts. Aber während er steuerte, war er in Gedanken damit beschäftigt, ein zwei Fuß langes, teilweise aufgedröseltes Drahtseil zu handhaben; und der Rücken, auf den er losschlug, war der Rücken seines *Guru*.

Das Grab seiner Ahnen

Manche sagen: wenn es in ganz Indien nur *einen* Laib Brot gäbe, so würde er zu gleichen Teilen zwischen die Plowdens, die Trevors, die Beadons und die Rivett-Carnacs verteilt werden. Damit ist soviel gesagt wie: gewisse Familien dienen in Indien Generation nach Generation, gleichwie drüben in Europa die Kronprinzen einander auf den Thron folgen.

Wir wollen hier von einem kleinen und bescheidenen Fall reden. Es gab zum mindesten immer einen Vertreter der Devonshire-Chinns in oder nahe bei Zentral-Indien seit den Tagen des Artillerieleutnants Humphrey Chinn vom Regiment Bombay, der bei der Einnahme von Seringapatam 1799 dabei war. Alfred Ellis Chinn, Humphreys jüngerer Bruder, befehligte ein Bombayer Grenadierregiment von 1804 bis 1813 und machte allerhand Kampagnen mit; und im Jahre 1834 tat sich John Chinn aus derselben Familie – wir wollen ihn John Chinn den Ersten nennen – als besonnener Leiter der Verwaltung in unruhiger Zeit hervor in einem Bezirk namens Mundesur. Er starb jung, hatte aber dennoch bereits dem neuen Gebiet sein Gepräge gegeben, und die wohllöbliche Direktion der wohllöblichen Ostindien-Kompanie vereinigte seine trefflichen Eigenschaften in einer feierlichen Denkschrift und bezahlte die Kosten für sein Grabmal in den Bergen von Satpura.

Ihm folgte sein Sohn, Lionel Chinn, der sein altes kleines Heimatgut in Devonshire just rechtzeitig verließ, um bei dem großen Truppenaufstand in Indien schwer verwundet zu werden. Sein berufliches Leben spielte sich in einem Umkreis von hundertfünfzig Meilen um John Chinns Grabstätte ab, und er brachte es schließlich bis zum Kommando über ein Regiment kleiner, wilder Gebirgler, die schon sein Vater fast alle gekannt hatte. Sein Sohn wurde geboren in der kleinen strohgedeckten, lehmgemauerten Garnison, die selbst heute noch achtzig Meilen von der nächsten Bahnstation entfernt liegt, im Herzen eines verwilderten, von Tigern heimgesuchten Landes. Oberst Lionel diente dreißig Jahre und nahm dann seinen Abschied. Im Kanal passierte sein Dampfer das

Truppentransportschiff, das seinen Sohn ostwärts trug, seinen Pflichten entgegen, wie die Familientradition es gebot.

Die Chinns sind besser dran als die meisten Menschen, denn sie wissen genau, was sie zu tun haben. Ein gescheiter Chinn tritt in Bombay in die Zivilverwaltung ein und geht nach Zentral-Indien, wo jedermann erfreut ist, ihn zu sehen. Ein minder begabter Chinn tritt in das Polizeidepartement ein oder in die Forstverwaltung, um früher oder später, ebenfalls in Zentral-Indien aufzutauchen; daher denn die Rede geht: »Zentral-Indien ist bewohnt von Bhils[1], Mairs[1] und Chinns, alle so ziemlich vom gleichen Schlag.« Die Chinns sind alle schmalgliedrig, dunkel, schweigsam, und selbst die Dümmsten von ihnen sind noch gute Schützen. John Chinn der Zweite war ein recht gescheiter Bursch, aber als ältester Sohn trat er, gemäß der Chinn-Tradition, in die Armee ein. Seine Pflicht war, auf Lebenszeit in seines Vaters Regiment zu bleiben, obschon die meisten alles darum gegeben hätten, dieses Regiment zu vermeiden. Es war eine irreguläre Eingeborenentruppe, kleine, dunkle schwärzliche Kerls, in grüne Schützenuniformen mit schwarzen Lederbesätzen montiert; und freundliche Gemüter nannten sie die »Wuddars«, was soviel bedeutet wie Volk niedriger Kaste, das Ratten frißt. Aber die Wuddars nahmen das nicht übel. Sie waren die einzigen und alleinigen Wuddars, und ihre Gründe, sich besonders zu fühlen, waren folgende: erstlich, sie hatten weniger englische Offiziere als irgendein anderes Eingeborenenregiment; zweitens, ihre Leutnante waren nicht beritten, sondern marschierten zu Fuß an der Spitze ihrer Leute. Ein Mann, der den Geschwindschritt der Wuddars mithalten kann, muß gesund an Leib und Lunge sein. Drittens, sie waren *pukka shikarries*[2], die besten von ganz Indien. Und viertens und immer wieder: sie waren die Wuddars – Chinns irreguläres Bhil-Regiment von eh', aber jetzt und für alle Zeiten – die Wuddars.

Die Engländer, die in das Regiment eintraten, taten es höchstens aus Liebhaberei oder eben aus Familientradition. Die Offiziere redeten mit ihren Leuten in einer Zunge, die nicht zweihundert Weiße in Indien verstanden; und die Leute waren ihre Kinder, alles Bhils, die vielleicht die merkwür-

1. Zentralindische Volksstämme. – 2. Waschechte Jäger.

digste aller merkwürdigen Rassen Indiens sind. Sie waren, und sind ihm Herzen noch heute, wilde, verschlossene scheue Gesellen, vollgepfropft mit Aberglauben. Die Rassen, die wir die Eingeborenen dieser Gegend nennen, fanden die Bhils bereits im Besitz des Landes, als sie zuerst vor Tausenden von Jahren in dieses Stück Welt einbrachen. Gelehrte Bücher nennen sie Prä-Arier, Ureinwohner, Draviden und dergleichen, und so nennen sich, in andern Worten, die Bhils selber. Wenn ein Radschputfürst, dessen Barden seinen Stammbaum bis auf zwölfhundert Jahre zurück besingen können, auf den Thron gesetzt wird, so ist diese Einsetzung nicht vollkommen, ehe ihm nicht die Stirn gezeichnet ist mit Blut aus den Adern eines Bhil. Der Radschput sagt, die Zeremonie habe keine Bedeutung, aber der Bhil weiß, daß sie der letzte, letzte Schatten seiner alten Rechte als einstigen Besitzers dieses Bodens ist.

Jahrhunderte voll Unterdrückung und Blut machten den Bhil zu einem grausamen und halbverblödeten Dieb und Viehräuber, und als die Engländer kamen, schien er der Zivilisation nicht zugänglicher, als der Tiger seiner eigenen Dschungeln. Aber John Chinn der Erste, Vater von Lionel, Großvater unseres John, kam in sein Land, lebte mit ihm, lernte seine Sprache, schoß das Wild, das seine kümmerliche Feldfrucht fraß, und gewann sein Zutrauen, so daß die Bhils schließlich pflügen und säen lernten, während andere von ihnen mit gutem Zureden dazu gebracht wurden, in den Heeresdienst einzutreten und die Polizei über ihre Stammesbrüder auszuüben.

Nachdem sie einmal begriffen hatten, daß in Reih' und Glied stehen nicht gleichbedeutend war mit augenblicklich erschossen werden, bequemten sie sich zum Soldatenhandwerk als zu einer zwar beschwerlichen, doch belustigenden Art Sport und waren eifrig bemüht, die noch ungezähmten Bhils in Rand und Band zu halten. Damit war das Schlimmste überwunden. John Chinn der Erste gab ihnen geschriebene Zusagen, daß die Regierung, wenn sie von einem bestimmten Zeitpunkt an brav wären, über alte Vergehen ein Auge zudrücken würde; und da sie wußten, daß John Chinn nie sein Wort brach – er hatte einmal versprochen, einen als unverwundbar geltenden Bhil zu hängen, und hängte ihn auch wirklich im Angesicht seines Stammes für sieben erwiesene

Mordtaten –, so gaben die Bhils Ruhe, so gut es ihnen eben möglich war. Es war langsame Arbeit in aller Stille von der Art, wie sie noch heute allenthalben in Indien getan wird; und obwohl John Chinn seinen einzigen Lohn, wie gesagt, in Gestalt eines Grabmals auf Regierungskosten erhielt, vergaß ihn doch das kleine Bergvolk nie.

Auch Oberst Lionel Chinn kannte und liebte sie, und sie waren, für Bhils, am Ende seiner Dienstzeit recht leidlich zivilisiert. Viele von ihnen hätte man kaum noch von Hindufarmern niedriger Kaste unterscheiden können; nur im Süden, wo John Chinn der Erste begraben lag, hausten die Unzähmbarsten noch auf den Höhen von Satpura und hegten die Legende, daß eines Tages Jan Chinn, wie sie ihn nannten, zurückkehren werde zu seinem Volk. Mittlerweile mißtrauten sie dem weißen Mann und seiner Art. Die geringste Herausforderung trieb sie zu Raub- und Plünderungszügen, gelegentlich zu Mordtaten. Aber wenn sie behutsam behandelt wurden, waren sie reuig wie Kinder und versprachen, es nie wieder zu tun.

Die Bhils im Regiment – die uniformierten – waren in vieler Hinsicht tüchtig, aber sie mußten immer bei guter Laune erhalten werden. Sie langweilten sich und kriegten Heimweh, wenn man sie nicht als Treiber auf Tigerjagd mitnahm; und ihr kaltblütiger Wagemut – alle Wuddars schießen Tiger zu Fuß, das ist die Eigentümlichkeit ihrer Kaste – setzte selbst die Offiziere in Erstaunen. Sie verfolgten einen verwundeten Tiger so unbesorgt, als wäre es ein Spatz mit gebrochenem Flügel; und das in einem Lande voller Höhlen, Schluchten und Gruben, wo ein Raubtier ein Dutzend Männer in Schach halten konnte. Dann und wann wurde ein kleiner Mann mit eingeschlagenem Schädel oder aufgerissenen Rippen zur Kaserne gebracht; aber seine Kameraden wurden deshalb nicht vorsichtiger; sie begnügten sich alsdann damit, den Tiger zu erledigen.

John Chinn der Junge war vor der Veranda des einsamen Messehauses der Wuddars vom Rücksitz eines zweirädrigen Wagens herabgesprungen; alle seine Gewehrbehälter purzelten ihm nach. Der schlanke kleine hakennasige Bursch sah so verloren aus wie eine verirrte Geiß, indes er sich den weißen Staub von den Knien klopfte und der Wagen die blendende Straße hinabholperte. Aber im Herzen war ihm wohl. Dies war ja der Ort, wo er geboren war, und es hatte sich eigentlich nicht viel verändert, seit er vor fünfzehn Jahren als Kind nach England geschickt worden war.

Ein paar neue Gebäude waren da, aber Luft und Geruch und Sonne waren dieselben; und der kleine grüne Kerl, der da über den Exerzierplatz kam, sah ganz vertraut aus. Vor drei Wochen noch würde John Chinn behauptet haben, daß er sich nicht eines einzigen Wortes der Bhil-Sprache mehr entsinne, aber an der Tür zur Messe merkte er, daß er seine Lippen zu Sätzen bewegte, die er selber nicht verstand – Stückchen alter Kinderlieder und Nachklänge von Befehlen, die sein Vater den Leuten zu geben pflegte.

Der Oberst beobachtete ihn, wie er die Stufen heraufkam, und lachte.

»Schauen Sie!« sagte er zu dem Major. »Nicht nötig zu fragen, wo der Junge herstammt. Er ist ein *pukka* Chinn. Könnte sein Vater sein, so aus den fünfziger Jahren.«

»Hoffentlich ebenso guter Schütze«, sagte der Major. »Schießkram genug bringt er mit.«

»Würde kein Chinn sein, wenn er's nicht täte. Schauen Sie, wie er sich die Nase putzt! Richtiger Chinn-Haken. Schwingt das Taschentuch genau wie sein Vater. Zweite Auflage – Zug für Zug.«

»Märchenhaft bei Gott!« sagte der Major, durch die Latten der Jalousie spähend. »Wenn er der rechte Sohn seines Vaters ist, wird er jetzt ... Wahrhaftig, genau wie der alte Chinn nie an dem Ding vorbeikommen konnte, ohne dran zu fummeln ...!«

»Sein Sohn!« rief der Oberst aufspringend.

»Da hol' mich doch ...« sagte der Major. Der Blick des jungen Mannes war haftengeblieben an einem zerschlissenen Schilfvorhang, der an einer Schnur zwischen den Verandapfosten hing, und er hatte mechanisch an einer Ecke gezupft, um ihn geradezurücken.

Chinn der Alte hatte dreimal am Tage seit vielen Jahren diesen Vorhang verflucht, er hing ihm nie recht. Sein Sohn trat in den Vorraum unter allgemeinem Schweigen. Dann hießen sie ihn willkommen, um seines Vaters willen, und, als sie wärmer wurden, auch um seiner selbst willen. Er war dem Porträt des Obersten an der Wand lächerlich ähnlich, und nachdem er sich den Staub etwas aus der Kehle gespült hatte, ging er in sein Quartier mit dem kurzen, lautlosen Dschungelschritt des Alten.

»Das nenn' ich Vererbung«, sagte der Major. »Das kommt von drei Generationen bei den Bhils.«

»Und die Leute wissen es«, sagte der Flügeladjutant. »Sie haben auf diesen Jüngling schon gewartet, daß ihnen die Zunge 'raushängt. Ich bin überzeugt, wenn er ihnen nicht geradezu die Schädel einschlägt, werden sie sich kompanieweise vor ihm hinschmeißen und ihn anbeten.«

»Geht nichts über einen Vater als Vorgänger«, meinte der Major. »Ich bin ein Parvenü bei meinen Kerls. Ich bin erst seit zwanzig Jahren im Regiment, und mein verehrter alter Herr war nichts als ein einfacher Landjunker. Der Denkungsweise eines Bhil kommt man da nicht auf den Grund. Jetzt – warum saust dort die Perle von Träger, die der junge Chinn mitgebracht hat, mit seinem Bündel in die Gegend?« Er trat auf die Veranda und rief dem Mann nach – einem typischen neueingetretenen Leutnantsburschen, der englisch spricht und dementsprechend gaunert. »Was ist los?« rief er.

»Viel schlechtes Männer hier! Ich gehen, Sar«, war die Antwort. »Haben Sahibs Schlüssel genommen und sagen, wollen schießen.«

»Verdammt einleuchtend – verdammt überzeugend. Was so ein Gauner Beine machen kann! Müssen ihm einen scheußlichen Schreck eingejagt haben.« Der Major schlenderte in sein Quartier, um sich für die Messe anzukleiden.

Der junge Chinn war um das ganze Kantonnement herumgesteuert, ehe er zu seinem eigenen winzigen Häuschen ging. Das Hauptmannsquartier, wo er zur Welt gekommen war, hielt ihn eine Weile auf; dann schaute er nach dem Brunnen auf dem Exerzierplatz, wo er abends mit seiner Amme gesessen hatte, und nach der kleinen Kirche, in die die Offiziere zum Gottesdienst gingen, wenn just mal ein Geistlicher irgendeines offiziellen Bekenntnisses hier des Weges kam. Sie kam ihm sehr klein vor, verglichen mit dem riesenhaften Bauwerk, zu dem er damals emporgeschaut hatte; aber es war doch derselbe Ort.

Dann und wann kam er an einem Trupp schweigender Soldaten vorbei, die salutierten. Vielleicht waren es just die Männer, die ihn auf dem Rücken getragen hatten, als er in seinen ersten Knickerbockers prangte. Ein schwaches Licht brannte in seinem Zimmer, und als er eintrat, umklammerten Hände seine Füße und eine Stimme murmelte vom Boden herauf.

»Wer ist das?« fragte der junge Chinn, unbewußt in der Sprache der Bhils redend.

»Ich trug dich in meinen Armen, Sahib, als ich ein starker Mann war und du ein kleiner, der immer weinte, weinte, weinte! Ich bin dein Diener, wie ich deines Vaters Diener war vor dir. Wir alle sind deine Diener.«

Chinn getraute sich nicht, zu antworten, und die Stimme fuhr fort:

»Ich habe deine Schlüssel genommen von diesem fetten Fremden und habe ihn weggeschickt; und die Manschettenknöpfe sind im Hemd für die Messe. Wer sollte wissen, wenn ich nicht weiß? Das Baby ist ein Mann geworden und hat seine Amme vergessen. Aber mein Neffe soll ein guter Diener sein, oder ich will ihn schlagen zweimal am Tag.«

Alsdann erhob sich, gerade wie ein Bhil-Pfeil, mit klapperndem Geräusch, ein kleiner weißhaariger, verdorrter Affe von Mann, die Brust mit Medaillen und Orden behängt, stammelnd, salutierend, zitternd. Hinter ihm war ein junger, drahtiger Bhil, in Uniform, damit beschäftigt, die Spanner aus Chinns Lackschuhen herauszunehmen.

Chinns Augen standen voll Tränen. Der Alte hielt seine Schlüssel hoch.

»Fremde sind schlechtes Volk. Er wird nie wiederkommen. Wir alle sind Diener von deines Vaters Sohn. Hat der Sahib vergessen, wer ihn mitnahm und ihm den Tiger in der Falle zeigte in dem Dorf überm Fluß, als seine Mutter so furchtsam war und er so tapfer?«

Das Bild tauchte vor Chinn auf wie im Licht einer *Laterna magica.* »Bukta!« rief er, und im selben Atem: »Du sagtest, es würde mir nichts geschehen. *Ist* es Bukta?«

Zum zweiten Mal lag ihm der Mann zu Füßen. »Er hat nicht vergessen. Er gedenkt seines Volks, wie sein Vater gedachte. Jetzt kann ich sterben. Aber erst will ich leben und dem Sahib zeigen, wie Tiger getötet werden. Das da hinten ist mein Neffe. Wenn er kein guter Diener ist, schlage ihn und schick ihn zu mir und ich will ihn gewißlich töten, denn nun ist der Sahib bei seinem Volk. Ai, Jan-*baba* – Jan-*baba*! Mein Jan-*baba*! Ich will hier bleiben und zusehen, daß Das da seine Arbeit tut, wie sich's gehört. Zieh ihm die Stiefel aus, Narr. Sitz auf dein Bett, Sahib, und laß mich schauen. Es *ist* Jan-*baba*!«

Er streckte den Griff seines Säbels vor zum Zeichen der Ergebenheit, eine Ehre, die nur Vizekönigen, Gouverneuren und Generälen erwiesen wird, oder kleinen Kindern, die man zärtlich liebt. Chinn berührte den Griff mechanisch mit drei Fingern und murmelte dabei, er wußte nicht was. Es war aber just die alte Erwiderung aus seiner Kinderzeit, wenn Bukta ihn zum Spaß den kleinen General-Sahib genannt hatte.

Das Quartier des Majors lag gegenüber dem von Chinn, und als er seinen Burschen plötzlich vor Überraschung schnaufen hörte, hob er den Blick und sah hinüber. Dann setzte sich der Major aufs Bett und pfiff; denn das Schauspiel, wie der Senior der Eingeborenenoffiziere – ein »Vollblut«-Bhil, Ritter des Ordens von Britisch-Indien, mit 35 tadellosen Dienstjahren in der Armee und einem Rang bei seinem eigenen Volk, der höher war als derjenige so manches bengalischen Kleinfürsten – sich zum Kammerdiener des jüngsten eben angekommenen Leutnants machte, dieses Schauspiel war ein bißchen zuviel für seine Nerven.

Die kehltönigen Hörner bliesen das Signal zur Messe, das eine lange Geschichte hat. Zuerst ein paar durchdringende Töne, gleich Rufen fern aus dem Dickicht, und dann, breit, voll und weich, der Refrain des wilden Liedes: »Und oh, und oh, die Freuden von Mundore – Mundore!«

»Alle kleinen Kinder waren im Bett, als der Sahib dieses Signal zuletzt hörte«, sagte Bukta, Chinn ein frisches Taschentuch reichend. Das Signal brachte ihm die Erinnerung an sein Bett unter dem Moskitonetz, den Kuß seiner Mutter und den Klang von Schritten, die immer schwächer wurden, indes er in Schlaf sank. So hakte er den schwarzen Kragen seines neuen Messerocks zu und ging zum Abendessen wie ein Prinz, der eben seines Vaters Krone geerbt hat.

Der alte Bukta storchte hinaus und drehte seinen Backenbart. Er kannte seinen Wert, und kein Geld noch Rang, den die Regierung zu vergeben hatte, würde ihn dazu gebracht haben, jungen Offizieren Manschettenknöpfe in die Hemden zu stecken oder ihnen frische Taschentücher zu reichen. Dennoch, als er an diesem Abend seine Uniform auszog und sich zu einer stillen Tabaksrunde unter seine Stammesbrüder hockte, erzählte er ihnen, was er getan hatte, und sie sagten, er habe durchaus recht getan. Worauf Bukta eine Theorie zum besten gab, die für die Begriffe eines Weißen blühender Unsinn gewesen wäre; aber die flüsternden kleinen Krieger steckten die Köpfe zusammen und erwogen sie von jedem Gesichtspunkt aus und kamen zu dem Schloß, daß möglicherweise sehr viel daran sei.

In der Messe, unter den Öllampen, wandte sich das Gespräch wie gewöhnlich dem unvermeidlichen Thema zu: *Shikar* – Jagd auf Großwild aller Art und unter allen möglichen Umständen. Der junge Chinn machte große Augen, als er begriff, daß jeder seiner Kameraden schon mehr als *einen* Tiger auf Wuddar-Art – d. h. zu Fuß – geschossen hatte, ohne mehr Aufhebens davon zu machen, als wenn das Biest ein Hund gewesen wäre.

»In neun Fällen von zehn«, sagte der Major, »ist ein Tiger ungefähr ebenso gefährlich wie ein Stachelschwein. Aber beim zehnten Mal – was haste, was kannste!«

Alle lachten; und es war noch lange nicht Mitternacht, da drehte sich Chinn schon der Kopf von Tigergeschichten – Geschichten von menschenfressenden Tigern und solchen, die Vieh reißen, jeder seinem Geschäft so ordentlich und säuberlich nachgehend, wie Beamte in einer Kanzlei; neuen Tigern, die erst jüngst in den und den Distrikt gekommen waren, und alten, wohlbekannten Tieren, mit allen Schlichen vertraut, in der Messe mit Spitznamen getauft, wie »Puggy«, der faul war und riesige Pranken hatte, oder »Mrs. Malaprop«, die immer mit echt weiblichem Geschnurr auftauchte, wenn man sie am wenigsten erwartete. Dann sprachen sie vom Aberglauben der Bhils, ein weites, phantastisches Gebiet, bis der junge Chinn sich die Bemerkung erlaubte, es käme ihm vor, als ob sie ihn zum Besten halten wollten.

»Nein, wirklich nicht«, sagte sein Nachbar zur Linken. »Wir wissen genau Bescheid über Sie. Sie sind ein Chinn usw., und Sie haben hier sozusagen verbriefte Rechte; aber wenn Sie nicht mal glauben, was *wir* Ihnen sagen, was soll da werden, wenn erst der alte Bukta anfängt? Der weiß Geschichten von Geistertigern, und Tigern, die in eine eigene Tigerhölle fahren, und Tigern, die auf den Hinterpratzen laufen, und von dem Reit-Tiger Ihres Großpapas sogar. Merkwürdig, daß er noch nicht davon gesprochen hat.«

»Sie wissen, daß ein Vorfahre von Ihnen in Satpura drüben begraben liegt?« fragte der Major, als Chinn unschlüssig lächelte.

»Natürlich«, sagte Chinn, der die Familienchronik auswendig wußte. Sie liegt in einem abgegriffenen alten Lederband auf dem chinesischen Lacktischchen hinter dem Klavier in dem alten Vaterhause in Devonshire, und die Kinder dürfen am Sonntag hineinschauen.

»Ich war nicht ganz sicher. Ihr verehrter Ahnherr, mein Junge, hat nach dem Glauben der Bhils einen Tiger zu eigener Verfügung – einen gesattelten Tiger, auf dem er im Lande herumreitet, sooft er Lust dazu verspürt. *Ich* finde das nicht besonders schicklich für den Geist eines alten Beamten; aber die Bhils im Süden sind nun mal davon überzeugt. Selbst unsere Leute, die man einigermaßen vernünftig nennen kann, vermeiden die Gegend lieber, wenn sie hören, daß Jan Chinn auf seinem Tiger herumsaust. Man sagt, es sei ein sogenanntes gewölktes Tier – nicht gestreift, sondern gefleckt, wie Schildpatt. Ein grausliches Vieh ist es und ein sicherer Vorbote von Krieg oder Pest oder – sonstwas. Na also – nette Familienlegende für Sie.«

»Wie glauben Sie wohl, daß sie entstanden ist?« fragte Chinn.

»Fragen sie die Satpura-Bhils. Der alte Jan Chinn war ein gewaltiger Nimrod vor dem Herrn. Vielleicht ist das die Rache des Tigers, oder vielleicht jagt er sie immer noch. Sie müssen dieser Tage mal zu seinem Grabe gehen und sich erkundigen. Bukta wird wahrscheinlich mitmachen. Er fragte mich, ehe Sie kamen, ob Sie vielleicht unglücklicherweise schon Ihren ersten Tiger eingesackt hätten. Wenn nicht, wird er selber Sie unter seine Schwingen nehmen. Natürlich, für

Sie vor allen andern ist das das erste Gebot. Sie werden erstklassigen Sport haben mit Bukta.«

Der Major hatte recht. Bukta hielt beim Exerzieren ein sorgliches Auge auf den jungen Chinn, und als der neue Offizier zum erstenmal seine Stimme zu einem Befehl erhob, bibberte die ganze Kompanie sichtlich. Dem Oberst selber gab es einen Ruck, denn das hätte ebensogut Lionel Chinn sein können, zu neuem Leben von Devonshire zurückgekehrt. Bukta hatte mittlerweile immer wieder seine besondere Theorie vor seinen vertrauten Freunden zur Sprache gebracht, und sie wurde im Regiment als Glaubensartikel angenommen, da jedes Wort und jede Bewegung des jungen Chinn sie so augenfällig bekräftigte.

Der Alte traf unverweilt seine Vorkehrungen, auf daß sein Liebling den Makel, noch keinen Tiger geschossen zu haben, auslöschen könnte; aber er begnügte sich nicht, das erste beste Tier zu nehmen, das gerade in der Gegend auftauchte. Er waltete in seinen Dörfern der hohen, mittleren und niederen Justiz, und wenn seine Leute – nackt und aufgeregt – zu ihm kamen mit Nachrichten von einem Tiger, so befahl er ihnen, Späher zu schicken an die Stellen, wo das Tier Beute gerissen hatte oder zur Tränke kam, um sich zu vergewissern, ob es ein Wild sei, würdig eines solchen Mannes.

Drei- oder viermal kamen die verwegenen Spurensucher zurück mit der wahrheitsgetreuen Meldung, das Tier sei räudig oder zu klein – ein vom Wurf noch mitgenommenes Weibchen oder ein altes Männchen mit brüchigen Zähnen – und Bukta mußte die Ungeduld Jung-Chinns immer wieder zügeln.

Endlich wurde ein edles Tier gesichtet – ein zehn Fuß langer Viehräuber mit einem riesigen Wulst losen Fells am Bauch, glatthaarig, mit voller Halskrause und Backenbärten, sprungkräftig und jung. Er hatte einen Mann erschlagen bloß zum Sport, sagten sie.

»Füttert ihn«, sprach Bukta, und die Dörfler trieben pflichtschuldigst Kühe aus zu seinem Ergötzen, damit er nahebei bliebe.

Fürsten und Potentaten sind zu Schiff nach Indien gefahren und haben Geld in Menge gezahlt, um nur einen Blick zu werfen auf Tiere, halb so schön wie dieses Exemplar Buktas.

»Es ist nicht gut«, sagte er zu dem Obersten, als er um Jagdurlaub bat, »daß meines Obersten Sohn, der später selbst einmal – daß meines Obersten Sohn seine Jungfernschaft an irgendeinem kleinen Dschungelwild verliert. Das mag hinterdrein kommen. Ich habe lange gewartet auf dieses Tier, das ein Tiger ist. Er ist von Mair herübergekommen. In sieben Tagen werden wir wieder hier sein mit dem Fell.«

Die Messe knirschte neidisch mit den Zähnen. Wenn er gewollt hätte, hätte Bukta sie alle einladen können. Aber er zog mit Chinn allein los, zwei Tage in einem Jagdwagen und einen Tag zu Fuß, bis sie zu einem felsigen, sonnbestrahlten Tal kamen mit einem Teich klaren Wassers inmitten. Er war ein sengender Tag, und der junge Mann zog sich, natürlicherweise, aus und stieg in den Teich zu einem Bad, Bukta bei den Kleidern zurücklassend. Weiße Haut hebt sich scharf ab auf braunem Dschungel, und was Bukta auf Chinns Rücken und rechter Schulter gewahrte, zog ihn magnetisch heran, Schritt um Schritt, mit vortretenden Augen.

»Ich hab' vergessen, daß es unschicklich ist, sich vor einem Manne seines Ranges zu entkleiden«, dachte Chinn im Wasser plätschernd. »Wie der kleine Teufelskerl glotzt! – Was ist denn los, Bukta?«

»Das Zeichen!« war die geflüsterte Antwort.

»Hat nichts zu sagen. Du weißt, wie's bei uns ist!« Chinn war ärgerlich. An das dunkle Muttermal auf seiner Schulter, das aussah etwa wie ein großer Rotweinfleck, hatte er nicht gedacht, sonst hätte er nicht gebadet. Es kam, so sagten sie daheim, immer in jeder zweiten Generation vor und erschien, seltsam genug, acht oder neun Jahre nach der Geburt. Hübsch sah es nicht gerade aus, aber immerhin, es gehörte zur Erbschaft der Chinns. Er stieg schnell an Land, zog sich wieder an und marschierte weiter, bis sie zwei oder drei Bhils trafen, die stracks auf die Gesichter fielen. »Mein Volk«, brummte Bukta, ohne sie eines Blickes zu würdigen. »Und somit dein Volk, Sahib. Als ich ein junger Mann war, waren wir weniger, aber nicht so schwach. Jetzt sind wir viele, aber kümmerliche Brut. Was du gütig bedenken mögest. Wie willst du ihn schießen, Sahib? Von einem Baum? Aus einem geschützten Stand, den meine Leute bauen werden? Bei Tag oder bei Nacht?«

»Zu Fuß und am Tage«, sagte der junge Chinn.

»So war's immer bei dir, hab' ich gehört«, murmelte Bukta bei sich. – »Ich will mich jetzt umtun, wo er ist. Dann wollen wir beide hingehen. Ich werde ein Gewehr mitnehmen. Du hast deines. Mehr braucht es nicht. Welcher Tiger soll standhalten gegen dich?«

Er wurde aufgespürt bei einem kleinen Tümpel am Eingang einer Schlucht, vollgefressen und halb schlafend in der Maisonne. Er schreckte auf wie ein Rebhuhn und fuhr herum, zum Kampf um sein Leben. Bukta blieb regungslos und hob sein Gewehr nicht, sondern hielt seine Augen auf Chinn gerichtet, der dem schütternden Angriffsgebrüll mit einem einzigen Schuß begegnete – Stunden schienen ihm zu vergehen, indes er zielte – einem Schuß, der durch die Kehle drang und das Rückgrat unterm Nacken und zwischen den Schultern zerschmetterte. Das Ungeheuer krümmte sich, gurgelte, fiel; und ehe Chinn noch recht wußte, was geschehen war, hieß Bukta ihn stehenbleiben, während er den Abstand von Chinns Füßen bis zu dem zuckenden Rachen abschritt.

»Fünfzehn«, sagte Bukta. »Kurze Schritte. Kein zweiter Schuß nötig, Sahib. Er verblutet auf dem Fleck, und wir brauchen das Fell nicht zu verderben. Ich sagte, daß wir die da nicht brauchen würden, aber sie kamen – für alle Fälle.«

Die Flanken der Schlucht waren mit einem Mal mit den Köpfen von Buktas Leuten gekrönt – Männern genug, um dem Vieh alle Rippen aus dem Leibe zu knallen, wenn Chinns Schuß gefehlt hätte; aber ihre Flinten waren verborgen, und sie gaben sich nun als schaulustige Treiber, die den Befehl zum Häuten erwarteten. Bukta beobachtete, wie das Leben aus den wilden Lichtern schwand, hob eine Hand und drehte sich auf dem Absatz herum. »Nicht nötig, daß wir Interesse zeigen«, sagte er. »Jetzt, nach diesem, können wir schießen, was wir wollen. Streck deine Hand aus, Sahib.«

Chinn gehorchte. Sie war vollkommen ruhig, und Bukta nickte. »Auch das war immer so bei dir. Meine Leute besorgen das Häuten schnell. Sie werden das Fell auf die Station bringen. Will der Sahib für heute nacht in mein armes Dorf kommen und, vielleicht, vergessen, daß ich sein Offizier bin?«

»Aber diese Leute – die Treiber. Sie haben harte Arbeit getan, und vielleicht –«

»Oh, wenn sie ungeschickt häuten, werden wir *ihnen* das Fell abziehen. Es sind meine Leute. Im Regiment bin ich einer. Hier bin ich ein anderer.«

So war es. Indem Bukta die Uniform auszog und zu der fragmentarischen Kleidung seines Stammes zurückkehrte, ließ er alle soldatische Zivilisation in einer andern Welt. Diese Nacht weihte er, nach einer kleinen Unterredung mit seinen Untertanen, einer Orgie; und eine Orgie der Bhils ist ein Ding, über das man besser nicht schreibt. Chinn, strahlend vor Triumph, war der Mittelpunkt, obwohl der tiefere Sinn dieser Mysterien ihm verborgen blieb. Wildes Volk kam und drängte sich um seine Knie mit Gaben. Er reichte den Dorfältesten seine Flasche. Sie wurden beredt und bekränzten ihn mit Blumen. Er wurde mit Geschenken, oft etwas zweifelhafter Art, überschüttet, höllische Musik rollte und tobte um rote Feuer, und Sänger sangen Lieder aus alter Zeit und tanzten seltsame Tänze. Die Tränke der Ureinwohner sind sehr stark und Chinn war genötigt, sie immer wieder zu kosten; dennoch – wenn man nicht annahm, daß sie mit besonderen Säften vermischt waren – wie kam es, daß er plötzlich in Schlaf fiel und spät am nächsten Tage erwachte, einen halben Tagemarsch weit vom Dorf?

»Der Sahib war sehr müde. Kurz vor der Morgendämmerung schlief er ein«, erklärte Bukta. »Meine Leute trugen ihn hierher, und jetzt ist es Zeit, daß wir zur Station zurückgehen.«

Seine Stimme, sanft und ehrerbietig, sein Gang, fest und leise, ließen es kaum glaublich erscheinen, daß Bukta nur wenige Stunden zuvor mit einer Horde nackter Teufelsbrüder geheult und Bockssprünge gemacht hatte.

»Mein Volk war sehr erfreut, den Sahib zu sehen. Sie werden nie vergessen. Wenn der Sahib nächstens Rekruten ausheben wird, wird er zu meinem Volk gehen und sie werden ihm so viele Männer geben, wie wir brauchen.«

Chinn hielt sein Erlebnis geheim, abgesehen von der Tigerjagd, die Bukta mit schamloser Zunge ausschmückte. Das Fell war sicherlich eines der schönsten, die je in der Messe aufgehängt wurden, und das erste von vielen. Wenn Bukta seinen Schützling nicht selber auf Jagd begleiten konnte, sorgte er dafür, daß er in guten Händen war, und Chinn lernte auf seinen Fahrten und Rasten, bei Gesprächen im Zwielicht oder an entlegenen Tümpeln mehr von Wesen und Denkungsart des wilden Bhil, als sonst ein Uneingeweihter Zeit seines Lebens lernt.

Nicht lange, so faßten sich die Leute im Regiment ein Herz und redeten zu ihm von ihren Anverwandten – die meistens in Verlegenheiten irgendwelcher Art waren – und legten ihm Rechtsstreitigkeiten vor. Sie berichteten etwa, bei der Dämmerung nach der gemütlichen, vertraulichen Art der Wuddars in der Veranda hockend, daß der und der Junggeselle mit der und der Frau eines entlegenen Dorfes durchgebrannt sei. Wie viele Kühe würde nun Chinn Sahib für eine gerechte Buße erachten? Oder, wenn ein geschriebener Befehl von der Regierung käme, daß ein Bhil in eine gemauerte Stadt in der Ebene kommen solle, um vor einem Gerichtshof Zeugnis abzulegen, würde es geraten sein, diesen Befehl unbeachtet zu lassen? Andrerseits, wenn er gehorchte, würde er von dieser vielleicht allzu voreiligen Reise lebendig wieder zurückkehren?

»Aber was habe ich mit diesen Dingen zu tun?« fragte Chinn ungeduldig Bukta. »Ich bin Soldat. Ich kenne das Gesetz nicht.«

»Huh! Gesetz ist für Narren und weiße Männer. Gib ihnen einen ordentlichen, lauten Befehl, und sie werden sich daran halten. Du bist ihr Gesetz.«

»Aber wieso?«

Jede Spur von Ausdruck wich aus Buktas Zügen. Man hätte meinen können, diese Frage käme ihm zum erstenmal. »Wie kann ich das sagen?« erwiderte er. »Vielleicht ist es wegen des Namens. Ein Bhil liebt Fremdes nicht. Gib ihnen Befehle, Sahib – zwei, drei, vier Worte nur, nicht mehr als sie in ihren Köpfen wegtragen können. Das ist genug.«

Chinn gab also tapfer Befehle, nicht ahnend, daß vielleicht ein in aller Eile vor dem Abendessen gesprochenes Wort zum gefürchteten, unwiderruflichen Gesetz würde in fernen Dörfern über den dunstigen Bergen – ja, in der Tat zum Gesetz Jan Chinns des Ersten selber, der, so ging die geflüsterte Sage um, auf die Erde zurückgekehrt war, um in der leiblichen Gestalt seines Enkelsohnes die dritte Generation zu überwachen.

In diesem Punkte konnte kein Zweifel walten. Alle Bhils wußten, daß Jan Chinn in seiner neuen Inkarnation Buktas Dorf mit seiner Gegenwart beehrt hatte, nachdem er seinen – in *diesem* Leben – ersten Tiger erlegt hatte; daß er mit dem Volke gegessen und getrunken habe, wie er es einst getan; und auf seinem Rücken und seiner rechten Schulter – Bukta mußte sehr starke Säfte in Chinns Trank gemischt haben – hatten alle Männer denselben Fleck, rot wie das Rot des Zorns, geschaut, den die Götter auf das Fleisch Jan Chinns des Ersten gesetzt hatten, da er zum erstenmal zu den Bhils kam. Für die törichte Welt der Weißen, die keine Augen haben, war er ein schmächtiger, junger Offizier bei den Wuddars; aber sein Volk wußte, daß er Jan Chinn war, der den Bhil zum Manne gemacht; und so brachten sie glaubenseifrig Botschaft von seinen Worten, sorglich bedacht, unterwegs nicht das Geringste daran zu ändern.

Da der Wilde ebenso wie das Kind, das einsame Spiele spielt, Angst hat, verlacht oder befragt zu werden, behielten die kleinen Bhils ihre Überzeugung für sich; und der Oberst, der sein Regiment zu kennen glaubte, ahnte nicht, daß jeder einzelne von den sechshundert schnellfüßigen, kugeläugigen Musketieren, die Gewehr bei Fuß im Glied standen, still und unerschütterlich daran glaubte, daß der Leutnant am linken Flügel ein wiedergeborener Halbgott sei – Schutzgottheit ihres Landes und Volkes. Die Erdgötter selbst hatten ihren Stempel auf diese Inkarnation gedrückt, und wer sollte wagen, ihrer Hände Werk anzuzweifeln?

Chinn, der vor allem eine praktische Natur war, sah, daß sein Familienname ihm im Dienst und auf Jagd gute Dienste leistete. Seine Leute gaben nie Anlaß zu Klage – man läßt sich nichts zuschulden kommen, wenn ein Gott auf dem Stuhl der Gerechtigkeit sitzt –, und er war der besten Treiber im ganzen Bezirk sicher, wenn er sie brauchte. Sie waren des Glaubens, daß der Schutz Jan Chinns sie bewahre, und in diesem Glauben waren sie verwegen bis zum Äußersten.

Sein Quartier schaute nachgerade aus wie ein naturgeschichtliches Liebhabermuseum, ungeachtet der nach Devonshire heimgesandten Duplikate von Köpfen, Hörnern und Schädeln. Die Leute fanden sehr irdischerweise bald die schwache Seite ihres Gottes heraus. Zwar, er war unbestechlich, aber Vogelbälge, Schmetterlinge, Käfer und, vor allem, Nachrichten von großem Wild machten ihm Freude. Noch in einer anderen Hinsicht erwies er sich als ein echter Chinn: er war fieberfest. Eine Nacht durch in einem feuchten Tal bei einer als Köder angebundenen Ziege zu hocken – was dem Major einen Monat Malaria eingebracht hätte –, tat ihm nicht das geringste. Er war, wie sie sagten, »gesalzen vor der Geburt«.

Nun geschah es, daß im Herbst seines zweiten Dienstjahres ein unbehagliches Gerücht aus der Erde kroch und unter den Bhils umlief. Chinn hörte nichts davon, bis ein Kamerad über die Messetafel hinweg sagte: »Ihr verehrter Ahnherr rumort mal wieder in Satpura drüben. Sie sollten ihm lieber mal einen Besuch abstatten.«

»Bei allem Respekt, mein verehrter Ahnherr kommt mir allmählich oben heraus. Bukta redet von nichts anderem. Was soll jetzt wieder mit dem alten Burschen los sein?«

»Reitet über Land bei Mondschein auf seinem Leibtiger. Das ist die Geschichte. An die zweitausend Bhils haben ihn gesehen, wie er über die Höhen von Satpura galoppierte. Sie kriegten alle einen Todesschreck. Sie glauben es steif und fest, und sämtliche Kerls von Satpura sind jetzt drüben an seinem Schrein – Grab, wollte ich sagen, und beten aus Leibeskräften. Sie sollten wirklich hinüber. Muß eine merkwürdige Sache sein, seinen Großvater als Gott behandelt zu sehen.«

»Wieso glauben Sie, daß die Geschichte stimmt?« fragte Chinn.

»Weil alle unsere Leute sie leugnen. Sie sagen, sie haben nie etwas von Chinns Tiger gehört. Das ist eine bare Lüge, denn jeder Bhil hat davon gehört.«

»Eins haben Sie dabei übersehen«, sagte der Oberst nachdenklich. »Wenn der Gott so einer Gegend wieder auf Erden erscheint, so ist das immer ein Vorwand für Unruhen irgendwelcher Art; und diese Satpura-Bhils sind heute noch so ziemlich dieselben wilden Kerls, als die Ihr Großvater, junger Mann, sie verließ. Dahinter steckt etwas.«

»Daß sie auf den Kriegspfad wollen?« fragte Chinn.

»Kann's nicht sagen – bis jetzt. Sollte mich nicht im geringsten verwundern.«

»Ich habe nicht eine Silbe davon gehört.«

»Beweist nur um so mehr. Sie halten irgendwas geheim.«

»Bukta sagt mir gewöhnlich alles. Warum nicht jetzt?«

Chinn richtete am selben Abend diese Frage unmittelbar an den Alten, und die Antwort überraschte ihn.

»Warum sollte ich sagen, was bekannt ist? Ja, der gewölkte Tiger geht um im Satpuralande.«

»Was glauben die wilden Bhils, daß das bedeutet?«

»Sie wissen es nicht. Sie warten. Sahib, was kommt? Sprich nur ein einziges kleines Wort, und wir werden zufrieden sein.«

»Wir? Was haben Geschichten aus dem Süden, wo die Dschungel-Bhils leben, mit Soldaten zu tun?«

»Wenn Jan Chinn aufwacht, ist es für keinen Bhil an der Zeit, ruhig zu sein.«

»Aber er ist nicht aufgewacht, Bukta.«

»Sahib« – die Augen des Alten waren voll zärtlichen Vorwurfs –, »wenn er nicht wünscht, gesehen zu werden, warum reitet er umher im Mondlicht? Wir wissen, er ist erwacht, aber wir wissen nicht, was er begehrt. Ist es ein Zeichen für alle Bhils oder eines, das nur das Satpuravolk angeht? Sag *ein* kleines Wort, Sahib, daß ich es dem Regiment bringen und in unsere Dörfer schicken kann. Warum reitet Jan Chinn aus? Wer hat unrecht getan? Ist es Pest? Ist es Viehseuche? Werden unsere Kinder sterben? Ist es Krieg? Gedenke, Sahib, wir sind dein Volk und deine Diener. Und ich trug dich in meinen Armen in *diesem* Leben – nicht wissend.«

»Bukta hat offenbar heute abend zu tief ins Glas geguckt«, dachte Chinn, »aber wenn ich irgendwas tun kann, um den alten Burschen zu beruhigen, muß ich es tun. – Genau wie die Gerüchte damals beim Aufstand, im kleinen.«

Er warf sich in den tiefen Korbstuhl, über den sein erstes Tigerfell gebreitet lag, und sein Gewicht auf dem Kissen zog die scharfkralligen Tatzen über seine Schultern. Er faßte sie mechanisch, indes er sprach, und zog das gefleckte Fell wie einen Mantel um sich.

»Ich will dir jetzt die Wahrheit sagen, Bukta«, begann er, sich vorbeugend, den Rachen des ausgestopften Kopfes auf seiner Schulter, und dachte über irgendeine recht schmackhafte Lüge nach.

»Ich sehe, daß es die Wahrheit sein wird«, war, mit bebender Stimme, die Antwort.

»Jan Chinn reitet umher unter den Satpuras auf dem gewölkten Tiger, sagst du? Sei es so. Deshalb gilt das Wunderzeichen nur den Satpura-Bhils und hat nichts zu tun mit den Bhils, die im Norden und Osten pflügen, den Bhils vom Kandesh und all den andern, sondern gilt allein den Satpura-Bhils, die, wie wir wissen, Wilde und Narren sind.«

»Es ist also ein Zeichen für *sie*. Gut oder schlecht?«

»Ohne Zweifel gut. Denn warum sollte Jan Chinn Böses tun denen, die er zu Männern gemacht hat? Die Nächte dort drüben sind heiß; es ist nicht gut, allzu lange in einem Bett zu liegen, ohne sich umzuwenden, und Jan Chinn wünscht wieder einmal nach seinem Volk zu sehen. Also steht er auf, pfeift seinem gewölkten Tiger und reitet ein wenig aus, um die kühle Luft zu atmen. Wenn die Satpura-Bhils in ihrem Dörfern blieben und nicht herumliefen nach Beginn der Dunkelheit, würden sie ihn nicht sehen. Wahrlich, Bukta, es ist nicht mehr, als daß er wieder einmal die Luft atmen will in seinem Lande. Schicke diese Botschaft nach Süden und sage, sie sei mein Wort.«

Bukta verneigte sich bis an den Boden.

»Guter Gott!« dachte Chinn, »und dieser stockblinde Heide ist ein erstklassiger Offizier, stramm wie der Teufel! Ich kann der Sache ebensogut gleich noch den rechten Abschluß geben.« Er fuhr fort:

»Wenn die Satpura-Bhils nach der Bedeutung des Zeichens fragen, sag ihnen, daß Jan Chinn nachsehen will, ob sie ihre alten Versprechen, brav zu sein, auch halten. Vielleicht haben sie geplündert; vielleicht beabsichtigen sie, den Befehlen der Regierung nicht zu gehorchen; vielleicht liegt ein toter Mann im Dschungel; deshalb ist Jan Chinn gekommen, um nachzusehen.«

»Ist er also zornig?«

»Bah! Bin *ich* jemals zornig mit meinen Bhils? Ich sage zornige Worte und drohe mit mancherlei. Du weißt, Bukta. Ich habe dich lächeln sehen hinter deiner Hand. Ich weiß und du weißt. Die Bhils sind meine Kinder. Ich habe es viele Male gesagt.«

»Ja. Wir sind deine Kinder«, sagte Bukta.

»Und nicht anders ist es mit Jan Chinn, meines Vaters Vater. Er wünscht das Land, das er liebte, und das Volk wieder einmal zu sehen. Es ist ein guter Geist, Bukta. Ich sage es. Geh und sage es ihnen. Und ich hoffe zuversichtlich«, fügte er hinzu, »daß es sie beruhigen wird.« Er warf das Tigerfell zurück und erhob sich mit einem langen, unverhohlenen Gähnen, das seine wohlgepflegten Zähne zeigte. Bukta eilte davon und wurde im Regiment von einem Gedränge atemloser Frager empfangen.

»Es ist wahr«, sagte Bukta. »Er hüllte sich in das Fell und redete so. Er wünscht sein Land wiederzusehen. Das Zeichen ist nicht für uns; und er ist ja wirklich ein junger Mann; wie sollte er untätig liegen bei Nacht? Er sagt, sein Bett ist zu heiß und die Luft ist schlecht. Er streift umher aus Lust am Nachtwandeln. Er hat es gesagt.«

Die graubärtige Versammlung bebte.

»Er sagt, die Bhils sind seine Kinder. Ihr wißt, er lügt nicht. Er hat es zu mir gesagt.«

»Und die Satpura-Bhils? Was bedeutet das Zeichen für sie?«

»Nichts. Es ist nur Nachtwandeln, wie ich sagte. Er reitet, um zu sehen, ob sie der Regierung gehorchen, wie er es sie gelehrt hat in seinem ersten Leben.«

»Und wenn sie es nicht tun?«

»Das hat er nicht gesagt.«

Das Licht in Chinns Quartier erlosch.

»Schaut«, sagte Bukta, »Jetzt geht er. Nichtsdestoweniger ist es ein guter Geist, wie er gesagt hat. Wie sollten wir Jan Chinn fürchten, der den Bhil zum Manne gemacht hat? Sein Schutz ist über uns; und ihr wißt, Jan Chinn hat niemals ein Versprechen gebrochen, sei es ein gesprochenes oder ein auf Papier geschriebenes. Wenn er älter sein wird und ein Weib gefunden hat, wird er bis an den Morgen im Bett liegen.«

Ein Kommandeur ist gewöhnlich über die Stimmung im Regiment ein wenig früher im Bilde als die Mannschaft, und der Oberst sagte denn auch ein paar Tage darauf, irgendwer habe den Wuddars die Furcht des Herrn in die Knochen gejagt. Da er von Rechts wegen der einzige war, dem das zu tun oblag, so beunruhigte es ihn, soviel einmütige Tugend zu sehen. »Es ist zu gut, um von Dauer zu sein«, sagte er. »Ich wünschte bloß, ich könnte herauskriegen, was die kleinen Kerle im Sinn haben.«

Die vermeintliche Erklärung kam mit dem Mondwechsel, als er Befehl erhielt, sich in Bereitschaft zu halten, »um alle etwaigen Unruhen bei den Satpura-Bhils hintanzuhalten«, die, milde ausgedrückt, sich unbehaglich fühlten, weil eine väterliche Regierung einen staatlich geprüften Impfer, einen Mahratta, mit Lanzetten, Lymphe und einem offiziellen Kalb gegen sie ausgesandt hatte. Sie hatten, in Kanzleisprache ausgedrückt, »heftigen Widerstand gegen alle prophylaktischen Maßnahmen bekundet«, hatten den Impfer »gewaltsam an der Ausübung seiner Tätigkeit gehindert« und »schienen gewillt, die ihrem Stamm obliegenden Verpflichtungen zu vernachlässigen resp. sich ihnen zu entziehen«.

»Das heißt, sie haben eine Mordsangst – genau wie damals bei der Einschätzung«, sagte der Oberst; »und wenn wir sie in die Berge verscheuchen, werden wir sie erstens nie wiederkriegen, und zweitens werden sie loslegen und überall herumräubern – bis auf weitere Befehle. Möchte wissen, wer der gottverlassene Idiot ist, der darauf verfallen ist, einen Bhil zu impfen. Ich wußte ja, daß was passieren würde. Das einzige Gute ist, daß sie nur hiesige Truppen alarmieren werden; so können wir irgendwas inszenieren, was sich zur Not eine militärische Aktion nennen läßt, und dann – Schwamm drüber. Man denke: Wir sollen unsere besten Treiber in die Pfanne hauen, weil sie sich nicht impfen lassen wollen! Sie sind nur toll vor Angst.«

»Meinen Sie nicht, Herr Oberst«, sagte Chinn tags darauf, »daß Sie mir vielleicht einen kleinen Jagdurlaub auf vierzehn Tage geben könnten?«

»Fahnenflucht im Angesicht des Feindes, bei Zeus!« Der Oberst lachte. »Ich könnte schon, aber ich müßte ihn ein bißchen vordatieren, denn wir sind, sozusagen, in erhöhter Bereitschaft. Immerhin, wir wollen annehmen, daß Sie vor drei Tagen um Urlaub gebeten haben und jetzt bereits fröhlich unterwegs nach Süden sind.«

»Ich möchte Bukta mitnehmen.«

»Natürlich, ja. Das wird das Beste sein, denk' ich. Sie haben eine Art erblichen Einfluß auf sie, und sie werden vielleicht auf Sie hören, während schon der bloße Anblick unserer Uniformen sie wild machen würde. Sie sind bis jetzt nie in diesem Teil der Welt gewesen, wie? Geben Sie acht, daß sie Sie nicht in Ihrer Jugend Maienblüte in Ihre Familiengruft befördern. Ich denke, es wird Ihnen nichts passieren, wenn Sie sie erst mal so weit kriegen, daß sie Ihnen zuhören.«

»Denk' ich auch, Herr Oberst; aber falls – falls sie zufällig ein – eine Dummheit machen sollten – was ja möglich wäre – so hoffe ich, daß Herr Oberst Nachdruck darauf legen werden, daß sie es nur aus Angst taten. Es ist keine Spur von wirklicher Bosheit in ihnen, und ich würde es mir nie verzeihen, wenn jemand – jemand meines Namens sie in Ungelegenheiten brächte.«

Der Oberst nickte, sagte aber nichts.

Chinn und Bukta brachen zusammen auf. Bukta verschwieg, daß seit dem Augenblick, wo der Impfbeamte von empörten Bhils in die Berge geschleppt worden war, Bote auf Bote zum Regiment geschlichen war, flehend, mit der Stirn im Staube, daß Jan Chinn kommen und dieses unbegreifliche Schrecknis erklären möge, das über seinem Volke hing.

Die Bedeutung des gewölkten Tigers war jetzt nur allzu klar. Jan Chinn allein konnte jetzt die Seinen erretten, denn die Hilfe sterblicher Männer war vergeblich. Bukta dämpfte diese Notschreie zu einer einfachen Bitte, daß Chinn kommen möge. Nichts würde dem Alten besser behagt haben als eine handfeste Kampagne gegen die Satpuras, die er, als ein »Vollblut«-Bhil, verachtete; aber er fühlte sich als Jan Chinns Dolmetsch seinem *ganzen* Volke verpflichtet und war fest überzeugt, daß alle vierzig Plagen sein Dorf befallen würden, wenn er mit dieser Verpflichtung Spott triebe. Überdies, Jan Chinn wußte alle Dinge, und er ritt den gewölkten Tiger!

Sie legten dreißig Meilen am Tag zurück, zu Fuß und auf Ponys, und erreichten auf schnellstem Wege den blauen Wall der Satpuraberge. Bukta war sehr schweigsam.

Sie begannen den steilen Aufstieg kurz nach Mittag, aber erst um Sonnenuntergang erreichten sie den felsigen Vorsprung an der Flanke eines zerklüfteten, dschungelbedeckten Berges, wo sie Jan Chinn gebettet hatten, wie er es gewünscht, daß er sein Volk überschauen könne. Ganz Indien ist voll von vernachlässigten Gräbern, alle aus dem Anfang des achtzehnten Jahrhunderts – Gräbern von Kommandeuren längst aufgelöster Regimenter; Teilnehmern an Jagdexpeditionen, die nie zurückkehrten; Faktoren, Agenten, Schreibern der Wohllöblichen Ostindischen Kompanie zu Hunderten und Tausenden und Zehntausenden. Engländer vergessen schnell, aber Eingeborene haben ein langes Gedächtnis, und wenn ein Mann Gutes getan hat in seinem Leben, so erinnern sie sich seiner nach seinem Tode. Das verwitterte quadratische Marmorgrab Jan Chinns war bedeckt mit wilden Blumen und Nüssen, Ballen von Wachs und Honig, Flaschen mit einheimischen Getränken und schauderhaften Zigarren, mit Büffelhörnern und Büscheln gedörrten Grases. An dem einen Ende war das rohe Tonbildnis eines weißen Mannes, im altmodischen hohen Hut, auf einem unförmigen Tiger reitend.

Bukta salaamte ehrfürchtig, als sie näher traten. Chinn entblößte sein Haupt und begann die verblichene Inschrift zu entziffern. Soweit er sie lesen konnte, lautete sie so – Wort für Wort und Buchstabe für Buchstabe:

Dem Andenken von JOHN CHINN, ESQ.
Weiland Verwalter von . . . . . .
. . . ohne Blutvergießen u . . . . Obrigkeit
Nur mit dem Mitt . . . . Versöhn . . . Vertrauens
Die vollkommene Unterwerfung . . . . .
. . . gesetzloses Raubvolk lehrte . . .
Regierung zu gehor . . . . durch eine
Eroberung der . . . . und Gemüter
Die dauerhafteste und . . . nünftigste Art,
Herrschaft . . . . gründen.
. . . . Generalgouverneur und . . . . ung
. . . dieses . . . . errichtet.
. . . . aus diesem Leben am 19. August 184 . . .

Auf der andern Seite des Grabes standen alte Verse eingemeißelt, auch sehr verwittert. Was Chinn entziffern konnte, war dies:

. . . . das wilde Land
Von Raub und Mord befreit . . . . Hand

. . . versöhnt . . . . sich . . . . . beugen
Und friedlich stille Dörfer . . . . Zeugen
. . . nun niederschau'n von . . . .
Ein Volk . . . . . terworfen ohne Schwert.

Eine Weile stand er an das Grab gelehnt und dachte an diesen Toten, der seines Blutes war, und an das Haus in Devonshire; dann, zum Flachland hinübernickend: »Ja; es ist eine große Sache – das Ganze – auch ein kleiner Teil. Hätt' ihn gerne gekannt . . . Bukta, wo ist mein Volk?«

»Nicht hier, Sahib. Kein Mann kommt hierher; und wenn, dann läuft er, so schnell er kann. Sie warten droben. Steigen wir hinauf und schauen.«

Aber Chinn, des Grundgesetzes östlicher Diplomatie eingedenk, erwiderte mit gelassener Stimme: »Ich bin so weit hergekommen, nur weil das Satpuravolk töricht ist und sich nicht zu uns in die Station traute. Nun befiehl ihnen, *hier* vor mir zu erscheinen. Ich bin kein Diener, sondern der Herr der Bhils.«

»Ich gehe – ich gehe«, gluckste der Alte; die Nacht war im Hereinbrechen, und in jedem Augenblick konnte Jan Chinn sein gefürchtetes Tigerroß aus immer finsterer werdendem Gebüsch hervorpfeifen.

Zum erstenmal in einem langen Leben gehorchte Bukta einem rechtmäßigen Befehl nicht und ließ seinen Führer im Stich; denn er kam nicht zurück. Er eilte zu dem tafelförmigen Gipfel hinauf und rief leise. Männer drängten sich um ihn – kleine zitternde Männer mit Bogen und Pfeil, die die beiden schon seit Mittag beobachtet hatten.

»Wo ist er?« flüsterte einer.

»An seinem Ort. Er befiehlt euch, zu kommen«, sagte Bukta.

»Jetzt?«

»Jetzt.«

»Lieber mag er den gewölkten Tiger auf uns loslassen. Wir gehen nicht.«

»Ich auch nicht, obwohl ich ihn in meinen Armen trug, als er ein Kind war in diesem seinem Leben. Wartet hier, bis es Tag ist.«

»Aber er wird gewiß zornig sein.«

»Er wird sehr zornig sein, denn er hat nichts zu essen. Aber er hat viele Male zu mir gesagt, die Bhils sind seine Kinder. Bei Sonnenlicht glaube ich es – bei Mondlicht bin ich nicht sicher. Was für einen Unfug habt ihr Satpuraschweine angerichtet, daß ihr ihn überhaupt braucht?«

»Einer kam zu uns im Namen der Regierung mit kleinen Geistermessern und einem Zauberkalb und wollte uns die Arme abschneiden und uns in Vieh verwandeln. Wir waren sehr erschrocken, aber wir töteten den Mann nicht. Er ist hier, gebunden – ein schwarzer Mann; und wir glauben, er ist vom Westen. Er sagte, es sei ein Befehl, uns alle mit Messern zu schneiden – besonders die Weiber und Kinder. Wir hatten nicht davon gehört, daß es ein Befehl sei, darum fürchteten wir uns und hielten uns in unseren Bergen. Ein paar von unsern Männern haben Ponys und junge Ochsen weggenommen aus der Ebene, und Töpfe und Kleider und Ohrringe.«

»Wurde jemand erschlagen?«

»Von unsern Männern? Noch nicht. Aber die jungen Männer werden von vielen Gerüchten hin und her gejagt wie Flammen auf einem Berge. Ich sandte Boten nach Jan Chinn, damit nicht Schlimmeres über uns komme. Es war dieser Schrecken, den er durch das Zeichen des gewölkten Tigers verkündete.«

»Er sagt, es sei nicht so«, erwiderte Bukta und wiederholte mit Ausschmückungen alles, was der junge Chinn ihm bei der Korbstuhlkonferenz gesagt hatte.

»Glaubst du«, meinte der Frager schließlich, »daß die Regierung Hand an uns legen wird?«

»Nein«, versetzte Bukta. »Jan Chinn wird einen Befehl geben, und ihr werdet gehorchen. Das übrige wird er mit der Regierung ausmachen. Ich selbst kenne die Geistermesser und das Schneiden. Er ist ein Zauber gegen die Pockenkrankheit. Aber wie es vor sich geht, kann ich nicht sagen. Auch braucht euch das nicht zu kümmern.«

»Wenn er sich zwischen uns und den Zorn der Regierung stellt, werden wie Jan Chinn in allem gehorchen, nur – nur an den Ort da unten gehen wir nicht heute nacht.«

Sie konnten den jungen Chinn drunten nach Bukta rufen hören; aber sie kauerten sich zusammen und hockten still, den gewölkten Tiger erwartend. Die Grabstätte war heiliger Grund seit fast einem halben Jahrhundert; wenn Jan Chinn dort zu schlafen begehrte, wer hatte ein besseres Anrecht darauf? Aber sie würden ihm nicht auf Sehweite zu nahe kommen bis zum hellen Tag.

Anfangs war Chinn wütend, bis ihm einfiel, daß Bukta wohl seine bestimmten Gründe haben müsse (was zutraf) und daß es seiner eigenen Würde schaden könne, wenn er hier schrie, ohne Antwort zu erhalten. Er hockte sich gegen das Fußende des Grabes und kam so, halb schlummernd, halb rauchend, leidlich durch die warme Nacht, stolz darauf, ein echter und rechter fieberfester Chinn zu sein.

Er entwarf sich seinen Schlachtplan, genau wie sein Großvater es getan haben würde, und sagte, als Bukta am Morgen mit einem üppigen Vorrat an Lebensmitteln erschien, kein Wort über die nächtliche Fahnenflucht. Bukta würde einen Ausbruch irdischen Zorns als Erleichterung empfunden haben; aber Chinn beendete schweigend seine Mahlzeit nebst einer dicken indischen Zigarre und gab dann endlich das Zeichen zum Aufbruch.

»Sie haben große Angst«, sagte Bukta, dem selber nicht allzu mutvoll ums Herz war. »Es braucht nur einen Befehl. Sie sagten, sie wollten dir gehorchen, wenn du dich nur zwischen sie und die Regierung stellen willst.«

»Das weiß ich«, erwiderte Chinn und stieg langsam zu dem Tafelberg hinauf.

Ein paar von den älteren Männern standen in unregelmäßigem Halbkreis auf einer Lichtung, aber die meisten, vor allem die Weiber und Kinder, waren im Dickicht versteckt. Sie fühlten kein Verlangen, dem ersten Zorn Jan Chinns zu begegnen.

Er setzte sich auf ein versprengtes Felsstück und rauchte seinen Zigarrenstummel zu Ende. Er konnte die Männer ringsumher atmen hören. Dann rief er, so plötzlich, daß sie hochsprangen: »Bringt den Mann her, der gebunden war!«

Gewühl und Geschrei – dann kam ein Hindu zum Vorschein, zitternd vor Angst, an Händen und Füßen gebunden nach der Art, wie die Bhils in alter Zeit ihre Menschenopfer zu fesseln pflegten.

Er wurde behutsam vor den Herrn und Gebieter geschoben; aber der junge Chinn sah ihn nicht an.

»Ich habe gesagt: den Mann, der gebunden war. Soll es ein Spaß sein, mir einen zu bringen gebunden wie ein Büffel? Seit wann dürfen die Bhils Menschen binden, wie es ihnen beliebt? Aufschneiden!«

Ein halbes Dutzend hastiger Messer durchschnitten die Fesseln, und der Mann kroch zu Chinn, der sein Kästchen mit den Lanzetten und Lymphtuben in die Tasche steckte. Alsdann mit dem Zeigefinger im ganzen Halbkreis herumfahrend und mit ruhiger Stimme sagte er klar und deutlich: »Schweine!«

»Ai!« wisperte Bukta. »Jetzt redet er. Wehe allen Narren!«

»Ich bin zu Fuß gekommen von meinem Haus (die Versammlung erschauerte), um eine Angelegenheit zu erklären, die jeder andere als ein Satpura-Bhil mit beiden Augen von weitem erkannt haben würde. Ihr kennt die Pockenkrankheit, die eure Kinder zerfrißt und zernarbt, daß sie ausschauen wie Bienenwaben. Es ist ein Befehl der Regierung, daß jeder, der am Arm geritzt wird mit diesen kleinen Messern, die ich hier halte, gefeit ist gegen diese Krankheit. Alle Sahibs sind solchermaßen gefeit und sehr viele Hindus. Das ist das Zeichen des Zaubers, schaut her!« Er schlug seinen Ärmel bis an die Achsel hoch und zeigte die hellen Impfnarben auf der weißen Haut. »Kommt alle und schaut!«

Ein paar wagemutige Geister kamen herbei und nickten weise mit den Köpfen: Ja, kein Zweifel, da war ein Zeichen; und sie wußten wohl, welches andere furchtbare Zeichen unter dem Hemd verborgen war! Gnädig war Jan Chinn, daß er nicht jetzt und hier, vor ihren Augen, seine Gottheit walten ließ!

»Alles das hat euch der Mann, den ihr gebunden habt, gesagt.«

»Das hab' ich – hundertmal; aber sie antworteten mit Schlägen«, jammerte der Impfmann, seine Hand- und Fußgelenke reibend.

»Aber, Schweine, die ihr seid, habt ihr ihm nicht geglaubt; und so bin ich hergekommen, um euch zu erretten, erstens von der Pockenkrankheit, zweitens von der großen Torheit eurer Furcht und drittens von Strick und Gefängnis. Ich habe nichts davon; es ist kein Vergnügen für mich; aber um dessentwillen, der dort unten ruht, der den Bhil zum Manne machte« – er deutete den Berg hinab –, »komme ich, der ich seines Blutes bin, der Sohn seines Sohnes, um euer Volk eines Besseren zu belehren. Und ich spreche die Wahrheit, wie Jan Chinn es tat.«

Der Halbkreis murmelte ehrfürchtig, und aus dem Dickicht stahlen sich andere zu zweit und dritt und schlossen sich an. Es war kein Zorn im Antlitz ihres Gottes.

»Dies sind meine Befehle – (Gott gebe, daß sie sie schlukken! Aber ich scheine ja soweit einigen Eindruck gemacht zu haben!) –: Ich selbst will bei euch sein, wenn dieser Mann eure Arme mit Messern ritzt nach dem Befehl der Regierung. In drei oder vielleicht in fünf oder sieben Tagen werden eure Arme anschwellen und stechen und brennen. Das ist die Gewalt der Pockenkrankheit, die in eurem unreinen Blut gegen die Befehle der Regierung ankämpft. Ich will deshalb bei euch bleiben, bis ich sehe, daß die Pockenkrankheit besiegt ist, und ich will nicht eher fortgehen, als bis die Männer und die Weiber und die kleinen Kinder mir auf ihren Armen dasselbe Zeichen zeigen, das ich euch soeben gezeigt habe. Ich habe zwei sehr gute Gewehre mitgebracht und einen Mann, dessen Name bei Tieren und Menschen wohlbekannt ist. Wir wollen miteinander jagen, ich und er, und eure jungen Männer und alle andern sollen essen und still liegen. Das ist mein Befehl.«

Eine lange Pause trat ein; die Entscheidung hing in der Schwebe. Ein weißhaariger alter Sünder, beklommen auf einem Bein stehend, quäkte schüchtern:

»Es sind da Ponys und ein paar junge Ochsen und andere Dinge, für die wir ein *Kowl*[1] brauchen. Sie wurden *nicht* durch Handel erworben.«

Die Schlacht war gewonnen, und John Chinn tat einen erleichterten Atemzug. Die jungen Bhils hatten geräubert, gut; wenn man schnell zugriff, konnte alles wieder in Ordnung gebracht werden.

»Ich werde ein *Kowl* schreiben, sobald die Ponys, die Ochsen und die andern Dinge vor meinen Augen gezählt und dahin zurückgeschickt sind, woher sie kamen. Aber zuvor wollen wir das Zeichen der Regierung machen auf diejenigen, die noch nicht von der Pockenkrankheit befallen wur-

1. Schutzbrief.

den.« Und gedämpft zu dem Impfmann: »Wenn Sie sich merken lassen, daß Sie Angst haben, werden Sie Poona nie wiedersehen, fürchte ich, mein Freund.«

»Es ist nicht genug Lymphe da für all die Leute«, sagte der Mann. »Sie haben das Regierungskalb totgemacht.«

»Sie werden nichts merken. Lassen Sie alle hier 'rankommen und geben Sie mir ein paar Lanzetten; ich werde mir die Älteren vornehmen.«

Der betagte Diplomat, der um den Schutzbrief gebeten hatte, war das erste Opfer. Er fiel in Chinns Hände und wagte nicht zu schreien. Sobald er befreit war, zog er seinerseits einen Volksgenossen heran und hielt ihn fest, und der Schreckensvorgang verwandelte sich in ein Kinderspiel; denn die Geimpften trieben die Ungeimpften ans Messer, eifrig bedacht, daß der ganze Stamm die gleiche Prüfung erleide. Die Weiber quiekten, und die Kinder suchten heulend davonzulaufen; aber Chinn lachte und schwang die rotbetupfte Lanzette.

»Es ist eine Ehre«, rief er. »Sag ihnen, Bukta, was für eine hohe Ehre es ist, daß ich selbst sie zeichne. Nein, ich kann nicht jeden zeichnen – der Hindu muß auch das Seine tun –, aber ich will alle Zeichen berühren, die er macht, damit sie die gleiche Kraft haben. So stechen die Radschputs Schweine. He, Bruder mit einem Auge! Fang das Mädchen dort und bring sie mir. Sie braucht nicht wegzulaufen, denn sie ist noch nicht verheiratet, und ich will sie nicht heiraten. Sie will nicht kommen? So soll sie sich beschämen lassen durch ihren kleinen Bruder, ein fetter Bursch, ein tapferer Bursch. Streckt seinen Arm aus wie ein Soldat. Schau! Er zuckt nicht mit der Wimper vor dem bißchen Blut. Eines Tages soll er in meinem Regiment sein. Jetzt du, Mutter von vielen; wir wollen dich leicht berühren, denn hier war die Pockenkrankheit schon vor uns. – Wahrlich, dies ist ein Zauber, der die Macht Matas bricht. Es wird keine zerfressenen Gesichter mehr geben bei den Satpuras, und viele Kühe werdet ihr fordern können für jede Braut!« – und so fort – ein Strom von Schaubudengeschwätz, gewürzt mit Jagdausdrücken der Bhils und Witzen nach ihrem derben Geschmack – bis die Lanzetten stumpf und beide Operateure erschöpft waren. Worauf – wie es überall auf Erden zu gehen pflegt – die noch nicht Geimpften eifersüchtig auf ihre Kameraden wurden und beinahe in eine Schlägerei mit ihnen gerieten.

Chinn verwandelte sich nunmehr aus einer Medizinalbehörde in einen Gerichtshof und eröffnete ein förmliches Verfahren wegen der Räubereien.

»Wir sind die Diebe von Mahadeo«, sagten die Bhils einfältig. »Es ist unser Schicksal, und wir hatten Angst. Wenn wir Angst haben, stehlen wir immer.«

Einfach und ohne Umschweife wie Kinder brachten sie die ganze Beute herbei, außer zwei Ochsen und ein paar Flaschen Schnaps, die abhanden gekommen waren (Chinn versprach, sie aus eigener Tasche zu ersetzen); und zehn Rädelsführer wurden als Abgesandte ins Flachland geschickt mit einem herrlichen Dokument, geschrieben auf einem Notizblock und adressiert an einen gewissen Polizeibezirksassistenten. Jan Chinn warnte sie, in diesem Schreiben stecke was von ungebrannter Asche; aber alles war besser als verlorene Freiheit.

Mit diesem Schutz bewaffnet, stiegen die reuigen Räuber zu Tal. Sie fühlten kein Bedürfnis, Mr. Dundas Fawne von der Polizei, einem vergnüglich dreinschauenden jungen Mann von zweiundzwanzig Jahren, zu begegnen, noch wünschten sie andrerseits, die Stätte ihres Raubzuges wiederzusehen. Sie steuerten also einen mittleren Kurs und liefen in das Lager des einzigen Feldkaplans, der von der Regierung für die sämtlichen irregulären Korps eines Distriktes von etlichen fünfzehntausend Quadratmeilen bestallt war. In einer Wolke Staubs standen sie vor ihm. Sie wußten, er war ein Priester, aber, was wichtiger war, auch ein guter Sportsmann, der seine Treiber freigebig bezahlte.

Als er Chinns Note las, lachte er, was sie als ein gutes Zeichen nahmen, bis er einige Polizisten herbeirief, die die Ponys und Ochsen bei dem Haufen gestohlenen Hausrats festbanden und alsdann ihre kräftigen Hände auf drei Mitglieder der einfältig lächelnden Diebesbande von Mahadeo legten. Der Kaplan selbst bedachte sie höchsteigenhändig mit seiner Reitpeitsche. Das tat weh, aber Jan Chinn hatte es vorausgesagt. Sie baten um Gnade, gaben aber das geschriebene *Kowl* nicht heraus, aus Furcht, ins Gefängnis zu kommen. Auf dem Heimweg begegneten sie Mr. D. Fawne, der von den Räubereien gehört hatte und sehr ärgerlich war.

»Sicherlich«, sagte der Älteste der Abordnung, als dieses zweite Verhör vorüber war, »sicherlich hat Jan Chinns Schutzbrief uns unsere Freiheit gerettet; aber es scheint, daß viele Prügel in einem kleinen Stück Papier stecken können. Tut es fort!«

Einer kletterte auf einen Baum und stopfte den Brief in einen Spalt, vierzig Fuß überm Erdboden, wo er nichts Böses mehr anrichten konnte. Wund, mit brennenden Rücken, aber glücklich kamen die zehn tags darauf wieder bei Jan Chinn an und fanden ihn im Kreise unruhiger Bhils sitzend, die alle auf ihren rechten Arm schauten und sich, bei Ungnade ihres Gottes, nicht kratzen durften.

»Es war ein gutes *Kowl«*, sagte der Führer. »Zuerst nahm der Kaplan, der lachte, unsere Beute weg und prügelte drei von uns, wie vorausgesagt war. Dann begegneten wir Fawne Sahib, der die Stirn runzelte und nach der Beute fragte. Wir sagten die Wahrheit, und er prügelte uns alle, einen nach dem andern, und nannte uns mit mancherlei Namen. Dann gab er uns diese zwei Sachen« – sie stellten eine Flasche Whisky hin und eine Schachtel Zigarren –, »und wir gingen fort. Das *Kowl* ist in einem Baum geblieben, denn seine Kraft ist so, daß wir jedesmal, wenn wir es einem Sahib zeigen, geprügelt werden.«

»Ohne dieses *Kowl*«, sagte Jan Chinn mit unerschütterlicher Miene, »wäret ihr alle ins Gefängnis marschiert mit einem Schutzmann an jeder Seite. Ihr kommt jetzt als Treiber mit mir. Diese hier sind unglücklich, und wir wollen jagen gehen, bis ihnen wieder wohl ist. Heute nacht wollen wir ein Fest machen.«

Es steht geschrieben in der Chronik der Satpura-Bhils, neben vielem anderen, das sich nicht drucken läßt, daß Jan Chinn der Erste fünf Tage lang, von dem Tage an, wo er sein Zeichen auf sie geschnitten hatte, für sein Volk jagte; und in allen fünf Nächten dieser Tage war der ganze Stamm glorreich und restlos besoffen. Jan Chinn kaufte Branntwein von gewaltiger Stärke im Land und erlegte Wildschweine und Rehe ohne Zahl, so daß, wenn einem übel wurde, wenigstens guter Grund vorhanden war.

Zwischen Kopf- und Bauchweh fanden sie nicht Zeit, an ihre Arme zu denken, sondern folgten Jan Chinn willig durch den Dschungel; das Vertrauen wuchs von Tag zu Tag, und allmählich stahlen sich immer mehr von ihnen, Männer, Weiber, Kinder, in ihre Dörfer weg: sie brachten die Kunde, daß es gut und recht sei, mit Geistermessern geritzt zu werden; daß Jan Chinn leibhaftig wiedergeboren sei als ein Gott, bei dem man Essen und Trinken freihabe, und daß die Satpura-Bhils vor allen Völkern bei ihm in Gunst ständen, wenn sie sich nur nicht kratzten. Von nun an war dieser freundliche Halbgott auf immer in ihrer Vorstellung verbunden mit großen Gelagen und mit den kleinen, spitzen, wohltätigen Messern einer väterlichen Regierung.

»Und morgen kehre ich zurück in mein Haus«, sagte Jan Chinn zu den wenigen Getreuen, die weder dem Branntwein noch verdorbenen Mägen noch geschwollenen Mandeln erlegen waren. Es ist schwer für Kinder und Wilde, sich immerzu ehrfürchtig zu benehmen gegen ihre eigenen Idole, und sie waren schließlich nach Herzenslust vergnügt gewesen mit Jan Chinn. Aber die Erwähnung seines »Hauses« warf jetzt einen Schatten auf sie.

»Und der Sahib wird nicht wiederkommen?« fragte der, der zuerst geimpft worden war.

»Das wird sich zeigen«, erwiderte Chinn vorsichtig.

»Ach, aber komm als ein weißer Mann – komm als ein junger Mann, den wir kennen und lieben; denn, wie du allein weißt, wir sind ein schwaches Volk. Wenn wir dein« – sie nahmen all ihren Mut zusammen –, »dein Pferd wiedersähen –«

»Ich habe kein Pferd. Ich bin zu Fuß gekommen – mit Bukta dort. Was soll das sein?«

»Du weißt – das Ding, das du dir als Nachtpferd erwählt hast.«

Die kleinen Männer wanden sich in Angst und Ehrfurcht.

»Nachtpferd? Bukta, was ist das wieder für ein Kindermärchen?«

Bukta war sehr schweigsam gewesen in Chinns Gegenwart seit der Nacht seiner Flucht, und er war nun dankbar, daß eine Frage an ihn gerichtet wurde.

»Sahib, sie wissen«, flüsterte er. »Es ist der gewölkte Tiger. Der, der von dem Ort kommt, wo du einst schliefst. Er ist dein Pferd – wie er es war seit drei Geschlechtern.«

»Mein Pferd! Das ist ein Traum der Bhils.«

»Es ist kein Traum. Lassen Träume die Spuren breiter Tatzen auf der Erde? Warum willst du zwei Gesichter machen vor deinem Volk? Sie wissen von den Nachtritten, und sie – und sie –«

»Haben Angst und möchten, daß das aufhört?«

Bukta nickte. »Wenn du ihn fernerhin nicht mehr brauchst. Er ist dein Pferd.«

»Das Ding hinterläßt also eine Spur?«

»Wir haben sie gesehen. Sie ist breit wie eine Dorfstraße unterhalb des Grabes.«

»Könnt ihr sie finden und ihr nachgehen für mich?«

»Bei Tageslicht – wenn *einer* mit uns kommt und nahe bei uns bleibt.«

»Ich will dabeibleiben, und wir wollen schauen, was sich tun läßt, daß Jan Chinn nicht mehr reitet.«

Die Bhils schrien die letzten Worte wieder und wieder nach.

Für Chinn war der Abstieg nichts Besonderes – über schroffe, rissige Felsen hinab, gefährlich vielleicht, wenn man seine Sinne nicht beisammenhielt, aber nicht schlimmer als zwanzig andere, die er gemacht hatte. Seine Leute jedoch – sie weigerten sich hartnäckig, den Treiberruf zu geben, und wollten durchaus nur die Fährte verfolgen – trieften vor Schweiß. Sie wiesen ihm die Spuren riesiger Tatzen, die, immer bergab, ein paar hundert Fuß weit von Jan Chinns Grab aus liefen und in einer engmündigen Höhle verschwanden. Es war ein unverschämt offener Weg, eine Privatpromenade, angelegt ohne die geringste Rücksicht auf Heimlichkeit.

»Man könnte meinen, der Schuft bezahlt Steuern«, murmelte Chinn bei sich. – Ob der gute Freund an Vieh oder an Menschen Geschmack habe, fragte er dann.

»Vieh«, war die Antwort. »Zwei Rinder wöchentlich. Wir treiben sie für ihn unten an den Berg. Er ist daran gewöhnt. Wenn wir's nicht täten, würde er vielleicht auf uns gehen.«

»Raub und Erpressung«, sagte Chinn. »Ich habe nicht die Absicht, ihm in die Höhle nachzukriechen. Was tun?«

Die Bhils blieben zurück, indes Chinn mit schußbereitem Gewehr hinter einem Felsen Posten faßte. Er wußte, Tiger waren scheue Tiere, aber einer, der so lange und in so üppiger Weise mit Vieh gefüttert worden war, würde vielleicht kühnerer Gemütsart sein.

»Er redet!« flüsterte jemand im Hintergrund. »Auch er weiß!«

»Also jetzt zum Teufel noch mal!« sagte Chinn. Ein zorniges Grollen kam aus der Höhle – eine deutliche Herausforderung. »Heraus mit dir!« schrie Chinn. »'raus aus dem Loch da! Laß dich mal anschaun!«

Das Ungeheuer wußte sehr wohl, daß ein Zusammenhang bestand zwischen nackten braunen Bhils und seinem wöchentlichen Tribut; aber der weiße Helm im Sonnenlicht ärgerte ihn, und die Stimme, die seine Ruhe störte, behagte ihm nicht. Faul wie eine vollgefressene Schlange räkelte er sich aus der Höhle hervor und stand gähnend und blinzelnd am Eingang. Die Sonne fiel auf seine rechte Flanke, und Chinn staunte: noch nie hatte er einen so gezeichneten Tiger gesehen. Außer an dem Kopf, der markant gestreift war, war er gefleckt – scheckig wie ein Schaukelpferd, prächtig rauchschwarz auf rotgold. Die Stellen an Bauch und Kehle, die weiß hätten sein sollen, waren orangefarben, und Schweif und Tatzen waren schwarz. Er blickte etwa zehn Sekunden lang lässig herüber, senkte dann bedächtig den Kopf und starrte, mit hängend angezogenem Unterkiefer, gespannt auf den Mann. Die Wirkung dieser Bewegung war, daß die runde Wölbung seines Schädels, mit zwei breiten Streifen überquer, voll hervortrat, während unter den Streifen die unbewegten Augen glühten. So stand er, gleichsam eine teuflisch-hämische Maske zeigend. Es war ein Trick natürlicher Hypnose, wie er ihn oftmals gegen seine Opfer angewandt hatte, und obwohl Chinn alles andere als ein geängstigtes Horntier war, stand er doch eine Weile gebannt von der ungewöhnlichen Sonderbarkeit dieses Angriffs. Der Kopf (der Rumpf schien dahinter verschwunden zu sein), der grimmige, schädelartige Kopf, kroch näher, indes das zornige Schweifende das Gras peitschte. Links und rechts hatten sich die Bhils verlaufen, um Jan Chinn allein mit seinem Pferd fertig werden zu lassen.

»Wahrhaftig«, dachte Chinn, »er versucht, mir Angst zu machen!« und feuerte zwischen die teetassengroßen Augen, unmittelbar nach dem Schuß zur Seite springend.

Eine große prustende Masse, nach Aas riechend, sauste an ihm vorbei bergaufwärts, und er folgte behutsam. Der Tiger machte keinen Versuch, in den Dschungel zu flüchten; er rang nach Licht und Atem – Nase hoch, Maul offen, mit allen vier gewaltigen Pranken den Boden in Sprüngen aufreißend.

»Blutsturz!« sagte John Chinn, das wilde Schauspiel beobachtend. »Die Lungen müssen voll sein.«

Das Ungeheuer hatte sich über einen Felsrand geschnellt und war auf der andern Seite verschwunden. John Chinn spähte mit schußbereit erhobenem Lauf hinüber. Aber die rote Spur führte pfeilgerade weiter, bis zu dem Grab seines Großvaters; und hier, inmitten zerschmetterter Branntweinflaschen und Trümmer des Tonbildnisses, fuhr dieses grimmige Leben dahin mit einem grunzenden Schnaufer.

»Wenn mein würdiger Ahn das sehen könnte«, dachte John Chinn, »würde er stolz auf mich sein. Augen, Unterkiefer, Lungen. Hübscher Schuß.« Er pfiff Bukta, indes er die Meßleine über den erstarrenden Körper zog.

»Fünf – sechs – acht – bei Gott! Fast elf Fuß – sagen wir elf! Vorderlauf vier – fünf – siebenundzwanzigeinhalb Zoll. Kurzer Schweif, dreieinhalb Fuß. Aber was für ein Fell! Oh, Bukta! Bukta! Die Leute mit den Messern, schnell!«

»Ist er auch wirklich tot?« fragte eine angstbebende Stimme hinter einem Felsen.

»Das war anders als bei meinem ersten Tiger«, sagte Chinn. »Ich hätte nicht gedacht, daß Bukta weglaufen würde. Ich hatte keine zweite Büchse.«

»Es – es ist der gewölkte Tiger«, sagte Bukta, des Spottes nicht achtend. »Er ist tot.«

Ob alle Bhils von Satpura, geimpfte und nichtgeimpfte, auf der Lauer gelegen hatten, um zuzuschauen, konnte Chinn nicht sagen; aber der ganze Berghang wimmelte mit einemmal von kleinen Männern, die schrien, sangen und stampften. Dennoch griff keiner zum Messer, ehe Chinn selber nicht den ersten Schnitt in das herrliche Fell getan hatte; und als die Schatten sanken, flohen sie von dem blutbefleckten Grabe hinweg, und kein Zureden brachte sie zurück bis an den Morgen. So verbrachte Chinn eine zweite Nacht im Freien, den Kadaver gegen die Schakale bewachend und seines Ahnherrn gedenkend.

Er kehrte ins Flachland zurück unterm Triumphgesang einer Geleitschar von dreihundert Mann, den Impfmann, den Mahratta, dicht neben sich und voran das gedörrte Fell als Siegeszeichen. Als diese Heerschar auf einmal lautlos verschwand wie Wachteln im hohen Korn, schloß er, daß er der Zivilisation nahe sei; und eine Biegung des Weges brachte ihn zu dem Feldlager eines Flügels seines Korps. Er ließ das Fell über eine Wagendeichsel gebreitet zurück, zur allgemeinen Bewunderung, und suchte den Obersten auf.

»Es ist alles in Ordnung mit ihnen«, erklärte er ernsthaft. »Es ist keine Spur von Bosheit in ihnen. Sie hatten nur Angst. Ich habe die ganze Gesellschaft geimpft, und sie sind begeistert davon. Was – was tun wir hier, Herr Oberst?«

»Das möchte ich selber wissen«, sagte der Oberst. »Ich bin mir noch nicht klar, sind wir hier als Teil einer Brigade oder als Polizeiaufgebot. Immerhin, ich denke, wir sagen: Polizei. Wie haben Sie's angestellt, einen Bhil zum Impfen zu kriegen?«

»Ja, Herr Oberst, ich habe mir die Sache überlegt, und soviel ich beurteilen kann, habe ich eben eine Art von vererbtem Einfluß auf sie.«

»Das weiß ich; sonst hätt' ich Sie nicht geschickt; aber wieso, genauer gesagt?«

»Es ist reichlich verrückt. Es scheint, soviel ich herauskriegen konnte, daß ich mein eigener Großvater in neuer Inkarnation bin und den Frieden des Landes gestört habe, indem ich nachts auf einem Tiger umherritt. Hätt' ich das nicht getan, so würden sie, glaub' ich, nichts gegen die Impferei gehabt haben, aber beides zugleich war ein bißchen zuviel für sie. Und folglich, Herr Oberst, hab' ich sie geimpft und mein Tigerroß erschossen, sozusagen zum Beweis meines guten Willens. Herr Oberst haben sicherlich noch nie im Leben ein solches Fell gesehen.«

Der Oberst zupfte nachdenklich am Schnurrbart. »Wie, zum Teufel«, sagte er, »soll ich das jetzt in meinen Rapport bringen?«

In der Tat, der offizielle Bericht über die Impfrevolte der Bhils enthielt kein Wort über Seine Gottheit, den Leutnant John Chinn. Aber Bukta wußte, und das Regiment wußte, und jeder Bhil in den Satpurabergen wußte.

Und nun ist Bukta eifrig bedacht, daß John Chinn so bald wie möglich heiraten und seine Gewalt auf einen Sohn übertragen möge; denn wenn die Erbfolge der Chinns versagt und die kleinen Bhils ihrer eigenen Phantasie überlassen bleiben, wird es neuen Unfug in Satpura geben.

Nur ein Leutnant!

... Nicht allein durch Befehl, durch das Beispiel
die Mannschaft zu kraftvoller Pflichterfüllung und standhaftem
Ertragen der mit dem Militärdienst untrennbar verbundenen
Schwierigkeiten und Entbehrungen anzufeuern.

Bengalisches Armee-Reglement.

Bobby Wick mußte in Sandhurst eine Prüfung machen. Er war ein Edelmann, bevor er noch in die Armeeliste kam, und als die Kaiserin verlautbaren ließ, daß der Kadett Robert Hanna Wick als Leutnant zu den Tyneside Tail Twisters in Krab Bokhar kommandiert sei, war er Offizier *und* Edelmann, eine beneidenswerte Sache; und große Freude herrschte im Hause Wick, wo Mama Wick und alle kleinen Wicks auf die Knie fielen und Bobby Weihrauch streuten um seiner Vollkommenheiten willen.

Papa Wick war seinerzeit Kommissar gewesen, hatte die Autorität über drei Millionen Menschen in Chota Buldana aufrechterhalten, große Dinge für das Wohl des Landes getan und sein Bestes hergegeben, um dort, wo früher ein Grashalm gewachsen war, zwei zum Gedeihen zu bringen. Natürlich wußte in dem kleinen englischen Dorf niemand etwas davon; hier war er bloß »der alte Herr Wick« und hatte vergessen, daß er Inhaber des Ordens vom Indischen Stern war.

Er klopfte Bobby auf die Schulter und sagte: »Das hast du gut gemacht, mein Junge!«

Bis die Uniform geliefert wurde, erlebte Bobby eine Zwischenzeit reinsten Glückes, in der er den Titularrang »Mann« bei den von weiblichen Wesen wimmelnden Tennispartien und Teenachmittagsgefechten des Dorfes erhielt, und ich wage zu behaupten, daß er sich in mehrere Mädchen zugleich verliebt hätte, wenn sich sein Eintritt in die Armee noch länger hinausgeschoben hätte. Die kleinen Landorte daheim sind voll von netten jungen Mädchen, weil alle jungen Männer nach Indien gehen, um ihr Glück zu machen.

»Indien ist der Platz dafür«, sagte Papa Wick. »Ich war dort dreißig Jahre lang und, weiß der Kuckuck, ich ginge gerne wieder hin. Wenn du bei den Tail Twisters eintrittst, wirst du dich unter Freunden befinden, sofern man den alten Wick von Chota Buldana noch nicht vergessen hat, und eine Menge Leute werden um unsertwillen nett zu dir sein. Die Mutter wird dir mehr über die nötige Ausrüstung sagen können als ich; aber eines sage ich dir: Halt dich an dein Regiment, Bobby, halt dich an dein Regiment. Du wirst in deiner Umgebung viele Leute sehen, die zum Generalstab wollen, die allerhand Pflichten erfüllen, nur nicht die gegen das Regiment, und vielleicht gerätst du in Versuchung, ihrem Beispiel zu folgen. Solange du mit deinem Zuschuß auskommst, und ich werde dich nicht knapp halten, bleib bei der Linie, und nochmals bei der Linie, und nur bei der Linie. Sei vorsichtig, wenn du für die Rechnungen eines andern jungen Narren gutstehen sollst, und wenn du dich in eine Frau verlieben solltest, die zwanzig Jahre älter ist als du, so erzähle es nicht gerade mir; das ist alles, was ich sagen wollte.«

Mit diesen und vielen andern ebenso wertvollen Ratschlägen stärkte Papa Wick seinen Sohn vor jener letzten schrecklichen Nacht in Portsmouth, in der in den Offiziersquartieren weit mehr Schlafplätze gefordert wurden, als vom Reglement vorhergesehen waren; in jener Nacht, da die auf Landurlaub befindlichen Schiffsmannschaften die nach Indien bestimmten Detachements überfielen, der Kampf von den Werfttoren bis in die verrufenen Gassen von Longport tobte und die Dirnen von Fratton herabkamen und den Offizieren der Königin die Gesichter zerkratzten.

Bobby Wick hatte denn mit einer häßlichen Beule auf der sommersprossigen Nase unter den aufmunternden Zurufen von fünfzig höhnenden Frauenzimmern ein verkatertes, geschwächtes Detachement einzuschiffen, so daß ihm keine Zeit für Heimweh blieb, bis die »Malabar« die Mitte des Kanals erreichte und seine Gefühle dann infolge einer kleinen Wachinspektion und vieler anderer Dinge doppelt stark sich regten.

Die Tail Twisters waren ein höchst eigenartiges Regiment. Diejenigen, die es am wenigsten kannten, behaupteten, ihr Regimentshochmut übersteige jedes Maß. Aber ihre Reserviertheit und ihre internen Maßnahmen waren im allgemeinen bloß eine diplomatische Schutzmaßregel nach außen hin. Etliche fünf Jahre vorher nämlich hatte der kommandierende Oberst in die vierzehn furchtlosen Augen von sieben breitschultrigen strotzenden Leutnanten geblickt, die alle um die Aufnahme in das Generalstabskorps angesucht hatten, und er hatte sie gefragt, wie zum Donnerwetter gerade er, ein Oberst der Linie, dazu käme, eine verfluchte Kinderstube von zweimal verfluchten Flaschenkindern zu kommandieren, die verbotene Blechsporen trügen und auf qualifizierten Schindmähren an der Spitze von verfluchten, gottverlassenen, schwarzen Regimentern daherritten. Er war ein unwirscher Mann und flößte Schrecken an.

Da traf dann der Überrest etliche Maßnahmen, als deren Folge sich das Gerücht verbreitete, daß junge Leute, die die Tail Twisters als Sprungbrett zum Generalstab benützen wollten, mannigfache und harte Plagen zu erdulden hätten. Denn schließlich hat ein Regiment mindestens ebensoviel Recht darauf, seine Geheimnisse zu haben wie eine Frau.

Als Bobby von Deolali heraufkam und bei den Tail Twisters eintrat, wurde ihm freundlich, aber entschieden eingeprägt, daß das Regiment sein Vater, seine Mutter und sein ihm untrennbar angetrautes Eheweib sei, und daß es unter dem Baldachin des Himmels kein schwärzeres Verbrechen gäbe, als Schande über das Regiment zu bringen, welches das am besten schießende, am besten gedrillte, am besten in Form befindliche, das tapferste, berühmteste und in jeder Hinsicht erstrebenswerteste Regiment im Bereich der sieben Meere sei. Er wurde über die Legende von der Herkunft der Messe-Einrichtung, angefangen von den großen grinsenden goldenen Götzen, die aus dem Sommerpalast von Peking stammten, bis zu der silberbeschlagenen Schnupftabaksdose aus Bergziegenhorn unterrichtet, die der letzte kommandierende Oberst (das war jener, der zu den sieben Leutnanten gesprochen hatte) gespendet hatte. Und jede dieser Legenden berichtete von Schlachten, die ohne Furcht und ohne Verstärkungen gegen große Übermacht ausgefochten worden waren, von unbeschränkter, geradezu arabischer Gastlichkeit, von Freundschaften, so tief wie die See und so standhaft wie die Gefechtslinie; von Ehren, die um der Ehre willen auf harten Wegen erworben worden waren, und von beständiger fragloser Ergebenheit gegen das Regiment – das Regiment, das aller Leben und für immer zu eigen fordert.

Mehr als einmal kam er offiziell mit der Regimentsfahne in Berührung, die wie das Hutfutter eines Maurers am Ende eines abgekauten Stockes aussah. Bobby kniete nicht in Verehrung nieder vor ihr, denn so sind britische Leutnante nicht. Nein, er verfluchte sie sogar wegen ihres Gewichtes im Augenblick, da sie Schrecken und andere edlere Gefühle erregen sollte.

Am schönsten aber war es, als er in der Morgendämmerung eines Novembertages mit den Tail Twisters in Paradeordnung ausmarschierte. Die Kranken und die Diensthabenden der Wache ausgenommen, war das Regiment eintausendundachtzig Mann stark, und Bobby gehörte zu ihnen; denn war er nicht ein Leutnant von der Linie – der ganzen Linie und nichts als der Linie –, wie das Trampeln von zweitausendeinhundertundsechzig derben Kommißstiefeln bezeugte? Er hätte nicht mit Deighton von der reitenden Batterie getauscht, der in eine Staubwolke gehüllt unter einem Chor von: »Hart rechts! Hart links!« vorüberstürmte, noch mit Hogan-Yale von den weißen Husaren an der Spitze seiner Eskadron, wieviel sie auch wert war, und hätte man ihm auch noch die Hufeisen mit dareingegeben; noch auch mit »Tick« Boileau, der versuchte, sich seines grimmigen blaugoldenen Turbans würdig zu erweisen, während seine wespenschlanken bengalischen Kavalleristen im Kielwasser der weißen Husaren deren hohen Walisern mit den zurückgelegten Ohren nachgaloppierten.

Das Gefecht dauerte den ganzen kühlen, klaren Tag lang; und Bobby fühlte einen kleinen Schauer über den Rücken rinnen, als er nach den donnernden Salven das Klirren der leeren Kartuschen vernahm, die aus dem Verschluß fielen; denn er wußte, daß er diesen Ton in seinem Leben noch in einem wirklichen Gefechte zu hören bekommen werde. Die Truppenschau endete in einer prachtvollen Jagd über die Ebene – die Batterien donnerten gegen die Kavallerie zum größten Abscheu der weißen Husaren, und die Tyneside Tail Twisters jagten ein Sikh-Regiment, bis die langen schmächtigen Singhs vor Erschöpfung keuchten. Bobby war schon lange vor Mittag von Staub und Schweiß bedeckt – aber sein

Enthusiasmus nahm dabei durchaus nicht ab, sondern wurde nur noch konzentrierter.

Und wiederum saß er zu Füßen von Revere, seinem »Mentor«, das heißt, dem Hauptmann seiner Kompanie, um in der schwarzen Kunst und den Geheimnissen der Behandlung der Mannschaft Unterricht zu genießen, denn dies ist ein sehr wichtiger Teil des militärischen Berufes.

»Wenn Sie dafür keinen Instinkt haben«, sagte Revere und stieß den Rauch einer *Cheroot*[1] aus, »werden Sie nie imstande sein, das Eigentliche zu begreifen; aber denken Sie dran, Bobby, nicht der beste Drill – obwohl Drill fast alles ist – treibt ein Regiment durch die Hölle und auf der andern Seite wieder heraus, sondern der Mann, der die Leute zu handhaben weiß – Böcke, Schweine, Hunde und so weiter.«

Bobby erwiderte: »Dormer, zum Beispiel. Ich glaube, er gehört unter die Rubrik: Idioten. Er ist verdrießlich wie eine kranke Eule.«

»Da irren Sie sich eben, mein Sohn. Dormer ist noch kein Idiot, aber er ist ein verflucht schmutziger Soldat, und sein Zimmerkorporal zieht ihn vor der Monturbesichtigung immer mit seinen Socken auf. Dormer, der zu zwei Dritteln ein bloßes Vieh ist, verkriecht sich dann in eine Ecke und knurrt.«

»Woher wissen Sie das?« fragte Bobby voll Bewunderung.

»Weil ein Kompaniechef diese Dinge wissen muß – denn wenn er sie nicht weiß, kann's ein Verbrechen geben, ja sogar Totschlag, der sich vor seiner Nase vorbereitet, ohne daß er es merkt. Dormer ist durch Verhetzung ganz aus dem Gleichgewicht gekommen – und so lang er ist, hat er doch nicht Verstand genug, sich dagegen zu wehren. Er hat sich dem stillen Suff ergeben, und, Bobby, wenn einer, der die Spott-Zielscheibe einer Kasernenstube ist, anfängt zu saufen oder still vor sich hinzustieren, dann muß etwas geschehen, um ihn da 'rauszureißen.«

»Was soll da geschehen? Unsereiner kann doch nicht immer herumlaufen und seine Leute hätscheln.«

»Nein, denn die Mannschaft wird ihm verflucht rasch zeigen, daß er nicht gebraucht wird. Man muß eben –«

Hier trat der Stabsfeldwebel mit einigen Papieren ein,

1. Indische Zigarre.

und während Revere die Kompanieberichte durchsah, dachte Bobby nach.

»Stellt Dormer etwas an, Stabsfeldwebel?« fragte Bobby, als setze er ein unterbrochenes Gespräch fort.

»Nein, Herr Leutnant, tut seine Pflicht wie'n Automat«, erwiderte der Stabsfeldwebel, der gern in ausdrucksvollen Worten schwelgte: »'s ist ein schmutziger Soldat, und seine ganze Löhnung wird ihm gestrichen zur Anschaffung 'ner neuen Uniform. Die seinige is ja voll Schuppen, Herr Leutnant.«

»Schuppen? Was für Schuppen?«

»Fischschuppen, Herr Leutnant. Der polkt immer im Schlamm am Fluß herum und putzt die Fische mit'm Daumen.« Revere war noch in die Papiere der Kompanie vertieft, und der Stabsfeldwebel, der Bobby herzlich zugetan war, fuhr fort – »Gewöhnlich jeht er da runter, wenn er voll is – entschuldijen schon, Herr Leutnant, aber die Leute sagen, je mehr er besoffen – betrunken is, desto mehr Fische fängt er. In der Kompanie nennen sie ihn den verrückten Fischhändler, Herr Leutnant.«

Revere unterzeichnete den letzten Bogen, und der Stabsfeldwebel machte kehrt. »Eine schmutzige Unterhaltung!« dachte Bobby mit einem Seufzer, dann sagte er laut zu Revere: »Sind Sie wirklich in Sorge um Dormer?«

»Ein wenig. Verstehen Sie, er ist nicht närrisch genug, als daß man ihn ins Lazarett stecken könnte, noch betrunken genug, als daß man ihm Arrest diktieren könnte, aber man muß immer damit rechnen, daß er plötzlich mal aus seinem Stumpfsinn auffährt und aufbegehrt. Er nimmt es übel, wenn man Interesse für ihn zeigt, und als ich ihn ein einziges Mal auf die Jagd mitnahm, hat nicht viel gefehlt, daß er mich erschossen hätte.«

»Ich fische«, sagte Bobby mit verzogenem Gesicht. »Ich miete ein Boot und fahre von Donnerstag bis Sonntag den Fluß hinunter, und der liebenswürdige Dormer geht mit mir, wenn Sie uns beide entbehren können, Herr Hauptmann.«

»Sie verrücktes Huhn!« sagte Revere nur, aber sein Herz war ungleich freundlicher Worte voll.

Donnerstagmorgen fuhr Bobby als Kapitän einer *Dhoni*[1]

1. Boot.

mit Dormer als Maat den Fluß hinunter, der Infanterist am Bug, der Leutnant am Steuer. Der Infanterist schaute voll Unbehagen auf den Leutnant, der die Zurückhaltung des Infanteristen respektierte.

Nach sechs Stunden ging Dormer ans Steuer, salutierte und sagte: »Herr Leutnant verzeihen, waren der Herr Leutnant jemals auf dem Durham-Kanal?«

»Nein« sagte Bobby Wick. »Kommen Sie und essen Sie *Tiffin*[1] mit mir.«

Sie aßen schweigend. Als der Abend kam, brach der Infanterist Dormer das Schweigen und sprach laut mit sich selbst: »Ich bin uf'm Durham-Kanal jewesen, just in so 'ner Nacht, nächste Woche sin's zwölf Monate, und die Zehen hab' ich ins Wasser jehängt jehabt.« Er rauchte und sagte kein Wort mehr bis zur Schlafenszeit.

Der Zauber der Dämmerung tauchte das Grau der Wasserfläche in Purpur, Gold und Opalfarben, und es war, als glitte die langsam dahinziehende *Dhoni* durch den Glanz eines neuen Himmels. Der Infanterist Dormer steckte den Kopf aus seiner Decke heraus und betrachtete die Herrlichkeit über und um sich. »Na, zum Teufel mit meinen Augen!« flüsterte er scheu, »das hier is ja wie 'ne auf Glanz gewichste Parade!« Den Rest der Tage blieb er stumm, es gelang ihm aber, sich beim Putzen der großen Fische über und über mit Blut zu beschmieren.

Das Boot kehrte am Samstagabend zurück. Seit Mittag hatte Dormer vergeblich versucht, ein Wort herauszubringen; als die Angeln und das Gepäck ausgeladen waren, fand er die Sprache wieder und sagte: »Entschuldigen der Herr Leutnant, möchten der Herr Leutnant mir nicht die Hand geben?«

»Natürlich«, sagte Bobby und schüttelte ihm die Hand. Dormer kehrte in die Baracken zurück und Bobby in die Messe.

»Ich glaube, er hatte etwas Ruhe und Fischen nötig«, sagte Bobby. »Aber Herrgott, ein dreckiges Biest! Haben Sie jemals gesehen, wie er die Fische mit den Daumen abschuppt?«

Drei Wochen später sagte Revere: »Jedenfalls gibt er sich alle Mühe, seine Sachen rein zu halten.«

1. Lunch.

Als der Frühling verging, beteiligte sich Bobby an dem allgemeinen Ansturm um einen Urlaub in die Berge, und zu seinem Entzücken und zu seiner Überraschung erhielt er drei Monate.

»Ein braver Junge; könnt' ihn mir nicht besser wünschen«, sagte Revere, der »Mentor«, bewundernd.

»Der Beste von der ganzen Gesellschaft«, sagte der Adjutant zum Obersten, »behalten Sie den jungen Nichtstuer, den Porkiss, hier, Herr Oberst, und Revere soll ihn feste Dienst machen lassen.«

So fuhr Bobby selig mit einem blechbeschlagenen Koffer voll prächtiger Uniformen nach Simla Pahar.

»Der Sohn von Wick, dem alten Wick von Chota Buldana? Bitte ihn zum Abendessen, Liebe!« sagten die alten Herren.

»Was für ein netter Junge!« sagten die Matronen und die Mägdelein.

»Ein erstklassiger Ort, dieses Simla, faaaabel-haft!« sagte Bobby Wick und bestellte sich neue weiße Kordbreeches.

Nach zwei Monaten schrieb Revere an Bobby: »Wir stekken in keiner guten Haut. Seit Sie fort sind, ist im Regiment Fieber ausgebrochen, und es ist stark verseucht – zweihundert Mann liegen im Spital und gegen hundert Leute hat man wegen Trunksucht ins Loch gesteckt – sie trinken, um kein Fieber zu bekommen – und die Kompanien stehen bei der Parade nur fünfzehn Glieder tief. In den umliegenden Dörfern ist die Krankheit stärker verbreitet, als mir lieb ist, aber ich bin selbst so von einem blasigen Hitzeausschlag bedeckt, daß ich mich am liebsten aufhängen möchte. Was ist das für ein Klatsch, daß Sie dort oben einem Fräulein Haverley den Hof machen? Nichts Ernstes, hoffe ich? Sie sind viel zu jung, um sich jetzt schon einen Mühlstein an den Hals zu hängen, und der Oberst wird Sie in kürzester Zeit dort herausreißen, wenn Sie den Versuch machen sollten.«

Nicht der Oberst berief Bobby aus Simla zurück, sondern ein viel ansehnlicherer Kommandant. Die Krankheit verbreitete sich in den umliegenden Dörfern, der Bazar wurde geschlossen, und dann kam der Befehl, die Tail Twisters müßten Biwak beziehen. Die Botschaft durcheilte alle Bergstationen: »Cholera – Urlaub abbrechen – Offiziere zurückkehren.« Schade um die weißen Handschuhe in den sauber verlöteten Kassetten, um die geplanten Bälle und Picknicks, um die halbausgesprochenen Liebeserklärungen und die unbezahlten Schulden! Ohne Fragen und Einwände, so rasch eine Tonga fahren, ein Pony galoppieren konnte, stürmten die Leutnante heim zu den Regimentern, als eilten sie zur Hochzeit.

Bobby erhielt den Befehl, als er gerade von einem Ball in Viceregal Lodge zurückkehrte, auf dem er – aber nur das kleine Fräulein Haverley weiß, was Bobby gesagt hat oder wie viele Tänze für den nächsten Ball er beansprucht hat. Am nächsten Morgen um sechs Uhr stand Bobby im strömenden Regen vor dem Büro der Tongawagen, der letzte Walzer wirbelte noch in seinen Ohren und sein Denken war von einer Vergiftung gelähmt, an der weder der Wein noch das Tanzen Schuld trugen.

»Hallo, mein guter Junge«, rief ihn Deighton von der reitenden Batterie durch den Nebel an. »Was, Sie haben eine Tonga aufgetrieben? Ich komme mit Ihnen! Aber ich weiß schon nicht mehr, wo mir der Kopf steht! Ich war die ganze Nacht auch nicht faul. In der Batterie soll es recht schlecht stehen«, und er summte schmerzlich:

»Laß jetzt alles, wie's ist:
Laß ohne Dach die Herde,
Laß ohne Grab die Leiche,
Laß am Altar die Braut.

Meiner Treu, bei dieser Fahrt wird es mehr um die Leiche als um die Braut gehen. Steigen Sie ein, Bobby! Vorwärts, Kutscher!«

Auf dem Bahnsteig in Umballa wartete eine Abteilung Offiziere, die die letzten Nachrichten aus den verseuchten Regimentsstandorten besprachen, und hier erst erfuhr Bobby, wie es wirklich um die Tail Twisters bestellt war.

»Sie haben Biwak bezogen«, erzählte ein ältlicher Major, der von den Whisttischen in Mussoorie zu seinem kranken Eingeborenenregiment zurückberufen worden war, »mit zweihundertzehn Kranken auf den Wagen. Zweihundertzehn Kranke bloß, und der Rest sah aus wie ebenso viele Gespenster mit Triefaugen. Ein Madrasregiment hätte einfach über sie wegmarschieren können.«

»Sie waren aber doch verflucht gut in Form, als ich sie verließ«, sagte Bobby.

»Na, dann werden Sie gut daran tun, sie wieder verflucht gut in Form zu bringen, wenn Sie hinkommen«, erwiderte barsch der Major.

Während der Zug quer durch das aufgeweichte Doab polterte, preßte Bobby die Stirn gegen den regennassen Fensterrahmen und betete für die Gesundheit der Tyneside Tail Twisters. Naini Tal hatte in aller Eile sämtliche dort auf Urlaub befindlichen Offiziere hinuntergeschickt; die Ponys von der Dalhousier-Straße stolperten, bis zur äußersten Kraftanstrengung getrieben, schäumend nach Pathankot herein; aus dem umwölkten Darjeeling kamen mit dem Kalkuttazuge die letzten Nachzügler der kleinen Armee herbeigerast, der ein Kampf bevorstand, bei dem es weder um Ehre noch um Siegesmedaillen ging, gegen einen Feind, der kein Geringerer war als »die Krankheit, die bis zum Mittag tötet«.

Jeder Mann, der sich zur Stelle meldete, sagte: »Das ist eine böse Geschichte!« Und ging sogleich zu seinem eigenen Regiment ab, denn alle Batterien und Regimenter des Standorts lagen im Biwak, und nur die Krankheit leistete ihnen Gesellschaft.

Bobby stapfte mühsam durch den Regen zu der Offiziersmesse, und Revere wäre dem Jungen gern um den Hals gefallen, aus Freude, seine häßliche Visage gesund wiederzusehen.

»Lassen Sie die Mannschaft sich unterhalten und sich beschäftigen«, sagte Revere. »Nach den ersten zwei Fällen haben sie zu trinken angefangen, die armen Schafsköpfe, und es ist nicht besser geworden. Ach, es ist gut, Sie wieder hier zu haben! Porkiss ist ein – na, reden wir nicht davon!«

Deighton kam aus dem Artilleriebiwak herüber, um an dem traurigen Abendbrot in der Messe teilzunehmen, und erhöhte noch die allgemeine Verstimmung, indem er über den Zustand seiner geliebten Batterie fast in Tränen ausbrach. Porkiss vergaß sich so weit, daß er erklärte, die Gegenwart der Offiziere könne von keinerlei Nutzen sein und es sei das beste, das ganze Regiment ins Lazarett zu schicken und »die Doktoren für die Leute sorgen zu lassen«. Porkiss war ganz verstört vor Angst, und sein innerer Friede wurde auch dadurch nicht wiederhergestellt, daß Revere kühl bemerkte: »Oh, je früher Sie von hier fortkommen, desto besser, wenn Sie so denken. Jede Militärschule kann uns fünfzig gute Leute an Ihrer Stelle schicken, aber es braucht Zeit, Zeit und Geld, Porkiss, und ein gewisses Maß von Mühe, um ein Regiment zu schaffen. Stellen Sie sich mal vor, Sie wären der Mann, um dessentwillen wir ins Biwak mußten, he?«

Daraufhin wurde Porkiss von einem gewaltigen Schüttelfrost der Angst gepackt, dem auch ein nachfolgendes gründliches Regenbad nicht abhalf, und zwei Tage später verließ er diese Welt, um in eine andere einzugehen, in der, wie die Menschen aus tiefstem Herzen hoffen, den Schwachheiten des Fleisches Nachsicht zuteil wird. Der Regimentsfeldwebel schaute bedrückt in dem Zelt der Unteroffizierskantine umher, als die Neuigkeit bekannt wurde, und sagte: »Da hat's den Schlechtesten erwischt. Jetzt wird's noch den Besten holen, und dann, will's Gott, wird's aufhören.«

Die Unteroffiziere schwiegen, bis einer sagte: »Er doch nicht etwa!« und alle wußten, an wen Travis dachte.

Bobby Wick stürmte durch die Zelte seiner Kompanie, spottend, scheltend, freundlich, soweit es sich mit dem Reglement verträgt, ermunterte die Schwachmütigen, jagte die Kräftigen in den wässerigen Sonnenschein hinaus, sobald sich das Wetter nur ein wenig aufklärte, und hieß sie guten Mutes sein, denn ihre Sorgen hätten bald ein Ende; er eilte auf seinem braunen Pony um die Umwallung des Biwaks, führte Leute zurück, die mit der dem britischen Soldaten eingeborenen Querköpfigkeit immer wieder in verseuchte Dörfer wanderten oder aus regenüberschwemmten Morästen tranken; er tröstete die von panischem Schrecken Befallenen mit derben Worten, und mehr als einmal pflegte er Sterbende, die keine Freunde, keine Landsleute hatten; er veranstaltete Bunte Abende mit Banjos und angesengtem Kork und Gesang, bei denen sich die Talente des Regiments voll ausleben konnten – kurzum, er war, wie er selbst sagte, »Hans Dampf in allen Gassen«.

»Sie sind mehr wert als ein halbes Dutzend von uns, Bobby«, sagte Revere in einem Augenblick der Begeisterung, »wie zum Teufel halten Sie das aus?« Bobby gab keine Antwort, aber hätte Revere einen Blick in seine Brusttasche werfen können, dann hätte er dort ein Bündel schlecht geschriebener Briefe gesehen, die vielleicht an der Stärke, die dieser Junge bewies, Schuld trugen. Jeden zweiten Tag bekam Bobby einen Brief. Die Orthographie war nicht tadellos, aber die Gefühle müssen höchst zufriedenstellend gewesen sein, denn beim Empfang eines solchen Briefes wurden Bobbys Augen jedesmal wunderbar sanft, und er pflegte für eine Weile in zärtliches Nachsinnen zu versinken, bevor er sich, seinen kurzgeschorenen Kopf schüttelnd, wieder in seine Arbeit stürzte.

Durch welchen Zauber er die Herzen der rauhesten Männer gewann – und die Tail Twisters zählten in ihren Reihen wahrlich einige ganz ungeschliffene Diamanten –, blieb beiden, dem »Mentor« und dem Obersten, ein Geheimnis; sie erfuhren durch den Regimentskaplan, daß Bobby viel öfter in die Lazarettzelte geholt wurde als Ehrwürden John Emery.

»Die Leute scheinen Sie sehr gern zu haben. Gehen Sie häufig ins Lazarett?« fragte der Oberst, der seine tägliche Runde machte und den Soldaten mit einer Härte, die seinen bitteren Kummer nicht ganz verbergen konnte, gesund zu werden befahl.

»Ab und zu, Herr Oberst«, sagte Bobby.

»Ich würde an Ihrer Stelle nicht so oft hingehen. Es soll ja nicht ansteckend sein, aber es ist nicht nötig, sich unnütz in Gefahr zu begeben. Wir können's uns nicht leisten, daß Sie auf der Nase liegen.«

Sechs Tage später planschte der Postbote mit seinen Postsäcken nur mit äußerster Schwierigkeit ins Biwak, denn es regnete in Strömen. Bobby erhielt einen Brief, trug ihn in sein Zelt, und nachdem er das Programm für den Bunten Abend der nächsten Woche zu seiner Zufriedenheit zusammengestellt hatte, setzte er sich hin, um eine Antwort zu schreiben. Eine Stunde lang mühte sich die ungelenke Hand über das Papier, und wenn seine Gefühle das gewöhnliche Maß überstiegen, steckte Bobby Wick die Zunge heraus und atmete schwer. Er war nicht gewöhnt, Briefe zu schreiben.

»Entschuldigen schon, Herr Leutnant«, sagte eine Stimme am Zelteingang, »aber dem Dormer geht es schrecklich schlecht, Herr Leutnant, und sie haben ihn fortgetragen.«

»Zum Teufel mit dem Dormer und mit Ihnen auch«, sagte

Bobby Wick und warf das Löschblatt auf den halbfertigen Brief, »sagen Sie ihm, ich werde morgen früh kommen.«

»Es geht ihm sehr schlecht, Herr Leutnant«, wiederholte die Stimme zögernd. Draußen knarrten schwere Stiefel unentschlossen.

»Nun?« fragte Bobby ungeduldig.

»Er läßt sich entschuldigen, daß er sich die Freiheit nehmen täte, er sagt, es wär' ihm ein Trost, wenn der Herr Leutnant bei ihm wären, falls –«

»Tattoo lao!« wandte er sich an seinen Diener, »hol mir das Pony! Kommen Sie aus dem Regen herein, bis ich fertig bin. Verfluchte Kletten seid ihr! Da ist Schnaps, trinken Sie, Sie haben es nötig! Halten Sie sich an meinem Steigbügel und sagen Sie es mir, wenn ich zu rasch reite.«

Die Spitalsordonnanz kräftigte sich mit einem Vier-Finger-Schluck, den sie, ohne mit der Wimper zu zucken, hinabstürzte, und ging dann neben dem Pony her, das kotbespritzt, ausgleitend und sehr widerwillig vor das Lazarettzelt zottelte.

Dem Infanteristen Dormer ging es sichtlich »schrecklich schlecht«. Er war schon einer Herzschwäche nahe und bot keinen sehr erfreulichen Anblick.

»Was ist mit Ihnen los, Dormer?« sagte Bobby und beugte sich über den Mann: »Sie wollen mir doch da nicht sterben? Sie müssen noch ein paarmal mit mir fischen gehen.«

Die blauen Lippen öffneten sich und flüsterten geisterhaft leise: »Entschuldigen, Herr Leutnant, daß ich jetzt habe stören lassen. Aber möchten Herr Leutnant so gut sein, meine Hand zu halten.«

Bobby setzte sich auf die Bettkante, und die eisige Hand schloß sich wie ein Schraubstock um die seine und drückte ihm einen Frauenring, den er am Finger trug, tief ins Fleisch. Bobby preßte die Lippen zusammen und wartete; das Wasser tropfte von seinem Hosensaum. Eine Stunde verging, weder ließ der Griff der Hand nach, noch veränderte sich der Ausdruck des verzerrten Gesichts. Mit unendlicher Vorsicht zündete sich Bobby eine *Cheroot* mit der linken Hand an – sein rechter Arm war bis zum Ellbogen erstarrt – und ergab sich darein, eine Nacht in Schmerzen verbringen zu müssen.

Der anbrechende Tag beschien einen sehr blassen Leutnant, der an der Pritsche eines Kranken saß, und einen Arzt, der an der Tür stand und sich in Ausdrücken erging, die zur Veröffentlichung nicht geeignet sind.

»Sind Sie die ganze Nacht hier gewesen, Sie junger Idiot?«

»Ja, ungefähr«, sagte Bobby kläglich. »Er ist an mich angefroren.«

Dormers Mund schloß sich mit einem Geräusch, er drehte den Kopf und seufzte. Die geschlossene Hand öffnete sich, und Bobbys Arm fiel unbrauchbar an seiner Seite herab.

»Er wird's überstehen«, sagte der Doktor ruhig. »In der Nacht muß eine Krisis eingetreten sein. Man kann Ihnen zu diesem Fall gratulieren, meine ich.«

»Ach, Unsinn«, erwiderte Bobby. »Ich glaubte, der Mann sei schon längst tot – nur dachte ich nicht daran, meine Hand wegzuziehen. Seien Sie so freundlich und reiben Sie mir den Arm. Was für einen Griff das Biest hat. Ich bin zu Marmor erstarrt.« Frierend verließ er das Zelt.

Der Infanterist Dormer durfte seinen Sieg über den Tod mit Branntwein feiern; vier Tage später saß er auf der Kante seiner Pritsche und sagte freundlich zu den Patienten: »Gerne hätte ich mit ihm gesprochen, ja, das hätte ich gerne.«

Zu dieser Zeit las Bobby aber schon einen anderen Brief – keiner im Biwak erfreute sich eines so ausdauernden Korrespondenten wie er – und war eben dabei zu schreiben, daß die Krankheit im Abnehmen sei und eine Woche später auch in der Umgebung erlöschen dürfte. Er hatte nicht die Absicht zu schreiben, daß die Hand eines kranken Soldaten sein Herz, bei dessen zärtlichen Gefühlen er so lange verweilte, mit Eiseskälte geschlagen hatte. Er hatte vor, das illustrierte Programm für den nächsten Bunten Abend, auf das er nicht wenig stolz war, beizulegen. Er hatte auch die Absicht, über viele andere Dinge zu schreiben, die uns nicht angehen, und hätte es zweifellos auch getan, wäre nicht ein leichter fiebriger Kopfschmerz gewesen, der ihn auch hernach in der Messe langweilig und einsilbig machte.

»Sie überarbeiten sich, Bobby«, sagte sein »Mentor«. »Sie müssen uns anderen auch etwas zu tun übriglassen. Sie arbeiten ja, als wären Sie das ganze Offizierskorps in einer Person. Nehmen Sie's leichter.«

»Ja, das will ich«, erwiderte Bobby, »ich fühle mich etwas übermüdet.« Revere sah ihn ängstlich an und sagte nichts.

In der Nacht flackerten Laternen im Biwak auf, Lärm lockte die Männer von ihren Pritschen an die Zelttüren, die nackten Füße der Bahrenträger, die durch das Wasser patschten, und der Hufschlag eines galoppierenden Pferdes wurden hörbar.

»Was ist los?« fragten zwanzig Zelte, und durch zwanzig Zelte lief die Antwort: »Wick ist krank!«

Als Revere die Meldung erstattet wurde, stöhnte er auf: »Nur nicht Bobby, sonst läge mir an keinem was! Der Feldwebel hat recht gehabt.«

»Nur diesmal nicht draufgehen«, keuchte Bobby, als man ihn von der Bahre hob. »Nur diesmal nicht –« dann mit dem Ausdruck völliger Überzeugung – »sehen Sie, ich *kann* doch nicht!«

»Nicht, wenn's in meiner Macht steht«, sagte der Oberstabsarzt, der hastig aus der Messe, wo er zu Abend gegessen hatte, herübergekommen war. Er und der Regimentsarzt rangen mit dem Tode um das Leben Bobby Wicks. Ihre Arbeit wurde durch die Erscheinung einer unrasierten Gestalt in einem blaugrauen Spitalskittel unterbrochen, die voll Entsetzen auf das Bett starrte und schrie: »Herrgott, das kann er nicht sein!« bis eine entrüstete Spitalsordonnanz sie zur Tür hinausschob.

Wenn menschliche Pflege und der Wunsch zu leben gereicht hätten, wäre Bobby gerettet worden. Drei Tage lang kämpfte er und die Stirn des Oberstabsarztes glättete sich. »Wir werden ihn doch durchbringen«, sagte er; und der Regimentsarzt, der trotz seines Hauptmannsranges ein sehr jugendliches Herz hatte, ging darauf hinaus und stolzierte fröhlich durch den Kot.

»Nur diesmal nicht draufgehen«, flüsterte Bobby tapfer am Ende des dritten Tages.

»Bravo! So müssen Sie denken, Bobby«, sagte der Oberstabsarzt.

Als der Abend anbrach, war ein grauer Schatten um Bobbys Mund gebreitet, und er drehte den Kopf erschöpft der Zeltwand zu. Der Oberstabsarzt runzelte die Stirn.

»Ich bin schrecklich müde«, sagte Bobby sehr schwach,

»wozu plagt ihr mich mit Medizin? Ich will sie nicht nehmen. Laßt mich in Ruhe!« Der Wunsch zu leben war erloschen, und Bobby war es zufrieden, auf den sanften Fluten des Todes dahinzutreiben.

»Es nützt nichts«, sagte der Oberstabsarzt, »er will nicht mehr leben. Es geht zu Ende. Armes Kind!« Und er schneuzte sich.

In einer Entfernung von einer halben Meile spielte die Regimentsmusik die Ouvertüre zu dem Bunten Abend, denn man hatte der Mannschaft gesagt, daß Bobby außer Gefahr sei. Das Dröhnen des Blechs und das Klagen der Hörner drangen an Bobbys Ohr:

Gibt's eine Freude, einen Schmerz,
Den ich nicht kenne, eh?
Du liebst mich nicht – umsonst, mein Herz –
Nimm Abschied denn und geh!

Ein Ausdruck hoffnungsloser Gereiztheit glitt über das Gesicht des Jungen. Er versuchte den Kopf zu schütteln.

Der Oberstabsarzt beugte sich nieder: »Was ist denn, Bobby?«

»Nicht diesen Walzer«, murmelte Bobby, »das ist unserer, unser eigenster ... liebe Mutti ...«

Mit diesen Worten fiel er in Bewußtlosigkeit und starb, ohne wieder zu sich zu kommen, am nächsten Morgen.

Revere ging mit rotgeränderten Augen und weißer Nase in Bobbys Zelt, um einen Brief an Papa Wick zu schreiben, der das weiße Haupt des Exkommissars von Chota Buldana in dem schmerzlichsten Kummer seines Lebens beugen sollte. Ein kleines Häufchen von Papieren lag auf Bobbys Tisch, und darunter ein nicht beendigter Brief. Der letzte Satz war: »Du siehst daher, Liebling, daß Du Dich wirklich nicht zu ängstigen brauchst; denn solange ich weiß, daß Du mich lieb hast und ich Dich, kann mir nichts geschehen.« Revere blieb eine Stunde lang im Zelt. Als er herauskam, waren seine Augen noch röter als zuvor.

Der Infanterist Conklin saß auf einem umgestürzten Eimer und lauschte einem ihm genugsam bekannten Marsch. Infanterist Conklin war Rekonvaleszent und hätte milde Behandlung verdient. »Na«, sagte er, »nu is wieda mal 'n andra Prachtkerl von Off'zier doodt.«

Da fiel der Eimer unter ihm um und vor seinen Augen tanzten grelle Funken. Ein großer Mann in einem blaugrauen Spitalskittel betrachtete ihn mit entschiedener Abneigung.

»Du solltest dich was schämen, Conky! Offizier? Ich werd' dir beibringen, seinesgleichen Prachtkerl von Off'zier zu heißen! Ein Engel! Ein *Prachtkerl* von Engel, das is er.«

Und so einverstanden war die Spitalsordonnanz mit der gerechten Strafe, daß sie den Infanteristen Dormer nicht einmal auf seine Pritsche zurückjagte.

Auf der Stadtmauer

Dann ließ sie sie an einem Seil durch das Fenster hinab;
denn sie wohnte auf der Stadtmauer
und ihr Haus stand auf der Mauer. –
Josua II 15

Lalun gehört dem allerältesten Beruf an, den es auf der Welt gibt. Lilith war ihre Ururgroßmama, und die lebte bekanntlich vor der Zeit Evas. Im Westen spricht man sehr streng gegen Laluns Beruf und schreibt Broschüren darüber und verteilt diese Broschüren zur Hebung der Sittlichkeit an die Jugend. Im Orient, wo dieser Beruf sich von der Mutter auf die Tochter vererbt, schreibt niemand Broschüren oder kümmert sich überhaupt drum; und das ist ein klarer Beweis, daß der Orient unfähig ist, sich selbst zu verwalten. Laluns eigentlicher Gatte – denn selbst Damen von Laluns Stande müssen im Orient Gatten haben – war ein großer Jujubebaum. Ihre Mama, die einen Feigenbaum geheiratet hatte, wandte zehntausend Rupien auf Laluns Hochzeit, siebenundvierzig Priester von Mamas Kirche segneten sie ein und fünftausend Rupien verteilte sie zu wohltätigem Zweck an die Armen. Das war so Landessitte. Der Vorteil, einen Jujubebaum zum Gatten zu haben, ist ja klar. Man verletzt seine Gefühle nicht und er sieht imponierend aus.

Laluns Gatte stand auf der Ebene außerhalb der Stadtmauer, und Laluns Haus stand auf der östlichen Mauer und blickte auf den Fluß. Wenn man von dem breiten Fenstersitz abstürzte, fiel man dreißig Fuß tief in den Stadtgraben. Aber wenn man blieb, wo man hingehörte und hinausschaute, sah man das ganze Vieh der Stadt zum Wasser hinunterziehen, sah die Studenten des Regierungscollege Kricket spielen, sah das hohe Gras und die Bäume, die das Flußufer säumten, die großen Sandbänke wie Rippen im Flusse, die roten Grabmäler der toten Kaiser jenseits des Flusses und ganz weit durch den blauen Dunst der Hitze einen Schimmer vom Schnee des Himalaja.

Wali Dad lag bisweilen stundenlang im Fenstersitz und betrachtete die Aussicht. Er war ein junger Mohammedaner, der unter einer Erziehung englischen Stils schwer litt und das wußte. Sein Vater hatte ihn in eine Missionsschule geschickt, um die Weisheit zu lernen, und Wali Dad hatte mehr geschluckt, als sein Vater und die Missionare beabsichtigt hatten. Als sein Vater starb, war Wali Dad selbständig und brachte zwei Jahre damit hin, an den Religionen der Erde herumzuprobieren und Bücher zu lesen, die niemandem nützlich sind.

Nachdem er vergebens den Versuch gemacht hatte, gleichzeitig zur römisch-katholischen Kirche und zur Presbytersekte überzutreten (die Missionare kamen dahinter und beschimpften ihn, aber seine Not verstanden sie nicht), entdeckte er Lalun auf der Stadtmauer und wurde der treueste ihrer wenigen Verehrer. Er hatte einen Kopf, an dem englische Künstler zu Hause sich begeistern und den sie in den unmöglichsten Situationen malen würden – einen Kopf, den weibliche Romanschreiber mit Genuß durch neunhundert Seiten schleppen würden. In Wirklichkeit war er nur ein reinrassiger junger Mohammedaner mit klargezeichneten Augenbrauen, feingeschnittenen Nüstern, kleinen Füßen und Händen und einem sehr müden Blick in den Augen. Dank seinen zweiundzwanzig Jahren hatte er einen sehr netten schwarzen Bart, den er stolz streichelte und diskret parfümierte. Sein Leben schien darin zu bestehen, daß er bei mir Bücher lieh und im Fenstersitz Lalun den Hof machte. Er dichtete Lieder auf sie, und einige von den Liedern werden bis heute in der Stadt gesungen, von der Gasse der Hammelschlächter bis zu den Kupferschmieden.

Ein Lied, das hübscheste von allen, sagt, Laluns Schönheit sei so groß, daß sie dem Herzen der britischen Regierung Sorgen mache und sie um ihren Seelenfrieden bringe. So wird das Lied auf den Straßen gesungen; aber wenn man näher hinhört und den Schlüssel kennt, dann merkt man, daß drei Wortspiele drin sind – auf »Schönheit«, »Herz« und »Seelenfrieden« und dann kommt heraus: »Durch die Schlauheit Laluns gerät der Beamte der Regierung in Sorge und verliert einen gewissen Mann.« Wenn Wali Dad dies Lied singt, dann glühen seine Augen wie heiße Kohlen, und Lalun lehnt sich in ihre Kissen und wirft Büschel von Jasminblüten auf Wali Dad.

Aber zuerst muß ich einiges über die Oberste Regierung

sagen, die über allem und unter allem und hinter allem steht. Es kommen Herren aus England und verbringen einige Wochen in Indien, gehen um diese große Sphinx in der Ebene herum und beschreiben in Büchern ihr Wesen und ihr Tun, schmähen oder rühmen sie, wie es ihre Unwissenheit gerade verlangt und mit sich bringt. Folglich weiß die ganze Welt, wie die Oberste Regierung sich beträgt. Aber niemand einschließlich der Obersten Regierung weiß genau, wie die Verwaltung des Landes vor sich geht. Jahr für Jahr schickt England eine neue Besetzung für die vorderste Gefechtslinie, die offiziell Indian Civil Service heißt. Diese Leute sterben; bringen sich entweder selbst durch Überarbeitung um oder werden zu Tode gequält; ihre Gesundheit und ihr Lebensmut wird gebrochen, damit das Land vor Tod und Krankheit, Hunger und Krieg bewahrt bleibt und einmal fähig wird, auf eigenen Füßen zu stehen. Es wird nie auf eigenen Füßen stehen, aber der Gedanke ist schön, und Menschen sind bereit, für ihn zu sterben, und jahraus jahrein wird weiter daran gearbeitet, das Land in sein Glück hineinzustoßen, zu locken, zu schelten und zu ärgern. Wenn ein Fortschritt erreicht ist, haben die Eingeborenen das ganze Verdienst, während die Engländer beiseite stehen und sich die Stirn wischen. Wenn etwas schiefgeht, treten die Engländer vor und stecken den Rüffel ein. Dies übergroße Zartgefühl hat die vielen Eingeborenen im Glauben bestärkt, daß die Eingeborenen imstande sind, das Land selbst zu verwalten, und viele fromme Engländer glauben das auch, weil die Ansicht in schönem Englisch und mit den lebhaftesten Farben der Politik vorgetragen wird.

Es gibt auch andere Leute, Ungebildete, die aber trotzdem Visionen sehen und Träume träumen, und sie hoffen auch, das Land auf ihre Art zu regieren – das heißt mit einem Aufguß von roter Sauce. Es muß unter zweihundert Millionen solche Leute geben, und wenn man nicht auf sie aufpaßt, können sie Unruhe verursachen und sogar den großen Götzen stürzen, der *Pax Britannica* heißt und, wie die Zeitungen versichern, zwischen Peshawar und Kap Comorin haust. Wenn morgen das Jüngste Gericht käme, würde die Oberste Regierung »Maßregeln zur Besänftigung der Volkserregung« treffen und Posten auf die Kirchhöfe verteilen, damit die Toten vorschriftsmäßig ihren Weg gehen. Der jüngste Beamte würde auf eigene Verantwortung Gabriel verhaften, wenn der Erzengel keine Genehmigung des Obersten Kommissars vorwiese, »Musik oder sonstigen Lärm zu machen«, wie auf dem Schein steht.

Daraus kann man schon schließen, daß gewöhnliche Menschen von Fleisch und Blut, die einen Tumult erregen könnten, die Hand der Obersten Regierung zu spüren bekommen. Und das geschieht auch. Man sieht kein äußeres Zeichen der Erregung, keinen Auflauf, man weiß nichts davon. Wenn triftige und hinreichende Gründe angegeben, geprüft und bestätigt worden sind, setzt sich die Maschinerie in Bewegung, und der Träumer und Visionär wird seinen Freunden und Anhängern entzogen. Er genießt die Gastfreundschaft der Regierung; er behält Bewegungsfreiheit in gewissen Grenzen; er darf nur nichts mehr mit seinen Traumkollegen zu tun haben. Alle sechs Monate versichert sich die Oberste Regierung seines Wohlergehens und läßt sich in aller Form seine Existenz bescheinigen. Niemand protestiert dagegen, daß er festsitzt; denn die wenigen Leute, die es wissen, haben eine Todesangst, ihn zu kennen; und niemals wird eine Tageszeitung »seinen Fall« aufgreifen oder Demonstrationen für ihn organisieren, denn die Presse in Indien hat die Lüge durchschaut, daß die Feder mächtiger sei als das Schwert, und versteht sich behutsam zu bewegen.

So, nun weiß der Leser so viel, wie er braucht, von Wali Dad und seinem Bildungsgemisch und von der Obersten Regierung.

Lalun ist noch nicht beschrieben. Wali Dad sagt, dazu seien tausend goldene Federn nötig und Tinte, die nach Moschus duftet. Sie ist verschiedentlich verglichen worden, mit dem Monde, mit dem See Dil Sagar, mit einer gesprenkelten Wachtel, einer Gazelle, mit der Sonne über der Wüste Kutch, dem Frührot, den Sternen und einem jungen Bambus. Diese Vergleiche bedeuten, daß sie außerordentlich schön ist nach den Begriffen ihrer Heimat, die eigentlich dieselben sind wie die des Westens. Ihre Augen sind schwarz, und ihr Haar ist schwarz, und ihre Augenbrauen sind schwarz wie Blutegel; ihr Mund ist winzig und sagt witzige Dinge; ihre Hände sind winzig und haben viel Geld gespart; ihre Füße sind winzig und sind über die nackten Herzen vieler Männer geschritten. Aber wie Wali Dad singt: »Lalun ist Lalun, und wenn du das sagst, bist du erst am Anfang der Weisheit.«

Das kleine Haus auf der Stadtmauer ist gerade groß genug für Lalun, ihre Magd und ein Kätzchen mit silbernem Halsband. Ein großer Kristallkronleuchter, rosenrot und blau, hängt von der Decke des Empfangszimmers. Ein kleiner Nawab hat Lalun das Scheusal geschenkt, und sie hat es aus Höflichkeit behalten. Der Boden des Zimmers ist aus poliertem *Chunam*[1] und weiß wie geronnene Milch. Ein Fenster mit geschnitzten hölzernen Lädchen ist in der einen Wand, ein Überfluß von dicken molligen Kissen und schwellenden Teppichen ist überall, und Laluns silberne *Huqa*[2], mit Türkisen besetzt, hat einen besonderen Teppich für ihr kleines schimmerndes Ich. Wali Dad gehörte fast so zur Einrichtung des Zimmers wie der Kronleuchter. Wie gesagt, er lag im Fenstersitz und sann über das Leben und den Tod und Lalun – besonders über Lalun. Die Füße der jungen Leute der Stadt erschienen in ihrem Flur und verschwanden wieder, denn Lalun war ein wählerisches Mädchen, langsam in Worten, verschlossenen Gemüts, und nicht im geringsten zu Orgien geneigt, die fast sicher mit Zank endigten. »Wenn ich keinen Wert habe, dann bin ich dieser Ehre unwürdig«, sagte Lalun. »Wenn ich aber einen Wert habe, dann sind sie meiner unwürdig.« Und das war ein umständliches Bonmot.

In den langen heißen Nächten gegen Ende April und im Mai schien die ganze Stadt sich in Laluns kleinem weißen Zimmer zu versammeln, zu rauchen und zu schwatzen. Shiahs[3], grimmig und unversöhnlich; Sufis[3], die allen Glauben an den Propheten verloren und nur wenig Glauben an Gott übrig hatten; wandernde Hindupriester auf dem Wege nach Süden zu den zentralindischen Märkten und anderen Geschäften; Pandits[4] in schwarzen Gewändern mit Brillen auf der Nase und unverdauten Weisheiten in ihrem Innern; bärtige Amtsvorsteher; Sikhs[5], erfüllt von den Details der letzten Skandale im Goldenen Tempel: rotäugige Priester von jen-

1. Aufstrich von Kalkstaub. – 2. Wasserpfeife. – 3. Mohammedanische Sekten. – 4. Gelehrte Brahmanen. – 5. Politisch-religiöse Gesellschaft im Punjab.

seits der Grenze, die wie gefangene Wölfe aussahen und redeten wie Raben; Professoren der Universität, sehr erhaben und sehr beredt – alle diese Leute und noch viele andere konnte man in dem weißen Zimmer treffen. Wali Dad lag im Fenstersitz und horchte auf ihre Gespräche.

»Das ist Laluns Salon«, sagte Wali Dad zu mir, »und er ist durchaus eklektisch – sagt man nicht so? Ich habe nur in der Freimaurerloge eine solche Versammlung gesehen. Da speiste ich einmal neben einem Juden – einem Yahoudi!« Er spuckte in den Stadtgraben und entschuldigte sich, daß er sich hatte von Nationalgefühlen hinreißen lassen. »Obgleich ich jegliche Art von Glauben verloren habe«, sagte er, »und versuche, darauf stolz zu sein, kann ich doch nicht umhin, die Juden zu hassen. Lalun läßt keine Juden zu sich.«

»Aber was in aller Welt tun alle diese Leute hier?« fragte ich.

»Der Fluch unseres Landes«, sagte Wali Dad, »sie schwatzen. Es ist genau wie bei den Athenern: immer Neuigkeiten hören und erzählen. Fragen sie die Perle, und sie wird Ihnen zeigen, was sie an Neuigkeiten aus der Stadt und Provinz weiß. Lalun weiß alles.«

»Lalun«, sagte ich aufs Geratewohl – sie sprach mit einem Manne kurdischer Konfession, der Gott weiß woher erschienen war – »wann geht das 175. Regiment nach Agra?«

»Es geht überhaupt nicht«, sagte Lalun, ohne sich umzudrehen. »Das 118. Regiment hat den Befehl bekommen und geht statt dessen. Das andere geht nach drei Monaten nach Lucknow, wenn kein anderer Befehl kommt.«

»So ist es«, sagte Wali Dad, ohne den Schatten eines Zweifels. »Können Sie das besser mit Ihren Telegrammen und Zeitungen? Immer Neuigkeiten hören und erzählen«, sprach er weiter. »Mein Freund, hat Ihr Gott je ein europäisches Volk dafür gestraft, daß es in den Bazaren schwatzte? Indien hat jahrhundertelang geschwatzt – immer in den Bazaren herumgestanden, bis Soldaten vorbeikamen. Und darum sind Sie heute hier, statt in der Heimat zu verhungern, und darum bin ich kein Mohammedaner – sondern ein Produkt – ein Produkt der Verdammnis. Das schulde ich auch Ihnen und den Ihrigen: ich kann keinen Satz beendigen, ohne einen Ihrer Schriftsteller zu zitieren.« Er sog an der

Huqa und trauerte halb aus Gewohnheit, halb im Ernst um die gescheiterten Hoffnungen seiner Jugend. Wali Dad trauerte immer über irgend etwas – das Land, an dem er verzweifelte, oder über die Religion, an die er nicht mehr glaubte, oder über das Leben der Engländer, das er durchaus nicht verstehen konnte.

Lalun trauerte niemals. Sie spielte kleine Lieder auf der *Sitar*, und wenn sie sang: »Rufe wieder, mein Pfau«, war es immer wieder ein Vergnügen, ihr zuzuhören. Sie kannte alle Lieder, die jemals gesungen worden sind, von den Kriegsliedern des Südens, bei denen die alten Männer böse werden auf die jungen und die jungen auf den Staat, bis zu den Liebesliedern des Nordens, wo die Schwerter in den Pausen zwischen den Küssen wie böse Geier kreischen und die Pässe sich mit Bewaffneten füllen und der Liebende von seiner Geliebten gerissen wird und endlos ai! ai! ai! schreit. Sie verstand, den Tabak für die *Huqa* zu bereiten, daß er duftete wie die Tore des Paradieses und einen sanft durch sie entführte. Sie verstand seltsame Dinge in Gold und Silber zu sticken und leise zu tanzen, wenn der Mondschein durchs Fenster hereindrang. Sie kannte die Herzen der Männer und die Herzen der Stadt und wußte, wessen Frau treu war und wessen untreu, und wußte mehr von den Geheimnissen der Regierungskanzleien, als gut wäre, hier zu erwähnen. Ihre Magd Nasiban sagte, ihr Schmuck sei über zehntausend Pfund wert, und eines Nachts werde ein Dieb einsteigen und sie drum ermorden; aber Lalun sagte, die ganze Stadt würde dem Dieb ein Glied vom anderen reißen, und wer er auch sei, er wisse das.

Sie nahm ihre *Sitar* und setzte sich in das Fenster und sang ein Lied aus der alten Zeit, das von einem Mädchen ihres Standes in einem Kriegslager am Vorabend einer Schlacht gesungen worden war – am Abend, bevor die Furten des Jumna sich röteten und Sivaji die fünfzig Meilen bis Delhi floh, am Schwanz seines Pferdes den feindlichen Hengst und auf dem Sattel vor sich eine andere Lalun. Es war, was die Leute eine Mahratta *Laonee* nennen, und hieß so:

Feinde berennen Chimnajee
Vom Ufer des Peishwa sie drohen,

Der Sonne und des Feuers Kinder
Wandten sich drüben und flohen.

Und der Chor sagte:

Bei ihnen focht mit seinem Schwert
Im roten Tuch, der da reitet frei,
Der junge Held, der Beute nimmt,
Und wagt den Kopf dabei.

»Und wagt den Kopf dabei«, sagte Wali Dad englisch zu mir. »Dank eurer Regierung sind unsere Köpfe alle geschützt und mit den Bildungsgütern, die mir zu Gebote stehn« – seine Augen blitzten schalkhaft – »könnte ich ein geachtetes Mitglied der Lokalverwaltung sein. Vielleicht würde ich mit der Zeit sogar in den Gesetzgebenden Rat kommen.«

»Sprich nicht englisch«, sagte Lalun und beugte sich von neuem über ihre *Sitar*. Der Chor scholl von der Stadtmauer hinüber an die schwärzliche Mauer von Fort Amara, das die Stadt beherrscht. Kein Mensch kennt genau die Ausdehnung von Fort Amara. Drei Könige haben vor Hunderten von Jahren daran gebaut und es heißt, daß sich unterirdische Gemächer meilenweit unter seinen Mauern hinziehen. Es ist bewohnt von vielen Gespenstern, einer Abteilung Festungsartillerie und einer Kompanie Infanterie. Einst faßte es zehntausend Mann, und seine Gräben füllten sich mit ihren Leichen.

»Und wagt den Kopf dabei«, sang Lalun immer wieder. Ein Kopf erschien auf einem der Wälle – der graue Kopf eines alten Mannes – und seine Stimme, rauh wie Haifischschuppen an einem Schwertknauf, gab den letzten Vers des Chores zurück; dann brach sie in einen Gesang aus, den ich nicht verstehen konnte, während Lalun und Wali Dad aufmerksam zuhörten.

»Was ist das?« fragte ich. »Wer ist das?«

»Ein zäher Mann«, sagte Wali Dad. »Er hat gegen euch als junger Krieger im Jahre 46 gefochten, und dann wieder im Jahre 57, und noch einmal versuchte er es im Jahre 71, aber da hattet ihr schon zu gut gelernt, Menschen mit Kanonen abzuschießen. Jetzt ist er alt; aber er würde immer noch kämpfen, wenn er könnte.«

»Also ist er ein Wahabi[1]? Wie kommt er denn dazu, auf eine Mahratta *Laonee* zu antworten, wenn er ein Wahabi ist – oder ist er ein Sikh?«

»Ich weiß nicht«, sagte Wali Dad. »Vielleicht hat er seine Religion verloren. Vielleicht möchte er König werden. Vielleicht ist er ein König. Ich kenne seinen Namen nicht.«

»Das ist eine Lüge, Wali Dad. Wenn Sie wissen, was er getan hat, müssen Sie wissen, wie er heißt!«

»Das ist wohl richtig. Ich gehöre zu einem Volk von Lügnern. Aber ich sage Ihnen den Namen lieber nicht. Denken Sie ihn sich selbst.«

Lalun beendete ihr Lied, zeigte nach dem Fort und sagte ganz einfach: »Khem Singh.«

»Hm«, sagte Wali Dad. »Wenn die Perle es für richtig hält, es ihm zu sagen, dann ist die Perle dumm.«

Ich übersetzte das Lalun, und sie lachte. »Ich sage, was ich sage. Man hat Khem Singh in Burma gefangengehalten«, sagte sie. »Er saß viele Jahre dort, bis seine Gedanken sich änderten. So groß war die Güte der Regierung. Als man das merkte, schickte man ihn hierher in seine Heimat, damit er sie wiedersehen sollte, ehe er stirbt. Er ist ein alter Mann, aber wenn er hier seine Heimat wiedersieht, dann kommt ihm die Erinnerung wieder. Außerdem gibt es viele, die sich an ihn erinnern.«

»Er ist ein interessantes Überbleibsel«, sagte Wali Dad und sog an seiner *Huqa.* »Er kehrt zurück in ein Land voll pädagogischer und politischer Reformen, aber es ist so, wie die Perle sagt, es gibt viele, die sich an ihn erinnern. Er war einst ein großer Mann. Es wird nie wieder große Männer in Indien geben. Alle werden schon als Knaben fremden Göttern nachhuren und werden Untertanen werden – ›Mitbürger‹ – ›hervorragende Mitbürger‹. Wie nennen die Zeitungen der Eingeborenen sie?«

Wali Dad schien sehr schlechter Laune zu sein. Lalun blickte aus dem Fenster und lächelte in den Staubdunst. Ich ging fort und dachte über Khem Singh nach, der einst mit tausend Anhängern Geschichte gemacht hatte und ein Fürst hätte werden können, wenn die Macht jener Obersten Regierung nicht gewesen wäre.

1. Reformierte mohammedanische Sekte.

Der Hauptmann und Kommandant von Fort Amara war auf Urlaub gegangen, aber der Leutnant, sein Stellvertreter, war unten im Klub; ich traf ihn da und fragte, ob es wirklich wahr sei, daß das Fort eine neue Attraktion in Gestalt eines politischen Gefangenen bekommen habe. Der Leutnant erzählte mir alles ausführlich, denn er hatte zum erstenmal das Kommando über das Fort, und seine Würde lastete auf ihm.

»Ja«, sagte er, »vor ungefähr einer Woche wurde mir von einer der unteren Garnisonen ein Mann überwiesen – ein absoluter Gentleman, mag er sonst sein, wer er will. Ich kam ihm natürlich in jeder Weise entgegen. Er hatte zwei Bediente mit und ein paar silberne Kochtöpfe und sah genau wie ein indischer Offizier aus. Ich nannte ihn also Subadar Sahib, für alle Fälle, verstehen Sie. ›Sehen Sie mal, Subadar Sahib‹, sagte ich, ›Sie sind meiner Autorität übergeben worden und es wird erwartet, daß ich Sie bewache. Na, ich habe nicht die Absicht, Ihnen das Leben schwer zu machen, aber Sie müssen mir die Sache auch erleichtern. Das ganze Fort steht ihnen zur Verfügung von der Flagge bis zum Graben, und es wird mir ein Vergnügen sein, Sie in jeder Weise zu unterhalten, aber Sie dürfen keinen Vorteil daraus ziehen. Geben Sie mir Ihr Ehrenwort, daß Sie nicht versuchen wollen zu fliehen, Subadar Sahib, und ich will Ihnen mein Ehrenwort geben, daß ich Sie nicht mit einer strengen Wache belästigen werde.‹ Verstehen Sie, ich dachte, ich würde am besten mit ihm auskommen, wenn ich ganz offen mit ihm redete, und es war tatsächlich so. Der Alte gab mir sein Ehrenwort und spazierte im Fort herum, glücklich wie eine kranke Krähe. Er ist ein spaßiger Kerl – immer muß man ihm sagen, wo er ist und was für Gebäude ringsherum sind. Ich mußte einen blauen Wisch unterschreiben, als er erschien, Empfangsbescheinigung und dergleichen, und ich bin natürlich verantwortlich, daß er nicht ausreißt. Aber es ist doch komisch, auf einen Burschen aufpassen zu müssen, der alt genug ist, um mein Großvater zu sein, nicht? Kommen Sie nächstens mal aufs Fort und sehen ihn sich an?«

Aus Gründen, die noch klarwerden, kam ich nicht ein einziges Mal aufs Fort, solange Khem Singh darin hauste. Ich kannte ihn nur als grauen Kopf, der von Laluns Fenster zu sehen war – einen grauen Kopf und eine rauhe Stimme. Aber

Eingeborene sagten mir, daß Tag um Tag, wie er so auf das schöne Land um Amara blickte, seine Erinnerung wieder erwachte und mit ihr sein alter Haß gegen die Regierung, der in der Ferne in Burma fast erloschen war. So wütete er an der Westseite des Forts auf und ab vom Morgen bis zum Mittag und vom Abend bis in die Nacht und sann über eitle Dinge in seinem Herzen und krächzte Kriegslieder, wenn Lalun auf der Stadtmauer sang. Als er mit dem Leutnant näher bekannt wurde, erleichterte er sein altes Herz um einige Gefühle, die an ihm zehrten. »Sahib«, sagte er dann wohl und klopfte mit seinem Stock an die Brustwehr, »als junger Mann war ich einer von zwanzigtausend Reitern, die aus dieser Stadt ausritten und sich auf der Ebene tummelten. Ich war der Führer von einem Hundert, dann von einem Tausend, dann von fünftausend, und jetzt!« – er zeigte auf seine zwei Bedienten. »Aber vom ersten Tage bis heute würde ich allen Sahibs im ganzen Lande die Hälse abschneiden, wenn ich könnte. Bewachen Sie mich gut, Sahib, sonst geh' ich davon und zurück zu denen, die mir folgen würden. Ich hatte sie vergessen, als ich in Burma war, aber jetzt, wo ich wieder in meiner Heimat bin, erinnere ich mich an alles.«

»Erinnern Sie sich auch, daß Sie mir Ihr Ehrenwort gegeben haben, mir mit Ihren Wünschen keine Schwierigkeiten zu machen?«

»Ja, Ihnen, nur Ihnen, Sahib«, sagte Khem Singh. »Ihnen habe ich es gegeben, weil Sie ein nettes Gesicht haben. Wenn die Reihe wieder an mich kommt, Sahib, werde ich Sie nicht hängen und Ihnen nicht den Hals abschneiden.«

»Ich danke Ihnen«, sagte der Leutnant ernsthaft und blickte die Front der Kanonen entlang, die die Stadt in einer halben Stunde zu Pulver stampfen konnten. »Wollen wir jetzt in unsere Quartiere gehen, Khem Singh? Kommen Sie nach Tisch zu mir, dann wollen wir plaudern.«

Dann saß Khem Singh auf seinem eigenen Kissen dem Leutnant zu Füßen und trank mit großen Schlucken schweren parfümierten Anisbrandy und erzählte seltsame Geschichten von Fort Amara, das in alten Zeiten ein Palast gewesen war, in dem Begums und Ranis[1] zu Tode gefoltert wurden – ja – wahrscheinlich in demselben Raum, der jetzt als

1. Vornehme mohammedanische und indische Damen.

Messe diente; erzählte Geschichten von Sobraon, daß dem Leutnant die Wangen rot wurden und juckten vor Stolz auf seine Rasse, und vom Kukaaufstand, von dem man so viel erwartet hatte und von dem wohl hunderttausend Menschen vorhergewußt hatten. Aber vom Jahre 57 erzählte er keine Geschichten, denn er war, wie er sagte, beim Leutnant zu Gast und 57 ist ein Jahr, von dem keiner, weder Schwarz noch Weiß, gern spricht. Nur einmal, als der Anisbrandy ihm leise zu Kopf gestiegen war, sagte er: »Sahib, um einmal von dem zu sprechen, was zwischen Sobraon und der Zeit der Kuka liegt: es ist uns immer ein Rätsel geblieben, wie ihr überhaupt durchgehalten habt und daß ihr dann, nachdem ihr durchgehalten hattet, nicht aus dem ganzen Lande ein Gefängnis gemacht habt. Ich höre jetzt von draußen, daß ihr den Männern unseres Landes viel Ehre erweist und mit eigenen Händen den Schrecken eures Namens austilgt, der euer starker Fels und Schutz ist. Das ist eine Torheit. Kann denn Öl und Wasser sich mischen? Nun im Jahre 57 –«

»Damals war ich noch nicht geboren, Subadar Sahib«, sagte der Leutnant, und Khem Singh torkelte in sein Quartier.

Der Leutnant erzählte mir im Klub von diesen Gesprächen und verstärkte meinen Wunsch, Khem Singh zu sehen. Aber Wali Dad auf seinem Fenstersitz in dem Hause auf der Stadtmauer sagte, es würde eine Grausamkeit sein, und Lalun schmollte, daß ich die Gesellschaft eines alten grauen Sikh der ihren vorziehe.

»Hier ist Tabak, hier ist Unterhaltung, hier sind viele Fremde und alle Neuigkeiten aus der Stadt und vor allem: hier bin ich. Ich will Ihnen Geschichten erzählen und Lieder vorsingen und Wali Dad wird seinen englischen Blödsinn in Ihre Ohren sagen. Ist das langweiliger, als da drüben ein eingesperrtes Tier anzusehen? Gehen Sie morgen, wenn es sein muß, aber heute kommt der und der und wird herrliche Sachen erzählen.«

Wie es so geht. Dies Morgen kam nie, und die milde Wärme der letzten Regenzeit war der Kälte des Oktobers gewichen, ehe ich merkte, wie das Jahr verflog. Der Hauptmann und Kommandant des Forts kam von seinem Urlaub zurück und übernahm nach den Regeln der Anciennität die Bewachung von Khem Singh. Der Hauptmann war kein sehr freundlicher Mann. Er nannte alle Eingeborenen Nigger, was nicht nur sehr unhöflich, sondern auch ein Zeichen grober Unwissenheit ist.

»Was hat es für einen Zweck, zwei Tommys als Wache zu dem alten Nigger zu kommandieren?« sagte er.

»Ich stelle mir vor, daß es seiner Eitelkeit schmeichelt«, sagte der Leutnant. »Die Leute haben Befehl, sich nur von ferne zu zeigen, aber er sieht in ihnen einen Beweis seiner Bedeutung, der arme Alte.«

»Ich will nicht, daß die Leute auf diese Weise dem regulären Wachtdienst entzogen werden. Stellen Sie ein paar Kerls von der Eingeborenen-Infanterie hin.«

»Sikhs?« sagte der Leutnant und hob die Augenbrauen.

»Sikhs, Pathans, Dogras – die schwarzen Bestien sind alle gleich«, und der Hauptmann sprach zu Khem Singh in einem Ton, der die Gefühle des alten Herrn beleidigte. Als man ihn vor fünfzehn Jahren zum zweitenmal gefangen hatte, sah ihn alles wie eine Art Tiger an. Es behagte ihm, in einem solchen Licht zu erscheinen. Aber er hatte vergessen, daß die Welt in fünfzehn Jahren sich weiter dreht und viele Leutnants zu Hauptleuten avancieren.

»Hat das Schwein von Hauptmann heute das Kommando im Fort?« fragte Khem Singh jeden Morgen seine Eingeborenenwache. Und die Wache erwiderte mit Rücksicht auf sein Alter und seine würdige Miene: »Jawohl, Subadar Sahib«, aber sie wußten nicht, wer er war.

In dieser Zeit war die Versammlung in Laluns kleinem Zimmer immer zahlreich und schwatzte mehr denn je.

»Die Griechen«, sagte Wali Dad, der bei mir Bücher geliehen hatte, »die Bewohner der Stadt Athen, haben da, wo sie immer hingingen, um Neuigkeiten zu hören und zu erzählen, ihre Frauen aufs strengste ausgeschlossen – denn die waren dumm. Daher kommt die herrliche Einrichtung der heterodoxen Frauen – ist das falsch? – die amüsant und gar nicht dumm waren. Alle griechischen Philosophen ergötzten sich an ihrem Umgang. Sagen Sie mir, mein Freund, wie steht es jetzt in Griechenland und den anderen Gegenden des Kontinents Europa? Sind eure Frauen auch dumm?«

»Wali Dad«, sagte ich, »ihr sprecht nie mit uns von eueren

Frauen, und wir sprechen nie mit euch von unseren Frauen. Das ist die Grenze zwischen uns.«

»Ja«, sagte Wali Dad, »es ist sonderbar, wenn man bedenkt, daß unser üblicher Treffpunkt hier ist, im Hause einer gewöhnlichen – wie nennt ihr ›sie‹?« Er wies mit dem Pfeifenrohr nach Lalun.

»Lalun ist nichts als Lalun«, sagte ich, und das war die Wahrheit. »Aber wenn Sie sich eine Stellung in der Welt schaffen würden, Wali Dad, und aufhören würden zu träumen –«

»Dann könnte ich einen englischen Anzug mit Hosen tragen. Ich könnte ein führender mohammedanischer Redner werden. Ich könnte sogar zu den Tennisgesellschaften des Staatskommissars eingeladen werden, wo die Engländer auf einer Seite stehen und die Eingeborenen auf der anderen, um die gesellschaftlichen Beziehungen im Lande zu fördern. Herzensherz«, sagte er plötzlich zu Lalun, »der Sahib sagt, ich soll dich verlassen.«

»Der Sahib sagt immer so dummes Zeug«, antwortete Lalun lachend. »In diesem Hause bin ich Königin, und du bist König. Der Sahib« – sie verschränkte die Arme überm Kopf und überlegte einen Augenblick, »der Sahib soll unser Wesir sein – deiner und meiner, Wali Dad – dafür, daß er gesagt hat, du sollst mich verlassen.«

Wali Dad lachte unmäßig, und ich lachte auch. »So soll es sein«, sagte er. »Mein Freund, sind Sie einverstanden, dieses lukrative Amt zu übernehmen? Lalun, was für einen Lohn soll er bekommen?«

Aber Lalun fing an zu singen, und für den Rest des Tages konnte man die Hoffnung aufgeben, eine vernünftige Antwort von ihr oder von Wali Dad zu bekommen. Wenn der eine fertig war, fing der andere an, persische Lieder, mit dreifachen Wortspielen in jeder zweiten Zeile, zu zitieren. Einige davon waren nicht unbedingt anständig, aber alle waren sehr komisch, und es nahm erst ein Ende, als ein dikker Herr in Schwarz mit einem goldenen Klemmer auf der Nase sich bei Lalun melden ließ und Wali Dad mich in die glitzernde Nacht hinauszog, um in einem großen Rosengarten zu spazieren und Ketzereien über Religionen und Regierungen und den Lebenslauf der Menschen zu schwatzen.

Mohurrum, das große Trauerfest der Mohammedaner, stand dicht bevor, und was Wali Dad über religiösen Fanatismus sagte, hätte ihm sicher die Verbannung auch aus der freidenkendsten moslemitischen Sekte eingetragen. Da standen die Rosenbüsche rings um uns, die Sterne über uns, und aus allen Stadtteilen dröhnten die großen Mohurrum-Trommeln. Man muß wissen, daß die Stadt fast zu gleichen Teilen aus Hindus und Mohammedanern besteht, und wenn die Bekenner beider Religionen zu rauflustigen Stämmen gehören, dann bietet ein religiöses Fest die schönste Gelegenheit für Tumulte. Wenn sie können – das heißt, wenn die Regierung so schwach ist, es zu erlauben –, tun die Hindus ihr möglichstes, um irgendein kleineres Fest rechtzeitig so zu verlegen, daß es mit der großen Trauer um die Märtyrer Hassan und Hussein, die Helden des Mohurrum, zusammenfällt. Vergoldete und bemalte papierene Nachbildungen ihrer Gräber werden unter Schreien und Wehklagen, mit Musik, Fackeln und Geheul durch die Hauptstraßen der Stadt getragen; diese Darstellungen heißen *Tazia*. Ihr Weg ist von der Polizei von vornherein geregelt, und Polizeitrupps begleiten jede *Tazia*, damit die Hindus keine Ziegelsteine auf sie schmeißen und den Frieden der Königin und die Köpfe ihrer getreuen Untertanen nicht zerbrechen. Die Zeit des Mohurrum in einer »kämpfenden« Stadt ist eine bedenkliche Zeit für alle Beamten, denn wenn ein Tumult ausbricht, sind nicht die Aufrührer verantwortlich, sondern die Beamten. Sie müssen alles voraussehen und dafür sorgen, daß ihre Maßregeln, ohne lächerlich peinlich zu sein, doch jedenfalls genügen.

»Hören Sie die Trommeln!« sagte Wali Dad. »Das ist das Herz des Volkes – hohl und geräuschvoll. Glauben Sie, das Mohurrum geht glatt dies Jahr? Ich glaube, es wird Krawall geben.«

Er bog in eine Nebenstraße ein und ließ mich allein mit den Sternen und einer schläfrigen Polizeipatrouille. Dann ging ich zu Bett und träumte, Wali Dad habe die Stadt überrumpelt und ich sei Wesir geworden mit Laluns silberner *Huqa* als Amtsabzeichen.

Den ganzen Tag schlugen die Mohurrum-Trommeln in der Stadt, und den ganzen Tag bestürmten vornehme Hindus unter Tränen den Staatskommissar und beteuerten, sie würden vor Morgengrauen von den Mohammedanern ermordet werden. »Und das«, sagte der Stellvertretende Kommissar vertraulich zum Polizeichef, »ist ein ziemlich klarer Hinweis, daß die Hindus ungemütlich werden wollen. Ich denke, wir können ihnen eine kleine Überraschung vorbereiten. Ich habe den Oberhäuptern beider Religionen eine Warnung gegeben. Wenn sie sie nicht beachten wollen – um so schlimmer für sie.«

An diesem Abend war eine große Versammlung in Laluns Haus, aber außer dem Herrn in Schwarz mit dem goldenen Klemmer waren es Leute, die ich früher nie gesehen hatte. Wali Dad lag im Fenstersitz, so wütend auf seine Religion und ihre Manifestationen, wie er kaum je gewesen war. Laluns Magd war voll beschäftigt, den Tabak für die Gäste zu schneiden und zu mischen. Wir konnten das Getöse der Trommeln hören, wenn die Prozessionen, die jede *Tazia* begleiteten, zum Sammelplatz auf der Ebene vor der Stadt marschierten, wo sie sich für ihre feierliche Rückkehr und den Umzug innerhalb der Mauern ordneten. Alle Straßen schienen von Fackeln zu lodern. Nur das Fort Amara war schwarz und still.

Als der Lärm der Trommeln verstummte, sagte zunächst keiner in dem weißen Zimmer ein Wort. »Die erste *Tazia* ist abgegangen«, sagte Wali Dad, der auf die Ebene hinaussah.

»Das ist sehr früh«, sagte der Herr mit dem Klemmer. »Es ist erst halb neun.« Die Gesellschaft brach auf und ging.

»Einige von ihnen waren von Ladakh«, sagte Lalun, als der letzte gegangen war. »Sie haben mir Backsteintee mitgebracht, wie ihn die Russen verkaufen, und eine Teekanne aus Peshawar. Nun zeigen Sie mir, wie die englischen *Memsahibs* Tee machen.«

Der Backsteintee war abscheulich. Als wir mit ihm fertig waren, schlug Wali Dad vor, auf die Straße zu gehen. »Ich bin fast sicher, daß es Krawall geben wird«, sagte er. »Die ganze Stadt glaubt es und *vox populi* ist *vox dei*, wie der Babu[1] sagt. Nun sollen Sie wissen, daß heute die ganze Nacht an der Ecke beim Padshahi-Tor mein Pferd bereitsteht, wenn Sie umherreiten und sich die Sache ansehen wollen. Es ist ein erbärmliches Theater. Was kann es für ein Vergnügen sein, zwanzigtausendmal in derselben Nacht ›*Ya Hassan! Ya Hussein!*‹ zu sagen.«

1. Der gebildete Inder.

Alle Prozessionen – es waren im ganzen zweiundzwanzig – waren jetzt innerhalb der Stadtmauern. Die Trommeln fingen wieder an zu dröhnen, die Menge heulte »*Ya Hassan! Ya Hussein!*« und schlug sich die Brust, die Blechkapellen spielten, so laut sie konnten, und an jeder Ecke, wo es der Platz erlaubte, erzählten mohammedanische Prediger die jammervolle Geschichte von dem Tode der Märtyrer. Es war unmöglich, sich anders zu bewegen als mit der Menge, denn die Straßen waren nur zwanzig Fuß breit. In den Hinduvierteln waren an allen Geschäften die Läden heraufgezogen und verriegelt. Als die erste *Tazia,* ein prunkvoller Aufbau, zehn Fuß hoch, auf den Schultern von zwanzig rüstigen Männern in das Halbdunkel der Reiterkolonnade getragen wurde, flog ein Ziegelstein krachend durch ihre gekleisterte und vergoldete Flanke.

»In Gottes Namen«, murmelte Wali Dad ketzerisch, während von hinten ein Schrei ertönte und ein eingeborener Polizeioffizier sein Pferd durch die Masse zwängte. Es folgte ein zweiter Ziegelstein, und die *Tazia* wankte und schaukelte auf der Stelle, wo sie stehengeblieben war.

»Vorwärts! Im Namen des *Sirkars,* geht vorwärts!« schrie der Polizist; aber man hörte Fensterläden krachen und splittern, und die Menge blieb fluchend und murrend vor dem Hause stehen, aus dem der Ziegelstein gekommen war.

Dann brach unvermittelt der Sturm los – nicht nur in der Reiterkolonnade, sondern auch an einem halben Dutzend anderer Stellen. Die *Tazias* schwankten wie Schiffe auf dem Meere, die langen Fackelstangen tauchten um sie herum hinunter und herauf, und die Leute brüllten: »Die Hindus entweihen die *Tazias!* Schlagt sie! Schlagt sie! Für den Glauben, auf in ihre Tempel!« Die sechs oder acht Polizisten, die bei jeder *Tazia* waren, zogen ihre Knüppel und hieben, solange sie konnten, in der Hoffnung, die Menge von der Stelle zu kriegen, aber sie wurden über den Haufen gerannt, und als Abteilungen von Hindus in die Straßen drangen, wurde der Kampf allgemein. Eine halbe Meile weiter, wo die *Tazias* unangetastet waren, erschollen noch die Trommeln und die Schreie *»Ya Hassan! Ya Hussein!«,* aber nicht mehr lange. Die Prediger an den Straßenecken schlugen die Beine von den Bänken, die ihnen als Kanzeln dienten, und kämpften damit für den Glauben, während von den stillen Häusern Steine auf Freund und Feind herunterfielen und die vollgepfropften Straßen *»Din-din-din«* brüllten. Eine *Tazia* fing Feuer und wurde als flammende Barriere zwischen Hindus und Muselmanen an der Ecke der Gasse hingeworfen. Dann drang die Menge vor, und Wali Dad zog mich dicht an die steinerne Säule eines Brunnens. »Das war von Anfang an geplant!« schrie er mir ins Ohr, mit einer Leidenschaft, die man einem völlig Glaubenslosen nicht zugetraut hätte. »Die Steine sind schon im voraus auf die Häuser geschleppt worden. Diese Schweine von Hindus. Heute nacht werden wir die Kühe in ihren Tempeln ausweiden!«

Eine *Tazia* nach der anderen, einige brennend, andere zerfetzt, rasten an uns vorbei und der Pöbel mit, heulend, kreischend, im Fliehen an die Haustüren schlagend. Schließlich sahen wir die Ursache der Jagd. Hugonin, der Distriktschef der Polizei, ein Bursche von zwanzig Jahren, hatte dreißig Schutzleute zusammengerafft und trieb die Menge durch die Straßen. Sein altes graues Polizeipferd zeigte nicht das geringste Unbehagen, wie es so mit der Brust voran in die Menge gespornt wurde, und die lange Hundepeitsche, mit der er sich bewaffnet hatte, war keinen Augenblick still.

»Sie wissen, daß wir zuwenig Polizei haben, um mit ihnen fertig zu werden«, rief er, als er an mir vorbeikam, und wischte sich eine Schramme im Gesicht. »Sie wissen das sehr gut. Kommt denn von den Leuten im Klub keiner 'runter, um mitzumachen? Vorwärts, ihr Söhne verbrannter Väter!« Die Hundepeitsche klatschte auf die sich krümmenden Rücken, und die Schutzleute hieben aufs neue mit Knüppeln und Gewehrkolben. Mit ihnen verschwanden die Lichter und das Geschrei, und Wali Dad fing an, vor sich hin zu fluchen. Vom Fort Amara schoß eine einzelne Rakete auf; dann zwei zusammen. Das war das Signal für die Truppen.

Der Staatskommissar Petitt galoppierte staub- und schweißbedeckt, aber ruhig und freundlich lächelnd, die reingeputzte Straße entlang, als Nachhut hinter dem Gros der Tumultuanten. »Noch keiner tot bis jetzt«, rief er. »Ich werde sie im Trab halten bis morgen früh! Lassen Sie sie nicht zum Stehen kommen, Hugonin! Jagen Sie sie herum, bis die Truppen kommen.«

Die Verteidigungstaktik bestand einzig darin, den Pöbel in Bewegung zu erhalten. Hätte er stehenbleiben und Luft schnappen können, so hätte er ein Haus in Brand gesteckt, und dann wäre die Wiederherstellung der Ordnung zum mindesten viel schwieriger gewesen. Flammen haben auf die Masse dieselbe Wirkung wie Blut auf ein wildes Tier.

Der Klub war benachrichtigt worden, und allmählich erschienen Herren in Abendkleidung und halfen mit Steigbügelriemen, Peitschen und zufällig aufgegriffenen Stöcken, die Menge zu umgehen und zu zerteilen. Sie wurden selten angegriffen. Denn die Aufrührer hatten doch Verstand genug, um zu begreifen, daß der Tod eines Europäers nicht nur einen Gehenkten bedeutete, sondern viele, und vielleicht sogar das Eingreifen der vielgefürchteten Artillerie. Das Getöse in der Stadt verdoppelte sich. Die Hindus hatten sich jetzt mit aller Wut in die Straßen geworfen, und nach kurzer Zeit kehrte die Menge zurück. Es war ein seltsamer Anblick. Keine *Tazias* mehr – nur ihre demolierten Plattformen – keine Polizei. Hier und da flehte ein Würdenträger der Stadt, Hindu oder Moslem, seine Glaubensgenossen an, sich zu beruhigen und sich anständig zu benehmen – und wurde dafür an seinem weißen Bart gezerrt. Dann wurde ein eingeborener Polizeioffizier, ohne Pferd, aber immer noch mit seinen Sporen tätig, die Straße entlanggeschoben und warnte die Menge vor der Gefahr eines Widerstandes gegen die Staatsgewalt. Überall schlugen Leute planlos mit Stöcken aufeinander, packten sich gegenseitig an der Kehle, brüllten und schäumten vor Wut oder schlugen mit nackten Fäusten gegen die Haustüren.

»Nur gut, daß sie mit natürlicher Waffen kämpfen«, sagte ich zu Wali Dad, »sonst würde die halbe Stadt umkommen.«

Ich wandte mich beim Sprechen und sah sein Gesicht an. Seine Nüstern waren weit, seine Augen starr, und er schlug sich leise gegen die Brust. Die Masse strömte mit erneuter Wucht vorüber – einer Anzahl von Muselmanen wurde von einigen hundert Hindufanatikern übel zugesetzt. Wali Dad verschwand mit einem Fluch von meiner Seite, schrie auf *»Ya Hassan! Ya Hussein!«*, tauchte in das Gewühl des Kampfes, und ich verlor ihn aus den Augen.

Ich flüchtete durch einen Seitenweg zum Padshahi-Tor,

wo ich Wali Dads Pferd vorfand, und ritt von da zum Fort. Als ich außerhalb der Stadt war, sank der Tumult zu einem dumpfen Dröhnen herab, das unter dem gestirnten Himmel sehr eindrucksvoll war und den fünfzigtausend wütenden starken Männern, die es vollführten, alle Ehre machte. Auf die Truppen, die auf Veranlassung des Staatskommissars Befehl bekommen hatten, sich in aller Stille beim Fort zu versammeln, schien es keinen Eindruck zu machen. Zwei Kompanien Eingeboreneninfanterie, eine Schwadron Eingeborenenkavallerie und eine Kompanie britischer Infanterie waren im Schatten der Ostfront angetreten und warteten auf den Befehl zum Einmarsch. Ich muß leider sagen, daß sie sich alle diebisch freuten, die Gelegenheit zu einem »Späßchen« zu haben, wie sie es nannten. Die älteren Offiziere brummten allerdings, daß man sie aus dem Bett geholt hatte, und die englischen Truppen stellten sich mürrisch, aber in den Herzen aller Leutnante war eitel Vergnügen, und es lief ein Flüstern die Linien entlang: »Nicht einmal scharfe Patronen – s' ist 'ne Schmach!« »Glaubst du denn, das Pack wird sich widersetzen?« »Hoffenlich treffe ich meinen Wechsler. Ich schulde ihm mehr, als ich zahlen kann.« »Wir werden nicht mal blankziehen dürfen.« »Hurra! Die vierte Rakete geht hoch. Nu aber los!«

Die Festungsartillerie, die bis zuletzt die verwegene Hoffnung hegte, daß man ihr erlauben würde, die Stadt auf hundert Meter Entfernung zu bombardieren, stand längs der Brustwehr über dem Osttor und schrie sich heiser, als die britische Infanterie in Kolonne auf der Straße zum Haupttor der Stadt abzog. Die Kavallerie galoppierte zum Padshahi-Tor, und die Eingeboreneninfanterie marschierte langsam zum Fleischertor. Die Überraschung sollte durchaus unangenehm werden und direkt auf die Niederlage der Polizei folgen, die eben noch die Mohammedaner zu verhindern vermochte, die Häuser einiger Hinduführer in Brand zu stekken. Der Tumult kloßte sich im Nord- und Nordwestviertel zusammen. Der Osten und Südosten waren um diese Zeit dunkel und ruhig. So ritt ich rasch zu Laluns Haus, denn ich wollte ihr gern sagen, daß sie jemanden auf die Suche nach Wali Dad schicken solle. Das Haus war nicht erleuchtet, aber die Tür stand offen, und ich stieg im Dunkeln die Treppe hinauf. Eine kleine Lampe im weißen Zimmer zeigte Lalun und ihre Magd halb aus dem Fenster gelehnt, wie sie schwer atmend etwas zu ziehen schienen, was nicht kommen wollte.

»Spät kommst du – sehr spät«, schnaufte sie, ohne den Kopf umzudrehen. »Hilf uns jetzt, du Esel, wenn du nicht alle Kräfte bei deinen *Tazias* ausgeheult hast. Zieh! Nasiban und ich können nicht mehr! Oh, Sahib, sind Sie es? Die Hindus haben einen alten Mohammedaner mit Knüppeln durch den Graben gejagt. Wenn sie ihn wieder finden, werden sie ihn umbringen. Helfen Sie uns, ihn heraufzuziehen.«

Ich packte mit an der langen roten Seidenschärpe an, die zum Fenster hinaushing, und wir drei zogen aus Leibeskräften. Es war etwas sehr Schweres am unteren Ende, das fluchte in einer fremden Sprache, wenn es an die Stadtmauer stieß.

»Zieh, oh, zieh!« sagte Lalun schließlich. Ein paar braune Hände griffen nach dem Fenstersims, und ein ehrwürdiger Mohammedaner torkelte auf den Boden. Er war ganz außer Atem. Seine Kinnbacken waren umwickelt, der Turban auf ein Auge gerutscht, und er war staubig und ärgerlich.

Lalun verbarg einen Augenblick ihr Gesicht mit den Händen und sagte etwas über Wali Dad, was ich nicht verstand.

Dann schlang sie zu meiner freudigen Überraschung ihre Arme um meinen Hals und murmelte Zärtlichkeiten. Ich beeilte mich nicht, sie abzuwehren, und Nasiban wandte sich als taktvolles Mädchen zum Schmuckkasten, der in der Ecke des weißen Zimmers stand, und kramte in seinem Inhalt. Der Mohammedaner saß am Boden und döste.

»Noch einen Dienst, Sahib, da du so zu rechter Zeit gekommen bist«, sagte Lalun. »Willst du« – es ist sehr nett, von Lalun geduzt zu werden – »diesen alten Mann durch die Stadt zum Kumharsen-Tor führen – überall sind Truppen und sie könnten ihm etwas tun, denn er ist alt. Dort wird er wohl einen Wagen finden, der ihn nach Hause bringt. Er ist ein Freund von mir, und du bist – mehr als ein Freund, darum bitte ich dich.«

Nasiban lehnte über dem alten Manne und steckte etwas in seinen Gürtel, und ich hob ihn auf und brachte ihn auf die Straße. Beim Durchqueren der Stadt von Osten nach Westen hatte man keine Aussicht, den Truppen und der Menge auszuweichen. Lange bevor ich die Reitergasse erreichte, hörte ich die Stimmen der britischen Infanterie, die lustig riefen: »Ho, ihr Bettler! Ho, ihr Satane! Marsch! Vorwärts!« Dann schallten die Stöße von Gewehrkolben und Angstschreie. Die Truppen bearbeiteten die nackten Zehen des Pöbels mit ihren Kolben – denn es war kein Bajonett aufgepflanzt worden. Mein Begleiter krächzte und stammelte unterwegs, bis wir von der Masse zerdrückt wurden und uns den Weg zu den Truppen erkämpfen mußten. Ich erwischte ihn am Handgelenk und spürte einen Ring – den eisernen Ring der Sikhs –, aber ich hatte keinen Argwohn, denn Lalun hatte erst vor zehn Minuten ihren Arm um meinen Hals geschlungen. Dreimal wurden wir von der Menge zurückgedrängt, und als wir an der britischen Infanterie vorbei waren, gerieten wir in die Sikhkavallerie, die einen anderen Haufen mit ihren langen Lanzenschäften vor sich hertrieb.

»Wer sind diese Hunde?« fragte der alte Mann.

»Sikhs von der Kavallerie, mein Vater«, sagte ich, und wir zwängten uns einen Weg längs der doppelten Reihe der Pferde und trafen den Staatskommissar, den zerbrochenen Helm auf dem Kopf, umgeben von einem Knäuel von Leuten, die als Amateurpolizisten aus dem Klub gekommen waren und der Polizei kräftig geholfen hatten.

»Bis morgen früh sollen sie laufen«, sagte Petitt. »Was haben Sie da für einen Halunken bei sich?«

Ich hatte nur Zeit zu sagen: »Im Schutze des *Sirkars*!«, als ein neuer Haufen auf der Flucht vor der Eingeboreneninfanterie uns hundert Meter näher an das Kumharsen-Tor schwemmte; Petitt war fortgeweht wie ein Schatten.

»Ich weiß nicht – ich sehe nicht – das ist mir alles neu!« stöhnte mein Begleiter. »Wieviel Truppen sind in der Stadt?«

»Fünfhundert vielleicht«, sagte ich.

»Tausende geschlagen von fünfhundert – und Sikhs dabei! Wahrlich, wahrlich, ich bin ein alter Mann, aber – das Kumharsen-Tor ist mir neu. Wer hat die steinernen Löwen heruntergestoßen? Wo ist der Kanal? Sahib, ich bin ein sehr alter Mann und oh, ich – ich kann nicht mehr stehn!« Er fiel im Schatten des Kumharsen-Tores nieder, wo ihm nichts weiter passieren konnte. Ein dicker Herr mit einem goldenen Klemmer kam aus dem Dunkel hervor.

»Es ist sehr liebenswürdig von Ihnen, daß Sie meinen alten Freund bringen«, sagte er höflich. »Er ist Gutsbesitzer aus Akala. Er sollte während eines religiösen Aufstands nicht in einer großen Stadt sein. Aber ich habe einen Wagen hier. Sie sind wirklich sehr liebenswürdig. Wollen Sie mir helfen, ihn in den Wagen zu setzen? Es ist sehr spät.«

Wir packten den alten Mann in eine Mietdroschke, die dicht am Tore stand, und ich ging wieder zurück zu dem Hause auf der Stadtmauer. Die Truppen jagten die Leute hin und her, während die Polizei brüllte: »In die Häuser! Marsch, in die Häuser!« und die Hundepeitsche des Distriktschefs unbarmherzig klatschte. Angsterfüllte Bunnias klammerten sich an die Steigbügel der Kavallerie und schrien, ihre Häuser seien geplündert (was eine Lüge war), und die gutmütigen Sikhreiter klopften ihnen auf die Schulter und forderten sie auf, in diese Häuser zurückzukehren, damit nichts Schlimmeres geschehe. Gruppen von fünf oder sechs britischen Soldaten zogen Arm in Arm und säuberten die Seitengassen; die Gewehre auf dem Rücken, trampelten sie mit Geschrei und Gesang Hindus und Muselmanen auf die Zehen. Noch nie wurde eine religiöse Begeisterung systematischer zertreten und noch nie gab es arme Friedensstörer mit so matten Gliedern und so wunden Füßen. Sie wurden hervorgestöbert aus Löchern und Winkeln, hinter Brunnensäulen und Kuhställen und in ihre Häuser getrieben. Wenn sie keine Häuser hatten – um so schlimmer für ihre Zehen.

Bei meiner Rückkehr zu Laluns Haus stolperte ich auf der Schwelle über einen Mann. Er schluchzte hysterisch, und seine Arme klappten wie die Flügel einer Gans. Es war Wali Dad, der Atheist und Freidenker, barfuß, ohne Turban, mit schäumendem Mund, das Fleisch auf der Brust zerschunden und blutig von der Wut, mit der er sich geschlagen hatte. Eine zerbrochene Fackelstange lag neben ihm, und seine zitternden Lippen murmelten: *»Ya Hassan! Ya Hussein!«*, als ich über ihn trat. Ich schob ihn ein paar Stufen die Treppe hinauf, warf ein Steinchen an Laluns Straßenfenster und eilte nach Hause.

Die meisten Straßen waren ganz ruhig, und der kalte Wind, der vor der Dämmerung kommt, pfiff durch sie. Mitten auf dem Platz der Moschee war ein Mann über eine Leiche gebückt. Der Schädel war von einem Gewehrkolben oder einem Bambusstock eingeschlagen.

»Es ist besser, daß ein Mann sterbe für das Volk«, sagte Petitt finster und hob den mißgestalteten Kopf. »Diese Bestien fingen an, zu sehr die Zähne zu zeigen.«

Und von weitem hörten wir die Soldaten singen: »Zwei holde schwarze Augen«, während sie den Rest der Aufrührer in die Häuser trieben.

Der Leser kann wohl erraten, was geschehen war. Ich war nicht so schlau. Als die Nachricht herauskam, Khem Singh sei aus dem Fort entwischt, konnte ich damals, da ich die Geschichte erlebte und nicht beschrieb, keinen Zusammenhang zwischen mir oder Lalun oder dem dicken Herrn mit dem goldenen Klemmer und der Flucht finden. Es fiel mir auch nicht ein, daß Wali Dad derjenige war, der ihn durch die Stadt hatte begleiten sollen, oder daß Laluns Arme sich um meinen Hals geschlungen hatten, um das Geld zu verbergen, das Nasiban Khem Singh zusteckte, und daß Lalun mich und mein weißes Gesicht viel besser als Schutzschild hatte brauchen können als Wali Dad, der sich so unzuverlässig bewies. Damals wußte ich nur so viel, daß Khem Singh, während Fort Amara mit den Aufrührern beschäftigt war, die Verwirrung dazu benutzt hatte, zu fliehen, und daß seine beiden Sikhwächter ebenfalls ausgerissen waren.

Später wurde mir freilich alles klar; auch was Khem Singh betraf. Er floh zu denen, die ihn aus der alten Zeit kannten; aber viele von ihnen waren tot, und sehr viele hatten sich verändert, und alle wußten etwas von dem Zorn der Regierung. Er ging zu den jungen Männern, aber der Glanz seines Namens war vergangen und sie traten jetzt in Eingeborenenregimenter oder in Regierungsbüros ein, und Khem Singh konnte ihnen weder Pensionen noch Orden noch Einfluß verschaffen – nichts als den rühmlichen Tod, den Rücken vor einem Kanonenrohr. Er schrieb Briefe und machte Versprechungen, die Briefe fielen in unrechte Hände, ein ganz untergeordneter bedeutungsloser Polizeioffizier fing sie ab und verdiente sich ein Avancement damit. Außerdem war Khem Singh alt und Anisbrandy war selten, und er hatte seine silbernen Kochtöpfe in Fort Amara gelassen und sein gemütliches warmes Bett dazu, und dem Herrn mit dem goldenen Klemmer wurde von seinen Auftraggebern mitgeteilt, daß Khem Singh als Führer des Volkes das aufgewendete Geld nicht wert sei.

»Groß ist die Gnade dieser englischen Narren!« sagte Khem Singh, als ihm die Lage auseinandergesetzt wurde. »Ich werde aus freiem Willen wieder nach Fort Amara zurückkehren und mir Ehre gewinnen. Gebt mir gute Kleider, in denen ich zurückgehen kann.«

So klopfte Khem Singh eines Tages an das Tor des Forts und ging zu dem Hauptmann und dem Leutnant, die über der Korrespondenz, die täglich aus Simla mit dem Vermerk »Geheim« kam, fast ergraut waren.

»Da bin ich wieder, Hauptmann Sahib«, sagte Khem Singh. »Stellen Sie mir keine Wachen mehr. Es ist nicht gut da draußen.«

Eine Woche später sah ich ihn zum ersten Male mit Bewußtsein, und er tat, als sei ein Einverständnis zwischen uns.

»Es war gut gemacht, Sahib«, sagte er, »und ich habe Ihre Schlauheit bewundert, wie Sie so kühn den Truppen entgegengingen, während ich, den sie gewiß in Stücke gerissen hätten, dabei war. Nun gibt es da einen Mann in Fort Ooltagarh, dem könnte ein verwegener Mann wohl leicht zur Flucht helfen. Die Lage des Forts ist so, wie ich sie hier im Sande zeichne.«

Aber ich dachte darüber nach, wie ich nun wirklich Laluns Wesir geworden war.

Überschwemmung

Tweed sprach zu Till:
»Was fließt du so still?«
Till sprach zu Tweed:
»Wenn du auch hurtig läufst,
Ich fließe gemach vorbei –
Doch wo du einen ersäufst,
Ersäufe ich zwei.«

Heut abend geht es nicht über den Fluß, Sahib. Man sagt, ein Ochsenkarren sei schon heruntergespült worden, und die *Ekka*, die eine halbe Stunde vor dir hinüberging, ist noch nicht drüben. Hat es der Sahib eilig? Ich will den Furtelefanten hineintreiben und es ihm zeigen. Heda! ihr Kerle im Schuppen! Bringt Ram Pershad heraus, und wenn er es mit der Strömung aufnimmt, dann gut. Ein Elefant lügt niemals, Sahib, und Ram Pershad ist von seinem Freund Kala Nag getrennt. Er will auch hinüber. Gut so! gut so! mein König! Reite halbwegs hinein, *Mahoutji*, und sieh, was der Fluß sagt. Gut so, Ram Pershad! Perle unter den Elefanten, geh in den Fluß! Hau ihn auf den Kopf, du Rindvieh! Glaubst du, der Stachel ist nur dazu da, um dir den feisten Rücken zu kitzeln, du Bastard? Schlag zu, schlag zu! Was machen dir die Steine, Ram Pershad, mein Rustum, mein Berg von Kraft? Hinein! Hinein!

Nein, Sahib! Es hat keinen Zweck. Du kannst ihn trompeten hören. Er sagt Kala Nag, daß er nicht hinüber kann. Sieh! Er hat sich umgewandt und schüttelt den Kopf. Er ist nicht dumm. Er weiß, was der Barhwi meint, wenn er böse ist. Aha! Wahrlich, du bist nicht dumm, mein Kind! *Salaam*, Ram Pershad, Bahadur! Nimm ihn unter die Bäume, *Mahout*, und sieh, daß er seine Kräuter kriegt. Gut gemacht, du Herrscher unter den Langzahnigen! *Salaam* dir, Sirkar, und geh schlafen.

Was soll man machen? Der Sahib muß warten, bis der Fluß zurückgeht. Er wird morgen früh fallen, wenn es Gott gefällt, oder übermorgen spätestens. Was wird der Sahib so böse? Ich bin sein Diener. Bei Gott, nicht ich habe diesen Strom geschaffen. Was kann ich tun? Meine Hütte und alles darinnen ist dem Sahib zu Diensten, und es fängt zu regnen an. Komm fort, mein Herr. Wie soll der Fluß davon sinken, daß du ihn mit Schimpfworten bewirfst? In alten Zeiten waren die englischen Leute nicht so. Der Feuerwagen hat sie empfindlich gemacht. In alten Zeiten, als sie mit Pferden reisten, bei Tage und bei Nacht, da sagten sie nichts, wenn ein Fluß den Weg sperrte oder ein Wagen im Schlamm festsaß. Es war Gottes Wille – nicht wie ein Feuerwagen, der läuft und läuft und läuft, wenn auch alle Teufel des Landes sich an seinen Schwanz hängen. Der Feuerwagen hat die englischen Leute verdorben. Was ist schließlich ein versäumter Tag, oder meinetwegen zwei Tage? Fährt der Sahib zu seiner eigenen Hochzeit, daß er in so rasender Eile ist? Ha, ha, ha. Ich bin ein alter Mann und sehe wenig Sahibs. Verzeih mir, wenn ich vergessen habe, welchen Respekt ich ihnen schuldig bin. Der Sahib ist doch nicht böse?

Die eigene Hochzeit! Hahaha. Der Geist eines alten Mannes ist wie der *Numah*-Baum. Frucht, Knospe, Blüte und die toten Blätter aller vergangenen Jahre prangen beieinander. Altes und Neues und was aus dem Gedächtnis verschwunden ist, alle drei sind darin. Setz dich auf das Bett, Sahib, und trink Milch. Oder – möchte der Sahib vielleicht meinen Tabak trinken? Er ist gut. Es ist Tabak von Nuklao. Mein Sohn, der dort im Dienst ist, hat ihn mir geschickt. Trink nur, Sahib, wenn du mit dem Rohr umzugehen weißt. Der Sahib faßt es wie ein Muselman. Wai, wai. Wo hat er das gelernt? Die eigene Hochzeit. Würde wohl der Sahib die Wahrheit zu mir sagen, der ich nur ein schwarzer Mann bin? Kein Wunder also, daß er es eilig hat. Dreißig Jahre habe ich an dieser Furt den Gong geschlagen, aber nie habe ich einen Sahib so eilig gesehen. Dreißig Jahre, Sahib! Das ist eine sehr lange Zeit. Vor dreißig Jahren ging durch diese Furt die Leinstraße der *Bunjara*, und ich habe zweitausend Packochsen in einer Nacht übergehen sehn. Nun sind die Schienen gekommen, und der Feuerwagen sagt buss-buss-buss, und Tausende von Ballen gleiten über diese Brücke. Es ist wunderbar; aber die Furt ist nun einsam, seit keine *Bunjara* mehr unter den Bäumen lagern.

Nein, müh dich nicht, den Himmel draußen anzuschaun. Es wird bis zur Dämmerung weiter regnen. Die Steine reden heute nacht im Flußbett. Hör sie! Sie würden jetzt deine Knochen schälen, Sahib, wenn du versucht hättest, überzusetzen. Komm, ich will die Türe schließen, dann kann kein Regen herein. *Wahi! Ahi! Ugh!* Dreißig Jahre an den Ufern der Furt. Ein alter Mann bin ich und – wo ist das Öl für die Lampe?

Verzeihung, bei meinen Jahren schlafe ich nicht fester als ein Hund, und du wandtest dich zur Türe. Schau nur nach, Sahib. Schau und horche. Eine volle halbe Meile von Ufer zu Ufer ist der Strom jetzt – du kannst es sehen unter den Sternen –, und zehn Fuß tief Wasser ist darin. Er fällt nicht vom Zorn in deinen Augen und wird nicht stille von deinen Flüchen. Was ist lauter, Sahib – deine Stimme oder die Stimme des Flusses? Rufe ihn an – vielleicht wird er sich schämen. Lege dich hin, Sahib, und schlafe wieder. Ich kenne den Zorn des Barhwi, wenn der Regen in den Vorbergen gefallen ist. Ich bin einmal in der Flut geschwommen, in einer Nacht, die zehnmal schlimmer war als diese, und durch die Gnade Gottes wurde ich vom Tode errettet, als ich schon dicht an seine Pforte gekommen war.

Soll ich die Geschichte erzählen? Es ist eine gute Geschichte Ich werde die Pfeife wieder füllen.

Es war vor dreißig Jahren, als ich noch ein junger Mann und erst jüngst an die Furt gekommen war. Ich war damals stark, und die *Bunjara* zweifelten nicht, wenn ich sagte: »Die Furt ist klar!« Ich habe geschafft die ganze Nacht, bis an die Schulterblätter im strömenden Wasser unter hundert Ochsen, die wild waren vor Angst, und habe sie durchgebracht, ohne auch nur einen Huf zu verlieren. Wenn alles getan war, holte ich die zitternden Männer, und sie gaben mir zum Dank, was ich wollte von ihrem Vieh – den ersten Bullen der Herde. Solche Ehre erfuhr ich! Aber heute, wenn der Regen fällt und der Fluß schwillt, krieche ich in meine Hütte und winsele wie ein Hund. Meine Kraft ist weg. Ich bin ein alter Mann, und der Feuerwagen hat die Furt verödet. Sie pflegten mich den Starken vom Barhwi zu nennen.

Betrachte mein Gesicht, Sahib – es ist das Gesicht eines Affen. Und meinen Arm – er ist eines alten Weibes Arm. Ich schwöre dir, Sahib, daß eine Frau dieses Gesicht geliebt und in der Höhlung dieses Armes geruht hat. Vor zwanzig Jahren, Sahib. Glaube mir, es ist die Wahrheit – vor zwanzig Jahren.

Komm an die Tür und schau hindurch. Kannst du ein schwaches Feuer sehen, sehr weit weg den Strom hinab? Das ist das Tempelfeuer in dem Schrein Hanumans, in dem Dorfe Pateera. Nördlicher, unter dem großen Stern, liegt das Dorf selbst, aber es ist hinter einer Krümmung des Flusses versteckt. Ist es weit, dahin zu schwimmen, Sahib? Würdest du deine Kleider ausziehn und es wagen? Und doch bin ich nach Pateera geschwommen – nicht einmal, sondern viele Male; und dabei gibt es auch Krokodile in dem Fluß.

Die Liebe kennt keine Kaste; wie hätte ich sonst als Muselman und Sohn eines Muselmanen eine Hindufrau begehrt – die Witwe eines Hindus – die Schwester des Obmanns von Pateera? Und doch war es so. Die Leute des Obmanns kamen auf einer Pilgerfahrt nach Muttra hier vorüber, als sie eben Braut war. Silberner Zierat war an den Rädern des Ochsenkarrens, und seidene Vorhänge verbargen die Frau. Sahib, ich eilte nicht, sie zu befördern, denn der Wind teilte die Vorhänge, und ich sah sie. Als sie von der Pilgerfahrt heimkehrten, war der Bursch, der ihr verlobt war, gestorben, und ich sah sie wieder in dem Ochsenkarren. Bei Gott, diese Hindus sind Tröpfe. Was bedeutete mir das, ob sie Hindu war oder Jain – Straßenkehrer, aussätzig oder gesund? Ich hätte sie geheiratet und ihr ein Heim gegeben an der Furt. Die siebente der neun Satzungen sagt, daß ein Mann keine von den Götzendienern heiraten soll? Ist das wahr? Die Schiiten und die Sunniten sagen beide, daß ein Muselman keine von den Götzendienern heiraten soll? Ist der Sahib denn ein Priester, daß er so viel weiß? Ich will ihm etwas sagen, was er nicht weiß. Es gibt nicht Schiiten oder Sunniten, Verbote oder Götzendiener in der Liebe; und die neun Satzungen sind nur neun kleine Reisigruten, die die Flamme der Liebe wie nichts verbrennt. Wahrlich, ich hätte sie genommen; aber was konnte ich tun? Der Obmann hätte seine Leute geschickt, mir mit Knüppeln den Kopf zu zerschmettern. Ich bin nicht – war nicht – ängstlich vor fünf Männern; aber wer kann bestehen gegen ein halbes Dorf?

Drum hatte ich die Gewohnheit, nachdem alles das zwischen uns zweien beredet war, bei Nacht zum Dorf Pateera zu gehen, und dort trafen wir uns in den Feldern, und keiner wußte etwas davon. Nun paß auf! Ich setzte hier über, an dem Dschungel entlang zu der Krümmung des Flusses, wo die Eisenbahnbrücke ist, und dann quer über die Landzunge nach Pateera. Das Licht des Schreines war mein Führer, wenn die Nacht dunkel war. Der Dschungel am Fluß ist voll von Schlangen – den kleinen *Karaits*, die auf dem Lande schlafen –, und außerdem hätten ihre Brüder mich erschlagen, wenn sie mich in den Feldern gefunden hätten. Aber niemand wußte etwas – niemand, nur sie und ich; und der Triebsand des Flußbettes bedeckte die Spuren meiner Füße. In den heißen Monaten war es ein leichtes, von der Furt nach Pateera zu kommen, und in der ersten Regenzeit, wenn der Fluß sachte stieg, war es auch ein leichtes. Ich stemmte meine Kraft gegen die Kraft des Stromes, und jede Nacht aß ich hier in meiner Hütte und trank drüben in Pateera. Sie hatte mir gesagt, daß ein gewisser Hirnam Singh, ein Dieb, ihr nachging, und er war aus einem Dorfe flußauf, aber auf dem gleichen Ufer. Die Sikhs sind alle Hunde, und sie verschmähen in ihrer Dummheit die gute Gottesgabe, den Tabak. Ich war bereit, Hirnam Singh umzubringen, sowie er nur in in ihre Nähe gekommen wäre; besonders, weil er ihr geschworen hatte, daß sie einen Liebhaber habe und daß er ihm aufpassen und seinen Namen dem Obmann sagen wolle, wenn sie nicht mit ihm davonginge. Solche Köter sind diese Sikhs!

Nach diesen Nachrichten schwamm ich immer mit einem kleinen scharfen Messer im Gürtel, und schlimm wäre es dem Manne ergangen, der sich mir widersetzt hätte. Ich kannte das Gesicht des Hirnam Singh nicht, aber ich hätte jeden getötet, der zwischen mich und sie gekommen wäre.

Eines Nachts im Anfang des Regens wollte ich nach Pateera übersetzen, obwohl der Fluß zornig war. Nun hat aber der Barhwi seine eigene Art, Sahib. In zwanzig Atemzügen kommt er von den Bergen herab wie eine Wand, drei Fuß hoch, und ich habe ihn gesehen, wie er zwischen Feuermachen und Grützekochen angewachsen ist von einem Bach zu einem Bruder Jumnas.

Als ich dies Ufer verließ, war eine Sandbank eine halbe

Meile abwärts, und ich bog ab, um sie zu erreichen und Atem zu schöpfen, ehe ich weiterschwamm; denn ich fühlte, wie die Hand des Flusses schwer auf meinen Fersen lag. Aber was tut nicht ein junger Mann um der Liebe willen. Es kam nur wenig Licht von den Sternen, und auf halbem Wege zur Sandbank fuhr mir ein Zweig von dem stinkenden Deodar-Baum über den Mund, während ich schwamm. Das war ein Zeichen von starkem Regen in den Vorbergen und weiter oben, denn der Deodar ist ein kräftiger Baum und von der Bergseite nicht leicht zu schütteln. Ich eilte und der Fluß half mir, aber ehe ich die Sandbank erreicht hatte, schlug der Puls der Strömung heftig in mir und ringsum, und denke dir, die Sandbank war weg, und ich ritt hoch auf dem Kamm einer Welle dahin, die von einem Ufer zum anderen reichte. Ist der Sahib jemals mitten in vielem Wasser gewesen, welches kämpft und einen Mann seine Glieder nicht will brauchen lassen? Mir, da ich nur den Kopf über Wasser hatte, schien es so, als gäbe es nichts als Wasser bis an das Ende der Welt, und der Fluß trug mich zusammen mit seinem Treibholz. Ein Mensch ist ein sehr kleines Ding in dem Schoß einer Flut. Und *diese* Flut, obwohl ich das nicht wußte, war die große Flut, von der die Menschen heute noch sprechen. Mein Lebensmut war gebrochen, und ich lag wie ein Klotz auf meinem Rücken, in Todesfurcht. Es waren lebendige Dinge im Wasser, die schrien und heulten jämmerlich – Tiere des Waldes und Vieh und einmal die Stimme eines Mannes, die um Hilfe rief. Aber der Regen kam und peitschte das Wasser weiß, und ich hörte nichts weiter als das Toben der Steine und das Toben des Regens oben. So wirbelte ich stromab, nach Atem ringend. Es ist sehr hart zu sterben, wenn man jung ist. Kann der Sahib von hier aus die Eisenbahnbrücke sehen? Da sieh, da sind die Lichter des Postzuges nach Peshawar! Die Brücke ist jetzt zwanzig Fuß über dem Fluß, aber in der Nacht tobte das Wasser gegen das Gitterwerk, und ich trieb gegen das Gitter, die Füße voraus. Aber es war viel Treibholz angestaut, dort und an den Pfeilern, und ich tat mir nicht viel Schaden. Der Fluß preßte mich aber, wie ein starker Mann einen schwächeren preßt. Ich konnte kaum das Gitter fassen und auf das Geländer klettern. Sahib, das Wasser schäumte einen Fuß tief über die Schienen! Urteile danach, was für eine Flut es gewesen sein muß. Ich konnte nicht hören. Ich konnte nicht sehen. Ich konnte nur auf dem Geländer liegen und nach Atem keuchen.

Nach einer Weile hörte der Regen auf, und am Himmel kamen einige reingewaschene Sterne hervor, und in ihrem Schimmer sah ich, daß es kein Ende des schwarzen Wassers gab, soweit das Auge schweifen konnte, und das Wasser bis über die Schienen gestiegen war. Tote Tiere waren in dem Treibholz an den Pfeilern, andere staken mit den Hälsen im Gitterwerk, andere, noch nicht ertrunken, mühten sich, im Gitterwerk Fuß zu fassen – Büffel und Kühe, Wildschweine und ein oder zwei Hirsche, und Schlangen und Schakale ohne Zahl. Es war schwarz von ihren Leibern auf der einen Seite der Brücke, die kleineren aber wurden durch das Gitter gedrängt und wirbelten stromab.

Darauf verloschen die Sterne, und Regen kam aufs neue herunter, und der Fluß schwoll noch mehr, und ich fühlte, wie die Brücke sich unter mir zu bewegen begann, so, wie ein Mann sich im Schlafe bewegt, ehe er erwacht. Aber ich fürchtete mich nicht, Sahib. Ich schwöre dir, ich fürchtete mich nicht, obgleich ich keine Kraft in meinen Gliedern hatte. Ich wußte, daß ich nicht sterben würde, ohne sie noch einmal gesehen zu haben. Aber ich war sehr kalt, und ich fühlte, daß die Brücke weichen würde.

Es war ein Zittern im Wasser, so ein Zittern, wie es einer großen Woge vorangeht, und die Brücke hob ihre Flanke gegen den kommenden Stoß, so daß das rechte Geländer unter Wasser tauchte und das linke aufragte. Bei meinem Bart, Sahib. ich spreche die Wahrheit Gottes! Wie eine Steinbarke in Mirzapore sich in den Wind dreht, so drehte sich die Barhwi-Brücke. So und nicht anders.

Ich glitt von dem Geländer in das tiefe Wasser, und hinter mir wogte die Wut des Flusses. Ich hörte seine Stimme und das Kreischen des Mittelstücks der Brücke, wie es von den Pfeilern brach und sank, und dann wußte ich nichts mehr, bis ich mich inmitten der großen Flut emporhob. Ich reckte meine Hand aus, um zu schwimmen, und sieh da! sie traf auf das verknotete Haar eines Männerkopfes. Er war tot, denn keiner außer mir, dem Starken vom Barhwi, konnte in diesem Rasen lebendig bleiben. Er war schon volle zwei Tage tot, denn er schwamm obenauf und wälzte sich und war mir eine Hilfe. Da lachte ich, denn ich wußte nun gewiß, daß ich sie wiedersehen und nicht umkommen würde; und ich flocht meine Finger in das Haar des Mannes, denn ich war ermattet, und so fuhren wir zusammen den Strom hinunter – er, der Tote, und ich, der Lebende. Ohne diese Hilfe wäre ich untergesunken, die Kälte saß mir im Mark, und mein Fleisch war geschrumpft und mürbe auf meinen Knochen. Er aber fürchtete sich nicht, der das Schlimmste von der Gewalt des Flusse erfahren hatte; und ich ließ ihn fahren, wohin er wollte. Zuletzt gerieten wir in die Macht einer Nebenströmung, die an das rechte Ufer zog, und ich mühte mich mit den Füßen, um mit ihr zu kommen. Der tote Mann aber schwang heftig in dem Wirbel herum, und ich fürchtete, daß ihn irgendein Ast getroffen hätte und er sinken würde. Die Wipfel der Tamarisken kratzten meine Knie; so wußte ich, daß wir ins übergetretene Wasser über den Feldern gekommen waren, und dann ließ ich meine Beine hinunter und fühlte Grund – den Rain eines Feldes –, und dann blieb der tote Mann an einem Hügel unter einem Feigenbaum stecken, und ich zog freudig meinen Leib aus dem Wasser.

Weiß der Sahib, wohin der Widerstrom der Flut mich getragen hatte? Zu dem Hügel, der die östliche Flurgrenze des Dorfes Pateera ist. Zu keinem anderen Ort. Ich zog den Toten herauf aufs Gras für den Dienst, den er mir geleistet hatte, und auch, da ich nicht wußte, ob ich ihn wieder brauchen würde. Dann ging ich, dreimal wie ein Schakal rufend, zu dem bestimmten Platz, nahe dem Kuhstall beim Gehöft des Obmanns. Aber meine Liebste war schon dort und weinte. Sie fürchtete, die Flut hätte meine Hütte an der Barhwi-Furt fortgeschwemmt. Als ich leise durch das knöcheltiefe Wasser herankam, dachte sie, ich sei ein Geist, und sie wäre davongelaufen, aber ich legte meine Arme um sie und – ich war kein Geist zu der Zeit, obwohl ich heute ein alter Mann bin. Ha, ha! Trocken Korn, wahrhaftig. Mais ohne Saft. Ha! ha[1]!

1. Leider muß ich sagen, daß der Wächter der Barhwi-Furt hier für zwei sehr schlechte Wortspiele im Dialekt verantwortlich ist. – R. K.

Ich erzählte ihr die Geschichte von dem Sturz der Barhwi-Brücke, und sie sagte, ich sei größer als irgendein Sterblicher – denn keiner könne bei voller Flut über den Barhwi setzen – und habe gesehen, was noch nie ein Mensch gesehen habe. Hand in Hand gingen wir zu dem Hügel, wo der Tote lag, und ich zeigte ihr, mit wessen Hilfe ich übergesetzt war. Sie sah auch den Leichnam an im Licht der Sterne, denn der übrige Teil der Nacht war klar, und verbarg ihr Gesicht in ihren Händen und rief: »Es ist die Leiche von Hirnam Singh!« Ich sagte: »Das Schwein taugt tot mehr als lebendig, meine Geliebte«, und sie sagte: »Sicher, denn er hat meiner Liebe das teuerste Leben auf der Welt gerettet. Aber dennoch kann er nicht hier bleiben, denn das würde Schande über mich bringen.« Die Leiche lag keinen Flintenschuß von ihrem Hause entfernt.

Dann sagte ich und rollte die Leiche mit meinen Händen: »Gott hat gerichtet zwischen uns, Hirnam Singh, daß dein Blut nicht auf mein Haupt fällt. Ob ich ein Unrecht getan habe, dich von der Hölle fernzuhalten, kannst du mit den Krähen zusammen ausmachen.« So warf ich ihn in die Strömung und er wurde ins Freie hinausgezogen, immer seinen dichten schwarzen Bart schüttelnd wie ein Priester auf der Kanzel. Und ich habe nie wieder etwas von Hirnam Singh gesehen.

Vor Anbruch des Tages trennten wir zwei uns und ich ging in einen Teil des Dschungels, der nicht überschwemmt war. Bei hellem Tag sah ich, was ich im Dunkeln getan hatte, und die Knochen bebten mir im Fleisch, denn es strömte, zwei Meilen breit, rasendes Wasser zwischen dem Dorf Pateera und den Bäumen des anderen Ufers, und in der Mitte starrten die Pfeiler der Barhwi-Brücke wie zerbrochene Zähne in den Kinnbacken eines alten Mannes. Es war nichts Lebendes auf dem Wasser – keine Vögel oder Boote, nur ein Heer von Ertrunkenen – Büffel und Pferde und Menschen – und der Fluß war röter als Blut von dem Lehm der Berge. Niemals habe ich eine solche Flut gesehen – niemals seit dem Jahr habe ich etwas Ähnliches gesehen – und, o Sahib, kein lebender Mensch hatte das getan, was ich getan hatte. Es gab für mich keine Rückkehr an dem Tage. Nicht für alle Länder des Obmanns hätte ich es ohne den Schutz der Dunkelheit, die die Gefahr verhüllt, ein zweites Mal gewagt. Ich ging eine Meile stromauf zu dem Hause eines Schmieds, sagte ihm, ich sei durch die Flut von meiner Hütte fortgeschwemmt worden, und sie gaben mir Nahrung. Sieben Tage blieb ich bei dem Schmied, bis ein Boot kam und ich zu meinem Hause zurückkehrte. Da war nicht die Spur einer Wand oder des Daches oder Bodens – nichts als ein Fleck von schleimigem Lehm. Urteile danach, Sahib, wie hoch der Fluß gestiegen sein muß.

Es stand nicht geschrieben, daß ich sterben sollte, weder in meinem Hause, noch im Herzen Barhwis, noch unter den Trümmern der Barhwi-Brücke, denn Gott schickte Hirnam Singh herab, zwei Tage tot – obschon ich nicht weiß, wie der Mann starb –, um meine Boje und meine Hilfe zu sein. Hirnam Singh ist diese zwanzig Jahre in der Hölle gewesen, und der Gedanke an jene Nacht muß die Würze seiner Qualen gewesen sein.

Horch, Sahib! Der Fluß hat seine Stimme verändert. Er wird bis zum Morgengrauen schlafen, und das ist noch eine Stunde. Wenn es hell ist, beginnt er aufs neue. Woher ich das weiß? Bin ich dreißig Jahre hier gewesen und kennte nicht die Stimme des Flusses, wie ein Vater die Stimme seines Sohnes kennt? Jeden Augenblick redet er weniger zornig. Ich schwöre, daß keine Gefahr ist eine Stunde lang oder vielleicht zwei. Wie der Morgen sein wird, dafür stehe ich nicht ein. Mach schnell, Sahib! Ich werde Ram Pershad rufen, und er wird diesmal nicht umkehren. Ist der Strick fest geschnürt um alles Gepäck? Ohe, *Mahout,* du hohler Schädel, den Elefanten für den Sahib, und sage denen am andern Ufer, daß nach Tagesanbruch keiner herüber kann.

Geld? Nein, Sahib. So bin ich nicht. Nein, auch nicht, um den Kindern Leckereien zu geben. Mein Haus, siehst du, ist leer, und ich bin ein alter Mann.

Dutt, Ram Pershad! *Dutt, dutt, dutt!* Gut Glück auf den Weg, Sahib.

Dray wara yow dee

Denn Eifersucht ist die Raserei des Mannes:
darum wird er nicht schonen
am Tage der Rache.

Mandeln und Rosinen, Sahib? Trauben von Kabul? Oder ein seltenes Pony, wenn der Sahib mit mir kommen will? Es ist dreizehneinhalb Hand hoch, Sahib, kann Polo spielen, im Wagen gehn, eine Dame tragen und – Heiliger Gottes und selige Imams, es ist ja der Sahib selbst! Mein Herz wird feist und mein Auge fröhlich. Mögest du nie ermüden! Wie kühles Wasser in der Tirah, so ist der Anblick eines Freundes in der Fremde. Und was tust *du* in diesem verfluchten Lande? Südlich von Delhi, Sahib, du kennst das Wort – »sind die Männer Diebe und die Weiber Huren«. Auf Befehl? Ein Befehl ist ein Befehl, bis man stark genug ist, nicht zu gehorchen. O mein Bruder, o mein Freund, wir treffen uns in einer guten Stunde! Ist alles wohl in der Seele und im Leibe und im Hause? An einem glücklichen Tage sind wir beide wieder zusammengekommen.

Ich soll zu dir kommen? Deine Gnade ist groß. Ist da ein Kettenpfahl im Hof? Ich habe drei Pferde und die Packen und den Pferdejungen. Bedenke auch, daß mich die Polizei hier für einen Pferdedieb hält. Was wissen diese Bastarde im Flachland von Pferdedieben? Erinnerst du dich an die Zeit in Peshawar, als Kamal an die Tore von Jumrud schlug – ein geborener Schwindler – und die Pferde des Obersten alle in einer Nacht stahl? Kamal ist jetzt tot, aber sein Neffe hat das Geschäft aufgenommen, und die werden noch mehr Pferde vermissen, wenn die Khaiber Levies nicht aufpassen.

Der Friede Gottes und die Gnade seines Propheten sei über diesem Hause und allem, was darin ist! Shafizullah, binde die scheckige Stute unter den Baum und hol Wasser. Die Pferde können in der Sonne stehen, aber lege die Decken doppelt auf den Rücken. Nein, mein Freund, mache dir die Mühe nicht, sie anzusehen. Die sind zum Verkauf an die Narren von Offizieren, die so viel von Pferden verstehen.

Die Stute ist trächtig; der Graue ist ein wilder Teufel; und der Braune – na, du kennst ja den Trick mit dem Bolzen. Wenn sie verkauft sind, gehe ich zurück nach Pubbi, oder vielleicht ins Tal von Peshawar.

O Freund meines Herzens, es tut gut, dich wiederzusehen. Ich habe den ganzen Tag gedienert und gelogen für die Offizier-Sahibs wegen dieser Pferde; und mein Mund ist zu trocken für ein ehrliches Wort. *Auggrh!* Vor dem Essen ist gut rauchen. Setze dich nicht zu mir, denn wir sind nicht in der Heimat. Setze dich auf die Veranda, und ich werde hier meinen Mantel ausbreiten. Aber zuerst will ich trinken. Im Namen Gottes, der den Dank vergilt dreifältig! Das ist süßes Wasser, wahrlich – süß wie das Wasser von Sheoran, wenn es vom Schnee herabkommt.

Alle sind wohl und zufrieden im Norden – Koda Baksh und die anderen. Yar Khan ist mit den Pferden von Kurdistan gekommen – sechsunddreißig Stück nur und die Hälfte Lastponys – und hat laut im Kashmir-Serai gesagt, die Engländer sollten Gewehre hinschicken und den Emir in die Hölle jagen. Fünfzehn Mauthäuser sind jetzt an der Straße von Kabul; und in Dakka, als er dachte, er sei nun durch, wurden dem Yar Khan alle seine Balkh-Hengste von der Regierung abgenommen! Das ist ein großes Unrecht, und Yar Khan glüht vor Wut. Und die anderen: Mahbub Ali ist noch in Pubbi, schreibt Gott weiß was. Tugluq Khan sitzt im Gefängnis für die Geschichte mit der Polizeipost von Kohat. Faiz Beg kam von Ismail-Ki-Dhera herunter mit einem bucharischen Gürtel, für dich, mein Bruder, gegen Ende des Jahres; aber niemand wußte, wo du hin warst; es war nichts hinterlassen. Die Vettern haben bei Pakpattan wieder angefangen, Maultiere für die Karren der Regierung zu züchten, und es gibt eine Geschichte im Bazar von einem Priester. Oho! Eine gesalzene Geschichte! Hör mal zu –

Sahib, warum fragst du mich das? Meine Kleider sind dreckig von dem Staub der Straße. Meine Augen sind trübe von dem Glanz der Sonne. Meine Füße sind geschwollen, weil ich sie in bitterem Wasser gewaschen habe, und meine Wangen sind hohl, weil das Essen hier schlecht ist. Feuer möge dein Geld vertilgen. Was soll ich damit? Ich bin reich und ich dachte, du wärst mein Freund; aber du bist wie die anderen, ein Sahib. Ist ein Mann traurig? Gib ihm Geld, sagen die Sahibs. Ist er entehrt? Gib ihm Geld, sagen die Sahibs. Hat er eine Schuld auf seinem Haupt? Gib ihm Geld, sagen die Sahibs. So sind die Sahibs, und so bist du – sogar du.

Nein, sieh die Füße des Braunen nicht an. Schade, daß ich dich überhaupt gelehrt habe, die Beine eines Pferdes zu beurteilen. Wund gelaufen? Mag sein. Was ist dabei? Die Wege sind schlecht. Auch die Stute wund gelaufen? Sie trägt eine doppelte Last, Sahib.

Und nun erlaube mir, bitte, mich zu verabschieden. Große Gunst und Ehre hat der Sahib mir erwiesen und hat sehr gnädig gezeigt, daß er die Pferde für gestohlen hält. Vielleicht gefällt es ihm, mich auf die Wache zu schicken? Will er einen Straßenkehrer rufen und mich von einem dieser Faulenzer abführen lassen? Ich bin der Freund des Sahib. Ich habe Wasser getrunken im Schatten seines Hauses, und er hat mein Gesicht dunkel gemacht. Ist noch etwas zu tun? Will der Sahib mir acht Anna geben, um das Unrecht zu heilen und – die Beleidigung vollkommen zu machen?

Verzeih mir, mein Bruder. Ich wußte nicht – ich weiß noch jetzt nicht – was ich sage. Ja, ich habe dich belogen. Ich will Staub auf mein Haupt tun – und ich bin ein Afridi! Die Pferde haben sich wund gelaufen vom Tale bis hierher, und meine Augen sind matt, und mein Leib schmerzt vor Mangel an Schlaf, und mein Herz ist ausgedorrt von Kummer und Schande. Aber wie es meine Schande war, so soll, bei Gott dem Spender der Gerechtigkeit – bei Allah-al-Mumit - auch die Rache mein sein.

Wir haben einst zueinander gesprochen mit nackten Herzen und unsere Hände getaucht in die gleiche Schüssel, und du bist mir wie ein Bruder gewesen. Dafür zahle ich dir heim mit Lüge und Undank – wie ein Pathan. Nun höre mich! Wenn der Kummer der Seele zu schwer wird, kann er durch Reden etwas leichter werden; und zudem ist der Geist eines ehrlichen Mannes wie ein Brunnen, und der Sand des Geständnisses fällt hinein und sinkt unter und ist nicht mehr zu sehen. Ich bin vom Tale zu Fuß hierhergekommen, Meile um Meile, mit einem Feuer in meiner Brust, wie das Feuer der Hölle. Warum? Hast du denn so bald unsere Sitten vergessen, der Leute, die ihre Weiber und Töchter um Silber verkaufen? Komm zurück mit mir in den Norden und sei wieder unter Menschen. Komm zurück, wenn diese Sache getan ist und ich nach dir rufe! Die Blüte der Pfirsichgärten liegt auf dem ganzen Tal, und hier ist nur Staub und großer Gestank. Dort ist ein lieblicher Wind zwischen den Maulbeerbäumen, und die Ströme sind breit von Schneewasser, und Karawanen ziehen hinauf und Karawanen ziehen hinab, und hundert Feuer blinken in der Enge des Passes, und der Zeltpflock klingt unter dem Hammer, und ein Lastpferd ruft das andere durch den wehenden Abenddunst. Schön ist es jetzt im Norden. Komm zurück mit mir. Laß uns zu den Unsrigen gehen! Komm.

Woher meine Trauer kommt? Reißt wohl ein Mann sein Herz heraus und brät es in kleinen Stücken über einem langsamen Feuer um etwas anderes als um ein Weib? Lache nicht, du mein Freund, denn deine Zeit wird auch kommen. Eine Frau von den Abazai war sie, und ich nahm sie zum Weibe, um den Zwist zu stillen zwischen unserem Dorf und den Leuten von Ghor. Ich bin nicht mehr jung? Der Kalk hat meinen Bart gestreift? Es ist wahr. Ich brauchte nicht zu heiraten? Nein, aber ich liebte sie. Wie sagt Rahman: »Wem die Liebe in das Herz fällt, in dem ist Torheit *und sonst nichts*. Mit einem Blick des Auges hat sie dich geblendet; mit dem Augenlid und mit der Franse des Augenlides dich unrettbar gefangen, *und sonst nichts*.« Erinnerst du dich an dies Lied beim Rösten der Schafe im Lager Pindi bei den Uzbeken des Emirs?

Die Abazai sind Hunde, und ihre Weiber sind die Dienerinnen der Sünde. Da war ein Liebhaber aus ihrem eigenen Stamm, aber von dem sagte ihr Vater mir nichts. Mein Freund, verfluche für mich in deinen Gebeten, so wie ich in jedem Gebete verfluche vom Fakr bis zum Isha, den Namen Daoud Shahs, des Abazai, dessen Kopf noch auf den Schultern ist, dessen Hände noch an ihrem Gelenk sind, der mich entehrt hat und meinen Namen zu einem Gelächter gemacht hat unter den Weibern von Little Malikand.

Ich ging nach Hindustan nach zwei Monaten – nach Cherat. Ich war nur zwölf Tage fort, aber ich hatte gesagt, ich würde fünfzehn Tage bleiben. Dies hatte ich gesagt, um sie zu prüfen, denn es steht geschrieben: ›Traue dem Schwachen nicht.‹ Wie ich allein bei Einbruch der Nacht die Schlucht heraufkomme, höre ich die Stimme eines Mannes an der Tür meines Hauses singen; und es war die Stimme von Daoud Shah, und das Lied war *»Dray wara yow dee«*[1]. Es war, als ob mir eine Schlinge um das Herz gelegt würde, und alle Teufel zogen sie fest, daß es nicht zu ertragen war. Ich kroch leise den Pfad bergauf, aber der Zünder an meiner Büchse war naß vom Regen, und ich konnte Daoud Shah nicht aus der Ferne erschlagen. Zudem hatte ich vor, das Weib auch zu töten. So sang er, sitzend vor dem Hause, und bald darauf öffnete das Weib die Tür, und ich kam näher, auf dem Bauch durch die Felsen kriechend. Ich hatte nur mein Messer bei der Hand. Aber ein Stein glitt unter meinem Fuß aus, und die zwei sahen den Abhang hinunter, und er ließ seine Büchse liegen und floh vor meinem Zorn, denn er hatte Angst um sein Leben. Aber das Weib bewegte sich nicht, bis ich vor ihr stand und schrie: »O Weib, was hast du getan?« Und sie, furchtlos, obwohl sie wußte, woran ich dachte, sagte lachend: »Nicht viel. Ich habe ihn geliebt, und du bist ein Hund und ein Viehdieb, der bei der Nacht kommt. Schlag zu!« Und ich, immer noch geblendet von ihrer Schönheit – denn, o mein Freund, die Frauen der Abazai sind sehr schön –, ich sagte: »Hast du keine Angst?« Und sie sagte: »Keine – als daß ich nicht gleich sterbe.« Da sagte ich: »Habe keine Angst.« Und sie neigte den Kopf, und ich schlug ihn vom Wirbelknochen herunter, daß er zwischen meine Füße sprang. Dann kam die Wut meines Volkes über mich, und ich hackte ihr die Brüste ab, damit die Leute von Little Malikand ihr Verbrechen wissen sollten, und warf die Leiche in das Wasser, das zum Kabul fließt. *»Dray wara yow dee! Dray wara yow dee!«* Die Leiche ohne Kopf, die Seele ohne Licht, und mein eigenes verdunkeltes Herz – alle drei sind eins, alle drei sind eins!

In dieser Nacht ging ich ohne Rast nach Ghor und fragte nach Daoud Shah. Die Leute sagten: »Er ist nach Pubbi gegangen, Pferde zu holen. Was willst du von ihm? Es ist Friede zwischen den Dörfern.« Ich gab zur Antwort: »Jawohl!

1. Alle drei sind eins.

Der Friede des Verrats, und die Liebe, die der Teufel Atala zu Gurel hatte.« Dann feuerte ich dreimal ins Tor und lachte und ging meines Wegs.

In diesen Stunden, Bruder und meines Herzens Herzensfreund, waren der Mond und die Sterne wie Blut über mir, und in meinem Munde war der Geschmack von trockener Erde. Auch brach ich kein Brot, und mein Getränk war der Regen des Tales von Ghor auf meinem Antlitz.

In Pubbi fand ich Mahbub Ali, den Schreiber, der auf seinem Schemel saß, und gab meine Waffen ab, nach eurem Gesetz. Aber es bekümmerte mich nicht, denn ich hatte in meinem Herzen beschlossen, Daoud Shah mit meinen bloßen Händen zu töten, so – wie ein Mann ein Bund Rosinen quetscht. Mahbub Ali sagte: »Daoud Shah ist eben eilig nach Peshawar gegangen, und er will seine Pferde mitnehmen auf der Straße nach Delhi, denn es heißt, daß die Bombay-Straßenbahn-Kompanie Pferde aufkauft, waggonweise sogar; acht Pferde auf jeden Waggon.« Und das war die Wahrheit.

Da sah ich, daß die Jagd keine Kleinigkeit sein würde, denn der Mann war in euer Gebiet gegangen, um sich vor meiner Wut zu retten. Soll er sich damit retten? Lebe ich nicht? Wenn er auch nach Norden läuft bis zum Dora und bis zum Schnee, oder nach Süden bis ans schwarze Wasser, ich will ihm folgen, wie ein Liebender den Spuren seiner Gebieterin folgt, und wenn ich ihn finde, will ich ihn zärtlich – oh, so zärtlich – in meine Arme nehmen und sagen: »Gutes hast du getan und mit Gutem wirst du belohnt.« Und aus dieser Umarmung soll Daoud Shah nicht herauskommen mit Atem in seinen Nüstern. *Auggrh!* Wo ist der Krug? Ich bin durstig wie eine Mutterstute im ersten Monat.

Euer Gesetz! Was ist mir euer Gesetz? Wenn die Pferde kämpfen auf der Weide, fragen sie da nach den Grenzpfählen; oder zaudern die Geier, weil das Aas im Schatten des Ghor Kuttri liegt? Die Sache begann außerhalb der Grenze. Sie wird enden, wo es Gott gefällt. Hier oder in meiner Heimat oder in der Hölle. Alle drei sind eins.

Hör nun, der du den Kummer meines Herzens teilst, und ich will dir von der Verfolgung erzählen. Ich folgte von Pubbi nach Peshawar und ging in den Straßen von Peshawar herum wie ein heimatloser Hund und suchte meinen Feind. Einmal glaubte ich ihn zu sehen, wie er seinen Mund in der Rinne auf dem großen Platz wusch, aber wie ich herzukam, war er fort. Mag sein, daß er es war und daß er beim Anblick meines Gesichtes geflohen ist.

Ein Mädchen im Bazar sagte, er wolle nach Nowshera gehen. Ich sagte: »O Herzensherz, kommt Daoud Shah, dich zu besuchen?« Und sie sagte: »Gewiß.« Ich sagte: »Ich würde ihn gern sehen, denn wir sind Freunde, die seit zwei Jahren getrennt sind. Verstecke mich, bitte, hier im Schatten des Fensterladens und ich will warten, bis er kommt.« Und das Mädchen sagte; »O Pathan, sieh mir in die Augen.« Und ich drehte mich um und schwor, daß ich die Wahrheit Gottes spreche. Aber sie erwiderte: »Nie hat ein Freund den Freund mit solchen Augen erwartet. Belüge Gott und den Propheten, aber ein Weib kannst du nicht belügen. Geh weg! Es soll Daoud Shah mit meiner Hilfe kein Leid geschehen.«

Ich hätte das Mädchen erwürgen mögen, hätte ich nicht eure Polizei gefürchtet; denn dann wäre es mit der Verfolgung aus gewesen. Drum lachte ich nur und ging fort, und sie lehnte auf dem Fensterbrett in der Nacht und spottete über mich die Straße entlang. Ihr Name ist Jamun. Wenn ich meine Rechnung mit dem Manne gemacht habe, will ich zurückgehen nach Peshawar und – ihre Liebhaber sollen sie nicht mehr um ihrer Schönheit willen begehren. Sie soll nicht Jamun sein, sondern *Ak,* der Krüppel unter den Bäumen. Ha, ha! *Ak* soll sie sein!

In Peshawar kaufte ich die Pferde und die Trauben und die Mandeln und Rosinen und dürre Früchte, damit der Grund meiner Wanderungen der Regierung klar wäre und mir kein Hindernis auf dem Wege begegnete. Aber als ich nach Nowshera kam, war er weg, und ich wußte nicht, wohin ich gehen sollte. Ich blieb einen Tag in Nowshera, und in der Nacht sprach eine Stimme in meinen Ohren, als ich zwischen den Pferden schlief. Die ganze Nacht flog sie um meinen Kopf und hörte nicht auf zu flüstern. Ich schlief auf dem Bauch, wie die Teufel schlafen, und es mag sein, daß die Stimme eine Teufelsstimme war. Sie sagte: »Geh nach Süden, und du wirst Daoud Shah finden.« Höre zu, mein Bruder und Oberster unter den Freunden – höre zu! Ist die Geschichte lang?

Denke, wie lang sie für mich war. Ich bin jede Meile der Straße von Pubbi bis an diesen Ort Schritt für Schritt gegangen; und seit Nowshera war mein Führer nur jene Stimme und die Gier nach Rache.

An den Uttock kam ich, aber er war kein Hindernis für mich. Ha, ha! Ein Mensch kann noch Witze machen in seiner Not. Der Uttock war kein *Uttock*[1] für mich; und ich hörte die Stimme durch das Getöse des Wassers, das an den Felsen schlug, und sie sagte: »Geh nach rechts.« So ging ich nach Pindigheb, und in den Tagen wurde mir der Schlaf völlig geraubt, und der Kopf des Weibes von Abazai war vor mir Tag und Nacht, so wie er mir zwischen die Füße gefallen war. *Dray wara yow dee! Dray wara yow dee!* Feuer, Asche und mein Lager – alle drei sind eins – alle drei sind eins!

Nun war ich weit von dem Winterweg der Händler, die nach Sialkot gegangen waren, und schon südlich von der Bahn und der großen Chaussee zu den Garnisonen; aber es war ein Sahib im Lager von Pindigheb, der eine weiße Stute von mir kaufte, um einen guten Preis, und mir sagte, ein Daoud Shah sei mit Pferden nach Shahpur gezogen. Da sah ich, daß die Mahnung der Stimme wahr gewesen war, und beeilte mich, zu den Salt Hills zu kommen. Der Jhelum war ausgetreten, aber ich konnte nicht warten, und beim Übersetzen wurde mir ein rotbrauner Hengst abgeschwemmt und versoff. Da war Gott streng zu mir – nicht wegen des Tieres, danach fragte ich nichts – aber in meiner Verfolgung. Während ich auf dem rechten Ufer war und die Pferde in das Wasser trieb, war Daoud Shah auf dem linken gewesen, denn – *Alghias! Alghias!* – die Hufe meiner Stute zerstäubten die heiße Asche seiner Feuer, als wir im Morgengrauen auf dieses Ufer kamen. Aber er war geflohen. Seine Füße waren flink von den Schrecken des Todes. Und ich zog von Shahpur nach Süden, wie der Geier fliegt. Ich wagte nicht abzuweichen, um nicht meine Rache zu verfehlen – die mein Recht ist. Von Shahpur ging ich längs dem Jhelum, denn ich dachte, er würde die Wüste von Rechna vermeiden. Aber dann bei Sahiwal wandte ich mich auf die Straße nach Jhang, Samundri und Gugera, bis eines Nachts meine scheckige Stute an die Schranke der Bahn nach Montgomery stieß. Und dieser

1. Hindernis.

Ort war Okara, und der Kopf des Weibes von Abazai lag auf dem Sande zwischen meinen Füßen.

Von dort ging ich nach Fazilka und man sagte mir, ich sei wahnsinnig, verhungerte Pferde dahin zu bringen. Die Stimme war mit mir, und ich war *nicht* wahnsinnig, sondern nur erschöpft, weil ich Daoud Shah nicht finden konnte. Es stand geschrieben, daß ich ihn auch nicht in Rania und in Bahadurgarh finden sollte, und ich kam nach Delhi von Westen und ich fand ihn auch dort nicht. Mein Freund, ich habe viele seltsame Dinge auf meinen Wanderungen gesehen. Ich habe Teufel gesehen, die durch die Rechna tobten, wie die Hengste toben im Frühling. Ich habe die *Djinn*s einander rufen hören aus den Sandhöhlen und habe sie vor meinem Gesicht vorüberschwirren sehen. Es gibt keine Teufel, sagen die Sahibs? Sie sind sehr weise, aber sie wissen nicht alles von Teufeln – oder Pferden. Ha, ha! Ich sage dir, der du über mein Elend lachst, daß ich die Teufel am hellen Mittag schreiend und hüpfend auf den Dünen des Chenab gesehen habe. Ob ich mich fürchtete? Mein Bruder, wenn das Verlangen eines Mannes nur auf eines gerichtet ist, dann fürchtet er weder Gott noch Mensch noch Teufel. Wenn meine Rache versagte, würde ich die Tore des Paradieses mit dem Kolben meiner Büchse sprengen oder mir den Weg in die Hölle mit meinem Messer schneiden, und ich würde von denen, die dort herrschen, die Leiche des Daoud Shah fordern. Gibt es eine Liebe so tief wie der Haß?

Sprich nicht. Ich kenne den Gedanken in deinem Herzen. Ist das Weiße dieses Auges getrübt? Wie schlägt das Blut am Gelenk der Hand? Es ist kein Wahnsinn in meinem Fleisch, sondern nur die Wucht des Verlangens, das mich verzehrt hat. Hör zu!

Südlich von Delhi kannte ich das Land gar nicht. Darum kann ich nicht sagen, wohin ich ging, aber ich kam durch viele Städte. Ich wußte nur, daß mir befohlen war, nach Süden zu gehen. Wenn die Pferde nicht mehr laufen konnten, warf ich mich auf die Erde und erwartete den Tag. Es kam kein Schlaf zu mir auf dieser Reise; und das war eine schwere Last. Kennst du, mein Bruder, die Qual des Wachseins, das sich nicht lösen will – wenn die Knochen schmerzen vor Schlaflosigkeit und die Haut der Schläfen vor Ermattung schrumpft, und doch – kein Schlaf – kein Schlaf? *Dray wara yow dee! Dray wara yow dee!* Das Auge der Sonne, das Auge des Mondes und mein eigenes ruhloses Auge – alle drei sind eins – alle drei sind eins!

Da gab es eine Stadt, deren Namen ich vergessen habe, und in der rief die Stimme die ganze Nacht. Das war vor zehn Tagen. Sie hat mich wieder betrogen.

Ich bin hierhergekommen von einem Ort, der hieß Hamirpur, und sieh, es ist mein Schicksal, daß ich dich treffen sollte zu meiner Labsal und zum Gedeihen der Freundschaft. Das ist ein gutes Omen. Von der Freude, dein Gesicht anzusehen, ist die Mattigkeit aus meinen Füßen verschwunden, und der Kummer meiner so langen Reise ist vergessen. Auch mein Herz hat Frieden; denn ich weiß, das Ende ist nahe.

Vielleicht werde ich Daoud Shah in dieser Stadt finden, auf dem Wege nach Norden, denn der Hochländer wendet immer um nach den Bergen, wenn der Frühling ruft. Und soll er die Berge unseres Landes wiedersehen? Gewiß hole ich ihn ein! Gewiß ist meine Rache sicher! Gewiß bewahrt Gott ihn in seiner hohlen Hand für mich. Kein Leid wird Daoud Shah geschehen, bis ich komme; denn ich möchte ihn gern frisch und heil töten, solang das Leben fest in seinem Leibe sitzt. Der Granatapfel ist am süßesten, wenn die Kloben widerwillig von der Schale brechen. Möchte es am Tage sein, daß ich sein Gesicht sehen kann und mein Genuß vollkommen sei.

Und wenn ich dies vollbracht habe und meine Ehre rein ist, dann werde ich Gott Dank sagen, ihm, der die Waage des Rechts hält, und werde schlafen. Eine Nacht und einen Tag und wieder bis in die Nacht werde ich schlafen; und kein Traum soll mich stören.

Und nun, o mein Bruder, ist die Geschichte aus. *Ahi! Ahi! Alghias! Ahi!*

[illegible] und [illegible] [illegible] [illegible] Schall [illegible]
aus dem [illegible] [illegible] [illegible] [illegible] seine [illegible]
Auge [illegible] [illegible] meinen eigenen [illegible] Auge [illegible]
[illegible] [illegible] [illegible].

Da gab es nur eine Stadt, deren Namen ich vergessen habe, und [illegible], die [illegible] die ganze Nacht [illegible] zur Zeit [illegible] [illegible] [illegible] [illegible].

Ich [illegible] [illegible], [illegible] Ort, der [illegible] [illegible] [illegible] es in meinem [illegible], [illegible] [illegible] [illegible] und [illegible] [illegible] [illegible] hat. Das ist [illegible] [illegible]. Von [illegible] [illegible] [illegible] die Wahrheit [illegible] [illegible] verschwunden und [illegible] [illegible] [illegible] [illegible] auch mein [illegible] [illegible]. Ich weiß, daß ich [illegible].

[illegible] [illegible] [illegible] dieser Stadt finden, auf dem [illegible] [illegible] und der [illegible] werden [illegible] [illegible] Bergen [illegible] [illegible] [illegible] [illegible] [illegible] [illegible] meine [illegible] bewahrt [illegible] [illegible] Hand [illegible] kein [illegible] weit [illegible] [illegible] solang [illegible] [illegible] [illegible] wenn die [illegible] [illegible] der Straße [illegible] Morgen es am [illegible] [illegible] [illegible] mein Gesicht vollkommen ist.

Und [illegible] [illegible] habe und [illegible] ist, dann werde ich Gott [illegible] [illegible] [illegible] [illegible] und werde [illegible] [illegible] Nacht [illegible] und wieder [illegible] die Nacht werde ich schlafen und kein [illegible] [illegible] [illegible].

Und [illegible] [illegible] ist die Geschichte [illegible] [illegible].

IV

Anhang

Nachwort
Rudyard Kipling: Eine Chronologie über Leben und Werk
Sekundärliteratur
Originaltitel und Übersetzer

Nachwort

»Die Geschichten, die ich in dem Buch bringe, habe ich an allen möglichen Orten gesammelt, habe sie gehört aus dem Munde so manchen Priesters in der Chubara, aus dem Munde Ala Yars, des Bildschnitzers, und Jiwun Singhs, des Schlossers – von Menschen ohne Namen, die ich auf Dampfern und in Eisenbahnzügen traf, von Weibern, die im Zwielicht vor ihren Hütten spannen, von Offizieren und Gentlemen, die längst tot und begraben sind; einige hat mir mein Vater auf den Weg mitgegeben, sie sind die besten.

Die bemerkenswertesten Geschichten kann ich hier nicht bringen – aus leichtbegreiflichen Gründen!«

(Rudyard Kipling im Vorwort zu *Dunkles Indien*)

I.

Wir schreiben das Jahr 1927. Auf Einladung des Verlegers Martin Secker besucht Lion Feuchtwanger, der durch seine soeben veröffentlichten historischen Romane ›Jud Süß‹ und ›Die häßliche Herzogin Margarete Maultasch‹ zum Repräsentanten zeitgenössischer deutscher Literatur in England wurde, London. Man hofiert diesen merkwürdigen kleinen Deutschen mit dem für Engländer nur schwer aussprechbaren Namen, lädt ihn auf Schloß Windsor ein, reicht ihn von einer prominenten Gesellschaft zur nächsten. Befragt, wen er für den größten lebenden englischen Dichter halte, nennt er den Namen *Rudyard Kipling*. Es folgt ein peinliches und eisiges Schweigen. Feuchtwanger, der bis dato nie über die politischen Implikationen der Kiplingschen Dichtung nachgedacht, sondern vor allem in *Kim* und den *Dschungelbüchern* das abenteuerlich-indische Kolorit heiß und innig geliebt hatte, muß jetzt lernen, daß die englischen Intellektuellen zwar nicht die dichterische Gestaltungskraft Kiplings bezweifeln, ihm aber wegen seiner militaristisch-imperialistischen Denkweise und seines Mangels an Tatsachensinn mit Unbehagen gegenüberstehen.

Leben und Werk Rudyard Kiplings – *ein intellektuelles Tabu?* Fast will es so scheinen. Kipling war, und das wird auch durch manche biographische Untersuchung bestätigt*, sowohl in seiner englischen Heimat als auch in Amerika, wo er einige Zeit verbrachte, ein Einzelgänger. Er lebte zurückgezogen, war stets auf Reisen, hatte nur wenige Freunde im Kollegenkreis der Schriftsteller. Wirklich zu Hause war er wohl nur auf seinen Land-Wohnsitzen in England, während seiner Winteraufenthalte in der politisch nicht unumstrittenen Burenrepublik am südafrikanischen Kap und – natürlich – im Indien seiner Kindheit und seines frühen Mannesalters. Zu konstatieren ist eine notorische, von Frau und Familie geförderte Abkapselung seines Privatlebens sowie die rabiate Vernichtung vieler persönlicher Dokumente vor und nach seinem Tode. Auch die posthum veröffentlichte Autobiographie *Something of Myself* (1937) verhüllt mehr die Person Kiplings, als daß sie sie aufdeckt.

Es ist bezeichnend, daß die moderne deutsche Wissenschaft, in der ansonsten an augurenartiger Vieldeuterei kein Mangel herrscht, bisher um Kiplings Werk herumschleicht wie die Katze um den berühmten heißen Brei. Außer einigen wenigen Detailforschungen findet der interessierte Leser (der als Kind und Jugendlicher Mowglis Abenteuer verschlungen oder sich an den Verfilmungen der schönsten Hollywood-Machart berauscht hat) keine Einführung in das Werk Kiplings; auch eine deutsche Biographie sucht er vergebens.

Edgar Mertners nicht unkritischer Kipling-Manie ist es zu verdanken, wenigstens einen Einblick in die Vielschichtigkeit der vor allem in England und Amerika geführten Diskussion um Kipling zu erhalten. In bester deutscher Wissenschafts-Tradition stehend (die bisweilen in Quellen- und Zitierwut ausufert), bringt Mertner (b) auf schmal bemessenem Raum wichtige Hinweise zur Biographie, zur Rezeption, zur Kontinuität und Wende der literarisch-politischen Kritik nach Kiplings Tod sowie eine Übersicht über allgemeine Themenkomplexe im Werke Kiplings. Für den Kipling-Interessierten empfiehlt es sich, auf den englischsprachigen Buchmarkt auszuweichen. Nach wie vor die umfassendste und kenntnisreichste Untersuchung zu Leben und Werk stellt die Biographie Carringtons dar. Als Einführung in spezielle Aspekte sind die von John Gross gesammelten Aufsätze (z. B. zu Themen wie Kipling und der Burenkrieg; Kipling als Kinderbuchautor; Kipling und das Soldatische; die Verfilmungen der Kipling-Geschichten) zu nennen. Norman Pages ›Kipling Companion‹ gibt in

* *Ausgewählte Literatur* zu Leben und Werk Kiplings am Schluß dieses Buches; dort auch die bibliographischen Nachweise für Zitate, die sich auf Kipling beziehen.

knappster Form die wichtigsten Daten zu Leben und Werk, eignet sich als Führer durch den Kipling-Dschungel. Carringtons Vorgaben wurden vor allem von Angus Wilson vertieft, weil er auch neuere Quellen und Forschungsansätze einzubeziehen weiß. James Harrisons Kipling-Einführung gibt wenig neue Details, ist alles in allem doch recht nacherzählend und stützt sich in einer gewissen Zitat-Gläubigkeit auf Kiplings Werke.

Martin Fidos Zugriff dagegen hat seine Stärken weniger im Textlichen als vielmehr im ausführlichen Fotomaterial, mit dem Autor und Zeit einigermaßen plausibel vergegenständlicht werden.

II.

»Daß selbst heute noch niemand die Frage nach dem Bestand von Kiplings Werk stellen kann, ohne einen Blick auf die Umstände seines Lebens zu werfen, hat gewichtige Gründe. Kipling ist mit seiner Person und seinem Werk so tief in die Geschichte des britischen Weltreiches eingebunden, daß er ohne diesen Lebenszusammenhang kaum recht verstanden werden kann.« (E. Mertner, b, S. 1) Und dieser Lebenszusammenhang zeichnet sich bei Kipling nun einmal durch eine außerordentlich starke Verbundenheit zur Tradition des britischen Imperialismus aus: Imperialismus verstanden als Kolonialisierung und Ausbeutung fremder Völker, verbunden mit einem kulturell-moralischen Überheblichkeitsgefühl und einem sozialdarwinistischen Verständnis des menschlichen Miteinanders, wonach das Recht des Stärkeren zum unumstößlichen Prinzip wird.

Diese Disposition, ja diese Identifizierung mit dem »Sahib«-Blick auf die Welt der Untergebenen ist, wenn nicht zwangsläufig, so doch verständlich, wenn man sich vergegenwärtigt, daß Kipling 1865 in Bombay geboren wird, dort, wohlbehütet und privilegiert, glückliche erste Jahre verbringt, bevor er in das ihm fremde England gebracht wird, um dort den rechten schulischen Schliff und eine vormilitärische Ausbildung zu erhalten, die junge englische Männer dazu befähigen sollte, die Herrschaft über Indien zu erhalten.* Auch wenn neuere biographische Studien ein positives Bild Kiplings zeichnen und jene sechs Jahre der Demütigung und Züchtigung, die er als Kind in einer Pension in Southsea (»The House of Desolation«) bei einer ebenso bibelfesten wie schlagsüchtigen Hauswirtin ertragen hat, zum Ausgangs-

* Eine *Chronologie über Leben und Werk* Kiplings findet man am Ende dieses Buches.

punkt für psychoanalytische Fallstudien über Kiplings lebenslange Identitätskrise geworden sind, so stößt der Autor doch immer noch auf Distanz und Ablehnung vor allem bei Lesern, die jede Art von Rasse-Dünkel und imperialistischem Denken sowie jede Schilderung von Grausamkeiten oder soldatischem Gehabe als fragwürdig ablehnen.

Wir wollen es Berufeneren überlassen, Kiplings so abrupt unterbrochene Kindheit in Indien (1865–71), die Zeit der Züchtigungen im »House of Desolation« (1871–77), die chauvinistischen Einsprengsel des Besuchs der militärischen Vorbereitungsschule »Westward Ho!« (1878–82), Kiplings fragwürdige Kriegsberichterstattung während des Ersten Weltkrieges, seinen (laut Angus Wilson) ausgeprägten Mutterkomplex, seine ebenso kreativ wie schnell beendete Lebensphase in Amerika (1892–96) u.a.m. zu beleuchten. Uns geht es vielmehr um die Frage, wie sein literarisches Werk beschaffen und wie es von seinen Zeitgenossen aufgenommen worden ist.

III.

Nach ersten literarischen Erfolgen mit seinen *Kleinen Geschichten aus den Bergen* oder der *Gespenstischen Rikscha* (1888) sowie mit der sehr engagierten journalistischen Tätigkeit in Lahore (bei der ›Civil & Military Gazette‹) und Allahabad (beim ›Pioneer‹) erobert Kipling, der 24jährig wieder nach England zurückkommt, seine alte Heimat im Sturme. Die ›Times‹ etabliert ihn als Schriftsteller von Rang; in schneller Reihenfolge erscheinen – um nur die bekanntesten zu nennen – Bücher wie *Die Balladen aus dem Biwak* (1890), *Das Licht erlosch* (1891), die *Dschungelbücher* (1894/95), *Fischerjungs* (1897), *Staaks und Genossen* (1899) und schließlich *Kim* (1901). Kiplings Leserschaft wächst ins Unermeßliche, sie ist begeistert von der Exotik seiner Themen, vom Humor und einer Sprache, die in stilisiertem Dialekt und knallenden Bildern sowie im mitreißenden Rhythmus eines kraftstrotzenden »Vulgärimpressionismus« (H. W. Eppelsheimer, S. 600) daherkommt; die Genauigkeit der Beobachtungen und die Schilderung der Details sind von kaum gekanntem Realismus.

Typisch für diese Mixtur aus Realismus und Humor, gemischt mit einem Schuß Hintergründigkeit, sind Kiplings Geschichten-Anfänge. Wir greifen wahllos hinein und lesen:

> »Wenn ein Junge eines Tages in die Welt hinaus und sich durchbeißen muß, so ist es nicht weise von den Eltern, ihn ›wohlbehütet‹, wie sie es nennen, aufwachsen zu lassen. Er wird, wenn er

nicht unter Tausenden die einzige Ausnahme ist, viele unnötige Schwierigkeiten zu überwinden haben und kann in tiefstes Leid geraten, einfach weil er nicht weiß, wie die Dinge wirklich sind.

Ein junger Hund soll ruhig die Badeseife fressen und an einem frischgeputzten Stiefel kauen. Er kaut und lutscht, bis er allmählich entdeckt, daß Schuhkrem und Lilienmilchseife ihm nicht recht bekommen; dann schließt er daraus, daß Schuhe und Seife unbekömmlich sind.« (Aus: *Weggeworfen*)

Deutlich wird an Stellen wie diesen immer wieder Kiplings pädagogischer Zeigefinger, der früher durchaus beliebt, heute aber bisweilen etwas antiquiert wirken mag. Andererseits ist hervorzuheben, daß Kipling ein engagierter Vater und Geschichtenerzähler war, der während seiner Schiffs-Passagen manchmal eine ganze Kindergruppe um sich scharte – sie hing gebannt an Kiplings Lippen, um zu hören, wie das Elefantenkind seinen Rüssel bekam oder der erste Brief geschrieben wurde (nachzulesen in Kiplings *Nur so Geschichten für Kinder*, auch unter dem Titel *Das kommt davon*).

Doch in gleichem Maße, wie seine Leserschaft zunimmt, verfällt Kipling zusehends den negativen Verdikten der literarischen Kritik. (Eingeflochten sei die Bemerkung, daß Kipling das Beispiel eines Autors abgibt, der bei der Kritik, nicht aber beim Leser, in Ungnade gefallen ist. Im Gegenteil: Die Verkaufszahlen seiner Bücher sprechen die beredte Sprache des geschäftlichen Erfolges.) Denn so präzise seine Schilderungen, so begeistert zeigt sich Kipling auch als Propagandist des englischen Willens zur Weltmacht. Männlichen Geist, leidenschaftliche Erziehung zu soldatischen Tugenden (vor allem in seinen Soldaten-Balladen oder in den Geschichten vom Soldaten-Kleeblatt Mulvaney, Ortheris und Learoyd), Zynismus gegenüber der Armut Indiens, billige Ironie, ja Verfälschungen der Realität und Vulgarität werfen die Kritiker dem gebeutelten Dichter vor. »Seiner Popularität hat das alles nichts anhaben können«, berichtet Mertner (b, S. 32) mit Bezugnahme auf eine Umfrage von 1913: Gefragt nach ihrem Lieblingsautor, erteilen die Engländer Kipling mehr Stimmen als allen anderen lebenden Dichtern zusammen!

Die ihm 1907 zuteil gewordene Auszeichnung mit dem Nobelpreis für Literatur kann daher auch als Huldigung des Publikums an ihren Lieblingsautor verstanden werden, vielleicht auch als Beweis dafür, daß Kipling gerade in seinen schönsten Kindergeschichten und in den Romanen und Novellen, in denen Kinder eine zentrale Rolle spielen *(Fischerjungs, Kim, Dschungelbücher, Puck vom Buchsberg)*, einen

Typus von Literatur geschaffen hat, der nicht nur Bücher *über* Kinder, sondern auch Bücher *für* Kinder beinhaltet, ja beides – also auch beide Leserschaften – symbiotisch vereint. Die Größe des Literaten Kipling liegt wohl gerade hierin begründet: daß es ihm gelingt, die Grenzen der Genres zu transzendieren, den Erwachsenen aufnahmefähig zu machen für die utopisch-phantastische Welt der Kinder.

Die jugendliche Erlebniswelt wird zwar mit den Augen des Erwachsenen gesehen, ohne jede Kindertümelei vermittelt Kipling aber die Abenteuer-, Erlebnis- und Realitätsschichten einer »anderen Welt«, eben der des Kindes. Wo Werte- und Moralvorstellungen ins Spiel kommen, regt sich zwangsläufig Widerspruch. Gegenwärtig nämlich ist überall das Böse und Grausame; Tugenden wie Selbstdisziplin, Hingabe, Treue, Taktieren erscheinen in rosigen Farben, ebenso wie eine zur rechten Zeit verabreichte Tracht Prügel (z. B. in *Fischerjungs*). Selbst im Dschungel spiegeln die Tiere nur die vitalen Dispositionen der menschlichen Natur wider: Die Mowgli-Geschichten offenbaren Vorstellungen vom menschlichen Zusammenleben, deren Regeln bestimmt sind von männlicher Kampfbereitschaft, dem Führungsanspruch einer Elite innerhalb einer streng hierarchisch geordneten Welt, dem Prinzip des Jagens und Gejagtwerdens, der Rechtfertigung von Haß und Rache (vgl. Lexikon der Kinder- und Jugendliteratur, S. 212).

Während also die vielköpfige Leserschaft das Deftige der Sprache, die geheimnisvollen Schilderungen Indiens, das Archaische englischer Geschichte, die rauhe Zuneigung der Fischer, das Sich-Lieben und Sich-Hassen, das Herrschen und Beherrschtwerden goutierte (denn die dichotomische Struktur vieler Geschichten entspricht ja aufs I-Tüpfelchen dem dichotomischen Denken der meisten Menschen), wurde eben dies von der literarischen Kritik als spätviktorianisch-imperialistisches Denken, als Überfrachtung der Literatur mit politischer Erziehung abgelehnt.

Wenn Hans Reisiger, der kongeniale Kipling-Übersetzer, meint, die vielen aus der Perspektive des »Sahibs«, des Europäers in Indien, geschriebenen Novellen hätten zur irrtümlichen Meinung geführt, Kipling sei ein Verherrlicher brutaler Gewalt und eines kriegerischen Imperialismus, und wenn Reisiger dann fortfährt: »Im wesentlichen ist aber Kiplings Eintreten für den Vorkämpfer im Dienste des Reichs auf fernem Posten vielmehr nur die Äußerung natürlicher, angeborener Sympathie für den Mann der Tat, der inmitten jener erregenden Grenzsphäre zweier Welten auf sich selber zu stehen hat, gegenüber dem Daheimhocker, und ein Parteinehmen für die erziehliche Kraft lebendigen Lebens, in all seiner bewegten Herrlichkeit und Brutalität, gegenüber bloßen Doktrinen« (H. Reisiger, S. 20), dann kann man das nur als wohlfeile Apologie verstehen, die schnellstens in den Giftschrank ideologischer Verbrämungen zu verbannen ist.

Über Hans Reisiger findet sich in Klaus Manns Lebensbericht ›Der Wendepunkt‹ eine kleine Episode, die vielleicht einen Hinweis darauf geben kann, warum der heute fast vergessene Dichter und Übersetzer zu solch einfühlsamer Kipling-Wiedergabe fähig war. Klaus Mann bezeichnet Reisiger als einen hochherzigen und liebenswürdigen, aber auch hypochondrisch-ängstlichen und labilen Charakter. Oft war er bei den Manns zu Besuch: »Mit ›Reisi‹ konnte man schwimmen gehen und auf der Wiese spielen, man konnte mit ihm ›albern‹ (er war ein bemerkenswert begabter ›Alberer‹!), und man konnte sich von ihm über die Sterne erzählen lassen; er kannte all ihre Namen und wußte, wie weit entfernt sie sind – unvorstellbar, schauerlich weit weg... Wir mochten ›Reisi‹, haben ihn immer gemocht.«

Will man Rudyard Kiplings literarische Größe *heute* verstehen und seine Werke dem heutigen Leser nahebringen – und das haben sie wahrlich verdient –, so muß man sich davor hüten, Kiplings ideologische Irrläufer mit neuen, ähnlichen Plaketten zu retten. Nein: Kiplings Qualitäten liegen auf einem anderen Feld, nämlich allein auf dem der Literatur, die ihren Reiz bezieht aus dem konzentrierten Beobachten der Realität ebenso wie aus dem einfühlsamen Sich-fallen-Lassen in Bereiche des Phantastischen und Mystischen. Hier wird nicht wahllos geschaut, sondern argusäugig das Wesentliche herausgefiltert: So entstehen präzise Panoramen der Fischer der Neufundlandbank *(Fischerjungs),* der lächerlichen intellektuellen Verstiegenheiten angehender Literaten *(Die schönste Geschichte der Welt)* oder der Hungerkatastrophen Indiens *(William).*

Weil er neben seinen »Sahib«-Geschichten auch Novellen erschafft, die sich einfühlen in die indische Seele, manchmal auch aus deren Perspektive formuliert sind, gelingt es Kipling, die nicht zu kittende Diskrepanz der Kulturen zu dokumentieren. In der Buntheit der Basare, der Schicksalsgläubigkeit der Religionen, der sprachlichen Vielfalt und mythologischen Erlebnisfähigkeit Indiens wird offenbar, daß es keine Versöhnung östlicher und westlicher Kultur geben kann: jedenfalls nicht, solange die eine die andere beherrschen will. Ohne daß Kipling dies intendiert haben mag, bezeugt seine Literatur gerade die Größe und Selbständigkeit der indischen Kultur, die zu verstehen ein europäischer Autor sich anschicken kann – die er aber mit angeborenen viktorianischen Sinnen nicht erfassen wird. Wenn Reisiger meint, Kipling vereine Ost und West, und als Beleg anführt, Kim sei eigentlich ein englisch-indischer Mischling, so beruht dies eher auf Wunschdenken als auf Wahrheit. Interessant ist in diesem Kontext, daß selbst im heutigen Indien der Versuch unternommen wird, Kipling ohne Vorurteile zu begegnen. Chauduri, ein in England lebender indischer Schriftsteller, sieht in *Kim* die wahre Realität Indiens, das vergessene Erbe der indo-europäischen Völker dargestellt (vgl. Mertner, b, S. 92). Gerade weil in allem stets auch die Tragik und Vergeblichkeit der britischen Herrschaft in Indien mitschwingt (die Engländer regieren zwar mit einer gut gedrillten Armee, vor den Kapriolen des Wetters müssen sie aber tagtäglich kapitulieren), scheint ein neues und ausgewogeneres Verständnis Kiplings heute möglich.

Kipling hat, das wurde bereits erwähnt, nur wenige Kontakte zu den zeitgenössischen Autoren gepflegt. Ob er – als Person und Literat – Einfluß auf Schriftsteller seiner oder der nächsten Generation gehabt hat, ist bislang kaum untersucht worden. Da verwundert es um so mehr, daß Kipling zweifellos große Wirkung hatte auf Bertolt Brecht, den epischen Dramatiker und politischen Lyriker, dessen marxistische Positionen sich wohl nur schwerlich mit Kiplings Imperialismus zur Deckung bringen lassen. James K. Lyon hat in seiner Untersuchung dieses merkwürdigen Verwandtschafts-Verhältnisses aufgezeigt, daß Brecht nicht nur Gedichte Kiplings übersetzte (zwei dieser Dichtungen findet man in dieser Werkausgabe), sondern ganze Kipling-Passagen, z. T. nur wenig verändert, in sein Prosa- und episches Werk übernommen hat.

Da eine politische Adaption Kiplings von seiten Brechts auszuschließen ist, spricht Lyon von ›vorideologischer‹ Verwandtschaft. Und auch Mertner weist noch einmal genüßlich darauf hin, daß sowohl die kaum verhüllten Entlehnungen als auch die Anklänge an Ton und Sprache Kiplings Tucholsky bereits 1930 zum Aperçu veranlaßt haben, von »Rudyard Brecht« zu sprechen. Das Beispiel Brechts macht darüber hinaus erneut deutlich, daß eine Wirkung Kiplings auf zukünftige Autoren allein im Literarischen, im Sprachschöpferischen liegen kann: Ein Meister der Sprache, ein sicherer Benutzer des treffenden Wortes sucht seine Nachfahren.

Frank Dietschreit

Rudyard Kipling: Eine Chronologie über Leben und Werk*

1865 Am 30. Dezember wird Joseph Rudyard Kipling in Bombay geboren. Sein Vater, John Lockwood Kipling, Sohn eines Geistlichen, war Architekt und Bildhauer an der Kunstschule von Bombay, später auch Kurator des Zentralmuseums in Lahore. Anfang 1865 heiratete er Alice Macdonald, Tochter eines englischen Geistlichen. Während der Vater als Kenner altindischer Kunst und als Sachbuchautor bekannt war, versuchte sich die Mutter mit bescheidenem Erfolg als Dichterin. RK benutzte nie den vom väterlichen Großvater stammenden Vornamen Joseph; der Name Rudyard bezog sich auf den Lake Rudyard in Staffordshire, an dem seine Eltern sich kennengelernt hatten.

1868 Begleitet von ihrem Sohn reist Mrs. Kipling nach England, um dort am 11. Juni das zweite Kind, Alice (Spitzname: ›Trix‹), zur Welt zu bringen. Rückkehr nach Bombay.

1870 Tod des neugeborenen zweiten Sohnes der Kiplings.

1871 Die Eltern bringen Rudyard und Alice nach England. In Southsea leben sie im Hause der Frau eines Marineoffiziers; wesentlichste Erziehungsmittel sind die Bibel und der Rohrstock (RK nennt später das Haus »The House of Desolation«).

1878 Nach Abschluß der Schule in Southsea besucht RK ab Januar das United Services College in Westward Ho!, eine Militärvorbereitungsschule, im nördlichen Devon gelegen.
(RK verewigt seine Schulzeit später in *Staaks und Genossen;* er selbst porträtiert sich im heimlichen Dichter »Käfer«.)

1881 Ohne sein Wissen gibt die Mutter Rudyards *Schoolboy Lyrics* (Gedichte) als Privatdruck in Lahore heraus. Von Juni 1881 bis Juli 1882 ediert RK die Schulzeitung »United Services College Chronicle«.

1882 RK beendet seine Schulzeit und kehrt nach Indien zurück. Durch Vermittlung seines Vaters tritt er in die Redaktion der »Civil & Military Gazette« in Lahore ein. Er lebt bei seinen Eltern. Sein Sonett *Two Lives* wird anonym im britischen Periodikum »The World« veröffentlicht.

* Diese Chronologie stützt sich auf verschiedene, in der *ausgewählten Literatur* genannte Werke; wesentlich aber zu nennen sind die Angaben von Norman Page und Hans Reisiger.

1883 RK verbringt die Sommermonate in Simla, der Sommer-Hauptstadt Indiens, dem Schauplatz vieler seiner späteren Novellen.

1884 RK veröffentlicht seine erste Kurzgeschichte, *The Gate of the Hundred Sorrows* (in der »Civil & Military Gazette«).

1885 Im März reist RK nach Peshawar, um über die Einsetzungsfeierlichkeiten des Amir Abdurrahman zu berichten. Den Sommer verbringt er wieder in Simla. *Quartette,* eine Sammlung von Prosa und Gedichten, erscheint. Autoren sind RK, seine Eltern und seine Schwester. (Lediglich *The Strange Ride of Morrowbie Jukes* und *The Phantom Rickshaw* werden später neu herausgegeben.)

1886 Die *Departmental Ditties* (Gedichte) erscheinen zunächst als Serie in der »Gazette«, dann anonym als Buch (erst eine zweite Edition trägt RKs Namen auf dem Titelblatt). Den August verbringt RK in Simla; im November beginnt die »Gazette« mit der Serie der *Plain Tales from the Hills.*

1887 Wieder den Sommer über in Simla. RK wird Mitherausgeber des »Pioneer« in Allahabad. RK bereist als Berichterstatter (er ist verantwortlich für »The Week's News«, schreibt aber auch Gedichte und Essays) Indien, verkehrt in Offizierskasinos ebenso wie in den Salons der eleganten Damen. In entlegenen Garnisonen, in brausenden Großstädten, im lieblichen Simla, auf Bazaren, Bahnhöfen und Karawansereien – überall findet man RK.

1888 *Plain Tales from the Hills* (dt.: *Kleine Geschichten aus den Bergen,* auch als *Schlichte Geschichten aus Indien*), eine Sammlung von Kurzgeschichten, wird in Kalkutta und London publiziert. Außerdem erscheinen verschiedene Erzählungen *(Soldiers Three,* dt.: *Drei Soldaten; The Story of the Gadsbys; In Black and White,* dt.: *In Schwarz und Weiß; Under the Deodars; The Phantom Rickshaw,* dt.: *Die gespenstische Rikscha; Wee Willie Winkie)* in Allahabad. RK verbringt das Jahr in Lahore, dann in Simla, schließlich in Allahabad.

1889 Im Januar wird RK im Auftrage des »Pioneer« nach England geschickt. Seine Reise führt ihn über Singapur, Hongkong, Yokohama, San Francisco und New York; von unterwegs schickt er Reiseberichte. In London bezieht er eine kleine Wohnung, stürzt sich in Arbeit; er lernt den Schriftsteller Wolcott Balestier und (1890) dessen Schwester Caroline kennen.

1890 Von Februar an bringt der schottische »Observer« eine Reihe von Gedichten, die später unter dem Titel *Barrack-Room Ballads* (dt.: *Die Balladen aus dem Biwak*) publiziert werden. In der »Times« kann man einen großen einführenden Bericht zum Werk RKs lesen. *The Light that Failed* (dt.: *Das Licht erlosch*), ein Roman, erscheint in den USA. Nach einem gesundheitlichen Zusammenbruch bereist RK im Oktober Italien.

1891 *The Light that Failed* erscheint auch in England. Von August an begibt sich RK auf eine Weltreise, er besucht Südafrika, Australien, Neuseeland und – zum letzten Male – Indien. *Life's Handicap* (Kurzgeschichten) wird in London und New York veröffentlicht. Die Nachricht vom Tode Wolcott Balestiers veranlaßt RK zur Rückreise nach England.

1892 Am 18. Januar heiratet RK Caroline (»Carrie«) Balestier; am 3. Februar brechen sie zu einer Weltreise auf. Das Paar läßt sich schließlich in Brattleboro, Vermont/USA, nieder, wo auch die Familie Carolines lebt. RK beendet den zusammen mit Wolcott Balestier begonnenen Roman *The Naulahka,* veröffentlicht die *Barrack-Room Ballads.* Am 29. Dezember wird die Tochter Josephine geboren.

1893 Die Kiplings bauen ein Haus, nennen es »Naulakha«. Es erscheint *Many Inventions,* eine neue Sammlung von Kurzgeschichten.

1894 *The Jungle Book* (dt.: *Das Dschungelbuch*) beginnt seinen Siegeszug um die Welt. Reisen nach Bermuda und England.

1895 *The Second Jungle Book* (dt.: *Das neue Dschungelbuch*) läßt Kipling weiter auf literarischem Erfolgskurs schwimmen. Reise nach England.

1896 Elsie Kipling wird am 2. Februar geboren. Nach Streitigkeiten mit dem Schwager verläßt Kipling das ungeliebte Amerika. Mit Frau und Kindern lebt er jetzt wieder in England, in der Nähe von Torquay. *The Seven Seas* (dt.: *Indische Balladen*) erscheint.

1897 John Kipling wird am 17. August geboren. *Captains Courageous* (dt.: *Fischerjungs,* auch als *Brave Seeleute*), ein Roman, wird veröffentlicht. Umzug nach Rottingdean, Sussex.

1889 Die Kiplings segeln nach Kapstadt; dort werden sie in Zukunft häufig den Winter verbringen. Bekanntschaft mit Cecil Rhodes. *The Day's Work* (Kurzgeschichten).

1899 Reise nach New York. RK erkrankt an einer Lungenentzündung. Tochter Josephine stirbt im Alter von sechs Jahren. Rückkehr nach England. *Stalky & Co.* (dt.: *Staaks und Genossen,* auch als *Lange Latte und Genossen*) sowie *From Sea to Sea* (Briefe und Sketche) erscheinen.

1900 Südafrika, England, wieder Südafrika. Berichte und Verse über den Burenkrieg. Im Sommer beendet RK die Arbeit an seinem oft als Meisterstück gelobten *Kim*.

1901 Der Roman *Kim* erscheint zunächst als Serie in »McClure's Magazine« und in »Cassell's Magazine«, dann als Buch. Den Winter verbringen die Kiplings erneut in Südafrika.

1902 *Just so Stories* (dt.: *Nur so Märchen für kleine Kinder,* auch als *Das kommt davon*), die kleinen Warum-Geschichten, erscheinen. Umzug nach Burwash, Sussex.

1903 RK lehnt erneut die ihm (bereits 1899) angetragene Ritterehre (»Sir«) ab; auch mit der Reise des Prince of Wales nach Indien will er nichts zu tun haben. *The Five Nations* (Gedichte) werden publiziert.

1904 *Traffics and Discoveries* (Kurzgeschichten und Gedichte).

1906 *Puck of Pook's Hill* (dt.: *Puck vom Buchsberg,* auch als *Puck, Geschichten aus alten Tagen*), zuerst als Fortsetzungsgeschichten in verschiedenen Zeitschriften, dann als Buch.

1907 RK erhält den *Nobelpreis* für Literatur; neben früheren Auszeichnungen jetzt auch Ehrenwürde der Universität Oxford. Seine *Collected Verse* kommen in New York heraus (Londoner Edition 1912). Reise nach Kanada.

1908 RK erhält Ehrentitel der Universität Cambridge.

1909 *Actions and Reactions* (dt.: *Spiel und Gegenspiel*), wieder eine neue Sammlung von Kurzgeschichten und Gedichten.

1910 *Rewards and Fairies,* Erz. und Ged. – Tod der Mutter.

1911 Tod des Vaters.

1913 Reise nach Ägypten.

1915 RK nimmt als Kriegsberichterstatter am Ersten Weltkrieg teil, besucht im August die französische Front. Im September ist er auf Schiffen der Royal Navy. Sein Sohn John, 18 Jahre jung und Soldat, wird vermißt und gilt als tot.

1917 *A Diversity of Creatures,* Erzählungen und Gedichte. – RK wird Mitglied der Kriegsgräber-Kommission.

1919 *Rudyard Kipling's Verse: Inclusive Edition* wird veröffentlicht (weitere Editionen, mit Hinzufügungen und Veränderungen 1921, 1927, 1933). *The Years Between,* Gedichte.

1920 Ehrenwürde der Universität Edinburgh. *Letters of Travel,* Reiseartikel 1892–1913.

1921 RK lehnt (wie auch im Jahre 1924) den »Order of Merit« ab. Auszeichnungen in Paris und Straßburg.

1922 RK wird »Rector of St. Andrew's University«. Besuch der Weltkriegs-Schlachtfelder in Frankreich. Treffen mit König Georg V.; zwischen beiden entsteht eine Freundschaft. Obwohl Ärzte es verneinen, glaubt RK, er habe Krebs.

1923 *The Irish Guards in the Great War,* eine Geschichte jener Formation, in der RKs Sohn John gedient hatte (und für die er in den Tod ging), erscheint in zwei Bänden.

1924 Tochter Elsie heiratet George Bambridge. RK erhält die Ehrendoktorwürde der Universität Athen.

1925 Von 1925 bis 1927 erscheinen RKs *Ausgewählte Werke* in zehn Bänden, herausgegeben von H. Reisiger u. a., Leipzig.

1926 RK besucht Südafrika. *Debits and Credits* (dt.: *Bilanz*), Kurzgeschichten und Gedichte.

1927 Reise nach Brasilien. *Brazilian Sketches*. Die »Kipling Society« wird ins Leben gerufen; sie zeichnet verantwortlich für das vierteljährliche »Kipling Journal«.

1928 *A Book of Words,* Reden.

1930 *Thy Servant a Dog,* Erzählungen und Gedichte. – Besuch der Westindischen Inseln; Caroline erkrankt und muß drei Monate das Hospital-Bett in Bermuda hüten.

1932 *Limits and Renewals,* Erzählungen und Gedichte.

1936 RK stirbt am 18. Januar in London. Seine Asche wird in der »Poet's Corner« der Westminster Abbey begraben.

1937 Die Autobiographie *Something of Myself* (dt.: *Erinnerungen*) wird posthum veröffentlicht.
Von 1937 bis 1938 wird die *Sussex Edition* der Werke Kiplings in 35 Bänden herausgebracht.

1939 RKs Frau Caroline stirbt.

1941 Die *Burwash Edition* erscheint in 38 Bänden.

1965 *Gesammelte Werke* Kiplings werden in drei Bänden von J. Gottwald herausgegeben.

1975 RKs Tochter Elsie stirbt.

1978 Neue Ausgabe der *Gesammelten Werke*.

Sekundärliteratur

1. Ausgewählte Literatur zu Leben und Werk Kiplings

Becher, J. A.: Untersuchungen über Kiplings Erzählkunst. Diss. Marburg 1913.

Birkenhead, L.: Rudyard Kipling. London 1978.

Carrington, C.: Rudyard Kipling: His Life and Work. London 1955.

Cornell, L. L.: Kipling in India. London 1966.

Croft-Cooke, R.: Rudyard Kipling. London 1948.

Dobrée, B.: Rudyard Kipling: Realist and Fabulist. London 1967.

Fido, M.: Rudyard Kipling. London 1974.

Gauger, W.: Wandlungsmotive in Rudyard Kiplings Prosawerk. München 1975.

Gilbert, E. L. (Hg.): Kipling and the Critics. London 1965.

Green, R. L.: Kipling and the Children. London 1965.

Greenberger, A. J.: The British Image of India. A Study of the Literature of Imperialism. 1880–1966. Oxford 1969.

Gross, J. (Hg.): Rudyard Kipling: The Man, his Work, and his World. London 1972.

Harrison, J.: Rudyard Kipling. Boston 1982.

Kummer, G.: Kipling als Imperialist. Jena 1934.

Lyon, J. K.: Bertolt Brecht und Rudyard Kipling. Frankfurt am Main 1976.

Mertner, E., a: Das Prosawerk Rudyard Kiplings. Berlin 1940.

Mertner, E., b: Rudyard Kipling und seine Kritiker. Bewunderung und Irritation. Darmstadt 1983.

Page, N.: A Kipling Companion. London 1984.

Reisiger, H.: Einführung. In: Rudyard Kipling. Ges. Werke Bd. 1, hg. von J. Gottwald, Berlin u. a. 1965, S. 13–40.

Rutherford, A. (Hg.): Kipling's Mind and Art. London 1964.

Spruch, C.: Die Verwendung der Mundart bei Rudyard Kipling. Diss. Breslau 1930.

Stewart, J. I. M.: Rudyard Kipling. London 1966.

Stilz, G.: Die anglo-indische Short Story. Geschichte einer Kolonialliteratur. Tübingen 1980.

Tompkins, J. M. S.: The Art of Rudyard Kipling. London 1966[2].

Wilson, A.: The Strange Ride of Rudyard Kipling. His Life and Works. London 1977.

Zuckmayer, C.: Großer Freund aller Welt. In: Rudyard Kipling. Ges. Werke Bd. 1, hg. von J. Gottwald, Berlin u. a. 1965, S. 7–12.

2. *Kurzbeiträge zu Kiplings Leben und Werk*

Eppelsheimer, H. W.: Handbuch der Weltliteratur. Würzburg 1960.
Kindlers Literaturlexikon. Zürich 1970.
Kleines literarisches Lexikon, Bd. 2, Teil 1. Bern/München 1972.
Lexikon der Kinder- und Jugendliteratur, Bd. 2. Weinheim/Basel 1977.
Lexikon der Weltliteratur, Bd. 1, hg. von G. v. Wilpert. Stuttgart 1975.
Standop, E., Mertner, E.: Englische Literaturgeschichte. Heidelberg 1971.

Originaltitel und Übersetzer

I

1. The City of Dreadful Night
   Ü: Gustav Meyrink
2. The Phantom Rickshaw
   Ü: Gustav Meyrink
3. William the Conqueror
   Ü: E. A. Rheinhardt

II

1. Lispeth
   Ü: Wilhelm Lehmann
2. Three and – an Extra
   Ü: Wilhelm Lehmann
3. Thrown Away
   Ü: Wilhelm Lehmann
4. Miss Youghal's Sais
   Ü: Wilhelm Lehmann
5. Yoked with an Unbeliever
   Ü: Wilhelm Lehmann
6. False Dawn
   Ü: Wilhelm Lehmann
7. The Other Man
   Ü: Wilhelm Lehmann
8. Consequences
   Ü: Wilhelm Lehmann
9. The Arrest of Lieutenant Golightly
   Ü: Wilhelm Lehmann
10. The Gate of the Hundred Sorrows
    Ü: Wilhelm Lehmann
11. Beyond the Pale
    Ü: Wilhelm Lehmann
12. Tods' Amendement
    Ü: Wilhelm Lehmann
13. Pig
    Ü: Wilhelm Lehmann

III

1. The Bridge-Builders
   Ü: E. A. Rheinhardt
2. The Tomb of his Ancestors
   Ü: Hans Reisiger
3. Only a Subaltern
   Ü: E. A. Rheinhardt
4. On the City Wall
   Ü: Rudolf von Scholtz
5. In Flood Time
   Ü: Rudolf von Scholtz
6. Dray wara yow dee
   Ü: Rudolf von Scholtz

Theodor Fontane Werke und Schriften

Herausgegeben von
Walter Keitel und
Helmuth Nürnberger

Sämtliche Romane, Erzählungen, Gedichte, Nachgelassenes

Band 1: Vor dem Sturm. Erster Band
Band 2: Vor dem Sturm. Zweiter Band
Band 3: Vor dem Sturm. Dritter Band
Band 4: Vor dem Sturm. Vierter Band
Band 5: Grete Minde
Band 6: Ellernklipp
Band 7: L'Adultera
Band 8: Schach von Wuthenow
Band 9: Graf Petöfy
Band 10: Unterm Birnbaum
Band 11: Cécile
Band 12: Irrungen, Wirrungen
Band 13: Stine
Band 14: Quitt
Band 15: Unwiederbringlich
Band 16: Frau Jenny Treibel
Band 17: Effi Briest
Band 18: Die Poggenpuhls
Band 19: Der Stechlin
Band 20: Mathilde Möhring
Band 21: Von, vor und nach der Reise
Band 22: Balladen, Lieder, Sprüche
Band 23: Bekenntnisse, Lebensweisheiten, Gelegenheitsgedichte
Band 24: Frühe Gedichte, Versuche und Fragmente
Band 25: Frühe Erzählungen
Band 26: Prosafragmente und Entwürfe

Erinnerungen, Ausgewählte Schriften und Kritiken

Band 27: Politische Korrespondenzen / Aufsätze und Berichte aus England
Band 28: Aufsätze zur Literatur
Band 29: Christian Friedrich Scherenberg
Band 30: Theaterkritiken. Erster Band
Band 31: Theaterkritiken. Zweiter Band
Band 32: Theaterkritiken. Dritter Band
Band 33: Theaterkritiken. Vierter Band
Band 34: Meine Kinderjahre
Band 35: Von Zwanzig bis Dreißig
Band 36: Kriegsgefangen
Band 37: Aus den Tagen der Okkupation
Band 38: Ein Sommer in London
Band 39: Jenseit des Tweed
Band 40: Reiseberichte
Band 41: Tagebücher
Band 42: Der Schleswig-Holsteinsche Krieg im Jahre 1864
Band 43: Der deutsche Krieg von 1866. Erster Band
Band 44: Der deutsche Krieg von 1866. Zweiter Band
Band 45: Reisebriefe vom Kriegsschauplatz Böhmen 1866

Wanderungen durch die Mark Brandenburg

Band 46 (W 1): Die Grafschaft Ruppin
Band 47 (W 2): Das Oderland
Band 48 (W 3): Havelland
Band 49 (W 4): Spreeland
Band 50 (W 5): Fünf Schlösser

Briefe

Band 51: Briefe 1833–1860
Band 52: Briefe 1860–1878
Band 53: Briefe 1879–1889
Band 54: Briefe 1890–1898

Fontane Bibliothek

Die Memoiren des Herzogs von Saint-Simon

Herausgegeben und übersetzt von Sigrid von Massenbach

Vier Bände in Kassette
Ullstein Buch 37045

Band 1
1691–1704

Band 2
1705–1709

Band 3
1710–1715

Band 4
1715–1723

Ullstein Werkausgaben

Der Herzog von Saint-Simon (1760–1825) war Frankreichs berühmtester und eigentümlichster Memoirenverfasser. Seine Meisterschaft in der Wiedergabe des Menschen – Balzac und Proust bewunderten ihn – lassen nahezu alle »Erinnerungen« neben den seinen verblassen. In keinem Werk ist ein so lebendiges Bild des französischen Adels und der königlichen Familie am Hof Ludwigs XIV. gezeichnet worden.
Saint-Simon, kleinwüchsig und mimosenhaft eitel, stolz auf seine (ererbte) Herzogswürde, sieht und begreift die Menschen im Umkreis des Sonnenkönigs mitten aus ihrer Umwelt – mit ihrer Herkunft, ihren versteinerten Gesten, ihren Beziehungen, ihrem Besitz, ihrer Sprache, ihren kleinlichen Hoffnungen und Ängsten.
Saint-Simons einer Besessenheit sich nähernde Schriftstellerei stürzt sich gleichsam auf Kreatur und Gegenstand.